2023 年度湖北省社科基金一般项目“公安文学概论”（项目编号：HBSKJJ20233385）
2020 年度湖北省教育厅哲学社会科学研究项目“中国新时期公安小说研究”（项目编号：20Y151）

公安文学研究

——以公安小说为视角

张友文　著

群众出版社

图书在版编目（CIP）数据

公安文学研究：以公安小说为视角 / 张友文著. -- 北京：群众出版社，2025. 3. -- ISBN 978-7-5014-6440-1

Ⅰ. I209. 7

中国国家版本馆 CIP 数据核字第 2024AR6208 号

公安文学研究——以公安小说为视角

张友文 著

责任编辑：魏安莉
装帧设计：张　彦
责任印制：周振东

出版发行：群众出版社
地　　址：北京市丰台区方庄芳星园三区 15 号楼
邮政编码：100078
经　　销：新华书店
印　　刷：天津盛辉印刷有限公司

版　　次：2025 年 3 月第 1 版
印　　次：2025 年 3 月第 1 次
印　　张：14
开　　本：787 毫米×1092 毫米　1/16
字　　数：316 千字

书　　号：ISBN 978-7-5014-6440-1
定　　价：68. 00 元

网　　址：www. qzcbs. com
电子邮箱：qzcbs@ sohu. com

营销中心电话：010-83903991
读者服务部电话（门市）：010-83903257
警官读者俱乐部电话（网购、邮购）：010-83901775
公安业务分社电话：010-83901939

序　言

张友文的这本专著即将付梓，我为之高兴！这是他继《点击公安文学》《聚焦公安文学》《盘点公安文学》《回望公安文学》之后的第五部专著，是他在公安文学研究之路上的新收获。

中国公安文学有着鲜明的时代特征。它反映了中国的公安工作，见证了中国的法治进程，记录了中国的时代风貌。可以这么说，中国公安文学随着社会变革而起伏，与时代共行进，与风云共呼吸。中国公安文学有着强烈的人民性。它既关注社会问题、民情民风，又描述百姓的生老病死、柴米油盐。“人民警察为人民”，在公安文学中表现的是人民的立场和人文关怀。中国公安文学具有特有的公安属性。人民警察是国家法律的执行者，是公平正义的捍卫者，也是人民群众的守护者。公安文学聚焦公安主题，讲述警察故事。在这些文学作品中，有可歌可泣的英雄事迹，有喜怒哀乐的平凡人生，也有感人至深的警察形象。中国公安文学有着生动的文学性。公安作家以扎实的创作实绩，为中国当代文学增光添彩。这些优秀的文学作品，主题深刻、内涵丰富。在对社会问题的思考、对热点事件的追踪、对人性人情的剖析、对曲折情节的推进等方面，公安文学与影视剧的美学追求有着高度的重合，成为影视剧中的一个重要类型，且绵延不息。70 多年来，中国公安文学有着清晰的发展脉络，拥有众多的优秀作家和作品，是中国当代文学的重要组成部分，是中国当代文学研究的一个分支。

张友文一直致力于中国公安文学的研究。这不仅表现在他的多部中国公安文学研究方面的学术著作上，还体现在他对中国公安文学作品的大量阅读上。据我所知，张友文一直有写读书笔记的习惯，其中有关公安文学的笔记大概有数百万字。张友文读博之后，我看了一些他写的课程小论文，曾建议他转变身份，从宣传干部向学者身份转化，加强学术思维训练。既然是公安文学研究，就要有自觉意识，更要有深刻的学术思考。这部专著达到了这样的学术要求，其成就在三个方面表现得很突出：一是具有明确的政治立场，并以此构建著作批评的文化观和价值观。二是具有鲜明的公安意识，从时代发展中论述了公安文学的功能特质、价值立场、独有特征、为民意识，以及公安小说的法治思维。三是具有准确的文类思考，通过对公安小说的母题研究、重复艺术的分析把握住了公安文学的文类特点。文学批评需要普适性，更需要对应性。不同的文类有不同的美学呈现，对应性批评决定了文学批评的有效性。张友文做到了这一点，这样的批评思路是一种范式。

张友文身上有一种精神很值得推崇，那就是坚韧。他考博前，我并不认识他。面试时，他将自己考了十多次博士的准考证放在我面前，我被他感动了。他是我录取的年龄最大的博士，也是我这里为数不多的一次考试便被录取的考生。2019 年博士毕业后，他研究公安文学的初心不改，并不时地向我谈及自己公安文学研究的成绩和进展情况。譬如，在哪家学报上发表了一篇关于公安文学的论文，受邀赴某地讲授“公安文学”课程，读到哪一篇好的公安文学作品，等等。这种执着已经内化为他的一种性格。他的很多师兄弟都劝他不要这么累，但他初心不改，坚定地走在中国公安文学研究的道路上，不断创新、不断前行。这本书之后，相信张友文定会有新的著作面世。我们都很期待。

汤哲声

2024 年 8 月于姑苏古运河边

目　录

第一章　公安文学的发展概况

公安文学是公安题材文学的简称。就题材而言，自 20 世纪 50 年代初期开辟的农村题材、工业题材和革命历史题材三大题材领域，一直到 80 年代这种题材分布的格局仍然未有丝毫改变。这三大题材在现实生活中，不但对应着当时的社会活动主体——“工、农、兵”，而且对应着国家政治生活和经济活动的主要方面，因而也是这期间整个中国社会在文学中的一个历史缩影。①

题材意识是当代文学特有的现象，新中国成立以后，文学界才正式有了题材的分类，当时特别强调的是农村题材、工业题材和革命历史题材。这三大题材实际上也成为以后的主流创作。从题材的分类来概括文学创作，这首先就是一种姿态，从而与过去的文学区别开来，宣告了一个自主领导的新的文学时代的到来。题材意识是划分新旧文学界限的方便法门。因此，题材意识充分体现出当代文学的政治内涵和阶级属性。②

上述两段是两位学者关于题材的理解。虽然他们对三大题材的范围界定不一，但其共同之处在于都认可题材分类的合理性和可行性。实际上，公安题材也是一种题材类型。只是新中国成立之初，此种题材因为稚嫩，并没有引起学者的广泛关注。那时的人民警察才从人民军队中分离出来，以人民警察作为主要表现和书写对象的公安文学量少质弱，并没有形成气候。经过几十年的发展，如今它在当代文坛已拥有了自己不可小觑的席位，也引起了诸多学者的重视。

新中国成立之前，军警一家；新中国成立以后，人民警察从人民军队中分离出来，公安题材也相应地从军旅（军事）题材中分离出来。从此，公安题材自立门户。早期的公安文学文学性不强，创作手法单一，意识形态特征比较明显。进入新时期，公安题材文本才开始“去政治化”“去英雄化”，走向“平民叙事”，开始把公安系统的人民警察当作活生

---

① 於可训：《当代文学：建构与阐释》，武汉大学出版社 2005 年版，第 64-65 页。

② 贺绍俊：《工业题材的视域和主体性问题》，载《理论与创作》2006 年第 6 期，第 4 页。

生的人来书写，而不是当作一个工具或符号来书写，而且人民警察的职业特征也更为明显了。

公安文学的历史虽然不长，却十分复杂。其复杂性表现为不好分类，不知把它放在哪一类更合适。譬如，有的公安小说可划归官场小说，有的可划归精英文学，有的又可划归通俗文学。公安文学是什么，真是难以一言以蔽之。许多学者对公安文学的认知存在偏见，甚至认为它是一种类型文学，或者说是通俗文学，以为它仅仅以故事离奇、情节曲折取胜，没有什么文学性可言，没有什么研究价值。

公安文学的定义比较难下，至今学界尚无权威的说法。当下，一些学者对公安文学的认知存在一定偏差，甚至将它等同于侦探文学。对此，李广仓曾评定："在一般读者看来，公安题材小说文本不过是一种类型文学，人物形象是否典型、鲜明、生动似乎并不重要，只要情节吸引人就可以了。这种理解其实是一种误解，是将公安小说文本当成了看完之后就可丢掉的流行文化快餐之类的东西。如果仅仅在这个层面上经营公安小说，那么公安小说注定不能走远。究其原因在于不少人把当代公安小说和类型化的侦探小说、悬疑小说、推理小说等同起来，把公安小说中的警察形象当成没有'生气灌注'的角色类型或叙事代码，当作类型化的'扁平人物'来对待。这样就彻底降低了公安小说的艺术品位，把该类文本所秉有的人道主义思想、英雄主义情结、理性主义法律观、人民警察核心价值观等深度意蕴抹杀，而这一精神审美内涵恰恰是各种'类型化'小说并不具备的深度模式。"①

公安文学是中国当代文学的一个分支，公安小说则是当代公安文学的一个分支。公安小说不像穿越小说、武侠小说、侦探小说、盗墓小说等类型文学那样脱离现实生活，它触及的"多为人民群众关注的热点问题"②，贴近现实生活，堪称"世情书"。"党的十八大以来，习近平总书记高度重视中国话语体系建设，围绕新时代中国话语是什么、为什么、怎么样、怎么建，提出了一系列具有原创性、开创性、时代性的重大思想观点，形成了逻辑严密、内涵丰富的一整套重要论述。"③ 公安文学具有国家性、民族性、通俗性和时代性等特征。如今，到了构建中国公安文学话语体系之时。为此，梳理公安文学的发展历史，追问其前世今生显得十分必要。

相当多的国人误以为公安文学就是警察文学，事实上并非如此。"警察"与"公安"还是有区别的。"警察"，是指国家或政府建立的专事负责社会治安行政管理和刑事执法职能的专门机构及人员力量等；"公安"，是指"公共安全"或"公共安宁"，表示社会公共

---

① 李广仓：《叙事与文化：公安小说多维阐释》，中国社会科学出版社 2015 年版，第 16 页。

② 陈荒煤：《祝贺〈当代中国公安文学大系〉出版》，载梁晓声等：《埋伏》，群众出版社 1998 年版，第 1 页。

③ 何毅亭：《习近平新时代中国特色社会主义思想与中国话语建构》，载《新华文摘》2021 年第 1 期，第 1 页。

秩序安定的状态。《中华人民共和国人民警察法》规定，人民警察包括公安机关、国家安全机关、监狱、劳动教养管理机关的人民警察和人民法院、人民检察院的司法警察。其中负责公共安全的警察，通常被我们称为公安民警，其从职责上可分为刑事、治安、户籍、交通等十多个警种。[①]

警史专家穆玉敏对“警察”和“公安”进行了更为详尽的辨析：

> 1950年12月4日，公安部部长罗瑞卿拟稿请示政务院总理周恩来，建议在“警察”之前冠以“人民”二字，各警种统称“人民警察”，简称“民警”。理由是：“人民警察之名称，各地均不一致，且‘警察’二字在人民中的坏观念很深。”周恩来批准了。从此，“人民”一词就将新旧警察区别开来。实际上，罗瑞卿在1950年拟稿中提及“人民警察”并非首次出现，新中国成立前毛泽东在庆祝中国共产党建党28周年时的重要著作《论人民民主专政》中指出：要建设人民民主专政的国家机器，“这主要是指人民的军队、人民的警察和人民的法庭，借以巩固国防和保护人民利益”。1958年8月16日，第九次全国公安工作会议上通过的《公安人员八大纪律十项注意》使用“公安人员”，并没使用“人民警察”。“公安”这一称谓在“文化大革命”期间较为盛行。1980年《人民警察使用武器和警械的规定》颁布，1995年《中华人民共和国人民警察法》颁布，“人民警察”的称谓基本固定下来。[②]

一、公安文学的历史

中华人民共和国成立至“文化大革命”前，当肃反、反特为主题的小说脱颖而出时，公安文学的概念还没有明确形成。1949年拍摄的《无形的战线》是新中国出品的第一部反特片，也是新中国最早的一部公安文学作品，并为此后的反特片创作树立了标杆。此影片首次将人民公安形象搬上银幕，并表现惊险斗争和紧张气氛，为公安文学的成长与发展创造了一个良好的开端。此后比较有代表性的作家有白桦、公刘等，他们创作了表现边防反特斗争的作品。20世纪60年代，随着社会主义建设高潮的兴起，以《今天我休息》为代表的一批以歌颂新事物、新形象为主题的公安题材文艺作品也出现了。1979年，群众出版社出版了《肃反小说选（1949—1979）》，标志着公安题材小说的逐渐成熟和发展。

公安文学这一概念始于20世纪80年代。其间，有一个重要的公安文学现象值得我们关注，那就是公安期刊的兴起与蓬勃发展。这些期刊在公安文学的发展中发挥了十分重要

---

① 刘宗伟：《警察和公安的区别》，载《中山商报》2009年4月5日，第A6版。
② 穆玉敏：《北京警察百年》（下卷），中国人民公安大学出版社2004年版，第459-460页。

的阵地作用。由公安部主管、群众出版社主办的《啄木鸟》和福建省公安厅主办的《警坛风云》两本纯公安文学期刊皆于1984年问世。也就在这一年，辽宁省公安厅主办的《水晶石》创刊，这是第一本由省级公安厅局主办的公安法制刊物。随后，全国公安法制期刊以此为参照物，竞相创办，犹如雨后春笋。譬如，上海市公安局主办的《人民警察》、江苏省公安厅主办的《警方》、北京市公安局主办的《金盾》、河北省公安厅主办的《警视窗》、河南省公安厅主办的《公安月刊》、黑龙江省公安厅主办的《警察》、安徽省公安厅主办的《警探》、湖北省公安厅主办的《警笛》、湖南省公安厅主办的《当代警察》，等等。除了公安机关主办的刊物外，还有一批由各级公安机关主办的报纸也以较高的办报质量产生了很大的社会影响，如由公安部主管的《人民公安报》、北京市公安局的《首都公安报》、辽宁省抚顺市公安局的《抚顺公安报》、陕西省西安市公安局的《西安公安报》，等等。①

1986年，《人民公安报》、《水晶石》（后更名为《平安》）、《剑与盾》和《蓝盾》（《天津日报》主办）四家公安法制类报刊共同发起了“首届全国公安文学大奖赛”，并将获奖的公安小说和报告文学作品分别以《人·鬼·神》和《魔窟隐情》的书名结集出版。这是中国文坛第一次举起公安文学的大旗，公安文学这个明确的文学定义从此确立起来。

1987年，公安部举办了第一届“金盾文学奖”的评选活动。奖项范围为以公安法制战线斗争为题材的长、中、短篇小说，还包含影视剧本、报告文学、诗歌、散文、曲艺以及翻译作品。首届“全国金盾文学奖”评选时邀请作家、评论家魏巍、王蒙、柯岩、谌容、唐达成、刘心武、崔道怡等和公安系统作家李文达、赵明及公安部主管领导同志共同担任评委，获奖作品分别以《假如是你作案》《女民警的坎坷经历》等小说集和《弱者，不是女人的名字》报告文学集结集出版。时任公安部部长王芳和中国作协负责同志在颁奖仪式的讲话中正式启用了“公安题材文学”的提法。

1990年，公安部政治部宣传部文艺处、《人民公安报》和《文艺报》联合发起“公安题材文学评论征文”并择优奖励。同年4月至11月，《文艺报》特设“公安题材文学评论征文”专栏，该报和《人民公安报》共发表数十篇公安文学评论文章。② 从此，“公安文学”这一文学术语便由公安系统向外拓展，而“公安题材文学征文”则由《人民公安报》和《文艺报》于1999年联合发起。随后，各省、市、自治区公安厅（局）主办的公安类报刊如雨后春笋般冒出来，且大篇幅地推介公安文学作品。

国内较早研究公安文学的是学者高涧平。1991年，他出版了公安文学研究论文集《审美的理性与激情》。1993年，高涧平、张子宏和于奎潮三人合著的《中国当代公安文

① 张策：《公安文学四十年》，群众出版社2020年版，第55页。

② 参见杜元明主编：《中国公安文学作品选讲》，警官教育出版社1996年版，第2–3页。

学史稿》是第一部以“史”的维度对新中国成立后的公安文学进行全面梳理的专著。1996年，杜元明主编的《中国公安文学作品选讲》出版，将公安文学分为公安小说、诗歌、散文等六个部分加以评介，其中《近半个世纪以来的中国公安文学（代前言）》与《中国当代公安文学史稿》互为印证。2008年，于洪笙出版《重新审视侦探小说》。2015年，李广仓出版《叙事与文化：公安小说多维阐释》，宋强出版《中国当代公安题材电影研究》，王晓琳出版《警察美学的生命话语：公安文学研究》。自2009至2015年，笔者陆续出版《点击公安文学》《聚焦公安文学》《盘点公安文学》《回望公安文学》四部公安文学评论专著。2020年，张策出版的《公安文学四十年》是近年来颇具影响力的公安文学研究专著。

此外，进入笔者研究视阈的研究公安文学的硕士学位论文有20篇，博士学位论文有2篇：《中国当代公安刑侦小说研究》（吴强，吉林大学，2019年）和《中国新时期公安小说研究》（张友文，苏州大学，2019年）。与公安文学有点儿姻亲关系的博士学位论文3篇：《中国侦探小说及其比较研究》（李世新，四川大学，2004年）、《中国新时期法制小说研究》（徐文谋，山东师范大学，2014年）、《中国侦探小说的叙事视角与媒介传播》（朱全定，苏州大学，2015年）等。

公安文学作为一门学科已有一定的历史。中国人民公安大学公安文学系时名中文系，系国际政治学院创校时设置的四个系之一。1979年4月政法专科学校升格并更名为国际政治学院，1984年5月国际政治学院获批改名为中国人民警官大学。1998年，中国人民公安大学与中国人民警官大学合并组建为中国人民公安大学。1999年，中国人民公安大学中文系更名为公安文学系，并设公安文学教研室、公安文秘教研室、文学基础教研室三个教研室，相继开设《公安文学概观》《公安小说研究》《公安影视研究》《公安报告文学研究》《公安文学作品选讲》《公安文学创作论》等课程。截至2003年7月，该系有22届1669名本、专科毕业生。该系还在多层次办学上进行探索，1983至1985年举办过三届干部专修（大专）班；1993年又重新恢复招生，培养在职民警247名；1994年增设公安文秘大专班，有百余名学员毕业。1989年、1990年和2002年，中国人民公安大学与公安部政治部联合举办了三期公安系统文学创作研修班。另外，该系还先后承担了十几个省、市近3000名中文函授学员及三期为全国公安系统培训文学创作人才的公安文学讲习班的教学任务。1994年、1995年和2001年，此系与北京师范大学中文系合办中国现当代文学专业公安法制文学方向研究生班和硕士课程进修班，共有131名学员参与学习，其中部分学员获得硕士学位。2004年，公安文学系被撤销。

当下的公安文学已趋于成熟，甚至可以说从写“情节”转向了写“细节”。李广仓教授说：“从20世纪90年代中后期开始，公安小说人物完成了从再现到表现，从类型到典型，从写行动到写性格，从写肖像到写心理，从写政治到写人性，从写简单到写复杂，从扁平到圆整，从静穆崇高到平凡伟大，从审美到审丑等，多方面全方位的转型探索，一大批有血有肉的人物形象展现在世人面前。"①

目前，公安文学仍然没有得到学者的认可，没有进入当代文学史，公安文学研究者更是少之又少。如果把公安文学和具有可比性的军事题材文学（简称"军旅或军事文学"）进行比较，发现两者地位悬殊、声名相去甚远。在知网的"主题""关键词"和"篇名"中分别输入公安文学和军事文学，搜索的条数相差甚大。全国当代文学史或当代文学教材有数百个版本，所有版本中都没有公安文学这一文学术语，而军旅文学却占有很大的份额。不少高校的当代文学教材中有"军事文学"或"军旅文学"这一术语，甚至辟有专章、专节。《光明日报》《中国文化报》《文艺报》及中国作家网等都开辟了"军事文艺"专版、专栏，还有相当数量的报刊、网页辟有"军魂""军事文学"或"军事文艺"等栏目，却没有"警魂"或"警察文学""公安文学"之类的，或与"警"或"公安"等字眼挂钩的栏目及版面。

中国作家协会设立的十一个专门委员会中有"军事文学委员会"②，却没有"公安文学委员会"。公安文学之所以不受瞩目，原因很多：一是文学从业者对公安文学有成见，认为它算不上文学，从心底排斥。在他们心目中，公安文学只不过是案例的汇编或翻版，不具备文学性，没有研究价值。二是推介者、研究者太少。"众人拾柴火焰高"，如果多一些公安文学研究者，公安文学的知名度会大幅提升。三是相关部门重视不够。至今全国都没有成立专门研究公安文学的机构。

国外还没有针对中国公安文学的学术研究，与中国公安文学沾点边的只有美国金介甫（Jeffrey C. Kinkley）的《中国正义与小说：现代中国的法律与文学》（*Chinese Justice, the Fiction: Law and Literature in Modern China*）一书。此书提及公安文学，却对公安文学带有偏见，意识形态明显。此书还将罪案小说、司法案例和法律文化混为一谈，没有把公安小说与侦探小说区分开来。

到目前为止，对中国公安文学的系统性研究并不充分，却也取得了不少成绩：

第一，公安文学得以正名。公安文学是具有政治意识形态的文学，是指 1949 年以后表现新中国的法治文学。研究者将公安文学与侦探文学区分开来，公安文学的特征得以彰显。

---

① 李广仓：《叙事与文化：公安小说多维阐释》，中国社会科学出版社 2015 年版，第 17 页。

② 中国作家协会设立的十一个专门委员会，分别为小说委员会、诗歌委员会、散文委员会、报告文学委员会、儿童文学委员会、军事文学委员会、影视文学委员会、文学理论批评委员会、少数民族文学委员会、作家权益保障委员会、网络文学委员会。

第二，中国公安文学研究的内涵与边界基本清晰。中国公安文学的性质基本明确；中国公安文学的主要成就、主要作家作品和特征基本形成学术共识；中国公安文学的史学书写有了基本框架，特别是 1993 年以前中国公安文学发展线索有了初步的梳理。[①]

第三，虽然社会历史批评还是中国公安文学研究的主流，多样性的视角却也已经呈现。一方面，中国公安文学的影视剧改编有了较好的研究成果，中国公安文学的社会性、大众性和传播力等方面的研究有了较好的学术基础。另一方面，结构主义叙事学、文化学批评理论、文化镜像学、逻辑推理学等多种研究方法开始广泛运用，文本的意义生成、基本规律的揭示，使中国公安文学的独特性和深刻性有了进一步拓展。

二、公安文学概念的厘定与认知

李春青在《在审美与意识形态之间——中国当代文学理论研究反思》[②] 中列举的一个例子："刘勰的《文心雕龙》无论是在齐梁时期还是在后代，都是一部了不起的著作，但是这本书刚写成时刘勰却要站在当时的权威言说者沈约的宅邸门外等机会呈现给他，只有在被沈约认可之后，《文心雕龙》才受到人们的普遍重视。这是因为刘勰人微言轻，在当时的诗文评领域没有丝毫言说的资格可言，他要使自己的著作获得合法性，就只好'借'了。"如今，公安文学要获得合法性的命名，不必向名人求助，毕竟社会进步了许多。"道行之而成，物谓之而然。"（《齐物论》），意思是说道路是人走出来的，事物的名称是人叫出来的。

由于受反本质主义的后现代主义与兴起于 20 世纪后半期，且至今仍然盛行不衰的文化研究的影响，当代西方的一些文学理论家早已开始对文学以及文学的本质采取一种历史的、非本质主义的开放态度，并且强调文学本质界定的是各种具体的社会文化语境而不是寻找一种普遍有效的定义。他们没有把文学视为一种可以一劳永逸地解决的概念，而是转向把文学视作一种话语建构。

例如，在中国先秦时代，文学一词的最初含义是指文章和博学。换言之，凡是具有文采的和显示渊博学识的作品，都可以被称为文学。大约到了魏晋时代，文学的含义开始变得狭窄，即指有文采的缘情性作品。晋代陆机《文赋》有言"诗缘情而绮靡"。也就是说，诗是情感的表达。到了唐代，文学的含义又宽泛了，是指一切语言性符号。

今天的文学观念还得从晚清算起。"中国今天的文学观念也是晚清从西方传来的，随着中国社会生活各个方面的现代发展，文学的现代性特点和分类也确定下来。今天我们通

---

① 高润平、张子宏、于奎潮合著：《中国当代公安文学史稿》，群众出版社 1993 年版。

② 李春青：《在审美与意识形态之间——中国当代文学理论研究反思》，北京大学出版社 2006 年版，第 213 页。

行的文学术语，主要是现代性学术分类机制的产物。这一现代含义其实是来自现代西方的狭义文学观念与中国古代狭义文学观念在现代语境相互交汇的结果。它不是西方概念的简单输入，而是中国古典文学观念在西方文学观念的影响下重新激活和移位的结果，也标志着中国古代文学观念获得了一种新的合法性。一种外来的东西有的能生长下来，有的生长不下来，一个很重要的原因就是看我们内部有没有这种资源或需要。外来文学观念能不能生根、发芽、开花、结果，是需要从中国古典传统内部找寻原因的。所以，现代通行的文学观念不能简单地说是西化的产物，它也是我们内部文学传统被激活的一个产物，目的是适应文学现代性的需要。可以说，西方文学观念为中国现代学术分类提供了合法性理由，中国传统狭义文学观念为它作了内在支撑，提供了精神资源。"[①] "文学的现代含义是什么呢？如果非要下一个方便的定义，可以这样说：文学是一种语言性艺术，是运用富有文采的语言去表情达意的艺术样式。"[②] 孙子威在其主编的《文学原理》[③] 中是这样定义的："文学是作家借助语言塑造艺术形象，以表现他对人生的审美感受和理解的一种社会意识形态。" 童庆炳的文学定义："文学是人类的一种文化样式，是一种社会的审美意识形态，是一种语言艺术，它包孕着人的个体体验，它沟通人际的情感交流。如果用一句话加以概括的话，那么文学作为一种人类的文化样式，它是具有社会的审美意识形态性质的、凝聚着个体体验的、沟通人际情感的语言艺术。"[④]

乔纳森·卡勒（Jonathan Culler）说出了关于文学本质的五种理论：一是文学是语言的突出；二是文学是语言的综合；三是文学是虚构；四是文学是审美对象；五是文学是互文性的或者自反性的建构。卡勒并没有肯定哪种解答是最好的和正确的，只是提出了五种观点，认为它们无非五种视角，并且提醒读者："对每一点论述，你都可以从一种视角开始，但最终还要为另一种视角留出余地。"[⑤]

在不同的时代，从不同的视角给文学下定义，结论会不相同。因此，不同的文学理论版本中的、不同学者笔下的文学定义也不尽相同。在对公安文学进行定义之前还需澄清三个问题：

第一，公安文学不是明朝的公安派文学。公安派文学是明神宗万历（1573—1620）年间以袁宏道、袁宗道和袁中道三兄弟（系湖北公安人）为代表的文学流派。其文学主张与前后七子拟古主义针锋相对，并提出了"世道既变，文亦因之"的文学发展观。他们的"性灵说"要求"独抒性灵，不拘格套"，即直抒胸臆，不事雕琢。"性灵说"具有鲜明的

---

① 王一川：《文学理论讲演录》，广西师范大学出版社 2004 年版，第 225 页。
② 王一川：《文学理论讲演录》，广西师范大学出版社 2004 年版，第 226 页。
③ 孙子威主编：《文学原理》，华中师范大学出版社 1989 年版，第 72 页。
④ 童庆炳：《童庆炳谈文学观念》，河南大学出版社 2008 年版，第 36 页。
⑤ ［美］乔纳森·卡勒：《文学理论入门》，李平译，译林出版社 2008 年版，《序言》。

时代内容，与李贽的“童心说”一脉相承。

第二，我国没有侦探文学存在的土壤。公安文学凸显中国特色，反映中国国情。国外与之相对应的文类应该是警察文学或警探文学。国外侦探分为私家侦探和官家侦探，而我国只有官家侦探之说，这是由我国的国情与国体决定的。私家侦探在我国并不允许合法存在，我国官家侦探就是公安系统的人民警察，并不包含检察院、法院、司法和国家安全部门的人民警察，而国外的私家侦探在我国没有对应的族类。

为确保研究或论述的可行性，本书只涉猎我国公安文学文本和与我国公安文学具有可比性的、以官家侦探（警察或警探）为主要表现对象的外国文本。为了行文方便和可行性，笔者把国外的官家侦探统称为“警探”，那些以私家侦探为主要表现对象的国外文本则不在本书的讨论之列，如“在松本清张出现之前，以江户川乱步、横沟正史等人的‘侦探小说’为主，情节常常猎奇惊悚，私家侦探类内容占据主流”①。

第三，用历史的眼光看待公安工作及公安文学作品的分类。譬如，劳教工作以前隶属于公安工作范围，20 世纪 80 年代中期以后这部分工作已划归司法部门管理，所以描写劳教干部形象的作品，也应以此为界加以区分。在此之前它仍然是公安文学作品，如 80 年代初出现的一批“大墙文学”，以及带着管教性质的工读学校题材作品，如长篇小说《寻找回来的世界》、影片《再生之地》《少年犯》、电视剧《新岸》等，仍被视为“公安文学”作品。这以后出现的同类题材作品，就应视为司法题材文学，不好再划入公安文学的范畴了。②

2018 年 10 月 9 日，公安消防部队正式移交应急管理部，在中国实行了 53 年的消防现役成为历史，消防队伍将作为应急管理部的应急骨干力量继续肩负使命。从此，关于消防救援内容的作品就不再是公安文学的范畴。

本书将公安文学分为两类，即公安侦破类和公安非侦破类。前者以案件为主，大多是正义战胜邪恶的陈规叙事，后者则以生活为主，案件及其侦破过程只是背景，更多地指向人民警察的情感遭际与命运走向。

公安侦破类文本大多反映现实、观照现实，触及深层次社会矛盾和社会热点问题。这类文本倒是可以与侦探小说并置，两者都是模式化写作，且有相对稳定的故事框架，基本遵循着“寻找凶手或作案人”的模式。基本程式是一件神秘的罪案发生了，许多人涉嫌，最后除真凶外均被排除，犯罪嫌疑人被捕或死去。不管学院派学者是否承认公安文学这一种文学类型（非类型文学），不管它是否进入现当代文学史，事实上它是存在的，且是合

---

① 宿淼：《从黑色福音看松本清张文学的社会现实性》，吉林大学 2017 年硕士学位论文，《摘要》部分。

② 杜元明主编：《中国公安文学作品选讲》，警官教育出版社 1996 年版，第 8 页。

法存在的。中华人民共和国成立至今已有 70 多年的历史，公安文学与中华人民共和国同龄。如果把公安文学的历史比作人的寿命，也比较成熟，只是公安文学这一称谓还没有为大众所知。

“在文学写作与出版空前发达的今天，长篇小说动辄每年几千部的生产数量，作品中张三李四成千上万林林总总，他们出没于形形色色的环境中，有着差不多的黯淡无光的模糊面貌，而他们如同行尸走肉，功能只是为了敷衍着看似光怪陆离实则千篇一律的故事。”[①] 陈福民先生所言并不能涵盖现在的所有文本。据笔者所知，公安文学的叙事文本不仅有讲故事的，也有塑造警察人物形象的，而且这些故事还让人印象深刻，所塑造的警察形象更是堪称“这一个”。譬如，蒋子丹的长篇小说《囚界无边》、凡一平的长篇小说《上岭村的谋杀》、李晓平的长篇小说《鬼使神差》、刘军的长篇小说《测谎师》、李佩甫的长篇小说《平原客》、东西的长篇小说《回响》、范稳的长篇小说《太阳转身》、武和平的长篇小说《铸剑》等皆是。这些文本之所以能进入本书，绝不是仅凭借故事情节曲折，而是因为具有公安特征和文学性。

盛子潮与《羊城晚报》的对话——《类型文学：文学大变局中的得势者》中指出：“类型文学和纯文学的区别，有时疆界比较模糊，纯文学一般注重写作的个性化、不可复制性和独创性，类型文学更强调趋同性和模式化。至于网络文学指的是发表载体，事实上，当前大多数的类型文学作品，都是在网络上连载的网络文学。”白烨在《类型小说的喜与忧》一文中指出：“类型小说是指以题材分类的流行小说，它其实就是偏于通俗文学作品，然后在文化背景、题材类别上进行细行，使之具有一定模式化的风格与风貌，以满足不同爱好与兴趣的读者。”综合两位学者的观点，我们发现类型文学关键词是“模式化”“流行”“通俗”等。公安文学并不具备这些关键词，也就不是类型文学，而是一种文学类型。

富含中国元素的公安文学命名与明清小说类似，具有鲜明的中国特色，蕴藏中国价值、中国元素、中国精神、中国智慧和中国伦理。不少明清小说以“忠”“忠烈”“孝”“义”“喻世”“警世”“醒世”“型世”“省世”“觉世”“照世”“戒”“钟”“镜”“针”等作为小说书名，借以宣扬儒家伦理道德规范，强化小说社会功用，如《金瓶梅》以“孝哥”“爱姐”作结，寓含孝义和仁爱的儒家之旨。[②] 与中国现实密切相关的公安文学应该受明清小说命名的影响，其命名同样彰显中国特色。多数公安文学文本依然传承“文以载道”的道统，依然传承中国传统文化。到目前为止，公安文学的定义有如下几种。

高润平在《审美的理性与激情》中说：

---

① 陈福民：《现实主义再出发的几个问题》，载《长篇小说选刊》2018 年第 6 期，第 280 页。

② 程国赋：《明清小说命名的方法及其启示》，载《光明日报》2018 年 11 月 6 日，第 16 版。

> 1949年以来表现国家安全、公共安全、公众安全以及社会安定领域内的斗争生活，表现以此为神圣使命的政法、公安战士及人民群众的斗争生涯和人生历程、心灵历程的文学创作，可以称之为“当代公安题材文学”。①

而张子宏、高涧平在《公安文学四十年》中说：

> “当代公安题材文学”是一个科学而严肃的命名。经过系统研究我们认为：凡表现当代社会中国家安全、公共安全、公众安全以及社会安定领域内的斗争生活，表现以此为神圣使命的司法、公安人员及人民大众的斗争生涯和人生历程、心灵历程以及法制对抗冲突的文学作品，可称之为当代公安题材文学（简称“公安文学”）。它的概念外延将含“法治文学”“侦探文学”“犯罪文学”以及原“公安文学”提法的主要内容，但在范围与特征上与以上提法有质的区别。②

杜元明认为，公安文学是公安题材文学的简称，是政法题材文学的重要组成部分，也是中国现当代文学的一个独立分支。它着重表现公安保卫战线的斗争生活，是以社会主义革命和建设时期公安民警、武警官兵、治保人员的职业生活、情感生活、心灵世界及其命运际遇为主要表现对象，以塑造公安民警、武警官兵、治保人员的艺术形象为重要使命的文学。描写民主革命时期革命根据地和解放区的保卫干部、侦察员和进入敌占区的地下特工人员的斗争业绩及其思想情感的作品，也应包括在公安文学之内。描写公安保卫人员从事执法和打击犯罪斗争的公安文学作品同法治文学（含司法文学）、检察文学和犯罪文学存在着内容上的某种交叉关系，但前者与后三者在描写重点上存在着质的差别，不应将它们混为一谈。③

如今重新认识公安文学不仅仅是与时俱进，更是因为有理论在一旁助推。乔纳森·卡勒指出，理论具有如下四个特征：第一是跨学科；第二是分析和推测；第三是对常识的批评；第四是具有自反性。结果是理论变得吓人。如今的理论有一点最令人失望，那就是它永无止境。④

卡勒的理论倒是可以促使我们重新思考并定义公安文学。界定公安文学的目的有两个：一个是消除国人对这一文学类型的误解；另一个是将公安文学的涵盖面缩小或放大至合理的范围。

凸显中国国情的公安文学是公安文化下面的一个分支。公安文化这一命名早已有之，

---

① 高涧平：《审美的理性与激情》，群众出版社1991年版，第4页。

② 张子宏、高涧平：《公安文学四十年》，载《啄木鸟》1990年第3期，转引自杜元明主编：《中国公安文学作品选讲》，警官教育出版社1996年版，第4页。

③ 杜元明主编：《中国公安文学作品选讲》，警官教育出版社1996年版，第6页。

④ ［美］乔纳森·卡勒：《文学理论入门》，李平译，译林出版社2008年版，第16页。

中华人民共和国成立以来的第一任公安部部长罗瑞卿同志就认可公安文化这一提法。全国公安文联原主席祝春林同志《在全国公安文联第二届公安文化理论研讨会上的总结讲话》中指出：公安文化是在党的领导和关怀下，承接中华优秀传统文化根脉，伴随公安斗争实践和公安事业发展进步，在苦与乐的磨砺、血与火的洗礼、生与死的考验中生成和成长起来的，以百万公安民警为主体、以忠诚为核心元素，具有英雄文化、法治文化、廉政文化精神特质和剑胆琴心独特艺术魅力的战线文化。公安文化既是社会主义政治文明、法治文明的一种具体形态和重要体现，又是公安硬实力的先导、软实力的核心和百万公安民警共有的精神家园。如果说 DNA 是人的生物基因，那么文化就是人的社会基因，按照这样的逻辑，公安文化就是人民警察的职业基因，传承着中华优秀传统文化。

如果顺着这一思路来给公安文学下定义，政治性就会比较彰显，而文学性则相对减弱，而那些采用了隐喻、象征手法写作的公安文学作品则不能被包含，那将是一大遗憾，毕竟上述对公安文化的定义突出的是教化功能和政治功能，而忽略了审美和结构功能。

而其他学者对公安文学的界定又泛化了，如张子宏、高涧平的公安文学定义中的“神圣使命”四个字就容易给人造成错觉。公安文学皆宏大话语，与政治靠得很近，如聂鑫森的短篇小说《夕阳无限好》、罗伟章的中篇小说《明天去巴黎》、肖江虹的短篇小说《平行线》、平萍的短篇小说《谁是凶手》、王新军的中篇小说《警察与美女》等小说就与“神圣使命”不搭界。

在社会科学领域，要想用几句话对一个概念作出让所有人都认同的定义几乎是不可能的。笔者认为，公安文学就是以文学的笔法，主要以公安系统的人民警察（并不包括国家安全机关、人民法院和人民检察院及监狱工作的人民警察）的工作、生活、心理情感和命运遭际等作为书写对象，并能凸显这一特殊群体职业特征的艺术样式。对此，有三点需要补充说明。

第一，“文学的笔法”强调的是文学性，也就是“叙事、描述、虚构、想象、隐喻等成为一种建构自身的力量”。[①] 严肃的公安文学（也就是所谓的纯公安文学）自然包含文学语言和文学艺术表现手法，而通俗的公安文学则以情节曲折引人入胜。文学性的标准也是两个：一是是否有艺术感染力；二是读者是否喜欢看。前一标准指向严肃文学，后者针对通俗文学。

第二，公安文学文本中绝大部分内容应与公安系统的人民警察有关。如果人民警察偶尔在文本中露脸，换言之，他们的活动在文本中所占篇幅较小，则不能称之为公安文学作品。

---

① 邢建昌：《理论是什么——文学理论反思研究》，人民出版社 2011 年版，第 43 页。

第三，公安文学文本必须凸显人民警察的职业特征，即把刑警写得像刑警，把治安民警写得像治安民警；不能把刑警写得像交警，更不能把刑警写得像保安或工人。也就是说，要让读者一眼就能大致辨识出是哪一个警种。

公安文学命名重在突出“公安”二字，旨在突出人民警察的职业特征。因为职业特征蕴含着职业精神，还体现了人性的深度，更能表现人物的精气神。具有某种职业特征，人物绝不能雷同，而是要凸显“这一个”（黑格尔语）。如一提起资本家就想到了《子夜》中的吴荪甫，一说起地主就想到了《高玉宝》中的周春富，一说起农民就想到了《陈奂生进城》中的陈奂生……

同理，一说起刑警，就想起海岩的长篇小说《便衣警察》中的周志明；一说起反扒警察，就会想到张宇的长篇小说《软弱》中的于富贵和王海；一说起铁路警察，就会想到王仲刚的长篇小说《喋血大动脉》中的童蛋；一说到法医，就会想起谢宗玉的长篇小说《末日解剖》中的王泽荫；一说起女警，就会想到李晓平的长篇小说《鬼使神差》中的雪璇；一说到辅警，就会想到须一瓜的长篇小说《太阳黑子》中的辛小丰；等等。

公安工作的特殊性决定了公安文学的与众不同。因贴有公安的标签，才使得它具有警察的职业特征。接地气的公安文学实录人民警察的生活，刑事警察、法医、缉毒警察与网络警察等特殊警种的生活遭际都会在作品中得以表现，谢宗玉的长篇小说《末日解剖》围绕优秀的法医王泽荫展开故事。王泽荫与妻子苏芳因深爱到不爱，再到相互伤害，后来因为伤害而导致双方都毁灭。苏芳获悉王泽荫的真实身份后就开始反胃呕吐，且越吐越厉害……苏芳的反应是一种心理疾病表征，那就是不爱所致。法医王泽荫夫妻关系之所以紧张，正是由于法医这一身份引发的，与公安工作有关。

张宇的长篇小说《软弱》中的杨局长三次呼叫于富贵和王海这两个反扒能手同样道出了公安工作的特殊性。前两次是单独地呼叫他们，后一次是把他们两个人一起叫到办公室。杨局长之所以单独呼叫，并直接对两个普通民警下达指令，只因公安工作特殊。杨局长第一次呼叫于富贵时说：“也没什么大事儿。你先赶到我这儿吧。记着，只你一个就行了，王海不用来。”（《软弱》P168）小说中重复写道：“你一个人来就行了，王海不用来。”（《软弱》P169）同样的一句话，前一次出自杨局长之口，而后一次则是于富贵所想。杨局长叫于富贵一个人是因为有私活儿要分派给他。第二次，杨局长单独叫王海时情况又不一样。《软弱》重点讲述反扒警察的故事，理所当然属于公安文学作品，毕竟反扒警察贴有明显的公安标签。杨局长三次呼叫的目的各不相同，其中两次呼叫意味深长：一是由于案情保密的需要，二是间接地写王海和搭档于富贵办案手段高明。

胡雪梅的中篇小说《花朵》以电视新闻记者吴媚的视角打量警官刘秋生。吴媚奉领导之命在自家阳台上架上高清晰摄像机，伺机捕捉城管对野生菜市场突击检查的抢眼画面。

耐心地等了几天，没等到城管，倒是等到了一起凶杀案。镜头里的凶手高某扬起屠刀正在追杀一个人，一个着警服的、弱不禁风的民警却没制止，反而躲到案板下面。警察刘秋生如果不具备警察身份，他的“不作为”顶多受道德谴责。但是，身为人民警察的刘秋生关键时刻“不作为”就算渎职。在此，警察身份将刘秋生置于违反法律的节点上，但也正好表明小说《花朵》具有公安标签。侯波的中篇小说《埋坑》中的民警折向东为了办案只得睡在医生家，警察的执法边界问题让折向东左右为难。这也说明小说中的人民警察其实也是平凡人，他们的内心也有说不出的痛苦。

尹德朝的中篇小说《酒精含量》是为配合酒驾法规而作，富有时代感。这篇小说用喜剧形式表现出小人物的可悲处境，实录警察面对政府官员和顶头上司时的各色反应，从而揭示世界的荒诞和人生的无奈。田耳的中篇小说《一个人张灯结彩》中警察老黄大年三十晚上一个人向山顶上的理发屋走去，他就是去兑现一个承诺。此前，钢渣承诺大年三十晚上与哑巴小于一起在山上的理发屋守岁。如今钢渣成了犯罪嫌疑人，失去了人身自由，便拜托警察老黄去完成自己的心愿。陈建功的中篇小说《前科》展示基层民警的生存状态。孙春平的中篇小说《摸摸你的脸有多黑》中吉岗县公安局局长徐葆昌去异地任职。县长为解决他与妻子两地分居问题而煞费苦心，可徐葆昌对此只是拒绝，从而道出了一个正直警察的苦衷。孙学军的中篇小说《民警杨大兰的平常生活》实录普通民警的日常生活，将民警的内心苦恼与困惑描摹得十分逼真。

上述文本中的公安特征显然十分明显。可是，还有一些文学作品虽然围绕警察做文章，文学性也很丰沛，却没有凸显警察的职业特征，只能算作涉警题材文本。譬如，杨少衡的中篇小说《702 疑问》、马晓丽的中篇小说《杀猪的女兵》、张庆国的中篇小说《如风》和徐岩的中篇小说《去康旗镇》等即是。

《702 疑问》开篇就是一起惨烈的车祸，而且是警车肇事。两个死者中一个疑是风尘女，另一个则是县委副书记钟昭，重伤者是交警大队副大队长。交警副大队长直到小说结尾才苏醒过来，却什么都不记得了。此作品中尽管交通警察活动十分频繁，警察故事占的比例也很大，却没有道出交通警察的职业特征。通篇都没提及刑事警察或交通警察如何勘查现场、如何调查死者身份。原来，此作不是讲警察故事，只是把警察当作一个符号。钟昭死亡是官场路线图走不下去了，其人生目标失去了方向，便开车自绝，让风尘女陪葬、副大队长遭殃。这个疑案与警察职业特征无关。

《杀猪的女兵》叙述的是一个曾经在炊事班里以杀猪而闻名的女兵将丈夫杀死后的对话场景。警察赶赴案发现场后，一味地听女兵讲杀人理由。全文由主人公“她”和人民警察的对话构成。文本中虽有警察在活动，也不能称之为公安文学作品，因为它没有突出警察的职业特征，只是探究主人公“她”及其丈夫等的潜意识，并没触及警察内心深处。

《如风》中陈刚作为猎人的后代，是一个打野猪的好手。警校毕业后，他被分配至县城当警察，接下来被组织派到山里任派出所所长。在小说中，陈刚平日里除了陪上级官员在山里打猎外，基本没干什么本职工作。如果把这个角色换成工商所所长、税务所所长等似乎故事情节也能推动，文本的主题思想或隐喻意味依然不会变。

侯波的中篇小说《悍妇》虽然紧紧围绕人民警察折向东的爱情和婚姻做文章，但主人公却是折向东的老婆美芳，这从小说的标题也可以看出。此文本只是突出警察妻子的凶悍和蛮横。如果把折向东这个人民警察换成其他系统或行业的工作人员，小说主旨并不会产生变化，这个美芳会依然故我，那是人物个性使然。这说明警察折向东只是作为一个符号或工具而存在，并没被塑造成"这一个"。换言之，此作并没有凸显人民警察的职业特殊性。①

《去康旗镇》是说作为警察的"我"与同事到康旗镇去找一个叫梁彬的人，因为梁彬是潜逃的嫌疑人。当我们经过一番缜密的侦查后，正准备对他实施抓捕时，王队长打电话让我们撤案。因为吉林警方抓住了林胜利，他交代说，那火是他点电炉下面条引发的燃烧案，与梁彬无关。既然找到了梁彬的落脚点，我们顺便跟他澄清此事，打消他的顾虑。我们问他是继续在这儿干，还是随我们一同回家，他想跟我们一同回去，要求我们给他出具无犯罪记录的证明，否则他没脸回村，毕竟村里很多人都知道他在工地上惹祸了。我们与梁彬约定第二天一同出发回家，可是，第二天梁彬却牺牲了。此作品重点书写的是所谓的嫌疑人梁彬，警察虽一直在活动，却没道出警察的职业特征。

余一鸣的短篇小说《鸟人》中胡森林因生活所迫当了私家侦探，穿行于城市的大街小巷，进行跟踪、偷窥、取证等。他所从事的业务与人民警察的侦查工作有细微的相似之处。此文本也不能称为公安小说，因为私家侦探在中国没有合法生存的空间。

综上所述，公安文学必须首先富含文学性，其次围绕公安系统的人民警察书写，再次是突出公安特色，即凸显人民警察的职业特征。

三、公安文学的创作现状

近几年，公安部和各级省、直辖市、自治区公安厅（局）等都十分重视公安文学及公安文学创作，公安文学实绩累累。

（一）公安文学人才培养实现较大的突破

全国公安作家协会通过开展调研普查的方式摸清各级作协会员人数，并建立人才数据库。这是培养公安文学人才的第一步。第二步是利用社会优质教育资源，多渠道地培养造

---

① 张友文：《如何界定公安题材小说》，载《文学报》2013 年 10 月 10 日。

就公安文学人才。为此，全国公安文联先后与鲁迅文学院合作办了三期公安作家高级研修班。第三步是大力培育新人，扶持新人力作，表彰佳作与杰出人物。

（二）公安文学创作呈现亮色

全国公安作家协会设立了“公安文化发展基金”和“剑胆琴心文艺作品奖”，并成立公安文学创作室，资助公安作家出版作品，举办作品研讨会等。与此同时，还让公安文学服务公安工作。譬如，为了配合“清网行动”，全国公安作家协会通过组织采访团、召开座谈会、介绍经验等方式收集素材，并在全国主流媒体和重点文学类核心期刊上推出有社会影响力的公安文学作品，从而放大了公安文学的宣传效应。①

时至今日，公安系统文学刊物所剩无几，有正式刊号的公安文学期刊仅剩《啄木鸟》一家。2000 年前，各个省、直辖市、自治区公安厅（局）及省城公安局都主办有正式刊号的公安文学期刊，后来因全国报刊大整顿，这些发表公安文学的阵地突然之间就不存在了，但是公安文学并没有因此而退出文坛，毕竟作家在坚持写作，由公安部主管的公安文学期刊《啄木鸟》还在坚守。此刊每年出版 12 期，每期可刊发一定数量的长篇（连载）、中篇和短篇小说。

莫言说文学与人的关系就像头发与人的关系：“如果满头黑发当然很好，如果像我这样头发很少，也活得很好。如果有很多小说、很多诗歌、很多作家和诗人，当然很好，但是这些东西少一点儿，大家也能活下去。但一个人死亡以后，埋在地下，过了多少年被人挖出来，你会发现他的一切都化为泥土，只有头发还存在。社会上很多东西都在发生变化，不再存在，但是文学还在。”②

公安文学生命力依然顽强，且呈井喷之势，因为公安文学接地气。海岩的长篇小说《便衣警察》无疑是新时期公安文学代表作，武和平参与编剧的电视剧《九一八大案纪实》轰动一时，鲍尔吉·原野的《流水似的走马》荣获第七届鲁迅文学奖散文杂文奖，王仲刚的自传体报告文学《中国铁路第一大案解密》正在改编为影视作品，田耳的《一个人张灯结彩》荣获第四届鲁迅文学奖小说奖，东西的长篇小说《回响》荣获第十一届茅盾文学奖，少一的短篇小说集《月光紧追不舍》荣获第十三届全国少数民族文学创作骏马奖中短篇小说奖，等等。

当然正在努力成长的公安文学仍然存在一些问题。2011 年 11 月 2 日，祝春林同志在首届鲁迅文学院公安作家研修班专题研讨“公安文学的现状及发展”会上说，目前公安文

① 参见《却顾所来径　苍苍横翠微——全国公安作家协会五年工作综述》，载《文艺报》2016 年 11 月 23 日，第 9 版。

② 《莫言：文学与人的关系　就像头发与人的关系》，载 http：//www.chinawriter.com.cn/news/2013/2013-04-23/160584.html。

化建设存在“三不”问题：第一，与公安机关的地位不相对称；第二，与百万民警的精神文化需求不相适应；第三，与公安队伍的英雄业绩不相匹配。[①] 作为公安文化重要分支的公安小说存在着相同的问题。

武和平在鲁迅文学院第二期公安作家班上的授课《从作者到作家的嬗变——与鲁院同窗的共勉》中指出：“公安文学创作与时代需求、队伍业绩、肩负任务不适应、不相称、不匹配。面对火热斗争生活、可歌可泣的民警事迹、高品位的富矿，每日每时层出不穷的正义与邪恶、罪与罚、情与理的题材素材，我们仍处在‘一流业绩，但缺一流表达’的境况……具体表现为：一、量少质弱，精品稀缺；二、单兵作战，阵地有限；三、情节取胜，开掘不深；四、形浅神散，人物苍白。”

四、当代公安小说概述

公安文学的题材多种多样，本节之所以把公安小说单列出来进行概述，是因为作为叙事文本的公安小说反映了当下公安工作、见证了公安法治的建设进程，故事性明显，时代感强。在此，与其说是对公安小说进行概述，还不如说是对公安工作进行梳理，毕竟公安小说记录了中国发展的时代风云，呈现出政治意识强烈的当代性和纪实性。公安小说是一种最具有现实精神的文类，时刻关注现实生活，从中汲取创作素材，用千变万化的矛盾和斗争来吸引读者。它以法律为准绳与各种不合理的现象展开斗争，构成其主要的矛盾冲突，“新、奇、特”对于它来说具有至关重要的美学意义。

（一）中国当代公安小说发展的三个阶段

第一，中华人民共和国成立（1949 年）至“文化大革命”结束（1976 年）为第一阶段。1949 年到“文化大革命”开始（1966 年）之间的“十七年”，公安小说基本以苏联式肃反、反特小说为主。“适应新生的人民共和国为保卫革命的胜利成果、巩固人民民主专政而进行的‘土改’、‘镇反’、剿匪和海防、边防地区军民反特锄奸的斗争形势需要，在为工农兵服务、为无产阶级政治服务的文艺方针指引下，以上述斗争为题材的公安小说创作相当活跃。”[②] 这一时期代表作品有叶一峰的《一件杀人案》，白桦的《一个无铃的马帮》[③]，姚冷的《带警犬的“帕把”》，沈默君的《荣军锄奸记》，国翘的《一件积案》，陆石、文达的《双铃马蹄表》，林欣的《“赌国王后”牌软糖》，公刘的《国境一条街》[④]，

---

① 参见刘元林、蓝茹：《自觉担当，创作无愧时代的好作品——鲁迅文学院公安作家研修班专题研讨“公安文学的现状及发展”》，载《人民公安报》2011 年 11 月 11 日。

② 杜元明：《中国公安文学作品选讲》，警官教育出版社 1996 年版。

③ 白桦：《一个无铃的马帮》，载《人民文学》1954 年第 11 期，第 69-87 页。

④ 公刘：《国境一条街》，中国青年出版社 1957 年版。

史超的《擒匪记》[1] 和《黑眼圈的女人》，赵骛的《手电筒的秘密》，高歌的《孤坟鬼影》，石方禹的《天罗地网》，等等。"'文化大革命'期间，除一部由小说《海岛女民兵》[2] 改编的电影《海霞》外，公安文学创作几近空白。"但是地下"手抄本"并不少。"据不完全统计，1974—1976 年短短三年间，社会上广泛流传的'手抄本'达三百多种，其中以侦破和反特故事为主，代表作有《一只绣花鞋》《绿色尸体》《火葬场的秘密》《梅花党》《叶飞三下江南》《第十三张美人皮》《地下堡垒的覆灭》等。其中尤以张宝瑞创作的《一只绣花鞋》最为著名，广为流传，并出现了许多不同版本。'文化大革命'后的电影《雾都茫茫》便是取材于《一只绣花鞋》的故事。"[3]

这一阶段的公安小说主题是肃反、反特，以建构伟岸的警察英雄形象为第一要务，并遵循着发案—破案—结案的叙述模式；英雄意识充塞其间，重在表现无产阶级革命战士的智慧和胆量，彰显崇高的历史责任感和时代使命感，具有强烈的政治性、阶级性和道德化倾向，与"红色经典"有些类似，遗憾的是文学性并不浓；以坚持革命现实主义和革命浪漫主义相结合的原则为主，创作手法比较单一。

第二，1976—1985 年为公安小说的第二阶段。这一阶段的作品可划归到"伤痕小说"或"反思文学"的范畴。1985 年，海岩的长篇小说《便衣警察》[4] 问世，与其他作品一起完成了中国公安小说的创作转型。从此，公安小说从写案过渡到写人的时代。"《便衣警察》的特别贡献是将写人与重大的时事政治问题结合在一起考虑，小说人物周志明被塑造成了一个平凡英雄的形象。"[5]"《便衣警察》出版，使得公安法治小说从对社会批判的反思转向为对刑警战士精神层面上的探索，从苦难的人生经历中传达出崇高的人生境界。"[6]《便衣警察》一经问世，好评如潮。中央人民广播电台在"小说连播"栏目中播出后声誉日隆。紧接着，《人民日报》《中国法制报》等十多家报刊相继发表关于此文的评价，称其为"同类题材中的突破性作品，1985 年长篇小说创作中的佳作"[7]。还有学者指出："《便衣警察》是我国新时期公安法制小说具有突破意义的重要作品"；"海岩的长篇小说《便衣警察》就是中国公安文学发展中的一个里程碑式的作品，它标志着中国公安文学一个新的时期的来临"。

第三，1985 年至今可谓公安小说的新时期。此前公安小说是以政治话语的范式作

---

① 史超：《擒匪记》，载《解放军文艺》1954 年第 4 期，第 40-59 页。
② 黎汝清：《海岛女民兵》，人民文学出版社 1966 年版。
③ 汤哲声：《中国当代通俗小说史论》，北京大学出版社 2007 年版，第 242 页。
④ 海岩：《便衣警察》，人民文学出版社 1985 年版。
⑤ 汤哲声：《边缘耀眼：中国现当代通俗小说讲论》，北京大学出版社 2013 年版，第 116-117 页。
⑥ 范伯群、孔庆东：《通俗文学十五讲》，北京大学出版社 2003 年版，第 207 页。
⑦ 高洞平、张子宏、于奎潮：《中国当代公安文学史稿》，群众出版社 1993 年版，第 174 页。

为主导叙事，新时期的公安小说则“去政治化”“去阶级性”“去英雄化”，贴近老百姓的日常生活，并向“平民叙事”迈进。这一时段的公安小说中的人民警察不再是阶级斗争的工具，而是具有生命活力的“人”，且全方位、多视角、深层次地观照人性和人心。人民警察的职业特征理所当然日趋凸显，时代感、商业性、娱乐性和可读性也在进一步增强。

这一时期的公安小说在传承传统文学优点的基础上，又有所开拓和创新，甚至出现了具有荒诞意味或寓言性质的文本，如刘继明的《小米》、余同友的《白雪乌鸦》、凡一平的《上岭阉牛》等。

（二）公安小说各个阶段的特征

在分述公安小说各个阶段的特征之前，还要对公安小说与侦探小说作简要区分。公安小说与侦探小说是两个不同的概念。新中国成立之后，侦探小说在我国就没有了立足空间，这是我国的国情、国体使然。侦探小说中还有私家侦探和官家侦探两类，这两类侦探与犯罪分子之间形成三足鼎立的格局，而公安小说中只有人民警察，即官家侦探，因为私家侦探不被允许存在。也就是说，公安小说不同于侦探小说，只存在二元对立格局。

公安小说可分为公安侦破小说和公安非侦破小说两大类。1949 年至“文化大革命”之前的公安小说统称为公安侦破小说。进入新时期后公安小说一分为二，公安侦破小说可与侦探小说并置，因为它们都是高度模式化写作，且故事框架稳定，大致遵循案发—调查—结案的模式。叙事模式大约是一件神秘的罪案发生了，许多人涉嫌，最后除真凶外均被排除。罪犯被捕或死去。

1.“十七年”时期。新中国成立之初，境内外敌对势力正在对我进行疯狂的渗透、颠覆和破坏，此时的公安小说将“土改”“三反”“五反”“肃反”及“四清”等政治运动尽收笔下，主题就是肃反、反特，如白桦的《山间铃响马帮来》① 和《一个无铃的马帮》，陆石、文达的《双铃马蹄表》，史超的《擒匪记》，公刘的《国境一条街》等。此外，《一件杀人案》《铁道卫士》《冰山上的来客》《羊城暗哨》《寂静的山林》等也有较大的影响力。上述作家都是军人出身，军旅印痕或隐或显地存在作品中。这些作品在惊险、神秘的氛围背景中强化的是冲突与斗争、正义与邪恶、美与丑等的二元对立较量。

作为公安小说的代表作家，白桦是“最早将少数民族生活和边防反特生活结合起来进行艺术表现的作家”。《山间铃响马帮来》中的“马帮”指的是解放军的工作队，他们到云南国境线上是为了帮助当地老百姓重建家园，在诗意盎然之中仍然有你死我活的激烈斗争。如果说《山间铃响马帮来》以表现少数民族生活为主，以清匪反特为辅的话，那么

---

① 白桦：《山间铃响马帮来》，载《人民文学》1953 年第 3 期，第 12-29 页。

《一个无铃的马帮》则把笔墨重心转向了滇南边防反特擒匪斗争，并且神秘氛围贯彻文本始终，小说重点塑造了边防侦察排长冯延贵和苗寨联防队长朱林生的形象，彰显的是边防战士的革命英雄主义精神。

史超的《擒匪记》讲述的是边防小分队在大西北深山擒匪捣毁敌巢的故事，是介于军事题材和公安题材之间的一个过渡性作品。与白桦、史超处于同一时期的作家公刘首先铺就了反特小说创作侧重心理刻画的先路，功不可没。他的《国境一条街》中主人公是边防检查站政委张同。作为一名革命军人，张同警惕性非常高，他面对陌生“文书”产生了怀疑。公刘详细地描述了这位政工干部在复杂的敌对环境中丰富而又复杂的内心流变。

“十七年”时期的公安小说受侦探小说、间谍小说、犯罪小说，尤其是受西欧《福尔摩斯探案集》和苏联、东欧等反特侦破小说的直接影响，使公安文学从一开始便染上了惊险、神秘的色彩。

要言之，“十七年”时期的公安小说皆是公安侦破小说，且坚持“二为”的社会主义文艺方向，重在讴歌祖国和公安战士，具有强烈的英雄意识，基调乐观、明朗、刚健，政治化和教化功能明显。其不足之处是人物呈现出模式化或概念化。

“文化大革命”期间最重要的公安小说是黎汝清的《海岛女民兵》，堪称“萧条期”的一道风景。此作采用革命的现实主义和革命的浪漫主义相结合的创作手法，塑造了渔家姑娘海霞。海霞带领同心岛女民兵同渔霸、海匪等反动势力作斗争的过程，也就是海霞在团体中逐渐长大并成熟的过程，“从幼稚到成熟，从蒙昧到觉醒，从软弱到坚强的成长过程，并没有凭空拔高她”①。一幕幕生活惨剧在幼小的海霞心中埋下了仇恨的种子，父亲的控诉更是激发了她心中反抗的火焰和倔强之气。面对敌人的破坏和传统习惯势力的影响，她并没有屈服投降、害怕退缩，而是越发倔强和勇敢，狠咬国民党士兵的手就是例证……经过一番磨难和考验的她最终成长为反特卫士的优秀代表。此小说历经种种曲折，最终在文艺界和社会上获得很大的声誉。

2. 1976—1985 年。“文化大革命”结束后公安小说冲力加大，并驶上快车道。王亚平的短篇小说《神圣的使命》② 是“伤痕文学”的力作，于 1978 年获首届全国优秀短篇小说荣誉称号。作品主要讲述一个离开岗位长达八年之久的老公安王公伯重新履职后，克服重重困难查办“文化大革命”时期造成的冤假错案。王公伯接手白舜冤案之后，万万没有想到阻力重重。耿直的知识分子白舜因为掌握了迫害老干部陆青的证据，便被一批以“四人帮”集团为代表的政治小丑以“莫须有”的罪名投入监狱。王公伯从白舜案件卷宗中

① 庞守英：《黎汝清研究专集》，解放军文艺出版社 1983 年版，第 147 页。

② 王亚平：《神圣的使命》，载《人民文学》1978 年第 9 期，第 51-67 页。

发现疑点，决定查个水落石出。调查过程并不是一帆风顺的，为了与邪恶势力进行殊死搏斗，他将生死置之度外。当案件有点儿起色之时，形势却发生了转变，王公伯不得不中止调查，重返“五七干校”。俗话说“不在其位，不谋其政”，但他初心不改，并借外出看病之机继续调查此案。在白舜冤案即将大白于天下之时，黑恶势力使用下作手段将他撞昏，企图杀人灭口。王公伯将维护法律的尊严当作自己“神圣的使命”，怀着对公安事业的绝对忠诚，义无反顾。毋庸讳言，王公伯就是“伤痕文学”的典型人物，继《神圣的使命》之后，王亚平的长篇小说《刑警队长》[①] 继续甄别冤假错案，“试图说明，要使冤假错案得到甄别，关键在于党的干部组织路线的甄别，而后者的任务更艰巨，表现得也更残酷”[②]。

如果说“伤痕文学”中的公安小说代表作是《神圣的使命》的话，那么“反思文学”中的公安小说代表作则是从维熙的《大墙下的红玉兰》，“一个在抗日战争硝烟弥漫的战壕里入党的共产党员，一个从朝鲜战场上复员到省公安局负责过预审和劳改工作的干部，竟然被历史的旋风卷进共产党的监狱”[③]。这个人就是葛翎，他在监狱里机智地与靠造反起家的“人狼”章龙喜周旋，在“引黄”工地上勇敢地迎击反革命分子马玉麟和流氓头子俞大龙……总之，他与“四人帮”一伙进行无畏的抗争。可是，就是这么一位勇敢的战士，却在小说之末血洒大墙。当时，他搭梯爬墙去摘玉兰花悼念敬爱的周总理，却被反革命分子枪杀。

上述公安小说将“问题”意识作为创作的核心，揭露精神世界中的“伤痕”，书写的是人、“妖”颠倒的悲剧历史，讴歌的是公安战士的坚贞不屈，正义与邪恶的较量往往呈公开化和白热化。

3. 1985 年至今。新时期以来公安小说变得复杂起来，作家们不再把普遍的、宏大的社会性题材作为创作的首选，而是转向以人民内部矛盾为主，间或夹杂人民警察的苦恼与困惑，具有从外向内转的趋势。当年那些军人出身的作家把侦破惊险的样式写尽之后，海岩及时担负起了把公安小说真正引入艺术殿堂的使命。“在新时期公安题材文学创作中，海岩是第一个把‘人’作为审美观照中心的作家。他的人的意识包括了人的本质及其实现、人性、人情、人格等内涵，包括了明确的人生意识。”因此，海岩的作品总是充满高度的人的意识和悲剧意味。

家庭变故和社会大动荡成就了海岩独特的心理特征和与众不同的艺术直觉，正如他自己所言：“我自己由于家庭影响、所受教育，强烈有感于那个时代政治风云对个人生活，

① 王亚平：《刑警队长》，上海文艺出版社 1980 年版。
② 范伯群、汤哲声、孔庆东：《20 世纪中国通俗文学史》，高等教育出版社 2006 年版，第 295 页。
③ 从维熙：《大墙下的红玉兰》，花城出版社 2010 年版，第 3 页。

特别是个人情感生活的巨大影响。我的《便衣警察》与那些伤痕小说又有些不同，很光明，很英雄，很正面，结局也很完美。我也写了少男少女的情感，但特别乐于并自觉地写了政治风云对个人命运的主宰与影响。”①

如果说海岩小说是“案情”+“社会”式写作，那么还有一类公安小说则是“案情”+“个人”式写作。前者中的“社会”主要是指由公安机关参与的“打击车匪路霸”“反恐”“缉毒”“清网行动”“猎狐行动”等专项活动，这些都是关乎人民群众实际利益；后者中的“个人”偏指警察个体的孤独、苦闷及命运遭际等。

“案情”+“社会”类大都划归为公安侦破小说，“案情”+“个人”则可划归为公安非侦破小说。前者又以“扫黑除恶”类故事居多，其中“案情”大多属于经济犯罪和带黑社会性质的团伙犯罪，这些犯罪与官场腐败紧密相连。

非公安系统作家笔下的公安侦破小说大多借“侦破”的外壳揭露官场腐败问题，堪称反腐小说，如1990年以来，张平的《十面埋伏》、陆天明的《大雪无痕》《高纬度战栗》等。但是非公安系统作家笔下的反腐小说并不都是公安小说，如陆天明的《苍天在上》、张平的《天网》等，毕竟主角不是人民警察，而大多数公安系统作家笔下的反腐小说却可被视作公安小说，如朱维坚的《绝境》《暗算》《渗透》《沉默》《深黑》《一战到底》《水落石出》《黑白人生》《第一目标》等“反黑系列”；武和平的《掩盖》，张成功的“三黑系列”，即《黑冰》《黑洞》《黑雾》，库玉祥的《险象环生》等。

“案情”+“社会”式公安侦破小说敢于直接暴露社会生活尤其是政治生活中的阴暗面，警察英雄共性特征是一身正气，不畏强权，敢于碰硬。他们在办案过程中往往阻力重重，但他们勇于向黑恶势力宣战，敢于与腐败斗争到底。他们那执着坚忍的个性、视死如归的勇气惊天地、泣鬼神。

公安侦破小说与侦探小说有着相似的叙事模式，大都具有明显的伦理化倾向，讴歌在绝境中抗争的精神英雄。公安侦破小说与侦探小说相较，其间的科学、智慧成分减少了，而社会关系却增多了。虽然文中没有私家侦探和官家侦探这些称谓，但是盘根错节的社会关系明显增多，凸显的正是中国特色，书写的也正是中国国情。

所有公安侦破小说皆高扬时代主旋律，与社会主义文化的发展方向相一致，与时代的主流文化方向相契合，正如批评家维尔哈伦所言：“文学的主旋律是对人的肯定和人性的张扬。”② 换言之，这些小说大力彰显人民警察核心价值观——忠诚、为民、公正、廉洁，所有警察英雄肩负着神圣的使命，对公安事业忠诚无比；他们不怕牺牲，勇于奉献、敢于胜利，且意志坚忍。

① 海岩：《我笔下的七宗罪》，文化艺术出版社2002年版，第320页。

② 于洪笙：《重新审视侦探小说》，群众出版社2008年版，第341页。

“案情”+“个人”式文本属于公安非侦破小说，实录的多是人民警察的个人境遇，在那盘根错节的案情背后却是一颗颗真实的、痛苦的孤寂灵魂。他们才是鲜活的个体，且血肉丰满、情感丰富。他们初入警时满腔热血，后来因外部环境或自身原因等多种因素使然，便走向黯淡平庸。换言之，“高大全”的警察形象不复存在，人民警察最终被还原为一个庸常的“人”，如胡雪梅的《花朵》、何顿的《青山绿水》、阿成的《陈警官的故事》和邓宏顺的《归案》等。

除此之外，还有一些与现实相去甚远的寓言文本，如余同友的《白雪乌鸦》[①]、刘继明的《小米》[②]、李辉的《游戏规则》等。这些文本不以讲侦破故事取胜，有的甚至与案件无关。《白雪乌鸦》寓意着除了王翠花之外，白雪乡村民都被金钱异化了。村民们丝毫不同情王翠花的遭遇，因为他们眼中只有钱，致使精神空虚，唯利是图。《小米》中的警察故事与现实公安工作格格不入，而隐喻意义却十分明显。麋鹿的失踪隐喻着小米的贞操被夺去，菜花的凋零隐喻着小米面临厄运……天鹅洲本是小米的童年乐园，当她在天鹅洲被恶棍夺去贞操之后，小米心中的精神家园也就不复存在了。

“在美国，许多大学开设了大众文学课程，不少博士学位论文都已把重心放在大众文学的研究上。日本一些批评家也打破过去曾经壁垒森严的高雅小说与通俗小说之间的界限，将通俗小说与高雅小说相提并论，导致了日本当代文学批评的新走向，有力地促成了介于雅俗之间的大量的‘中性小说’应运而生。可以断言，雅俗之间的隔膜、对峙、排斥将不断消除，两者的互动、互补、融合将成为世界文学发展的必然趋势。”[③] 公安小说正是介于雅、俗之间的“中性文本”，其中的公安侦破小说属于通俗小说，而公安非侦破小说则属于高雅小说。

具有 70 多年历史的中国公安小说，无论是在讲述侦破故事、展现人民警察日常生活，还是在直击人物内心进而展开人性化思考等方面，都经历了从开创到日趋成熟的发展过程。在当下的创作背景下，公安作家们为彰显公安小说的中国特色，讲好中国警察故事，还需要在文学创作方式上大力创新，“最重要的是具有中国特色的表现手法，就如欧美具有‘硬汉派小说’、日本具有社会推理小说一样，而不仅仅是跟在别人后面的花样翻新”[④]。当然，在创新的同时不能丢弃传统。欧文・白璧德在《文学与美国的大学》一书中说：“真正的创新是艰苦的生发过程，并且常常以深深扎根以往文学的方式来获得而不是失去什么东西……与传统决裂的人在其实只是无知和自大的时候反而会认为自己具有原

---

① 余同友：《白雪乌鸦》，载《文学港》2013 年第 7 期，第 22-29 页。
② 刘继明：《小米》，载《中篇小说选刊》2007 年第 4 期，第 130-157 页。
③ 张华：《论通俗小说及其主要特征》，载《文史哲》2000 年第 5 期，第 38-42 页。
④ 汤哲声：《中国现代大众文化与通俗文学三十讲》，高等教育出版社 2011 年版，第 119 页。

创性。”①

公安小说要秉承正确的价值立场，更要坚守法治思维。在深入学习宣传贯彻习近平法治思想、加强社会主义法治文化建设的当下，中国公安小说发挥着应有的作用。因此，是时候大力推介和系统研究公安小说了。

① ［美］欧文·白璧德：《文学与美国的大学》，张沛等译，北京大学出版社2004年版。

第二章　公安文学的功能特质

文化兴则国兴，文化强则民族强。党的二十大报告指出：“全面建设社会主义现代化国家，必须坚持中国特色社会主义文化发展道路，增强文化自信，围绕举旗帜、聚民心、育新人、兴文化、展形象建设社会主义文化强国，发展面向现代化、面向世界、面向未来的，民族的科学的大众的社会主义文化，激发全民族文化创新创造活力，增强实现中华民族伟大复兴的精神力量。”[①] 文运同国运相牵，文脉同国脉相连；文化是民族的精神命脉，文艺是时代的号角。一个民族倘若缺乏高度的文化自信，没有文化的繁荣兴盛，自然也就谈不上民族的复兴。

一、文学的功能

有价值的文学不只是反映现实的镜子，也是照亮生活的灯。文学是人类的精神航标和灵魂栖息地，是为了让人活得真诚、美好、温情、朴素、自尊和富有诗意，是对人的精神和心灵的抚慰与引领，是为了让人获得向上、向善、向美的力量。鲁迅说：“文艺是国民精神所发的火光，同时也是引导国民精神前途的灯火。”巴金说：“人为什么需要文学，需要它来扫除我们心灵中的垃圾，需要它给我们带来希望，带来勇气，带来力量，让我们看到更多的光明。”

在这个“国际化”写作日益流行的时代，“中华民族的认同感、凝聚力、向心力和价值观、审美观正在被严重消解。歌德心目中的‘世界文学’正在成为实际的空想”。[②] 因此，是时候加强公安文学研究了。因为公安文学最具中国特色，实录中国国情。

凸显中国国情的公安文学隶属于“公安文化”。“公安文化”这一命名由来已久，中

---

① 习近平：《高举中国特色社会主义伟大旗帜　为全面建设社会主义现代化国家而团结奋斗——在中国共产党第二十次全国代表大会上的报告》，人民出版社 2022 年版，第 42-43 页。

② 陈众议：《控制时代的来临与中国的艰难选择》，载《世界文学》2013 年第 5 期，第 11 页。

华人民共和国成立后的第一任公安部部长罗瑞卿同志就认可“公安文化”这一提法。祝春林同志《在全国公安文联第二届公安文化理论研讨会上的总结讲话》中指出：“公安文化是百万公安系统人民警察的精神家园，堪称人民警察的职业基因。历史悠久的公安文化传承着中华优秀传统文化的根脉，以忠诚作为其核心元素，兼具廉政文化和法治文化的精神特质，并具有剑胆琴心的职业品格。”

二、公安文学的功能

美国法学家威格摩尔等很早就提出法律人应当从文学名著中去理解人性。通过文学作品观察人性的美与恶，有助于在立法时确定规制，反之，也可以进一步来了解人们在法律制度之下的人性活动过程。[①] 文学是人学。好的文学作品并非仅凭故事情节取胜，而是直击人的灵魂，写出人性的深度。威格摩尔所言是从文学的非功利性角度，即审美角度而言的。中国当代作家高晓声则认为，“反映农村生活，为农民写作，从来是没有什么争论的”。[②] 这是从文学的功能来切入。高晓声的世界观决定了他的文学创作观。他的这些话语主要包含两个方面的内容：一是强调为人民服务的文学观，二是强调文学的启蒙作用。[③]

以公安系统人民警察作为主要书写对象的公安文学有着比较鲜明的情感态度，散发出温暖的气息，健康阳光、积极向上，体现国家气场（特别是公安影视剧）、塑造可敬的平民英雄、讲述动人的故事和情节、蕴含感人的细节，并彰显人民警察核心价值观。研究、推介公安文学，发掘公安文学所蕴含的人民警察核心价值观，有助于增强文化自信，提高国家文化软实力，还有助于“提神、鼓气、益智、强心、健骨”。具体说来，则是“提升全民法治精神，培育现代公民意识；鼓荡民族阳刚正气，激发社会美俗良风；凝聚民族向心力，增添民族自信心；强化从业者的法治决断力，提高事态应变力；挺直民族脊梁骨，经受任何复杂考验”。[④]

（一）公安文学是社会的晴雨表

古今中外的文学作品都具有重要的认识功能。恩格斯在评论《人间喜剧》时说，巴尔扎克“汇集了法国社会的全部历史。我从这里，甚至在经济细节方面所学到的东西，也要比从当时所有职业的历史学家、经济学家和统计学家那里学到的全部东西还要多”。[⑤] “马

---

① 范玉吉主编：《法律与文学研究》（第一辑），上海三联书店 2012 年版，第 9 页。

② 高晓声：《生活·思考·创作》，上海文艺出版社 1986 年版，第 179 页。

③ 杨建生、张巧凤：《高晓声论文学的功能、题材与方法》，载《文艺争鸣》2015 年 2 月号，第 153 页。

④ 王运声、易孟林主编：《中国法治文化概论》，群众出版社 2015 年版，第 502 页。

⑤ 《马克思恩格斯选集》（第四卷），人民出版社 2012 年版，第 463 页。

克·吐温比执法人员要早十八年就认识到指纹对于辨认犯罪分子的重要作用了。他的科学的头脑和非凡的洞察力，实在是令人钦佩。马克·吐温的这些具有法制文学倾向的作品，为法律工作者和侦破人员较早地提供了科学地认识指纹破案的方法。如今世界各国，普遍采用这种方法协助破案，而这一功绩记在马克·吐温和他的法制文学作品上是一点儿也不过分的。”[①] 中国的公安文学同样如此，它帮我们认识我国国情，还可以追溯我国的法治进程。

“中国社会主义时期的法制文学，特别是进入新时期以来，有大量的作品和成功的形象反映了民主和法制建设，对外开放与经济改革以及婚姻家庭、伦理道德、青少年教育等各方面的新问题。这些作品充分展现了公安侦破、法律监督、法庭审判、司法行政、海关边检、安全保卫等各个领域里的新与旧、正义与邪恶、美与丑、真与假、罪与罚的矛盾和斗争，热情歌颂了那些维护党和国家利益，勇于斗争，具有开拓精神的新人新事新观念，无情地鞭挞了那些损害党和国家利益，保守自私、违法乱纪地阻碍和破坏‘四化’建设的坏人坏事旧观念，具有深刻的法治教育和思想道德教育作用。”[②] 公安文学同样具有如此功能，毕竟公安文学是法治文学的一个分支。

1. 笔墨当随时代。一个时代有一个时代的文学，因为文学不能离开它所属的那个时代的物质环境和精神环境，人类认识能力的状况，社会风尚和时代精神都会给文学打上鲜明的时代烙印。[③] 文学是社会性的话语活动，是对社会生活的反映。任何一部文学作品都或多或少对社会的全貌或侧面作了一定的描写与揭示。[④] 公安文学也不例外，其时代性十分明显。譬如，杜雨清的短篇小说《越狱》[⑤] 中有预审室之称；张卫华、张策《女民警的坎坷经历》[⑥] 中还有预审科之说。后来公安机关改革，将侦审合二为一，预审科就不存在了，从这些小说可以读出时代的变迁。

> 王刚到部队的头一年里，给班上每个同学都寄来一封用复写纸誊清的“远方来信”，尽管通篇都是摘录的毛主席语录和先进人物的豪言壮语，我还是认真地给他回了信。[⑦]

---

① 于洪笙、安兴本等：《法制文学概论》，花山文艺出版社 1990 年版，第 146 页。

② 于洪笙、安兴本等：《法制文学概论》，花山文艺出版社 1990 年版，第 155 页。

③ 石昌渝：《中国小说源流论》，生活·读书·新知三联书店 1994 年版，第 211 页。

④ 汤哲声主编：《中国当代通俗小说史论》，北京大学出版社 2007 年版，第 53 页。

⑤ 公安部宣传局编：《公安文学六十年作品精选（2 小说卷）》，群众出版社 2009 年版，第 454-463 页。

⑥ 张卫华、张策：《警察生活录》，群众出版社 1988 年版，第 159 页。

⑦ 张卫华、张策：《警察生活录》，群众出版社 1988 年版，第 136 页。

“所长，这屋就不能再生一个炉子吗?”小赵边说边打了个冷战。

“你不知道派出所穷？分局给的那点儿配给煤，我算了算，就这么节约着烧，也就够烧到春节的。我也觉得冷。回家跟你爸爸、妈妈说说，让市局领导也关心关心咱们派出所。”①

他（于科长）住在这儿的时候，墙上贴满了各式各样的宣传品，有宣传公安工作重要的，有宣传晚婚和计划生育的，还有宣传储蓄、卫生、保护环境……这大多是上边发的或兄弟单位送的。他好像有个嗜好，凡这种免费宣传品都往墙上贴，而且绝不再揭下来。我收拾屋子的时候，发现好几张宣传品下边还有旧的宣传品，甚至还有“文化大革命”期间的毛主席语录呢!②

当年的物价水平如下：

接电话的是饭庄的梁经理，他听了我的说明，问道：“您打算吃什么标准的?”

标准？我想了想：“15 元吧。”

他笑了：“您是每人 15 元呢，还是九个人就 15 元？不瞒您，我们这儿最低的标准是每人 20 元。”

这么贵！我惊讶得直摇头。

对方又说：“刘所长，我知道您派出所的底儿，所以才这么说。不过，咱们是老关系了，我们又净麻烦您，就别讲什么标准不标准了，您尽管来就是。”

“不不，”我连忙拒绝，“那就不麻烦了，分局有规定，招待饭我们不能吃……”③

再看看当年民警的住宿条件：

杨平利索地铺好被褥，又为我端来洗脚水，一边又说：“今天气温低，我不封火了，半夜起来再添点儿煤。我知道你们那个派出所，破房子四面漏风，怎么睡?”④

从上述引语中读出时代感的同时，也读出了幸福感。

---

① 张卫华、张策：《警察生活录》，群众出版社 1988 年版，第 138 页。

② 张卫华、张策：《警察生活录》，群众出版社 1988 年版，第 152 页。

③ 张卫华、张策：《警察生活录》，群众出版社 1988 年版，第 149 页。

④ 张卫华、张策：《女民警的坎坷经历》，载从维熙、李迪等：《傍晚敲门的女人（当代中国公安文学大系——中篇小说第二卷）》，群众出版社 1996 年版，第 613 页。

原来，城关派出所的副所长老刘，同马有道共事多年，有些摩擦。马有道升副局长后，没有推荐老刘当所长，而是从上面派了人来。老刘对马有道就更加恨之入骨了。白秋回来后，有天老刘碰到他，专门拉他到一边，说，当年送你劳教，全是马有道一手搞的。所里所有人都不同意这么做，马有道要巴结三猴子在公安处的姐夫，一定要送你去。马有道他妈的真不是东西，领导就是看重这种人。他也别太猖狂，这么忘乎所以，迟早要倒霉的。白秋相信老刘的话。见老刘那激愤的样子，白秋就猜想他巴不得早一天把马有道整倒。[①]

如果说《漫天芦花》只是实录了人与人之间的恩怨的话，那么尹德朝的中篇小说《酒精含量》则是时代的写照。此文是为配合酒驾法规而作，时代感更强。这篇公安非侦破小说用喜剧形式表现出小人物的可悲处境，实录警察面对政府官员和顶头上司时的各色反应，从而揭示世界的荒诞和人生的无奈，并从侧面道出人民警察工作的不易。

习近平总书记指出，文艺是时代前进的号角，最能代表一个时代的风貌，最能引领一个时代的风气。这一重要论断，准确把握了文艺与时代的紧密联系，深刻揭示了文艺在展现时代精神、推动时代进步中的独特作用和重要意义。[②] 只因公安文学忠实地书写了这个时代，读者才能从中知晓办案程序、了解公安工作；从而增进人民群众对公安工作的理解和支持，促进警民携手共创平安，维护社会和谐稳定。

2. 揭露社会现象、发掘犯罪心理。武和平的长篇小说《掩盖》中有这么几段：

严鸽此时完全明白，袁庭燎对孟船生的犯罪早有觉察，但他却不去触动他，完全是出于自身政治利益的需要。（《掩盖》P306）

袁庭燎回想起巨宏奇交代的材料里，有关于赵明亮混入乡党委的详细过程。

当时是祁连向巨宏奇打的招呼，并且在群众测评时做了手脚，把名列最后的赵明亮提到了第一名。（《掩盖》P307）

以上所引是中国国情的写照，也是中国文化的折射，道出了法治思维与政治思维的区别。法治思维考虑政治效果、法律效果和社会效果三者的统一，但是政治思维却是一种选择性思维。袁庭燎面对打招呼、递条子等不正之风时并没有制止。哪怕他知晓了孟船生的犯罪证据，也没有“触动他”，因为他有自己的利益考虑，即他要把孟船生作为自己上位的筹码。

---

① 王跃文：《漫天芦花》，载雷达主编：《万家诉讼》，中国人民公安大学出版社 2010 年版，第 33 页。

② 中共中央宣传部：《习近平总书记在文艺工作座谈会上的重要讲话学习读本》，学习出版社 2015 年版，第 8 页。

“小说者，正史之余也。”[①] 这一思想深刻影响了小说的创作模式和大众的审美倾向。原来公安文学是对现实公安工作历史有益的、必要的补充，这与文学传统有关，与公安文学的性质有关。

上面所述只是揭示了社会的外部现象，而对人的内心深处开掘并没有涉猎。这里的人既包括人民警察，也包括犯罪分子。如果说专业犯罪心理学研究的是犯罪心理的普遍特征及共同规律，那么公安文学中的犯罪心理研究则属个案。

（二）公安文学富含思政元素

公安文学记录时代的多彩华章、铸就忠诚的铁血警魂。当代中国的文学艺术都要深入挖掘和阐发传统思想文化资源，把这些涵养和体现着中华民族优秀文化价值追求的传统思想理念和道德精髓发扬光大。[②] 如今，站在新时代的起跑线上，唯有深入挖掘中华优秀传统文化蕴含的思想观念、人文精神、道德规范，结合时代要求继承创新，才能以文化人，让中华文化展现出永久魅力和时代风采。[③]

公安文学“能够点燃激情、激发活力、激励士气、激扬斗志，激发人民警察的职业自豪感和积极向上的进取精神，是最具正能量的德育资源”[④]。公安文学还可以提升人民警察的精神追求，引领他们树立正确的“三观”，并具有育警、励警、律警、悦警和强警之功能。武和平的长篇小说《掩盖》中有记者夏中天写给市委书记袁庭燎的一封信，信中写道：“是曲江河，我最尊敬的兄长和老师，用他的坚韧和信念告诉了我人应该为什么而活着……”

《喻世明言》序中说，好的小说可以使“怯者勇、淫者贞、薄者敦、顽钝者汗下。虽日诵《孝经》《论语》，其感人未必如是之捷且深”。[⑤]《毛诗序》中说：“故正得失，动天地，感鬼神，莫近于诗。先王以是经夫妇，成孝敬，厚人伦，美教化，移风俗。”[⑥] 在这里体现的正是文学的教化功能。研读公安文学，发掘其间的中华优秀传统文化，并进一步发掘其间的思政元素。换言之，公安文学除了可提高读者的审美能力之外，还可以起到“立人”之效果，即立德树人。陶行知在《行知书信集》中说：“先生不应该专教书；他的责任是教人做人。学生不应当专读书；他的责任是学习人生之道。”鲁迅先生说：“中国欲存争于天下，其首在立人，人立而后凡事举。”

---

① 陈洪：《中国古代小说艺术论发微》，南开大学出版社 1987 年版，第 41 页。

② 中共中央宣传部：《习近平总书记在文艺工作座谈会上的重要讲话学习读本》，学习出版社 2015 年版，第 113-114 页。

③ 崔华滨：《自信的文化应该流动起来》，载《人民日报》2017 年 11 月 24 日。

④ 《德治融入法治导论》课题组：《德治融入法治导论》，群众出版社 2019 年版，第 267 页。

⑤ 范胜田主编：《中国古典小说艺术技法例释》，浙江古籍出版社 1989 年版，第 3-4 页。

⑥ 郭绍虞主编：《中国历代文论选》（上册），第 44 页。

立德树人是新时代大学校园文化的使命。为了“实现全员全程全方位育人”，发掘公安文学中的思政元素就是探索课程思政之举，即对思政课程进行有益的、必要的补充，也是对新时代大学生进行立德树人方面的隐性教育。当今世界各种思想文化交流交融交锋更加频繁，互联网、智能手机等新兴媒体对大学生的影响越来越深刻；改革发展中的诸多矛盾和问题也会对大学生产生一定的干扰，加上受西方后现代思潮的影响和市场经济大潮的冲击，人心不古、世风日下、混淆是非、真诚贬值、道德沦丧、婚姻掺水、爱情速配、价值扭曲，导致公安高等院校的部分预备警官的思想或多或少受到侵袭，他们之中存在着程度不同的政治信仰迷茫、理想信念模糊等问题。在此时代背景下，发掘公安文学中的思政元素正是时候。

习近平总书记在学校思想政治理论课教师座谈会上指出，“思想政治理论课是落实立德树人根本任务的关键课程”，“思政课作用不可替代，思政课教师队伍责任重大”。同时，习近平总书记还提出思想政治理论课改革创新要坚持“八个相统一”，其中包括“要坚持显性教育和隐性教育相统一，挖掘其他课程和教学方式中蕴含的思想政治教育资源，实现全员全程全方位育人”。这是自2016年习近平总书记在全国高校思想政治工作会议上提出“使各类课程与思想政治理论课同向同行”以来，对推进思政课程与课程思政有机结合的再次强调。

为了贯彻落实“坚持显性教育和隐性教育相统一”的要求，就要深入推进思政课程和课程思政建设，围绕立德树人根本任务，把思政课程与课程思政教育教学相统一，探索实现思政课程与课程思政的有机结合，进一步加强和改进高校思想政治教育工作。武和平的报告文学《“九一八大案”备忘》（群众出版社2012年版）中的主犯刘农军说：

> 正因为精神的残缺，使我把人生的挫折归咎于社会，而没有从自己身上找原因，反而拿别人的谬误来惩罚自我，因一时的遭遇与社会反目，甚至仇视报复这个社会，看不到脚下还有更多的正道和机会，从而选择了一条不归之路，这也是一种神启。（《“九一八大案”备忘》P223、P224）

优秀作品应该弘扬真善美、贬斥假恶丑。作家在现实生活中可以选择多种多样的活法，但在写作中必须和自己的惰性、势利、虚伪等斗争到底。“当代文学作品中无处不在地充斥着物欲、色情、暴力，这些‘有趣又好看的故事’使文学作品的灵魂失去了本应该在作家的关注之下而重视的道德修养。作品感性魅力的丧失、作家风格的消逝、心灵感知模式的支离破碎，使作品无处不充满了写实的欲望，速朽的物质快乐。”① 事实上，公安文学并没有“失去了本应该在作家的关注之下而重视的道德修养”，其间所蕴含的人民警

① 韩伟：《现实与隐喻：诗意的理解与哲性的沉思》，载《小说评论》2014年第2期，第138页。

察核心价值观就是明证。

人民警察核心价值观即“忠诚”“为民”“公正”“廉洁”。这些关键词就是公安文学中的思政元素，并与社会主义核心价值观相吻合。人民警察核心价值观也是关于做人的艺术，即何为合格的人民警察。“为民”是指人民警察要有“大爱”观念，而儒家思想中原初的“爱”是建立在血缘家族基础上的。也就是说，“爱”分等级，可是公安小说中的“爱”不分等差或等级，因为人民警察的头衔是“人民”。如果原初的“忠”还含有愚忠成分的话，那么公安小说中的“忠”则是“忠于祖国”“忠于人民”“忠于法律”“忠于事情真相”，而不是忠于上司（级）、亲情、友情和亲情。

1. 活出精气神。在中国传统文化和文学中，所谓文学的有用，说到底无非以文学来宏教化、正人伦、厚风俗。①人在世间，受环境的逼迫，受习惯的支配，受迷信与成见的拘束。只有真理可以使你自由，使你强有力，使你聪明圣智；只有真理可以使你打破你的环境里的一切束缚，使你戡天，使你缩地，使你天不怕，地不怕，堂堂地做一个人。②笔者发现公安文学中处处有关于立人的思想与做人的艺术。关于做人，哪怕不识字的村妇都知晓。李佩甫的长篇小说《平原客》中娘对徐亚男说：

> 各人有各人的算盘，谁的话也别听，自己拿主意吧。人是活脸的，要是不要脸了，论说，也能活，活得差一些罢了。如今好不容易有了脸气，再把脸丢了，让人瞧不起，就难活了……（《平原客》P200）

王朔的小说集《火欲》中有如下一段话：

> 老太太对办案的警察（老单）说：“我从小就教导她（老太太的女儿），人最重要的是志气，人穷志不短，不是自己的东西给也不要，要好好学习，天天向上。”（《火欲》P109）

武和平的长篇小说《污点》中的黄河平对小老汉说：

> “图个啥？人是要脸的。树争一张皮，人争一口气。一个男人活着，就是为了争口气。你小老汉既然是我兄弟，就该堂堂正正活出个人样，梁州大街上走一遭，也让人说咱是个干正事儿的人物。”（《污点》P263）

子雨的中篇小说《我要找到你》③中龙城之母说：

---

① 曹萌：《传统文化与中国古代通俗小说模式研究》，延边大学出版社2001年版，第179页。

② 胡适：《新生活》，长江文艺出版社2012年版。

③ 子雨：《我要找到你》，载《打死我也不信爱情》（中短篇小说集），作家出版社2004年版，第137-138页。

"妈现在唯一的希望就是你也亮亮堂堂地活着，像个人一样地活着，即使在监狱里劳改，你也是作为一个人在活着。你如果被政府逮住枪毙了，那枪毙的不是你一个，还有妈这一生啊，你把妈的一生就枪毙掉了，我白来这个世上走一遭了，龙儿。你进去蹲班房，那是在改造你，把你改造好了，又还我一个好儿子了，妈多高兴啊！"（《我要找到你》P138）

华子摇摇头，见实在瞒不过去，只好说：妈，这事你就别操心了。当初我借钱是想着和春来一起还，现在春来不在了，我自己还就是了。(《追逃》P218、P219)

自从刘春来死后，讨账的人蜂拥而至，这时刘春来的母亲才知儿子与媳妇背着他借了不少钱，这笔钱是用来寻找毒贩老孟的。

华子自然明白婆婆为什么用这种目光看着她。她柔声劝着：妈，你放心，这钱是我和春来借的，决不会连累您。我一定会想办法还上的，再说了，就是我还不上，还有怀来呢。(《追逃》P233)

从这番话可以看出弱女子华子敢于担当。华子还没有从丈夫去世的悲痛中缓过劲儿来，讨债的就上门来了。

后来刘春来的母亲为了替华子减轻生活的负担，竟然把孙子背着华子送人了，华子执着地寻找着，其举动打动人心。

华子寻子的事轰动了小镇之后，那些曾经借钱给华子的人，就不断地来找华子：华子啊，没想到你这么难，钱的事儿你放心，有就还，没有就再说。

华子看着来人，咬紧牙关，面容坚定地说：放心，只要我华子还有一口气，我就一定还上你们的钱。那些钱是我替春来借的，春来不在了，我会替他还的——（《追逃》P294）

上述引文表明华子活得像人。华子为了支持丈夫刘春来寻找毒贩老孟，以春来的名义找他人借钱，如今春来不在了，但是华子担负起了替春来还债的重担。

朱维坚的长篇小说《暗算》① 中的县委书记郑楠代表当届县委作报告时语重心长地说：

现在，是我最后一次站在这里讲话，在离开这里之前，我要告诫你们，特别是那些年轻的干部，千万不要走我的路，这是一条绝路，要堂堂正正做人，凭自己的能力和政绩，一步步走上更高的领导岗位……（《暗算》P400）

---

① 朱维坚的长篇小说《暗算》系《黑白道》续集，在 2004 年第 10-11 期《啄木鸟》上连载，单行本于 2005 年由作家出版社出版，并获第九届金盾文学奖一等奖。

杨老黑的中篇小说《枪》中退休老支队长对“我”说：

关于枪，应该淡泊，更应该超脱。（《枪》P203）

此前，还没退休的李胖子（警察）也说过：“大侄子，你看到了吧，这就是枪的威力，我李胖子不带枪，光庄上的狗就把我撕碎了。不过话还得说回来，这枪咱是替老百姓掌的，你将来有了枪，可要把枪把子握住啊。”（《枪》P167）

等“我”有枪、有权了，而李胖子却退休了。“我”特意带上好酒和枪去看他，他就重复上面那段话：“我还是那句老话，这枪咱是……”重复话语是告诫“我”如何为人为警。当“我”悟到人生真谛后主动把枪交出来，过上了淡泊名利的生活，可是好友大鱼却执迷不悟，结果开枪自尽。

以上列举的段落语句只是语言层面上的“做人”艺术。但是，这些话语振聋发聩，发人深省。

2. 做人要讲良知。“文学在其本性是站在良知的立场说话的，它应当而且可以传递良知的声音。”[①] 法国雨果在《悲惨世界》中借马德伦之口说：“最高的法律是良心。”

王亚平的短篇小说《神圣的使命》[②] 中的艾华一直在思考如何做人。艾华（杨琼）轻轻自语：“我……怎么做人？怎么做人？……”（《神圣的使命》P347）艾华既被环境改造着，又改造着环境。她经历了由“人”到“非人”，再到“人”的过程。此前杨琼的父亲杨大榕伙同他人毒死了陆青的秘书，具有正义感的白舜得知后立即向有关部门举报。接下来，杨大榕就诬告白舜强奸了自己的女儿杨琼，并要杨琼作证，为此白舜坐了15年的监牢。当年受父母的怂恿作伪证的杨琼一直良心不安，便远走他乡，自愿到偏远的学校教书。巧合的是在杨琼的班上有一个男孩儿正是白舜的儿子。当公安民警王公伯好不容易找到杨琼后，给她做思想工作，要求她说出白舜一案的真相。

其他书也提及了人的良知，比如：

所以你就可以不要良知，残害了从小抚养你的舅舅……（《掩盖》P330）

安伟说，“做人最重要的是什么？要讲良心。出了事故不能回避，要妥善解决，要想到受害的一方，孤儿寡母多么可怜！”（《N次碾轧》P34）

新交通法规，以人为本；司机说责任事故与自己无关，很高兴，良心上过得去了。但是交警老刘要让司机良心上过不去。这就是悖论。（《N次碾轧》P65）

但是第三者责任险怎么办？以人为本。后来这个司机与被撞的书法家倒成了好朋友。媒人就是交警老刘。（《N次碾轧》P66）

---

① 刘再复、林岗：《罪与文学》，中信出版社2011年版，第115页。

② 公刘、王亚平等：《神圣的使命》，群众出版社1998年版。

李唯的中篇小说《看着我的眼睛》中是这样指出的：

> 肖海亮匆匆地这一“晃”，恰好就看见了有人在给罗刚送钱，也是活该他和罗刚要倒霉。罗刚说如果有一句假话，就让自己的儿子李一凡出门让汽车撞死，或者掉河里淹死，再或者得白血病，不治而死！罗刚之所以出尔反尔，是因为肖海亮告发了罗刚收受了夜总会老板李毅的三万元现金。在是否起诉罗刚这一问题上，肖海亮纠结了许久。他的良知被唤醒后识破了罗刚的丑恶嘴脸。从此，他要像人一样活着，不想“像这么做了贼似的活着”。特别是他目睹了罗刚的举动后，“海亮惊愕地望着罗刚反常的冲动，一瞬间他豁然明白了：罗刚根本不想破案！”因为罗刚把手枪掏出来重重地拍在刘丽英家的茶几上，肖海亮就是被罗刚掏枪的动作给唤醒的。肖海亮识透了罗刚的险恶用心，其正义感和良知皆被彻底地唤醒。

法律是成文的道德，道德是内心的法律。法律和道德是维系社会稳定和推动社会发展的两个轮子。一个社会人为人处世，首先想到的是法律上是否允许，然后是道德上是否应该，这便是法律底线思维与道德内省自律的结合。

做人除了讲良心之外，还要有信仰：

> 鬼脸壳显然看出了他的心思，嘿嘿地笑了起来：“真的，老子用不着骗你，本人就是那个‘烧死了’的卧底！傻眼了吧，小子，事情是不是和你想的完全不一样？”
>
> 杨千惊惧地看着眼前这个人，什么话也说不出来。
>
> 鬼脸壳朝他摆摆手：“噢噢，别他娘的跟见了鬼似的！这种把戏对我来说早就是家常便饭了。这些年为了毁掉那些家伙的贩毒网，我何止死过一次——小子，老子是有信仰的人懂不懂！”
>
> 杨千情不自禁地颤抖了一下，发现后背的衣裳已经被汗湿透了。信仰，这个人在这种地方、这样的场合说出了这样两个字！不知道为什么，他好像忽然间明白了，信仰原来并不是虚无缥缈的东西，它很实在，实在得能滴出血来。[①]（《落日峡谷》P302）

如果说前面的描述只是言语口头上的“做人”，那么后一部分则是发自内心深处的“做人”，且由良知升华为信仰，做人的境界又提高了一层。

3. 由人到“非人”。梁晓声的《无题》中的《一盆面》讲述的是一个温柔贤惠的女

---

① 蓝玛：《落日峡谷》，载雷达主编：《原始卷宗》，中国人民公安大学出版社 2010 年版，第 302 页。

人如何变成一个残酷的杀人犯。起因是没有把握好第一道门槛。

刘军的长篇小说《测谎师》中的表妹“为了钱，为了出名，我什么都可以做”。表妹这类人无疑是一群游走在法律和道德边缘的人物……

孙明华的中篇小说《人命关天》中的代理县长程先锐当年办错了案，现在却没有勇气承认错误。他为了不影响自己的仕途，竟然杀人灭口。

张宇的长篇小说《软弱》中的马三好吃懒做，并欺负弱女子。譬如，他白白地睡了洗头女春花之后，还要春花给他钱花……

凡一平的长篇小说《跪下》中的宋扬三次跪下，由人变成了非人。第一次“我”（宋扬）给自己的母亲跪下——感恩、感人，让人感动。第二次，“我”给马禾的母亲跪下，味道与前一次不同，就不再感人。第三次跪下才知尊严多么可贵，因为宋扬的下跪并没有阻止马禾烧毁过彤彤的画作。“我”的三次跪下表明“我”由“人”变成了“非人”。在笔者品来，宋扬（“我”）完全不必跪下，要像人一样活着。人活着，就要活出尊严，活得像一个人!

牛力军的长篇小说《河东河西》中何东的同事及领导三次提醒并劝导他。第一次是同事康敏与他在一起喝酒时，说了一番推心置腹的话语：“最近一段时间，以我的观察，有许多事缠着你，对你很不利，我希望你能尽早找个解决办法。”（《河东河西》P23）第二次是宋大德副局长儿子结婚，何东去送礼。宋副局长将礼金悉数退还，并对他说：“你是一个聪明的人，很有前途。但切记，聪明要用在正道上，人间正道是沧桑。懂吗?”（《河东河西》P128）第三次是“胡局”的教诲。“胡局”劝他低调、收敛。

如果何东深刻地反思三次劝导中的任何一次，并下决心整改，他的人生就会走向辉煌，而不是走向刑场。“人之初，性本善。”但是在环境或利益的诱惑下，有的人就变节。武和平的长篇小说《掩盖》中的大虢峪案件中途搁浅，就是从马晓庐（局长助理）变节开始的，那是因为孟船生让他在矿上入了暗股。在巨大的诱惑面前，这一青年民警终究没有守住职业底线，最终沦为黑恶势力的帮凶，令人惋惜，又使人痛恨。

> 严局长对丈夫刘玉堂说：“你已经把职位升迁当作人生成功的唯一标志，也就把政绩当成了自己官阶上升的筹码。你太在意上级对你的评价了，太看重那些表面浮华的东西了。”（《掩盖》P189）

上述列举的都是公安小说中由“人”变为“非人”的情节或故事。这里面有环境使然，也有忘记初心使然，根子上还是“没有扣好第一颗扣子”。

4. 为尊严而活。但远军的长篇小说《人在天涯聚散时》中的民警陈涛不仅自己力争做一个堂堂正正的人，时时处处争取做人的尊严，而且教导、帮助他人如何做人。滨江政法大学的杨教授基本上是作为一个圣人的形象活动在文本中。他无私地援助陈涛一家，时常替他人着想，甚至在生命弥留之际还惦记着学生马小瑶的下落和陈涛出书事宜。杨教授就是为尊严而活的人，他就是陈涛佩服至极的人物，算得上是新时代的孔子。

武和平的长篇小说《污点》中的文物缉私队长曾英杰在父亲去世后，感悟如下：

> 父亲的突然去世，倒使曾英杰变得了无牵挂，对人生也有了一种彻悟。他似乎看清了一个人的始点和终点，人一旦知生知死，明白归宿是一场溘然大睡，闭上眼睛就是所有人生苦难的终结，那么，人理所当然地要为自己的尊严而战。（《污点》P301）

如果上面所述的教化说只是针对人民警察而言，那么对于普通老百姓而言，那就是要守法度、知敬畏，不能以身试法、利欲熏心。大部分公安侦破小说都是正义战胜邪恶的模式，教化功能十分明显，如张平的长篇小说《十面埋伏》、陆天明的长篇小说《大雪无痕》《高纬度战栗》、朱维坚的长篇小说《绝境》《暗算》《渗透》《沉默》《深黑》《一战到底》《水落石出》《黑白人生》《第一目标》等、武和平的长篇小说《掩盖》《预备警官》等。这类文本中善有善报、恶有恶报的因果关系十分明显，警示功能不言而喻。

公安小说传承文学的教化功能是为了更好地做人，后面所述的“价值立场”和“贵和尚中的和谐精神”同样如此，而且是进一步探究怎样做人。

传统教化功能对公安小说产生了积极影响，但也有消极影响。因为教化至上的文学观念导致公安小说主题规范化和狭窄化。生活本来丰富多彩、纷繁复杂，由于伦理道德教化这一主旨的单一性，以致让公安小说中的故事情节丧失生活自身逻辑，还让一些文本充满了大量的议论与说教。

（三）公安文学具备文化强警的力量

从公安文学作品中发掘优秀的文化价值，有利于传承中华民族文化精神，增强民族凝聚力。研究公安文学，还可以强化法治思维，普及法律知识。培育和践行社会主义核心价值观是实现中华民族伟大复兴的战略任务，具有深远的历史意义。解读公安文学，发掘蕴含其中的人民警察核心价值观，也是践行社会主义核心价值观的体现。

近些年来，习近平总书记多次强调要讲好中国道路的故事、中华优秀文化的故事。现在研究公安文学，也是为了讲好中国警察故事。讲好中国警察故事，发好公安声音，旨在宣传中国（警察）形象，展示中国法治文化在世界多元文化中的位置，并为公安民警提供强大的精神动力和智力支撑。与此同时，引领广大公安民警阅读公安文学作品，从而增强其认同感、归属感和荣誉感；激励他们永做党的忠诚卫士和人民群众的贴心人，坚定不移地做中国特色社会主义事业的建设者、捍卫者。

不论作家如何创新，公安文学所蕴含的文化传统价值观不会变、民族性不会改。中国传统伦理道德包含的两大原则精忠爱国和修己慎独皆不会变。也就是说，人民警察核心价值观的关键词“忠诚”“为民”不会变。要言之，在大力倡导意识形态安全的今天，通过解读公安文学作品来建构中国警察形象、讲好中国警察故事意义深远。

公安文化建设的重要性显而易见。一方面，作为一个从事特殊行业的群体，公安需要一种精神来凝聚力量、鼓舞士气，也迫切需要通过公安文化的建设来总结、提炼、丰富和弘扬人民警察精神。另一方面，以先进文化培育和塑造的人民公安，给予公众的必将是一种高素质、高品位、有着良好精神风貌和文明执法的整体形象，这样既可以使公众深入了解公安工作的艰苦和危险，又可以全面赢得社会对公安工作的理解和支持，从而真正形成“警爱民、民亲警，警为民、民拥警”的良性互动。①

作家王跃文在一次文学论坛上就“如何写好温暖、光明等积极向上的东西”，坦陈了他这样一种“困惑”：“很多作家都有一种自觉，想多写写生活的光明和温暖，但一种普遍的情况是作家们在表现消极、落后、阴暗、丑陋的时候，得心应手，很有感染力，读者也容易认可；但是相反，作家在写光明、温暖、积极、进步、向上的时候，笔力普遍不足，哪怕是写的真人真事，也容易让人指为虚假写作。到底是作家笔力问题，还是世道人心问题，还是人的审美心理固有的问题?”② 王跃文的这一席话说明了当下的文学作品后现代成分较重，普遍缺乏一种英雄主义情怀。

人民警察是和平时期的英雄。在关键时刻，人民警察是能够拉得出、冲得上、打得赢的队伍。在人民面临生死威胁时，他们是值得依赖、可以生死相托的人，他们是当之无愧的钢铁长城，永远是人民心目中“最可爱的人”，是真正的英雄。对中华民族的英雄，要心怀崇敬，要浓墨重彩地记录英雄、塑造英雄，让英雄人物在文艺作品中得到传扬，让英雄气概在社会发展中得到弘扬，不断引导青年学生树立正确的历史观、民族观、国家观、文化观。③ 英雄是民族最闪亮的坐标。因此，要通过大力研究公安文学来建构警察形象，从而传承英雄主义情怀。

新中国成立以来，公安文学一直遵循着用宏大话语塑造警察形象的路子，围绕着主旋律做文章。改革开放四十多年的公安文学已呈现出开放性、多样化的发展趋向，显示出前所未有的生机和活力，并开始涉猎警界内部的政治斗争、复杂的人际关系等内容。但是，绝大多数公安文学作品还是以正面描写警察形象为主，即使偶尔提及反面警察，也是起衬托作用。

这些公安文学作品中的警察形象比较鲜活生动、震撼人心，像武和平的长篇小说《掩

---

① 汪振春：《文化强警，此其时也》，载中国警察网，2012 年 3 月 12 日。

② 杨庆祥、陈华积：《第七届青年作家评论家论坛纪要》，载《南方文坛》2009 年第 1 期。

③ 李宏伟：《以红色资源赋能思政课教学》载《光明日报》2024 年 8 月 12 日，第 6 版。

盖》中以胡子仇金虎、袖珍警察卓越和猴探长王玉华为代表的警察群像，以及《污点》中的黄河平，他们都因警察意识的支撑才能忍受来自肉体和精神的双重折磨，且无怨无悔。

张西的长篇小说《国家荣誉》可谓反恐警察群英颂歌，着力塑造南振中、钟成、亚力坤、马建中、王路等无所畏惧的警察英雄形象，使文本自始至终保持英雄主义的高昂情绪。张策的小说集《刑警队》中的《派出所》一篇不动声色地观照派出所的日常。丁烈士、小王、老张和大毕都是名副其实的警察，他们都富有正义感和责任感。李培刚的长篇小说《命运回归线》中的龚正宇告别二十多年的警察生涯和一千多名警察兄弟的时候，无意之中发现逃犯张望财，“他浑身的激情与力量被聚合起来，大脑高速运转”，最后与歹徒搏斗时壮烈牺牲。

公安文学作品中的英雄形象可谓举不胜举。这些英雄人物的特点是果敢、勇毅，不怕牺牲，具有超凡的能力和超人的智慧，且拥有平常人所不具备的意志力。这些被建构的硬汉，讴歌了人民警察不可摧毁的精神力量。他们的光辉业绩，毫无疑问会鼓舞人心，帮助人们渡过各种困境。

要言之，公安文学是鼓舞民众士气的一剂良方，具备文化强警的力量，可以增强人民群众克服人生苦难的信心和胆量，激励和鼓舞他们为创造更加幸福美好的生活而奋斗。

第三章　公安文学的价值立场

20 世纪 90 年代初期是市场经济引发社会转型加深加剧的年代，同时也是中国改革开放政策作出重大调整的年代，与此相应的是中国社会的世俗化、商业化程度的加深。笔者认为这是引发“人文精神”讨论的最直接的原因。这一语境启示我们：人文精神作为一种批判性话题的出场，不是或至少不完全是知识自身发展的纯自律的结果，不能只在思想史、学术史的范式内部加以解释；毋宁说它是知识分子对当今社会文化转型的一种值得关注的回应方式。①

王晓明等人在《上海文学》1993 年第 6 期上有一场题为《旷野上的废墟——文学与人文精神》的对话。之所以开展此番对话，是因为 21 世纪文学中的价值立场呈现退却和乱象。拜金主义、享乐主义横空出世，解构成风、娱乐流行、恶搞走俏、嘲弄英雄，文化垃圾泛滥、市场的急功近利与重利轻义正破坏着精神生态和社会风气，传统的文化观、价值观受到了严重挑战，甚至冲击着社会的道德底线，导致国人信仰迷茫、精神颓废，“宁愿在宝马车里哭也不愿在自行车上笑”“嫁人就嫁黄世仁”等口号曾一度流行。这些口号对于成长中的青少年世界观、人生观和价值观的形成极为不利，同时也预示着传统的伦理道德正在不断遭遇挑战。

改革开放以来，我国的经济发展很快，各行各业都取得了可观的成绩，但是问题也不少，“其中比较突出的一个问题就是一些人价值观缺失，观念没有善恶，行为没有底线，什么违反党纪国法的事情都敢干，什么缺德的勾当都敢做，没有国家观念、集体观念、家庭观念，不讲对错，不问是非，不知美丑，不辨香臭，浑浑噩噩，穷奢极欲”。②

社会主义市场经济正在逐步确立，文化消费市场顺势而上，文化产业随之横空出世，

---

① 陶东风主编：《当代中国文艺思潮与文化热点》，北京大学出版社 2008 年版。

② 中共中央宣传部：《习近平总书记在文艺工作座谈会上的重要讲话学习读本》，学习出版社 2015 年版，第 25 页。

但是文化产品良莠并存、鱼龙混杂，“三俗”之风蔓延，甚至蔓延至高校，这些现象不免会对高校学子思想产生一定的影响，甚至引发他们价值观的错位。因此，是时候对莘莘学子进行价值观教育了。铁凝同志曾说过：“文学是灯，或许它的光亮并不耀眼，但即使灯光如豆，若能照亮人心，照亮思想的表情，它就永远具备着打不倒的价值。而人心的诸多幽暗之处，是需要文学去点亮的。”公安文学作为通俗文学的一个分支，具有明确的价值判断，接受善恶是非二元对立的大简化思路，体现现存的社会准则和为大众所接受的文化观念（而不是像纯文学那样充满怀疑精神及批判理性）。[①] 公安文学坚守正确的价值立场，高扬精神大旗，可以帮助青少年树立正确的世界观、人生观和价值观。

一、站在人民的立场上为人民说话

古往今来的作品之所以能留传后世，首先是其间富含人民性。譬如，唐朝诗人杜甫的诗歌贴近普通百姓的真实生活，广泛地反映他们的生活困境，并表达对他们的深切同情。作为通俗文学重要组成部分的公安文学与时俱进，从总体上把握时代潮流和历史运动的总趋势，广角度地观照公安工作，介入社会、介入现实，开阔艺术视野，增大表现幅度。换言之，新时期公安文学进一步关注社会热点，而且反映社会生活的范围比以前扩大了，如打击黑恶势力、揭露官场腐败、反映典型的治安案件等，这些都是老百姓喜闻乐见的话题。针对中国的现实状况，钱理群曾有过深刻的表达：“记得在 2008 年汶川地震后，我就说过：‘我们从现在起，应该有一个新的觉醒，要在思想上作好准备：中国，以至世界，将进入一个自然灾害不断，骚乱不断，冲突不断，突发事件不断的‘多灾多难的时代’。”[②]

社会现实、社会政治，是与人类紧密联系的事务，对现实事务是否有热情、有参与的勇气，影响着文学的成败。正像一位文艺批评家所说：世界上那些伟大作家们的作品，不都是政治论文吗？一些真正的和不朽的文学，都生根在社会生活的事务之中……[③]面对当下日益复杂尖锐的社会现实矛盾，公安文学没有缺席，而是与时俱进，心系底层，从社会问题入手，对老百姓关心的热点及时作出回应与实录。如张策的中篇小说《无际的路》[④]围绕群体性事件讲人民警察的故事。纺织厂面临倒闭，女工们堵在市政府大门口要求解决问题。等到巡警前去处理时，刑警大队长赵大江却冲进人群中打了那个带头闹事的——自己的老婆许秀花一巴掌。由于这一巴掌打的场合和时间比较特殊，赵大江因此被停职分离培训。与之并行的线索是几个女人相继被杀，案件一直未破。纺织厂女工们到市公安局门

---

① 陈平原：《千古文人侠客梦》，北京大学出版社 2010 年版，第 175-176 页。
② 钱理群：《保存我们心中的美》，载《随笔》2011 年第 1 期。
③ 袁跃兴、略萨：《带给我们文学信念》，载《人民日报·海外版》2010 年 11 月 18 日，第 7 版。
④ 张策：《无悔追踪：张策“无字系列”侦探小说集》，中国人民公安大学出版社 2007 年版。

口请愿，要求“公安局抓住那个杀人狂，为冯淑慧报仇”，许秀花也在其中，是她特别提出要让破案能手赵大江从分离培训班上回来破案的。赵大江虽停职学习，但他仍然不忘自己肩头的重担。他白天在“三项教育”分离培训班上努力学习，晚上利用休息时间蹲点守候，终于将那个变态的凶手抓获。

张策的小说《忘却痛苦》和《截访》也是写社会底层人民的。前者写于2002年，讲述的是下岗女工堵市政府大门要饭吃而引发事端的故事。后者作于2014年，说的是上访人员到北京上访，警察一路相随相伴。对于“中国问题”的思考表达，在这一方面是最不容忽视的，恐怕是自20世纪末即已兴起，在21世纪可以说已经蔚为大观了的“底层叙事”潮流。①

《忘却痛苦》中群体性事件发生之后，市领导要警察出面维持社会秩序，公安局局长王德亮左右为难。正如学者李广仓所指出的：“当时（2002年）社会矛盾刚刚处于发作期，维稳形势也并不十分严峻。站在今天来看，张策无疑是一个具有敏锐洞察力的作家，他从警察执法困境这一独特视点切入，深刻揭示了当代社会矛盾的节点和成因，具有十分清醒的现实意义和深刻的反思认识价值。”②

通俗文学表现的是一种社会时尚。这里有两层含义：一方面它对社会时尚特别地关心。政治经济、思想文化、新鲜事物、头面人物、家长里短……通俗文学表现的总是一个时期内一般老百姓十分关注的人和事……③窃以为，《忘却痛苦》和《截访》皆从社会分析的视角切入，关注“中国问题”，也就是关注老百姓的生活问题。这些公安文学文本与“革命”“理想”无缘，与阶级斗争无关，讲述的尽是些家长里短，坛坛罐罐之事，书写的全是老百姓的心声。

新时期公安文学除了不忘书写底层之外，对老百姓极为关心的打黑、反腐题材也尽收囊中。朱维坚的《深黑》《渗透》《沉默》《暗算》等题材长篇小说也是深度关注中国问题。可以明确地说，20世纪90年代以来中国大陆的通俗小说随着中国文化、政治、经济的演变而演变，相当及时地表现出急遽变化中的中国社会生活。④如张成功的“三黑”系列、朱维坚的“反黑”系列、武和平的《掩盖》和刘广雄的《白领黑枪》等公安小说创作都是打击经济犯罪、黑社会犯罪和官员腐败犯罪的代表作。公安文学这种内容的无所不包，让我们看到其对生活的全景式观照，所以当下普通大众的思想情绪都可在公安通俗小说中得到及时和鲜明的反映，当毒品扩散引起公众注意时，我们可以看到毒品犯罪侦破小

---

① 张艳梅：《新世纪中短篇小说观察》，北岳文艺出版社2014年版，第4页。

② 李广仓：《叙事与文化：公安文学多维阐释》，中国社会科学出版社2015年版，第77页。

③ 汤哲声：《边缘耀眼：中国现当代通俗小说讲论》，北京大学出版社2013年版，第13-14页。

④ 汤哲声：《中国当代通俗小说史论》，北京大学出版社2007年版，第2页。

说的出现；当经济犯罪猖獗时，可以看到公安人员挽救国家和集体利益小说的兴起；当私情影响家庭成为一个社会问题时，私情引发犯罪的公安文学则触目皆是了……公安文学就是以这种亦步亦趋的方式积极而及时地介入社会生活当中，充当了当下大众思想情绪反映的角色。[①]

人民是历史的创造者，是共产党的根本靠山，民心是最大的政治。民生连着民心，民心凝聚民力。接地气的公安文学作品总是站在人民的立场上为人民说话，与人民同呼吸、共命运，关心当下的社会热点问题和老百姓的生活问题，堪称当下老百姓情绪的晴雨表。

二、真正的英雄永没有卑下的情操

上述公安文学作品虽然关心当下社会热点问题和老百姓的生活问题，凸显中国特色，但鲜有“这一个”警察形象，且看胡雪梅的中篇小说《花朵》是如何建构中国警察形象的。

小说中的电视新闻记者吴媚奉组织之命在自家阳台上用高清晰度摄像机面对野生的菜市场，企图捕捉有新闻价值的画面。几天里，她并没有抓拍到想要的新闻，反倒目睹了一起凶杀案。凶手正在追杀一个人，而在场的民警并没出面制止，反而躲到案板下面……富有正义感的吴媚非常想把这个人民警察的行为曝光。于是，她决定找到这个胆小的警察。在她外出采访时，碰巧看到他正在对躺在地上的老人进行施救。她跟踪这个警察一直到医院。在医院里，通过旁人得知此警察名叫刘秋生，他的家境不太好，而且患白血病的女儿朵朵正在此医院住院。得知真相的吴媚开始理解并同情刘秋生，她借助新闻媒体的力量呼吁人们关心朵朵。哪怕市民捐献的血再多，朵朵最终还是走了，警察刘秋生也随同女儿走了。

在小说中刘秋生的忏悔意识不言而喻，此意识乃是文学获得人性深度的一种精神力量。“单纯以人性善来解释人的行为容易使作品流于肤浅，而单纯以人性恶来解释人的行为则容易减弱作品对现实的批判性并丧失文学的理想色彩。通过揭示心灵世界的冲突以及这种冲突所包含的丰富性和复杂性来说明人的行为和以此为基点来说明世界，则会显得更加深刻。”[②]

刘秋生为了女儿朵朵苟且偷生，坦露的是真实的“小我”，但他作为警察必须担起“大我”之责。在“小我”与“大我”之间搏斗时，一颗“受难的灵魂”就会“燃烧”“蒸沸”。毋庸置疑，刘秋生这个警察形象塑造得十分鲜活，堪称“这一个”。

---

① 逯其军：《于俗雅之间穿行：公安文学审美特性论》，山东师范大学 2009 年硕士学位论文，第 19 页。

② 刘再复、林岗：《罪与文学》，中信出版社 2011 年版，第 152 页。

刘秋生在关键时刻不作为是丑的，甚至是恶的，但从伦理道德的眼光来考量，他又是善的。“无情未必真豪杰”，他为了女儿才“苟活着”，正如“关羽在华容道放走了敌军之首曹操，这在政治法庭和军事法庭中无疑是恶，是叛变行为，但是，在道德法庭面前，这又正是关羽不忘曹操往昔的知遇之情而表现出来的一种道义力量，它又是善的”①。

劳美的中篇小说《笔录》中的刑警队长新好也是“这一个”。新好与老婆离婚后在外面租房独住。一天酒后，他下意识地跟在“一个穿着短裙身材亭亭脸蛋俏丽的女孩儿”后面。当刘蓓的弟弟对此女孩儿图谋不轨时，他正好逮个现形。正当他思考案情时，局长一句“有没有减轻或者从轻的情节”把他给问蒙了。

接下来则是美女刘蓓请他吃饭。世上没有免费的午餐。饭后，刘蓓有事相求。“新好，我从没想到事情会是这个样子。我舅舅和你们局长很熟，他找过你们局长。你们局长说，他管不了，只有一个办法，那就是我弟弟要有自首坦白的情节，可这些操作权都在你手里。新好，不管你怎么想我，可我在这个世上，只有我弟弟一个亲人了，他不争气，他伤天害理，可我想救他一命，我有错吗?”新好听着刘蓓的哭诉，明白了用意，同时也悟到了局长的话外之音。

刘蓓在与新好打交道的过程中发现他是一个有良心的警察，她这才良心发现，知道如果自己执意要他帮弟弟减轻处罚，就是把他推向违法犯罪之路。于是她说：“新好，现在，我收回我对你的无理要求，你该怎么做就怎么做，不要因这件事犯错误。弟弟他做伤天害理的事，理应受到该得到的处罚，就算我失去了他，我也已经对得起死去的父母，我也对得起他了。我不能让你因这件事犯错误，我不能在失去弟弟的同时再害了你。新好，把这次请人吃饭的账结了，收回对人家所做的请求。我要你继续做个好警察。”最终，新好决定把原始笔录交给领导，并将篡改的笔录毁掉。

《笔录》和《花朵》打破了我国古代小说“叙好人完全是好，坏人完全是坏”② 的性格单一化的传统格局，大胆表现了“美恶并举”性格的丰富性。人民警察新好和刘秋生的心灵都遭受了痛苦的煎熬，其人格中崇高和卑下并存，如刘秋生为了女儿而不作为，新好因接受美女吃请，良知曾一度泯灭。

虽然《花朵》中的警官刘秋生在他的女儿还活着时曾经一度让“小我”战胜了“大我”，但是等到其女儿去世后，知耻而后勇的他却跳楼了，说明他还是知晓是非与美丑的。《笔录》中的刑警队长的思想曾经滑过坡，在执法问题上曾经一度动摇过，幸好在小说的结尾他醒过来了。刑警队长新好和警官刘秋生这两个警察人物之所以让我们读者难以忘

---

① 刘再复:《性格组合论》，安徽文艺出版社 1999 年版，第 226 页。

② 鲁迅:《中国小说的历史的变迁》，载《鲁迅全集》（第 9 卷），人民文学出版社 1958 年版，第 338 页。

记，不仅仅是因为他们的心理活动真实，更是因为他们最终坚守了正确的价值立场。哪怕他们有私心，但是瑕不掩瑜，他们仍然是读者心目中的英雄。正如法国罗曼·曼兰在《约翰·克利斯朵夫》扉页上写道："真正的光明绝不是永没有黑暗的时间，只是永不被黑暗所淹没罢了；真正的英雄绝不是永没有卑下的情操，只是永不被卑下的情操所屈服罢了。"

三、坚守正确的文化价值立场

自20世纪90年代以来，"就是一个商业、产值、利润、收入、成功人士凌驾一切的时代，文学本身也就在更广和更深的程度上被迫地或主动地由以前怀着无用之用的审美理想转换为一种市场化和消费性的存在方式。消费、浮躁、自我抚摩、刺激、回避是非、消解道义、绕开责任、躲避崇高等，几乎成了一个时期以来中国文学中较为普遍的精神姿态。所有这一切，其实就是缺乏提升和弘扬正面精神价值的能力，而这恰恰应该是一个民族文学精神能力的支柱性需求"①。当代中国文学的主导价值是社会主义核心价值体系的反映。体现文学的主导价值，首先要倡导正确的文学价值取向。文学的价值取向关系到文学"为什么人"这个根本问题。② 具体到公安文学，其价值取向则关系到"为人民警察"的问题。不管世道如何变化，不论市场经济如何横行，公安文学依然永葆行业特色，坚守正确的价值立场，弘扬社会正气、彰显时代精神、引领社会进步。

公安工作的政治属性决定了公安文学的价值取向。③ 公安文学一向坚守正确的价值立场，彰显忠诚、为民等品德，塑造真实的中国警察形象，向外部世界展示美好的中国警察形象。公安文学是"情"学，也是"人"学。警察这一职业特征和公安机关性质决定了人民警察必须活得更像"人"。公安文学虽然近距离地观照现实，实录公安工作，但是其间的"人"（人民警察）却不能被写得太"现实"，即不能遵循实用理性精神。理性精神可分为关注现实的实用理性精神和坚守立场的价值理性精神。

（一）人民警察的人性与人情

人民警察也有情感和物质欲望，也想过上富有且舒适的日子，可是他们头顶警徽，因身份束缚、角色限定，执法办案时就不能被情感所左右，更不能被糖衣炮弹击中。这些人更多地应该关注价值理性，尽可能地远离实用理性精神，即追求并维护公平正义。如果人民警察过分地关注实用理性精神，那么就不会有正确的义利观。一起来看武和平的长篇小说《铸剑》第11章：

---

① 胡良桂：《文学主流的多维空间》，人民出版社2011年版，第202页。
② 《文学理论》编写组：《文学理论》，高等教育出版社2009年版，第107页。
③ 张策：《公安文学四十年》，群众出版社2020年版，第26页。

> 沂蒙的内心陷入从未有过的煎熬，若从个人得失，他真想快刀斩乱麻：韩、孙二人已死，向检察院机关提请侦查终结，不仅可以向市长交差，为朋友了难，又可以给社会一个说法和交代，使一切归于平静，各方皆大欢喜。当这个念头一冒出来，他从心底打了个冷战，绝对不可这样干，因为这不仅仅受良知的谴责，而且是对职业的不忠和背叛，生杀予夺，是非曲直，关乎公平正义，是横亘在内心不可逾越的底线。宁可担当骂名，承认失误，蒙受耻辱，也不能弄虚作假，欺世盗名，如果是这样的话，他将会时刻面对冤深似海的眼神，终身内心不安。（《铸剑》P293）

上述引文可见，小说的主人公沂蒙良知尚存。假如他不忠于事实，不忠于法律，草草结案就能博得上司和朋友的欢心，甚至会获得一些隐性的利益。若果真如此的话，他的良心就会不安。从这段心理描写可以看出，沂蒙有着正确的价值观。他能坚守正确的价值立场，始终维护法律的尊严。

公安小说是现实公安工作的反映。它以文学的笔法书写人民警察的工作、生活、命运遭际和心理流变等，并凸显公安这一职业特征的艺术样式。相当多的公安小说就是以现实生活中发生的案件为基础进行艺术加工而成，更多关注理性精神。当实用理性和价值理性发生冲突时，人民警察的内心煎熬（心灵搏斗）就会比其他人更激烈、更痛苦。人民警察作为执法机关的主力军，必须明辨是非美丑，不能感情用事。当金钱、人情与法治思维发生冲突时，人民警察要有正确的义利观，应该不偏不倚地站在公正的立场上执法办案，不是以情代法，而应以理制情。例如，张宇的长篇小说《软弱》中的反扒警察于富贵逮住了正在行窃的妻妹之后，他毅然决然地给她戴上手铐……

一个国家和民族需要有自己的宏大叙事以解释自身存在的现实合理性，从而构筑理想蓝图、凝聚精神力量、建立价值体系、提升精神境界。公安小说在某种程度上堪称宏大叙事，它颂扬精神英雄，抨击功利性的价值取向。文学是人学。文学表现的是人及人与他人的关系。“人与他人的关系是一种什么样的关系呢？除开其他层面的关系，求善关系应是其中重要的一个层面，它是人在实践活动中对人与他人关系的认识的结果：符合人的目的和规律即为善，反之就是恶。”[①] 公安题材的电影《湄公河行动》表达的仍然是惩恶扬善这一主题。但它把对个体生命尊严的维护上升到国家意志层面。对每一个个体生命的尊重是此文本在价值立场选择上的突破，这也是激发国家认同的情感基地。毒品犯罪一直是电影题材的一个敏感领域，画面呈现尺度尤其难以把握，《湄公河行动》在这方面有重要突

① 李定清：《文学伦理学批评与人文精神建构》，载《外国文学研究》2006 年第 1 期。聂珍钊、邹建军：《文学伦理学批评：文学研究方法新探论》，华中师范大学出版社 2006 年版，第 86 页。

破，从吸毒者、毒品到毒品生产、贩毒集团、娃娃兵，影片都作了突破性的表现，把善与恶的对立充分渲染，这样不仅暗示了斗争的正义性与残酷性，也为最后的胜利积累了情感的强度。

海岩的长篇小说《长安盗》系根据现实中的盗墓案件进行艺术加工而成。小说中的案件侦破只是一个好看的故事，实则为一篇关于人生幸福与人生价值的“宣言”。其中讲唐史的万教授功成名就，可是他一点儿也不幸福。妻子与他貌合神离，毫无感情可言。后来妻子进入看守所，女儿赵红雨竟然被他亲手用猎枪打死，自己也身陷囹圄。在小说最后，记者问文物石椁值多少钱时，派出所刘主任却说：

> 不是所有东西都能相当于多少钱多少钱的你知道吗！历史！祖先！正义！人的情感！还有忠诚！还有奉献！还有牺牲！都是不交易的，是无价的！你知道吗！（《长安盗》P267）

此小说一边讲述侦破故事的同时，一边还附上对金钱的讨论或看法，如：

> 据老郭后来回忆，那天杨铜又说了些感激他的话，甚至劝他也金盆洗手，脱身江湖，钱永远没有够的时候，不如急流勇退，尽早归隐，才能发现金钱之外，人生还有很多其他幸福。对这些劝告，老郭听不进去。杨铜的退出，在他的感觉上，有点儿背信弃义的味道，有点儿众叛亲离的悲哀，让他心头生怨，不禁怆然。那时他胸口赌了口气，他发誓要把和林涛的这笔生意做得漂漂亮亮，让杨铜明白，任何人的去留都无关紧要，离了谁老郭都照样发财！老郭还想让杨铜明白，没有钱，什么幸福也不会有！在这个时代——物质的时代，功利的时代，没钱你算个屌！（《长安盗》P24）
>
> 小刘跟万教授说，关于她要辞职回家成亲的事，之前已跟林白玉说过，林白玉是答应过付钱给她哥哥治病的，是答应过让她过上幸福生活的。小刘说：“在我们农村，幸不幸福，全看钱的！有钱就能幸福，没钱一切免谈了！没钱，谁能看得起你？没钱你算个什么！”（《长安盗》P101）

与老郭、小刘和万教授等形成鲜明对照的则是警察赵红雨。当父亲万教授将价值 30 万元人民币的白色玉环送给赵红雨时，她在饭桌上立马当着父亲的面转送给继母林白玉。她说继母的名字“林白玉”与这个白色玉环相匹配。此举表明赵红雨并不看重物质或金钱。

在唐古山休闲养病时，赵红雨发现父亲万教授与文物贩子进行交易的秘密后立马给男朋友邵宽城打电话，并要求父亲立即自首。赵红雨的大义灭亲之举表明当法律与亲情发生冲突时，她坚守了法律底线。哪怕父亲求赵红雨不要报警，还说自己所做的一切都是为了她，可是赵红雨并没有被金钱打动，而是执意要父亲自首，并向父亲索要电话报警……

很明显，警察赵红雨相当清醒，她并没有被金钱遮蔽双眼，而是知晓对错、分清是非。她十分清楚还有比金钱更重要的是法律。从赵红雨这个人物身上，我们从中读出了正确的金钱观和正确的价值立场。

由是观之，《长安盗》中的人民警察赵红雨面对亲情的考验是用法理战胜了亲情，而宗利华的长篇小说《盛宴》则是法理战胜了同学情。此小说中四名警校同学（肖振鹏、何刚、钟子曰和崔亚男）不时在一起聚聚，表面或叙旧或拉家常，实则都有各自的“使命”。随着情节的推进，钟子曰成了被人利用的一枚棋子，崔亚男成了贩毒、制毒的“红粉兵团”之一。肖振鹏、何刚在处理崔亚男的问题上，并没有因为她是警校同学就放她一马。当崔亚男得知大势已去时，她割腕自杀，肖振鹏、何刚尽管对她实施人道主义救助——送她上医院，但是对其惩处是少不了的。

田耳的中篇小说《一个人张灯结彩》中除了脊梁式的人物人民警察老黄之外，还有生活在社会最底层的生活困顿者，如凭双手赚钱的出租车司机于心亮；受尽人间折磨，依然热爱生活的哑巴理发女小于等。他们认真生活，本分做人，积极向上，并为他人着想。换言之，文本中大部分人物都是在努力地活着，正如阿尔伯特·爱因斯坦所言：“人是应当为别人而生存的，首先是为那些其喜悦和健康关系着我们自己的全部幸福的人，然后是为许多虽不相识，但他们的命运却通过同情的纽带同我们密切结合在一起的人。”[①] 借此，该文本对人性“善”的表达成为难能可贵的亮色与希望之所在。

《一个人张灯结彩》中警察老黄是一抹人间的亮色。他真诚地与出租车司机于心亮相处，时时处处帮他省钱。譬如喝酒时，“老黄只有提醒自己少喝，等下帮他（于心亮）把车开回去”。文本中类似的感人细节还有很多，字里行间流露的皆是人文关怀意识。人文关怀是文学永远的精神母题，是文学价值的一个重要尺度。所谓人文关怀是一种崇尚和尊重人的生命、尊严、价值、情感、自由的精神。[②] 最让人难忘的场景是老黄去完成犯罪嫌疑人钢渣的重托：在大年夜这一特殊的日子里，老黄为了帮助钢渣践行诺言，朝山顶上的理发店走去——造访孤零零的哑巴小于。

吴克敬的中篇小说《手铐上的兰花花》中的宋冲云是个单纯得近乎透明的警察。他确实是一个理想主义人物形象，正直、勇敢、重情义等。尽管阎小样是一个缓期执行的死刑犯，宋冲云却把她当人看，满足她的各种愿望，这就是对生命的尊重。关注生命、热爱生命、讴歌生命是一切艺术永恒不变的主题。该小说获鲁迅文学奖大约源于此。

朱维坚的长篇小说《黑白道·终结篇：沉默》中的公安局局长李斌良上挚诚寺想

---

① 徐中玉主编：《大学语文》，高等教育出版社 2000 年版，第 313 页。

② 童庆炳：《现代诗学十讲》，中国海洋大学出版社 2005 年版，第 148 页。

"脱离苦海"，因为多年的公安工作让他身心疲惫。特别是前妻王淑芬带着女儿苗苗从江泉到他所工作的奉春来看他时，却死在歹徒的枪口之下。对此，他愧疚万分。可是他的领导和同事林荫、魏振远、赵民等追了上来，对他说我们使命在身。小说结尾就李斌良是否上了挚诚寺这一问题没有给出明确的答案，答案却在读者心中。

上述列举的几篇公安小说文本高扬民族精神，坚持正确价值立场，颂扬人民警察。这些人民警察有着正确的义利观，他们心地善良，有利他情怀，有责任，有担当……要言之，他们活得像人。不论数字化、复制化和网络化如何盛行，公安文学都应该突出"公安"特色，体现时代的本质特征，将中华民族的优秀文化传统转化为精神力量。

（二）彰显中国特色的警察精神

对于具有中国特色的警察精神的歌颂，构成了中国公安小说的主旋律。公安小说作家吕铮创作出众多有影响力的作品，他在《真相小组》中曾这样追问"什么才是真正的警察"，并用八个字"洞悉黑暗，笃信光明"给出了答案。"洞悉黑暗，笃信光明"[①]，这就是中国公安小说所要表现的警察精神。

从思想层面上看，警察精神强调人民警察核心价值观，呼唤英雄主义，彰显人民警察执着的精神力量。正如吕铮所说："我们一定要相信社会有光，我们也会身体力行地用我们的青春、热血甚至是生命让这个社会变得更加美好，这就是警察的精神状态。"[②]

从职业层面上看，警察精神强调责任。责任是中国公安小说中的高频词汇，是警察的底线思维，是法治意识和法治行为。程琳说："写真正的警察小说，是我热衷文学创作的一个最直接的动力。很多人写过各式各样的警察小说和影视作品。看着作品中那些虚情假意、那些傻乎乎的警察形象，我心里愤愤不平。这样的描写与现实相差太远了。现实中的警察为了制服流氓，他们可能要比流氓更流氓。对待好人，他们要比好人还要好。警察还要时刻面临生死考验，面对着歹徒黑洞洞的枪口，谁不害怕呀！但作为警察，心里虽然也怕，但也得往上冲。活下来是英雄，玩完了就是烈士！在英雄与烈士之间，别无选择。这才是警察！"[③] 只要穿上警服，只要向国徽宣过誓，你就是人民安宁生活的守护者，惩治黑恶势力的执法者，这就是警察的责任。

从工作层面上看，警察精神十分注重证据的重要性，执法体现在法律思维中。"以事实为根据，以法律为准绳"是诉讼法的基本原则之一。"除了证据，不要相信自己，更不

---

① 吕铮：《真相小组》，江苏凤凰文艺出版社 2021 年版，第 21 页。

② 吕铮：《厚积薄发，才有了〈三叉戟〉》，载 https：//baijiahao. baidu. com/s? id=1722441991391438480&wfr=spider&for=pc。

③ 《让作品"一针见血"——独家专访警察作家程琳》，载 http：//www. sina. com. cn2006 年 3 月 21 日 09：33 北方热线。

要相信别人”，这是吕铮小说《混乱之神》封面语。证据意识，从根本上说是凸显公平正义、彰显法治思维。警察之所以受到人民的信赖和尊重，从根本上他们是公平正义的体现者，是能用证据说话的判断者。用证据说话，体现的法治思想，贯穿于所有中国公安小说中。武和平在小说《血案疑踪》中很好地运用了“足迹学”的理论。通过痕迹、足迹、毛发、DNA 以物找人、现场重建等是所有侦破小说的破案思路。武和平认为，现场勘探的最深处是与罪犯对话。只要是人，必定留下足迹。足迹不仅仅是留下痕迹，办案警察如果深度研究脚印，可以揣摩犯罪分子的心理活动，并与他们进行心灵对话，从而加速案件的侦破，这才是最有效的现场勘探。他在《血案疑踪》《预备警官》和《铸剑》等小说中都或隐或显地表现出他的侦查理论的科学与神奇。

从人文情怀上看，警察精神关注到警察家庭等各种人际关系处理。人民警察长期奋战在维护国家安全和社会稳定一线，“5+2”和“白加黑”成为常态，加上家庭的重荷，人际关系的复杂等，警察面临着各种矛盾，心中压力可想而知。警察也是一个平凡的人，张卫华、张策的《警察生活录》等小说提示着社会要关心民警权益及心理健康，并提出警察的家庭生活和心理状态对现实公安工作起促进作用。

警察精神是国家赋予，是人民的期待，是职业的烙印，是一种永恒不灭的存在。2017年出版的吕铮的《三叉戟》生动地演绎了这样的永恒精神。小说写了三位临近退休的老警察侦破一件经济案件。临近退休的老警察似乎跟不上形势的发展和警队的更新，他们准备退下来颐养天年。然而，历史又将他们推上最前线，三名老刑警接受了任务，不仅破获了一起震惊全国的重大案件，同时也令二十年前的一桩涉毒大案水落石出。年岁虽衰，精神不老，一旦成为警察，警察精神就是血肉和骨骼，终身相随。

总而言之，公安文学中的人民警察是人民的代言人，在他们身上所彰显的警察精神熠熠生辉。他们就是时代的英雄。习近平总书记在中国文联十大、中国作协九大开幕式上的讲话中又强调指出：“歌唱祖国、礼赞英雄从来都是文艺创作的永恒主题，也是最动人的篇章。”“对中华民族的英雄，要心怀崇敬，浓墨重彩记录英雄、塑造英雄，让英雄在文艺作品中得到传扬。”上述公安文学文本通过讲好中国警察故事弘扬了正能量，唱响了主旋律，达到了温暖人、鼓舞人、启迪人的效果。

第四章　公安文学的独有特征

公安文学并非舶来品，它是本土化产物，是在追求中国文学现代化、民族化过程中，通过继承、借鉴、创造等方法一步步地走到今天的。公安文学中的各类题材作品并非横空出世，自有其发展规律。它在一路成长的过程中，或多或少受外来文学样式的影响，但更多的是浸润了中国传统文化，传承了本土资源。

一、公安文学文化立场鲜明

人民立场是贯穿习近平文化思想的根本政治立场。习近平文化思想坚持文化发展为了人民，强调坚持党性和人民性相统一，把体现党的主张和反映人民心声统一起来。[①]“公安姓党”是公安机关的根本政治属性，公安文学的党性通过人民警察核心价值观的“忠诚”意识得以体现，具体一些则是忠于祖国、忠于人民、忠于法律和忠于事情真相。公安文学的人民性则通过人民警察核心价值观的“为民”意识得以体现，具体一点就是人民警察对人民群众实现人文关怀，急群众之所急、想群众之所想。换言之，为民执法，甚至实施人性化执法。

“忠诚”是人民警察价值观的核心和灵魂，是每位人民警察一生中最重要的政治要求和最根本的道德标准，也是最高的价值取向和政治信仰。《岁月的河　平安的歌：袁瑰秋诗歌精选》（群众出版社 2012 年版）中的《2012 我的贺年卡——献给建党 90 周年暨人民公安机关成立 80 周年》有这么几句诗：“人民公安为人民　多么朴实的表达/人民公安为人民　多么滚烫的誓言/人民公安为人民　多少无悔的选择/人民公安为人民　多少壮美的诗篇/人民公安　忠诚卫士　时代召唤/人民公安　民族脊梁　祖国平安。”诗人袁瑰秋在诗作中坦露心声的同时，忠诚意识也自然凸显。武和平的报告文学《“九一八大案”备忘》回望数十年前古城开封发生的那件震惊中外的特大馆藏文物被盗案，追忆人民警察

---

① 潘玉腾：《深入把握习近平文化思想的人民性》，载《人民日报》2024 年 6 月 4 日，第 9 版。

“攻坚于开封，并案于郑州，突破于武汉，会战于广州，擒凶于青岛，追逃于吉林，缴赃于澳门历时四个多月的艰苦征战”，从而颂扬人民警察忠于法律的政治本色。鲍尔吉·原野的短篇小说《雨下在夏至的土地上》中的警察张八风“愚”且“憨”，他能上别人都不上的山，帮别人都不帮的人，做别人都不做的事。为此，公安部副部长高度肯定他：

> “我看张八风干得好。他不光是警察，还是乡村教员，是赤脚医生。这就叫大公安，从民生大局摆布警察的所作所为……”（《雨下在夏至的土地上》P60）
>
> 秦伟拔直了身子：“张八风为村民垒猪圈、垒院墙、收苞米、盖房子，接生小孩儿，三年累计用工八百多个。”（《雨下在夏至的土地上》P60）

开篇伊始张八风失踪了，接下来借派出所所长、副所长和当地老百姓之口来讲述张八风的为民故事。直到文尾“谜底”才揭开，原来他并非如谣言所说的那样与犯罪分子一起外出发大财去了，而是被犯罪分子推下山牺牲了。

此小说中同事评价张八风说他是一个不懂政治的人，但是他的所作所为却体现了高度的政治性，那就是忠于人民、忠于公安事业，只有心系百姓才能赢得老百姓的口碑，才能提升党和政府的威信。

人民性与党性相辅相成，内在统一。所谓党性，强调了党在人民群众之间的领导核心，是党建的方向、立场、路线、思想、眼光等确立的指南针。人民性，作为一种文艺伦理，是文艺工作者的方向、原则，也是从文艺角度稳固党性与发展党性的能动性手段。《雨下在夏至的土地上》中的张八风整天处理的尽是些针头线脑之类的琐事，如果把叶兆言的中篇小说《重见阳光的日子》中即将退休的警察顾骏与张八风进行比较的话，那么他所做的就算是大事了。顾骏敢啃硬骨头，敢打攻坚战。他对组织提出要求，对一起早已定案的旧案子重新进行考察。小说的结尾方知张焰的确是被冤枉了，他没有强奸杀人，这正好表明顾骏忠于党、忠于法律、忠于事实的正确性。

《雨下在夏至的土地上》中的张八风的确是一名优秀的民警，部领导为此问当地局长、派出所所长等人：“你们为什么派张八风上山啊?”而且一连问了三次。因为张八风所在的韭花台警务站处于高寒地带，条件相当艰苦。当部长等不到答案时，自己则一针见血地指出问题之所在。“把勤快人和好人累死，把懒人闲死，还吵吵警力不足。我说的不是你，”部领导以扇柄指秦伟，“是说体制机制问题。我要见见这个张八风。他为什么叫这个名字啊?”（《雨下在夏至的土地上》P60）原来在张八风这个典型的背后暴露的是工作的体制和机制问题。《重见阳光的日子》中警察顾骏重查的冤假错案是怎么产生的呢？这与时代有关，与负责政法工作的那位市委副书记有关，正是他要求尽快破案，要求特殊时期采取特殊手段，甚至还规定了破案的时间造成的。要言之，《雨下在夏至的土地上》和《重见阳光的日子》在彰显忠诚和为民意识的同时，还对现实进行了批判。

同理，李铭的短篇小说《血案》在坚守人民立场的同时，将村干部的腐败问题一并揭露出来。开篇是五间房乡派出所接到群众报案说，荒土梁子村发生了血案，村支书郝大炮被人用镰刀砍倒，伤势严重。当所长毕记本带上同事许小飞急忙赶往案发地之后，才知案情并非报案人所说的那样严重，因为所谓的被害人村支书郝大炮还在打麻将。

郝大炮对警察说，他当时正站在村民的白菜地边上视察白菜的生长情况，一把明光闪闪的镰刀朝着自己飞过来，那把镰刀就是最好的行凶证据。行凶者名叫德力，他平日在乡里总是带着村民跟村委会作对……末了，郝大炮要求毕所长严惩德力。

毕所长声称一定严惩凶手，事实上他并没有这么做。带着德力回派出所的途中，毕所长听了德力的讲述，才知事情不是像郝大炮所说的那样，便吩咐同事许小飞把德力的手铐给打开。毕所长还对德力说，刚才给你戴手铐是万不得已。你已经被他们非法关押五六天了，你有权利告他们……

由是观之，在村干部郝大炮和村民德力发生冲突时，人民警察并没有倒向前者——“官官相卫”，而是以事实为依据、以法律为准绳，切身关心村民的利益，并为德力争取自己的合法权利。小说后半部分是警方在经过多方调查取证之后锁定村支书郝大炮的大量违法犯罪事实。《血案》这篇反讽之作在肯定人民警察为民执法的同时，还有对如何保护村民权益的思考，人民性自在其中！

徐国芳的短篇小说《追逃》讲述的是人民警察如何对当事人实施人性化执法，而且是一篇关于人性化执法的悖论之作。小说开头和结尾都围绕人性化执法展开。话说刑警队长雷放带着同事来到嫌疑人赵三双的家，王岳一把就把赵三双给铐住。因动作太大，土坯房里传来女人的声音。赵三双对警察说自家女人瘫痪大半年了，他要给她拿便盆，还央求警察把手铐打开，并保证说不跑。结果赵三双说话不算话，一眨眼工夫就跳窗逃跑了。警察本应该从中吸取教训，但是到了小说结尾，在赵三双的女人生命垂危之际，赵三双突然冒出来。人民警察依然没有对他采取强制措施，而是等他办完后事——给女人送终之后才对他采取强制措施。

文学作为意识形态的存在方式之一，时常与政治保持着一种协同共生的“伙伴”关系。[①] 上述公安文学作品中的“政治事件”与人民性、党性紧密挂钩。从这些文本的表层意义上来看，彰显的是人民警察的忠诚和为民意识，深层意义则是对于人民切身利益（含政治权益）的隐忧及如何关心人民问题的探讨，这大约可算作公安文学作品的独到之处。

人民是一个政治概念。文学的人民性本身具有鲜明的政治色彩。文学为人民服务，首

① 吴秀明主编：《中国当代文学史料问题研究》，中国社会科学出版社 2016 年版，第 359 页。

先要为人民的政治利益服务。[①] 公安文学作品如何才能更好地为人民服务，应该是公安文学今后努力的方向。

二、公安文学现实特征明显

捷克汉学家雅·普实克说：“在中国文人文学传统中，高度评价的是‘实’”。[②] “尚实”是中国文学，尤其是叙事文学的重要传统。这虽然与“文史不分”的影响及史家介入文学有关，但更重要的是，在长期创作和接受实践的过程中，它逐渐成了我国作家和读者共同追求的审美好尚。[③] 公安文学作品的纪实性十分明显，如公安题材纪录片《中华之剑》反映禁毒斗争，《中华之门》讲述的是打击走私犯罪的故事，《忠诚的道路》全面实录公安工作……

开国内纪实犯罪刑侦剧之先河的是1994年首播的《9·18大案纪实》。该剧根据1992年9月18日的开封博物馆文物盗窃大案改编。时任开封市公安局局长武和平主持案件的侦破，他担任编剧和主演，真实地再现了警方侦破案件的详细过程，被誉为国内第一部犯罪纪实片，许多观众看后直呼太真实了。

随着《9·18大案纪实》的播出，中国大地旋即掀起一股纪实犯罪刑侦剧热潮。根据真实案件改编的《12·1枪杀大案》《西安大追捕》《中国刑侦一号案》《犯罪升级》《济南7·9大案侦破纪实》等公安题材电视剧相继问世。接下来的若干年里纪实风潮愈演愈烈，一连串的纪实侦破电视剧被搬上屏幕。案件的选择越来越惨烈，真实再现的程度也越来越突破底线，甚至出现了渲染血腥暴力、暴露侦查手段等问题。观众开始厌倦，也开始警醒，负面反响越来越多，以至于国家管理部门最终叫停了纪实风格电视剧的拍摄，让这种类型永远消失在了屏幕上。[④]

虽然纪实风格电视剧叫停了，但是实录公安工作的其他文类并没有缺席。全国公安机关从2011年5月底开始了一场史无前例的“清网行动”。董保存、丁一鹤历时半年深入一线公安机关进行采访，由他们两人撰写的长篇报告文学《清网行动：中国警方史上最大追逃行动纪实》（群众出版社2012年版）多层次、全方位地展现人民警察在“清网行动”中所付出的汗水及智慧，鲜活地复现了人民警察“为党和人民利益而战，为人民警察荣誉而战”的真实图景。

---

① 参见刘建强：《人民性——文学永久的希望》，载《吉林大学社会科学学报》2002年第3期，第64页。

② 张稔穰：《中国古代小说艺术教程》，山东教育出版社1991年版，第302页。

③ 张振军：《传统小说与中国文化》，广西师范大学出版社1996年版，第35页。

④ 张策：《公安文学四十年》，群众出版社2020年版，第108页。

由于现实公安工作的复杂性与艰巨性，专项行动可谓一个接一个。“猎狐行动”自2014年开始以来持续至今，与此行动配套的公安文学作品也相继问世。电影《猎狐行动》是国内首部将“海外追逃”搬上大银幕的文本，讲述的是公安部经侦局“猎狐专项行动小组”跨境追捕被列入国际“红通”名单的金融犯罪嫌疑人的故事。

经过20世纪后期艰难复兴和不断地变革和探索，进入21世纪后，中国公安题材电影电视创作在内容题材、艺术表现语言、文本结构方式、作品传播方式和市场化运作等方面不断探索，积极进取，创作质量和艺术水平均有了相当大的提高。[①] 电视剧《任长霞》根据河南登封女公安局局长任长霞的事迹改编；电视剧《破冰行动》以广东警方调集3000警力展开的“海陆丰行动”为事件蓝本改编而成；电视连续剧《营盘镇警事》根据公安部二级英模范党育的真实事迹改编；张成功编剧的《黑冰》《黑洞》《黑雾》大多取材于真实案件。他在创作《黑冰》时，将一名化学教授研制冰毒被捕的案件与一起制贩冰毒特大案件揉捏在一起；《黑洞》则取材于一桩公安局局长被诬陷坐牢的案件。电视剧《面对诱惑》和电视连续剧《无愧苍生》都获得中宣部“五个一工程奖”，前者取材于辽宁省某地公安机关的人事制度改革和抵御腐败诱惑之事，后者则以哈尔滨市道外区东莱派出所及该所老所长、公安部一级英模尹燕珩的故事为原型。

影片《国际列车开往莫斯科》以轰动一时的国际列车抢劫案为素材，讲述我公安民警与俄罗斯警方联手破获团伙抢劫大案始末。由高群书导演的电影《神探亨特张》以北京市公安局海淀分局双榆树派出所便衣民警张惠领为原型，是“兼具观赏性与艺术价值的新写实主义影片”。[②] 电影《湄公河行动》根据2011年10月5日的“中国船员金三角遇害事件”改编。为了还原真实事件，在影片筹备阶段，导演林超贤率剧组赴金三角地区收集资料，与当地警察深度交流，详细了解事件经过。编剧团队还以纪录片形式记录下毒枭糯康庭审全过程，并从一线民警身上提取了很多人物特征。[③] 电影《长安道》取材自一起真实案件：2004年6月至2005年5月，犯罪团伙将位于西安市的唐代贞顺皇后敬陵内的文物基本盗掘一空，并对墓内一套彩绘石椁分解打包走私出境。2006年案件告破。2010年，流失美国达六年之久的被盗石椁，由公安机关移交给陕西历史博物馆。

四部主旋律电影《千钧一发》《缉毒警》《民警王法金》和《警徽警戒》都是根据真实人物或事件改编而成，其中《千钧一发》改编自发生在黑龙江省齐齐哈尔的一起连环爆炸勒索案。导演高群书为了最大限度地展现真实，特意让东北籍的公安民警马国伟出演男一号。《缉毒警》则以缉毒英雄吴光林的英雄事迹为蓝本。《民警王法金》则根据浙江省

① 任家岗：《当代公安题材影视创作美学观念研究》，曲阜师范大学2011年硕士学位论文，第9页。
② 彭耀春：《中国电影理论与公安影视传播》，中国社会科学出版社2015年版，第178页。
③ 龚卫锋：《人民警察，英雄无悔!》，载《羊城晚报》2019年10月9日。

湖州市优秀户籍民警王法金的先进事迹改编。《警徽警戒》讲述的是公安机关纪委保护民警权益的故事。

1989年，全国数条铁路干线流窜犯罪特别猖獗，盗窃抢劫案件一天发生数百起，为此铁道部公安局和公安部刑侦局亲自组织在全国铁路公安局抽调34名精干侦查员成立“5·10专案组”，先后抓获71名江洋大盗、亡命车匪，破获重大、特大案件112起；打掉犯罪集团和团伙20多个，判处17名罪大恶极的罪犯死刑。王仲刚亲历了该大案侦破，并任前线总指挥，由他任编剧的电视剧《紧急追捕》就是根据“5·10专案”改编而成，并获中国电视剧最高奖——飞天奖二等奖。

上述影视片“大都自觉地坚持了弘扬中国公安精神、讴歌人民警察英雄事迹的‘主旋律’，使得这一创作方向牢牢地控制了公安题材影视创作的导向，生产出一大批政治方向鲜明而且正确的优秀作品”。①

除了报告文学与影视剧在真实地讲述中国警察故事之外，小说也不甘落后。公安小说全景烛照现实，大多数公安小说取材于社会真实事件（案件），比较直接反映时代的真实社会状况，现实主义风格明显：当毒品开始扩散时，与毒品有关的犯罪侦破小说就问世了；当酒驾开始入刑时，与之相关的小说就对此法进行宣传；当“清网行动”“猎狐行动”开始后，与之相关的追赃、追逃小说就出现了……

《流淌在刀尖的月光》就是配合“清网行动”而作。2012年初，作者王松赴一线公安机关体验生活，此作是他定点深入生活后创作的一部长篇小说。刘少一的中篇小说《凌晨脱逃》亦然。

> 麻凡本来还想问问眼线是谁，又觉得欠妥，便打住。这次“清网行动”，岩门县公安局是下了死力的，不光完成追逃任务的单位和个人可以呈报立功，还拿出不少的钱发奖金。追捕到位的多少钱、规劝自首的多少钱、提供线索的多少钱等等，一一明码标价，兑现奖惩。《凌晨脱逃》P141)

汤哲声教授说中国现当代通俗小说是中国现当代社会的“世情书”，因为它承续着中国传统小说而来，保持着“世情书”的特点。公安小说从总体上把握时代潮流和历史运动的总趋势，以其宏阔的艺术视野，增大其表现幅度，全方位地实录公安工作。换言之，中国公安小说对老百姓所关心的热点及时作出回应，譬如将反腐走私、诈骗偷盗等话题尽收囊中，纪实性自然而然就成了它的一大特征。

李春良的长篇小说《女子中队》获第十三届精神文明建设“五个一工程奖”。此作的创作灵感源自一则新闻报道。当时，《人民公安报》报道了西安一女交警在查缉违法车辆

---

① 张策：《公安文学四十年》，群众出版社2020年版，第163页。

时被一网上通缉的逃犯拖出十几米，导致左臂粉碎性骨折的事迹。此则报道深深地打动了作者李春良，他当即决定着手创作《女子中队》。

朱维坚的长篇小说《沉默》创作灵感源于福建福州市的一起恶性案例。一起十分普通的商业竞争由于福州市公安局负责刑侦的副局长的介入，最终演变为骇人听闻的诬陷谋杀。而且一方将竞争对手杀害后还诬陷被害人是黑恶势力。这起冤假错案经多方申诉，由高层批示后才由福建省公安厅副厅长兼新任福州市公安局局长翻案。其时案件主谋已逃往美国，家里没带走的财产仍有 1000 万。[①] 正是这起真实的栽赃陷害案为《沉默》的创作作好了铺垫。

上述公安文学作品的纪实性特征明显。纪实性到底是优点还是缺点呢？余华曾说："几乎所有优秀的作家都处于和现实的紧张关系中，在他们笔下，只有当现实处于遥远状态时，他们作品中的现实才会闪闪发亮。"[②] 事实上，文学的表现力和作家所生活的当下之间是很难相处的。布洛的"心理距离说"认为艺术审美和功利实用之间存在着某种微妙的距离关系。这个审美距离是有一个"安全范围"的。这个范围一方面保证了欣赏活动中的个性差异，另一方面也提供了争议作品的空间。[③] 公安文学作品的纪实性挑战正是这种文学与现实审美距离的"极限"，从而导致与文学的"陌生化"相去甚远。

通过梳理新时期中国公安文学特征，并分析其成因，方知这些特征或隐或显，其间的人民性与公安特征不无关系，彰显了人民警察核心价值观，且与党性高度统一；其间的现实特征则是受中国史传文学传统的影响，能让我们更加了解中国国情和中国公安工作。

---

① 参见彭耀春等：《中国公安题材影视剧研究》，中国电影出版社 2011 年版，第 203 页。

② 余华：《活着》，作家出版社 2010 年版，第 2 页。

③ 参见刘江凯：《余华的"当代性写作"意义：由〈中文版自序第七天〉谈起》，载《文学评论》2013 年第 6 期，第 124-125 页。

第五章 公安文学的为民意识

“为民”是人民警察核心价值观的根本出发点和落脚点。这一价值要求，明确了人民公安为人民的根本宗旨。“立警为公、执法为民”是由我国公安机关的根本性质决定的。人民警察必须始终坚持人民利益高于一切的价值取向，真正关心人民群众的呼声，把人民群众的需要作为第一选择，把人民群众的利益放在首位。如果说时代是出卷人，那么人民警察就是答卷人。视人民利益高于一切、重于一切，与人民群众心连心、同呼吸、共命运，这既是人民警察的立警之本，也是公安工作的永恒主题，是公安工作的出发点和落脚点。公安文学因具有“公安”特征，其间的“为民”意识更为彰显。

一、“琴心剑胆”与民本思想

“琴心剑胆”这一成语在各级公安机关的文化墙上随处可见。此成语出自元代吴莱《寄董与几》的小诗：“小榻琴心展，长缨剑胆舒。”比喻刚柔相济，任侠儒雅；既有情致，又有胆识。笔者在此解读为人民警察面对负隅顽抗的歹徒或黑恶势力时要刚、勇、猛，即不害怕、不退缩，挺身而出，敢于牺牲，即拥有一颗“剑胆”，而对于弱势群体、无辜的老百姓时，则要表现出柔情似水的一面，那就是拥有一颗“琴心”。还有一种情况则是，哪怕是犯罪分子，在特殊情况下，也要对他们实施人文关怀，即人性化执法。

“琴心”说得更具体一点就是民本思想。此思想最早见于《尚书·五子之歌》：“皇祖有训，民可近不可下，民惟邦本，本固邦宁。”译成现代汉语则是：“祖先早就传下训诫，人民是用来亲近的，不能轻视与低看；人民才是国家的根基，根基牢固，国家才能安定。”作为人民警察核心价值观的关键词之一的“为民”与古时候的民本思想一脉相承。《孟子·滕文公下》就有“救民于水火之中，取其残而已矣”之说。战国时期的思想家荀况在《荀子·王制》篇中说：“君者，舟也；庶人者，水也；水则载舟，水则覆舟。”意思是说，统治者犹如一条船，广大的民众犹如河水，水既可以承载船，也可以将船淹没。唐贞观后期，魏征在《谏太宗十思疏》中说："怨不在大，可畏惟人。载舟覆舟，所宜深慎。"意思是说，怨恨不在于大小，可怕的是人心向背。水能载船也能翻船，所以对待人民的问题上应该高度谨慎。唐太宗对荀子和魏征的观点十分赞同。他在《论政体》中说："君，舟也；人，水也；水能载舟亦能覆舟。"古代圣贤总是把"为民立命"作为生存哲学，如荀子、魏征和唐太宗都知晓人民力量的伟大，这种"民本"思想一直延续到今天。

党的十九大报告中"人民"成为高频词汇。明确新时代我国社会主要矛盾是人民日益增长的美好生活需要和不平衡不充分的发展之间的矛盾，必须坚持以人民为中心的发展思想，不断促进人的全面发展、全体人民共同富裕。①

服务人民是根本宗旨，体现着公安队伍的立警原则，必须把人民对美好生活的向往作为奋斗目标，不断增强人民群众获得感、幸福感、安全感。郭声琨要求，要牢牢把握服务人民这一根本宗旨，忠实践行人民公安为人民的庄严承诺。要始终坚持把党和人民的利益放在心中最高位置，牢固树立、自觉践行以人民为中心的发展思想，把人民满意不满意、答应不答应、高兴不高兴作为判断和衡量公安工作的根本标准……②

习近平总书记在庆祝中国共产党成立 100 周年大会上的讲话中指出："江山就是人民、人民就是江山，打江山、守江山，守的是人民的心。中国共产党根基在人民、血脉在人民、力量在人民。中国共产党始终代表最广大人民根本利益，与人民休戚与共、生死相依，没有任何自己特殊的利益，从来不代表任何利益集团、任何权势团体、任何特权阶层的利益。"③ 在市场经济大潮的冲击之下，"经验告诉我们，当工具理性占上风时，'人文关怀'越来越少，偶尔有一点'关怀'随风而来，已是邻家一阵阵的焦锅味儿"④。但是公安文学作品中的"人文关怀"并不少。作为人民警察核心价值观的关键词之一的"为民"在某种程度上就是"人文关怀"的代名词。

公安文学属人文领域，理应多一点儿向真、向善、向美的人文关怀的倾注，少一点儿非艺术审美视点的偏执。《任长霞》描写登封市公安局局长任长霞帮助失地农民要征地费，看似是做了分外事，而且当时侦破大案十分紧迫，领导正坐镇督战，但任长霞仍前往现场出面协调，找到关键人以情理相劝，生动和深入地显示了她执法为民的民本思想。⑤

---

① 王晓晖：《深刻领会习近平新时代中国特色社会主义思想的核心要义和创新观点》，载《人民日报》2017 年 11 月 23 日。

② 《郭声琨：切实做到对党忠诚服务人民执法公正纪律严明》，载 https://www.sohu.com/a/144465943_349319。

③ 习近平：《在庆祝中国共产党成立 100 周年大会上的讲话》，人民出版社 2021 年版，第 11-12 页。

④ 赵一凡、张中载等主编：《西方文论关键词》，外语教学与研究出版社 2006 年版，第 399 页。

⑤ 彭耀春等：《中国公安题材影视剧研究》，中国电影出版社 2011 年版，第 48 页。

二、彰显人性化执法

中国传统的人文精神注重人际关爱。人从孝亲开始，树立爱心，然后推己及人，将人类社会推向世界大同。这是世世代代中国人的理想。《孝经》提出了“博爱”的理念，《礼记》明确反对身份、职业的歧视，认为即使是肩挑、背负，沿街叫卖的小贩，也“必有尊也”。孟子主张把“仁”与“礼”存于心，进而去爱人、敬人，“爱人者，人恒爱之。敬人者，人恒敬之”，以此达到全社会彼此爱、敬的境界。《弟子规》说的“凡是人，皆须爱。天同覆，地同载”，是对中国式的人文关怀的最通俗的表述。①

不管哪个行业都要说人话、做人事；不管哪个工种都要用心做事。这颗心就是孟子所说的恻隐之心。“恻隐之心，人皆有之。”（《孟子·告子上》）极端利他主义或极端利己主义都是一种违反人的本性的观念，因而是一种虚伪的或乌托邦式的伦理主张。②

大量的公安叙事文本中大体有两类人性化执法：一类是人民警察被动地实施人性化执法；另一类是人民警察主动地实施人性化执法。

（一）被动实施人性化执法

所谓被动地实施人性化执法指的是案件中当事人向人民警察提出不合法却合理的要求，警察动了恻隐之心后才答应。答应后又分两种情况：一种是当事人被人民警察的义举所感动，人性复苏，终于活出人的样子；另一种却利用警察的恻隐之心借机逃跑，企图逃脱法律的制裁。前一种可以从邓宏顺的小说《归案》中得到佐证；后一种情况则以徐国芳的短篇小说《追逃》为例。

荣获第四届“鲁迅文学奖”的《一个人张灯结彩》授奖词是“各色底层人物的艰辛生活在老警察的尽职尽责中一一展现，理想的持守在心灵的寂寞中散发着人性的温情”。此作打动人心之处是在万家团圆的日子里，人民警察老黄为了一个真诚的约定，帮助犯罪嫌疑人钢渣践行诺言，独自去造访孤零零的哑巴小于。

吴克敬的《手铐上的兰花花》获第五届鲁迅文学奖，其中的民警宋冲云把女囚犯阎小样当人看，同样属“为民”之举。譬如，宋冲云尽可能地满足阎小样的愿望，陪她逛钟楼，请她吃肯德基，还为她照婚纱照，然后才送她进监狱。尽管阎小样是个缓期执行的死刑犯，但这条鲜活的生命依然值得关爱。关爱生命、热爱生命、讴歌生命是一切艺术永恒不变的主题。宋冲云身上闪耀着道德的光辉，这个单纯得近乎透明的警察形象确实是理想主义的，他正直、刚强、勇于担当、重感情、讲义气等。

---

① 彭林：《北京奥运如何人文》，载《中国教育报》2008 年 7 月 14 日。

② 龚刚：《现代性伦理叙事研究》，浙江大学出版社 2013 年版，第 23 页。

执法不严、司法不公的一个重要原因是少数民警缺乏应有的职业良知。许多案件，不需要多少法律专业知识，凭良知就能明断是非，但一些案件的处理就偏偏弄得是非界限很不清楚。各行各业都要有自己的良知，心中一点儿职业良知都没有，甚至连做人的良知都没有，那怎么可能做好工作呢？政法机关的职业良知，最重要的就是执法为民。①

雅斯贝尔斯说："政治意识越开明，我们就越有良心。政治自由具有道德意义，原因正在于此。"② 接地气的公安文学作品体现时代的进步倾向和潮流，书写真实的社会生活，理所当然符合历史理性。何谓历史理性？它是人们对全面促进社会的经济、政治、文化进步力量的肯定性评价。③ 邓宏顺的中篇小说《归案》中陈副大队长（以下简称"陈副"）是重案大队毛大队长（以下简称"毛队"）的搭档，他们两人一同去外地缉捕杀人案嫌疑人李泽洲。在是否立即押解李泽洲"回家"这一问题上，两人发生分歧。毛队向局长请示过，局长说马上上路才是上策，而陈副坚持要等李泽洲把工钱讨回来后才走。他的理由是："嫌疑人犯了法，该当的罪他必须当，但他的正当权益也应当受到保护！我总觉得我们有责任帮他讨回这笔工钱！"

陈副执意留下来，毛队只得陪着他。他们两人押着李泽洲找工头老板讨工钱，工头抓住李泽洲的软肋——不敢暴露自己的身份。他妄想吞掉李泽洲在矿区做苦工的那笔钱。陈副与工头斗智斗勇一番后，最终才帮李泽洲把工钱讨回。李泽洲这才服服帖帖地跟着俩警察"回家"。

一路上，他们所乘坐的火车遭遇泥石流，押解李泽洲的警察与李泽洲被冲散，甚至陈副和毛队是死是活都不清楚。李泽洲的妻子怂恿只伤了一点儿皮相的李泽洲趁机逃跑，李泽洲却说："如果换两个我不很佩服的公安人员，现在我肯定会逃跑，在毛队和陈副面前，我绝不允许自己有这想法！他们的任务本只是要抓捕我归案，但他俩却冒着那么大风险为我讨要工钱……我要等到毛队和陈副来找我。"④ 由此可见，李泽洲已经被警察的"为民"之举感化了。他不但没有跑，还主动寻找警察。他对妻子说："我不愿做一个没有良心的人！"

"以心换心"。"陈副"在良心驱使下帮助李泽洲讨工钱，李泽洲的灵魂才被唤醒。如果民警不对李泽洲实施"人性化执法"，押解途中可能发生意外，因为"他们（李泽洲夫妻）已经悄悄商量过了，如果不让讨工钱或者讨不来工钱，他们就在路途上跳车逃跑或者一起寻短"。

---

① 习近平：《严格执法，公正司法》，载《十八大以来重要文献选编》（上），中央文献出版社 2014 年版，第 718 页。

② 陶东风主编：《当代中国文艺思潮与文化热点》，北京大学出版社 2008 年版，第 135 页。

③ 童庆炳：《现代诗学十讲》，中国海洋大学出版 社 2005 年版，第 148 页。

④ 全国公安文联选编：《归案》，群众出版社 2013 年版，第 38 页。

此小说不仅叙述了人民警察如何对当事人实施人性化执法，而且进一步阐明了人民警察实施人性化执法后所产生的社会效果，即教育并感化了当事人。

将《归案》与美国作家欧·亨利的短篇小说《警察与赞美诗》进行比较，方知人性化执法（人文关怀或为民意识）有利于构建和谐社会。后者讲述的是一个无家可归的流浪汉苏比想去监狱过冬的故事。为了达到这一目的，苏比便扰乱社会治安，上饭店吃霸王餐、偷他人的雨伞、调戏妇女等。可是他的系列行径并没有帮他实现其夙愿。换言之，警察不理睬他。后来，他到教堂却被赞美诗所感化，决心改邪归正、重新做人，可是警察却找上门来，并将他关进监狱。将上述两个文本进行比较之后，我们会发现中西警察处理问题方式的不同。

徐国方的小说《追逃》开篇伊始是刑警雷放开着警车驶向农家院，他准备将赵三双抓捕归案，因赵三双参与了一起电缆盗窃案。村支书了解赵三双，几乎不相信他会偷东西。在村支书带领下，雷放用手铐铐住了赵三双。赵三双向警察求情，让他给女人拿个盆子，女人瘫在床上大半年了。警察答应了，赵三双又求情，请警察打开手铐，并保证说不跑，警察也同意了。警察还对炕上的女人说："大嫂，我在市里包了工程，想叫三双去干一阵子挣点儿钱，你不会反对吧。"赵三双拿着盆子站在旁边，向雷放投来感激的目光。

《追逃》与《归案》两篇小说中都讲述了警察对当事人实施人性化执法的故事，所产生的效果却截然相反，前者是当事人并不领警察的情，毫无感恩之心，反倒欺骗警察。场景如下：

> "三双，家里……来人了？"土坯房里飘来女人的声音。这声音像棵没有根的干草，被风轻轻一吹，失去了踪影。但雷放他们还是听清了，赵三双也听清了，他顿了顿，扭头对房子里的人说："来了俩朋友，我跟他们出去办点儿事儿，你可要安顿好自个。"说着，眼里就有泪涌出来。"哦，你把盆子……拿屋来，你不在，我使着……方便。"赵三双没再接女人的话，一双眼哀求着雷放，低声说："我老婆瘫了大半年了。"见雷放没搭腔，他又说："警察大哥，让我给她拿个盆子吧，不然，她拉的床上满处都是。"雷放被女人的声音搅得有些乱，他不知道发出这种声音的女人有着怎样的虚弱，沉吟了片刻，对着赵三双摆了下头，算是答应了。
>
> 走了几步，赵三双又停住了，抬了抬手，囔囔地说："能先不带铐子吗，您知道，我老婆……我不跑。"王岳烦了，压着气小声说："哪来这么多臭毛病，这是你想摘就摘的吗？"赵三双低头怔在那里，雷放说："摘了。"王岳迟疑了一下，上前打开了手铐。(《追逃》P23)

"视古人书判清明者，既具引法条，照例行事，又不拘泥于条文字句，而能够体察法意，调和人情，其所为之判决，因事而异，极尽曲折委婉，这绝不是一味地抱持常经所能够做到的。”① 办案警察雷放为了让当事人赵三双照顾患病在床的妻子，同时顾及赵三双的脸面，才同意给赵三双留下一点儿时间陪妻子，甚至让同事把手铐给他打开了，接下来的情节却是赵三双乘机翻窗逃跑，小说遂取名为“追逃”。

警察在外面一边抽烟，一边等候赵三双。他们从电话中得知赃物还在赵三双手中，并没有脱手。雷放一边打电话一边进屋，才发现赵三双从一个洞口逃跑了。紧接着是分析追逃方案，推测赵三双可能的落脚点。废品收购站老板说那个卖电线的人长得很像赵三双，其典型特征是“右手拇指残缺”。警察在赵三双家周围蹲点守候时，听到村支书女人高喊：“救人啊!”原来赵三双的女人嘴里吐血，身上还有粪便。村民及警察几乎同时出现在赵三双家。雷放用车将赵三双的女人送到急救中心，并用自己的名字登记，还为她交治病的押金。医生喊：“谁是雷放?”雷放说：“我就是。”医生说：“看你还像个人，这个女人营养严重不良。”雷放的同事向医生作了解释，说是一个犯罪嫌疑人的家属。轮到医生觉得难为情了，说：“这女人很可怜的，脏器衰竭，腔内出血，活不了多久了，让家属准备后事吧。”

同事打电话给雷放说医生已给赵三双的女人下了病危通知书，熬不过今天。雷放挂掉电话，叫王岳把车直接开到医院，他要替自己的对手处理一下他媳妇的后事，顺便布置最后一次抓捕行动。雷放觉得自己有些残忍了，那条在深海中悬浮的鱼将成为他最后的诱饵，这使他心里很是别扭，甚至有种负罪的感觉。

刑警们已在医院扎好了网，等赵三双这条鱼儿上钩。警察让村支书在村里散布赵三双女人病危的消息。医生说：“人马上不行了……”赵三双不得不投案自首。但是雷放却说：“快，快把他（赵三双）带过来，再晚就来不及了。”

哪怕赵三双在警察眼皮底下逃跑了，在赵三双的女人弥留之际，警察依然对他实施人文关怀，这也是人性化执法之举。如果说小说开头赵三双向警察提出要求后警察对他实施的人性化执法是被动的，可是等到小说结尾警察对他实施的人性化执法则变成了主动。如此运笔，可谓首尾呼应。

（二）主动实施人性化执法

乔土的小小说《雨夜》中的人民警察不等当事人开口——当事人压根儿就不知道警察在身边，警察却主动地对当事人实施人性化执法，其境界显得更高一层，胸怀显得更博大一些。

话说办案组老谢带着两个年轻的同事去抓捕犯罪嫌疑人，等他们赶到老槐树街5号东

① 梁治平：《法意与人情》，广西师范大学出版社2021年版，第174页。

后，才知犯罪嫌疑人正在张灯结彩办喜事，婚礼中唱主角的正是犯罪嫌疑人。两个年轻人急于动手抓捕，终究被老谢给制止。在等候当事人办喜事之时，为了打发寂寞的时光，大家便讲故事。老谢所讲的故事正好解读了他为何要对当事人实施人性化执法。当年谢组长和他的领导黄所长一起执行任务，他们按计划分别在一条街的两头蹲点守候。半夜时分，一男人搀着一孕妇焦急地出现在老谢的警车前，原来是孕妇快要生了。男人看见他的车后，趴在车前哀求送他们上医院。他不答应，那个男子就跪在他的车前拼命地磕头，且磕得车盖砰砰作响，他的女人则在一边撕心裂肺地叫唤。这一幕触及了其内心深处，于是加大油门，并以最快的速度把他们送到医院。当他返回蹲点守候的现场时，一切都晚了，嫌犯虽然被抓住了，但是黄所长却身中两刀被送进医院。

老谢的人文关怀之举才赢得黄所长女儿的芳心。此前，黄所长的女儿是不同意与老谢结婚的。老谢讲的这个故事在《雨夜》中强化了人文关怀这一理念。老谢通过切身体会深刻感知到了人文关怀于人于己都是有益的，同时也向两个急于动手抓捕的年轻人解释，他为何不同意立即动手的原因。人性化执法可行、可信，有利于构建和谐社会。法律无情，执行法律的人却有情。实施人性化执法，恰到好处地把握好法律的尺寸则是一门值得探讨的艺术。

人文关怀从来就是也应该是文学创作的永恒主题，它与人的全面发展、生存状态及其命运、幸福相联系。在科技理性盛行的当下，物欲膨胀、精神萎靡，人的尊严和价值被冷落，以人为本的呼声此起彼伏，人文关怀已超越文学领域成为全人类社会的共同话题。民警与他人之间“通过同情的纽带”发生关系，体现为“求善”关系。人民警察身上闪耀着道德的光辉，散发着人性的亮色，凸显着人民警察的“为民”意识。这些警察爱护、同情弱者，把犯罪嫌疑人，甚至死刑犯当“人”看，维护其人格尊严。

（三）历史理性和人文关怀之间的张力

公安文学文本凸显以人为本的道德伦理体系，弘扬真善美的人性，并且较好地处理历史理性与人文关怀之间的张力，不像非公安文学作品《分享艰难》那样只注重历史理性。如西河镇党委书记孔太平为了镇里多赚钱，肆意践踏法律底线——不起诉洪塔山，从而引发的恶果是放纵邪恶，致使人文关怀一度缺席，而公安文学作品却依然精神升腾，将价值选择定位于警察人性的美好与社会和谐的构建。正如林语堂所言：“短篇小说之主旨在于描写人性，一针见血，或加深读者对人生之了解，或唤起人类之恻隐心，爱，同情心，或予读者以愉快之感。”① 文学精神价值的理想是让历史理性与人文关怀保持张力和平衡。人民警察维护治安秩序，帮助群众解决难题，如此这般促进经济发展，符合历史理性。历

① 梅圣泉：《林语堂名著全集》（第六卷），东北师范大学出版社 1994 年版，第 115 页。

史理性和人文关怀是文学的两个维度，两者缺一不可。如果公安文学仅仅充满历史理性，缺乏人文关怀，那就不是一部成功之作。

人民警察是和平时代的英雄，必须为人民付出，必须为人民服务。尤其是突发事件发生之后，他们无条件地勇往直前，舍小家顾大家，这是历史理性使然。因为人民警察的任务就是维护国家安全，维护社会治安秩序，保护公民的人身安全、人身自由和合法财产，保护公共财产，预防、制止和惩治违法犯罪活动。在这个新的历史时期，作为肩负着“巩固共产党执政地位、维护国家长治久安、保障人民安居乐业”三大历史使命的公安机关对促进社会的发展、维护社会的稳定作出了杰出贡献，当下的绝大部分公安文学作品对此都有不同程度的表达，像武和平的《掩盖》、张策的《无歌之夜》、贾文成的《浮尘》、杨老黑的《模范中队》等作品中的人民警察都怀有高度责任感，都有为公安事业奋斗不息的献身意识。这个范式的价值观是高扬历史理性精神的，人文关怀却很少提及，这是当前公安文学创作中普遍存在的不足之处。人文关怀是一种崇尚和尊重人的生命、尊严、价值、情感、自由的精神，它与关注人的全面发展、生存状态及其命运、幸福相联系。①

《营盘镇警事》开头就营造出一种剑拔弩张的紧张气氛：上河村和下河村为“水口子被盗”欲动家伙，营盘镇派出所所长范党育来不及向领导请假便从大会上溜出并及时赶到案发现场，他对群愤激昂的村民们“晓之以理，动之以情”才化干戈为玉帛。

通过艰苦的蹲守、走访，终于将盗窃水口子的犯罪嫌疑人大柱子抓获。在对大柱子的量刑问题上，有人主张采取刑事强制措施，范党育自有主见，他采取人性化执法，即主张把大柱子送回上河村。村民们不同意，呼吁严惩大柱子，并把村委会围住。范党育只得将大柱子盗窃水口子的真正动机告诉大家，以求得村民们的谅解。后来大柱子以壮士断腕的气概表决心，村民们才暂时谅解他。

随着情节推进，种种迹象表明范党育实施的人性化执法是正确的。其间还有一段插曲，即从反面印证不实施人性化执法会造成严重后果。在第五集中，东莞特大杀人抢劫案的犯罪嫌疑人程铁斌潜回营盘镇，准备报复当年送他入狱的刑侦中队长赵光明。这家伙刑满释放后之所以走上杀人抢劫之路，是因为他对社会彻底失望了，因为老婆走了，小孩儿送人了，家没有了，他便没了顾虑，没了牵挂。

宇成收到通缉令后问所长“程铁斌是何许人也”时，范党育回忆往事：“从职业的角度，赵光明没错，他做了一个警察该做的；站在社会的角度，站在情感的角度，这个悲剧完全可以避免……我没见这么穷的人家……老婆抱着刚满月的孩子……知道他为什么被送进监狱吗？那时他偷了一千多块的电线，搁平时可以取保候审，后来被判了三年有期徒

① 童庆炳：《文学理论教程》，高等教育出版社 2004 年版，第 170 页。

刑……”范党育的言外之意是说如果当年赵光明对程铁斌实施人性化执法，抱着“惩前毖后，治病救人”的心理待他，也许程铁斌不会走上绝路。

赵光明一进留置室就遭到程铁斌破口大骂，骂他害惨了自己。赵光明那一刻充满内疚。遗憾的是，赵光明并没有从此案吸取教训，并认真反省自己。后来，刑警中队与派出所合并升格为分局，他担任局长，走的依然是“严打”的路子。他采用高压手段严打黄赌毒，希冀维护村镇秩序。他的举措与过去范党育推行的宽严相济的刑事司法政策截然相反，激起村民们的强烈反对。事实证明赵光明推行的措施是错误的。此举不仅让民警疲惫不堪，一晚要出几次警，而且让乡亲们怨声载道，导致矛盾激化，不和谐因素与日俱增。

令人欣慰的是，范党育及时介入，要求赵光明释放拘留者，才成功地化解了矛盾，平息了事态。大柱子从此改邪归正，积极帮村里修路、为警察提供线索、将毛宇锋偷的手机及时还给范党育等就是明证。

早在三千多年前的《周易·象传》中就提出执法者必须具备“刚柔分，动而明，雷电合而章”的精神素质。实施宽柔相济的刑事司法政策是发展社会主义民主政治、建设社会主义政治文明的必然选择。对于罪行较轻、主观恶性较小、社会危害不大的犯罪分子应当从宽处理，可以减轻或免予刑事处罚。

电视连续剧《情暖万家》第一、二、三集侧重于历史理性，从第四、五、六集开始偏重人文关怀。盗羊贼赵伍军因案发而被判缓刑，他所供职的铁厂将他辞退，女友也将离他而去。对生活绝望至极的赵伍军迁怒于派出所所长曲二群，便偷袭他。幸好曲二群当场制伏赵伍军。按法律规定袭警罪加一等，加之赵伍军还在服刑期，当时曲二群让赵伍军进监牢服刑易如反掌，但是心胸宽广的曲二群原谅了赵伍军，还找到铁厂领导，劝其收下赵伍军。由此可见，曲二群对赵伍军采用的是宽严相济的刑事司法政策。

多年的公安工作使曲二群懂得“送一个人入狱容易，但救一个人难”的道理。为了挽救赵伍军，曲二群想办法化解赵伍军的对立情绪，并用实际行动让赵伍军真正感受到人民警察在关心他。赵伍军后来被感动得痛哭流涕，这是因为曲二群深怀爱民之心，着力增进同他的感情，并给他改过自新的机会，让他自己重新赢回了做人的尊严。换言之，曲二群较好地把握了执法尺度，真正做到了以人为本。以人为本是对人的生存状况的关怀、对人的尊严与符合人性的生活条件的肯定，是对人类的解放与自由的追求。一句话，以人为本就是关注人的生存与发展。关心人、爱护人、尊重人是社会文明进步的标志，是人类自觉意识提高的反映。

铁厂发生盗窃案后，厂长怀疑系赵伍军所为，使得赵伍军回厂工作的希望更加渺茫。为了破获此案，曲二群要赵伍军去废品收购站当卧底，赵伍军刚开始还不愿意，直到铁厂领导重新接纳赵伍军时，他才明白所长“逼迫”他当卧底的真正意图。

赵伍军回铁厂当保安后积极性高涨，很快就抓住了一个偷盗电机的年轻女子，邀功似的将她扭送至派出所。曲二群所长发现吴亚娟这个女子情况特殊。通过民警康英的询问得知，吴亚娟正处在哺乳期。根据相关法律条文规定：“对于罪行较轻、主观恶性较小、社会危害不大的犯罪分子应当从宽处理，可以减轻或免予刑事处罚。”曲二群通过走访调查，了解到吴亚娟生存处境堪忧，且其偷电机的主观恶性不大，便对其采用宽严相济的刑事司法政策。

赵伍军案让派出所教导员老史大发感慨：“他曲二群过去眼中只有案子，现在眼中则是案子里的人。”由于曲二群以前没有尊重老百姓，伤害了他们的情感，遂造成警民关系紧张。如今他要向当地居民还债。

上述公安小说中的公安工作皆是为了保护老百姓的生命和财产安全，维护社会的长治久安。这些无疑是符合历史理性的。但是，人民警察在公安工作中如何彰显为民意识却需要智慧。

通过梳理发现，尽管中国公安小说彰显了为民意识，传承了民本思想，体现了宽严相济的刑事司法政策，且用细节彰显了人文关怀，但是如何让公安小说中的历史理性和人文关怀之间保持一定的张力则需要智慧，更需要用真心、动真情。

三、人民警察的人格力量

无论时势如何变幻，不管后情感主义、后现代主义渐趋成为时尚或潮流，人之所以为人的根本是不会变的，人类还是需要爱心、良知、理性、真情与道德的。“在历史发展中具有正能量的正面人物和英雄的形象塑造在文学艺术中具有格外重要的美学意义，其原因不仅在于这样的人物是现实生活的客观存在，还与作家艺术家的思想倾向、理想追求紧密相连。因为这种人物形象的创造，起着激励读者奋起仿效，并使自己的灵魂得到提升和净化，从而使人类从野蛮走向文明，变得更崇高、更美好！”①

人民警察面对手持凶器的歹徒绝不能心慈手软，但是面对失去了反抗能力的犯罪分子，就不能再踢上一脚，甚至补上一枪。把罪犯或犯罪嫌疑人当人看，甚至当亲人待，即对当事人实施人文关怀的人民警察的内心深处必定是温柔的。“爱与真诚，是一个小说家必须具备的人文情怀，因为这是这个职业的人格基础和心理基础。很难想象，一个内心龌龊，对生活充满敌意的作家会写出打动人的优秀作品！”②

---

① 张炯：《论文学的思想倾向性》，载《文学评论》2015 年第 2 期，第 10-11 页。

② 杜卫东：《小说之魂：现实、爱与真诚》，载《小说选刊》2006 年第 1 期，第 28 页。

梁晓声的《司马敦》中的司马敦对杀人犯杨彩凤的悲悯情怀，张平的《凶犯》中作者对护林员狗子遭遇的深深同情，田耳的《一个人张灯结彩》中警察老黄对小人物命运的关爱与精神抚慰，吴克敬的《手铐上的蓝花花》中民警宋冲云对陕北苦命乡村女子阎小样的人性关怀，胡学文的《背叛》中民警刘大威对底层人群的爱护与帮助，都充满了浓郁的人性之美，是公安小说值得自豪的大美之象。①

张笑天的短篇小说《山地车》堪称凸显为民意识的范本。小说中的“我”“下岗好几年，又死了老婆的人”。女儿小梅考上了离家十五里外的重点中学，“我”揣着和女儿从牙缝里攒下来的钱到废品收购站给女儿买了一辆二手自行车，留下五元钱买自己的盒饭和女儿最喜欢吃的千层饼卷绿豆芽。

当“我”的那辆车被人“借”去后，有人点拨“我”也去“借”一辆。一番激烈的思想斗争之后，“我”终于下手，却被巡逻警察逮现形。“当李队长把我往拘留所送时，我给他跪下了，我从怀里掏出千层饼卷豆芽，捧给他，淌着眼泪，求他把饼送给我女儿，求他别告诉小梅说我当小偷被拘留了，不为给我留脸面，只求给孩子留个做人的尊严。”

结果人民警察还真的满足了“我”的心愿，他们不仅将“我”偷车的事情隐瞒，还将千层饼卷豆芽给“我”女儿送去。当“我”走出号子时，那天逮“我”的李队长和警官小吴专程来接“我”。

“我”快哭了，再三称谢，感谢他们这么有人情味。李队长说，更多的是出于对小梅的爱护。为的是保护一个孩子纯洁的灵魂不受伤害。这就知足了。“我”向他们发誓，今后不管到了哪一步，也不能走歪一步路。

《山地车》中的警察把“我”这个偷车贼当“人”看，并尽力维护“我”的尊严。他们的“仁爱”之举与张策的中篇小说《新闻发言人2》中的笨妮儿所作所为极为相似。笨妮儿上前问看似奄奄一息的犯罪分子喝不喝水才惨遭暗算，困兽犹斗的家伙竟用手铐勒断了她的脖子。作家张策在创作谈中说，笨妮儿才是文本中的主人公。她那高尚的精神品格是小说的一个亮点，将长久地滋润读者的心田。《山地车》中还有好几处都是人文关怀的写照。如警察得知我会酿酒的手艺，“他们给我在一家葡萄酒厂找了个位子，我又上岗了。”在女儿小梅上学前夕，警察还为小梅买了一辆新自行车。“我的眼泪唰一下流下来，这不明摆着吗？是巡警们出钱，替我这当爹的给女儿买了这辆山地车，以我的名义送给了小梅！我懂警察们的心，为了一个家，为了一个孩子健康成长，他们用自己的心血编了一个天大的谎言，我此生有半点儿对不起人的地方，都枉为人啊！”②

衣向东的长篇小说《女看守所长》中王燕所长巡查监所时发现漂亮的杀人犯梁媛媛正

---

① 李广仓：《叙事与文化：公安小说多维阐释》，中国社会科学出版社2015年版，第309页。

② 张笑天：《山地车》，载《光明日报》2008年7月5日，第6版。

在发呆。她发现这一情况后，立马做安抚工作。经过一番调查，才知梁媛媛因杀了出租车司机，正在等待死刑复核。此前王所长就很关心梁媛媛，如给她买暖水袋、煮红枣和糖水等。

王燕所长吃早饭时发现在押人员的大米稀饭泛红，便责令食堂工作人员整改。她走到另一监室时发现新来者——徐梦婷。她因不堪忍受家暴，杀死丈夫。王所长蹲下将漂亮的徐梦婷的脚链散开的绒布缠紧。她还告诉徐梦婷可以上诉。徐梦婷心却死了，不想上诉。

王燕所长之举可以感化在押犯，使他们迷途知返，脱胎换骨，人生涅槃。她还帮女死刑犯梁媛媛实现临终愿望。梁媛媛临刑前想见亲生父母一眼。唯一物证就是被送人时身上有一个红布兜兜，上面绣有“一生平安”四个字。王所将这些东西拍了照片，挂在网上，并说梁媛媛身患绝症，想见一眼亲生父母，旨在帮梁媛媛圆梦。王燕所长将此事放在心间，最终找到了梁媛媛的亲生父母，并告诉梁媛媛说：“在你走的路边，会有一顶红伞，红伞下面的两位老人就是你的父母……”

梁媛媛给王燕所长跪下了，说：“谢谢你王所……我死后，希望把我的尸体捐出去，换了钱留给你，了却我的一份心思，让我走得安心。”行刑那天，梁媛媛看到了红伞，还有母亲手中挥动绣有“一生平安”四个字的红布兜兜。

毒贩金力男晕倒后，王所长让医生救治，金力男说：“李警官说得对，我都是一个死人，你为什么还要费力气救治我？”金力男出院后，回到看守所，写打油诗：“人要脸树要皮，活着就要争口气……”

王所长跟李晓东走进徐梦婷的家，才知她家中有个辍学的姑娘，因为受了刺激，身体不停地抖动，恐惧地看着他们。自从徐梦婷杀了丈夫，她的姑娘整天不敢出门。得知这情况，王所找到徐梦婷，要到了她姐妹的电话，也就是那姑娘的二姑姑。刚开始，二姑姑说警察多管闲事，后来被王所长感动。王所长将徐梦婷的姑娘送到姑姑家，回头又让徐梦婷准备起诉材料。

春节来临，探监的人来得多了，外面冷，王所长让接待室早点儿开门。她发现孟传忠那70多岁的母亲也来了，还生病了。王所长对孟母悉心照顾。孟传忠是致对方重伤进来的。他在里面特别霸道。孟母离开看守所时对王所长说：“如果我儿子不听话，你就把那个胶皮娃娃亮出来。”果真如此，不服管教的孟传忠看到这个胶皮娃娃后坚硬的内心变得温柔了、变得服服帖帖了。胶皮娃娃的故事是这样的，小时孟传忠见到民兵连长儿子有一个胶皮娃娃，就偷着藏起来。民兵连长儿子发现后，两人打起来。孟传忠将民兵连长儿子牙齿打掉了。孟父当过几天白匪，便成了批斗对象。事件为此被定性为打击报复，要将孟家父子游街。孟母向民兵连长求情，连长提出非分要求，孟母满足了他。民兵连长喝了酒后，将这事说出来了，孟父因为抑郁病死了。孟母付出这么大的代价，儿子却没有给母亲争光。

经过一番努力，王所长终于把孟传忠的思想工作做通了。这时，一个小男孩儿突然抱住王所长的腿，说只要放了他爸爸他就给钱。这么说时，小男孩儿还把手里皱巴巴的几块钱塞给王所长。小男孩儿母亲说，他们借钱来看前夫，因为孩子非要来看爸爸，可路上钱却被盗了。王所长知悉后立马发动民警为她捐款。小男孩儿的母亲感动极了，因为来之前她听人谣传，说不塞钱休想见到人……

年关近了，王所长让母亲给8号监室做饺子，煮好送进去，以示慰问和奖励。因走得匆忙，门未锁，金力男却在门口挡了一夜。第二天，王所长来时，他才告诉她。王所长问金力男，你为什么不跑？金力男说，早晚要死的人，跑什么。

从上述细节可以看出，看守所的监管对象和管教民警之间心意相通、互相理解，因此所里才有了一副监管对象送的大红对联：

春风不识贫与富温暖送入铁窗屋

民警不计名和利爱心奉献歧途人

但远军的长篇小说《穿越死亡线》中原长仁湖派出所所长陈涛的人生之路可谓一波三折，他从一个派出所所长到沦为阶下囚，到最后无罪释放。在此期间，他亲历妻子和孩子相继被杀害、父亲去世、爆炸事故等变故，他感受了人生的无常。生活告诉了他很多，他开始思考人生，把名利看淡了，不再“与天斗，与地斗”，而是宽容地对待周围的一切。哪怕是得知杀害他妻子与女儿的凶手陈小松越狱逃跑了，他也心境平和，并对陈小松表示极大的同情，不像妹妹陈蕊所说的那样，“你是警察，你连自己的家仇都不能报，谁还敢指望你能替其他的平民百姓伸张正义……”其实，他依然坚守着自己的道德底线和良知，并没有把个人的恩怨放在心上。他还和派出所民警王兵和指导员周兰一道去看陈小松的女朋友小雪。

陈涛一行在“大走访”中看到小雪的生活条件十分糟糕：大白天家里光线也不好，小雪家连交费的钱都没有。陈涛悄悄地给小雪留下几百元大钞，还对周兰说：“给村委会讲，电要通，一个人住在这儿，前不着村后不着店，日子怎么过呀！至于电费，我来想办法，一年也用不了几个钱！”他们向小雪打听其父亲的下落，还承诺回去后设法查找其父亲。小雪说：“所长，一个下苦力的农民，命有那么重要吗？”

但远军在小说中传达了干公安工作就是坚持专门工作与群众路线相结合的理念。文本中的警察都是真正像对待自己父母兄弟姐妹那样真诚地对待群众。如陈涛看到孤苦伶仃的小雪在卖白菜，他一口气将那白菜全部买下来。尽管这么多白菜无法尽快享用，陈涛的良苦用心不言自明。陈涛就是这样用和善的眼光打量身边的人与物，骨子里是儒家的仁爱风范。他心目中的男子汉是那些自己的辛劳所得还没讨回，却依然用自己蹬三轮车赚来的钱长期资助贫困学生的老人……男子汉，是“责任”和“道义”的代名词。

《穿越死亡线》充满古道热肠。哪怕马天成这家伙跋扈至极，作者但远军仍以悲悯的眼光凝视着他。在小说中马天成媚上欺下，奉局长之命拷打陈涛。收监后他还弄虚作假，搞保外就医，不但不收敛，还自恃有后台，有恃无恐，公然对抗警察，连公安局局长都不放在眼里，甚至将派出所下达的整改通知书不当一回事，最后落得个自掘坟墓的下场。

《穿越死亡线》中有一个情节：正在筹办婚礼的派出所警察突然感到房屋剧烈地摇晃了几下，预测大事不好，原来是马天成违建的液化气站发生爆炸。警察们争先恐后地赶到事发地参与救援，血气方刚的王兵在浓烟与烈火中一口气救出了 12 个人。

彼刻陈涛早已将马天成用苦肉计折磨过他的过去忘在脑后，“两眼逼视着王兵，厉声喝问道，‘胡说八道！……警察眼里没有私人恩怨，你明白吗？告诉我，马天成在哪，你不去救我去救！’”在陈涛的带领下，王兵冲进火海。这场灾难中死伤惨重，连长仁湖派出所所长李明的新婚妻子小容也被烧死。当李明去救陈涛和王兵时身上着了火，小容上前去扑打，大火引燃婚纱，加上李明父亲患病去世，真是祸不单行。李明经受不住双重打击，加之工作压力太大，导致神经错乱。

事故未发生前派出所曾强令马天成的鞭炮厂、液化气站停工，但当地政府却为马天成撑腰，派出所奈何不得，毕竟派出所靠地方财政养活。因此，公安工作的两难选择让人民警察左右为难。不可一世的马天成任派出所所长时和耿直的李明怒目相向、剑拔弩张，为此李明差点儿受处分。李明母亲为之担惊受怕，父亲为之怄气叹息。当李明任所长时，骄横的马天成仍然对他恶语相加。可是李明像陈涛一样不计前嫌，关键时刻仍然为马天成挺身而出。因为，“警察眼里没有私人恩怨”。在那场人为事故中李明勇敢地伸出救援之手就是例证。对此，就连在长仁派出所实习的政法大学学生许莉也深受教育：“一个人，能在关键时刻仍然保持良心的公正，是非常难能可贵的了！”

公安工作性质特殊，接受双重领导。就像李铭的短篇小说《血案》中所写，五间房乡派出所既要接受上级公安机关的垂直领导，还要接受当地党委政府的横向领导。派出所民警接到报警电话后立马赶到荒土梁子村委会，并将李德力带走。

车到半路抛了锚。毕所长招呼许小飞，把德力的手铐打开。许小飞不解地问：“他跑了咋办？”毕所长说：“我叫你打开你就打开。”许小飞给德力打开手铐，毕所长说：“李德力，我告诉你啊，刚才给你戴手铐子是万不得已，你已经被他们非法关押五六天了，你有权利告他们。不过，现在你得跟我们去派出所一趟，协助我们调查这件事。我看你问题不大，也就是个误伤吧。所以你不要害怕，把事情说完了你就回来，我们还没拘留你。”

从毕所长这番话看来，尽管梁子村委会领导给毕所长施加压力要对德力处以“重刑”，但是警察有良知、有爱心，并没有被他人的话所左右。也就是说，办案民警没有听荒土梁子村委会领导的一面之词，而是立党为公、一心为民。

张策的中篇小说《新闻发言人 2》中李涧峰劝慰酷似笨妮儿父亲的上访者，那是人民警察对他人实施人文关怀的体现。李涧峰不仅彰显警察意识，还怀有一颗善良之心。在信访办门口，心烦意乱的他看到信访办主任和一个瘦男人拉拉扯扯，他本打算不理这件闹心事。但是在记忆深处，回想起那个男人酷似笨妮儿的父亲，良心敦促他去安慰那个上访者。笨妮儿是他一个业已牺牲的同事。身为内勤的她不愿干内勤，老想上一线。有一回机会来了，就和同事们一起出现场。现场中有三个逃犯，一个被打伤，另两个逃了。受伤的逃犯躺卧在一旁，摆出奄奄一息的样子。笨妮儿走近那家伙问他喝不喝水……谁也没想到，困兽犹斗的家伙用手铐勒断了她的脖子。从此，李涧峰永远忘不了那一幕，更忘不了笨妮儿，一想起她就流泪，为她的单纯，为她的善良。

上述公安小说中的故事情节都彰显了人民警察的人格力量，同时也凸显了为民意识。

四、用细节彰显人文关怀

所谓的“民惟邦本”，以民为本，就是以人的尊严、自由、需要、幸福为根本，实现人的价值，达到人类存在和发展的终极目标。人民警察必须以维护广大人民的公共安全利益为根本出发点和落脚点，全心全意为人民服务。

（一）生命至上

获第二届鲁迅文学奖的杨黎光的报告文学《生死一线》讲述的是 1998 年中国三江抗洪的故事。吉林省监狱管理局镇赉分局所辖的 9 个监狱里的 10946 名囚犯被嫩江特大洪水围困。经过多方营救，这些囚犯最终实现了安全大转移，没一个脱逃。花费近 4000 万元的电影《5 颗子弹》（又名《大水》《仁枪》）则是以《生死一线》中的洪灾大背景为基础进行艺术加工，着重讲述了转移途中失散的三个犯人和面临退休的狱警老马的故事。三名犯人中一个是被判死刑的杀人犯胡志军，一个是外面隐匿了巨额资产的贪污犯隋炳玉，另一个是即将刑满释放的惯偷郭小柳。在特大洪水这一特殊环境下的人性是真实的，也是感人的。

四个人性命攸关，他们的生死问题随时牵动着观众的心；狱警老马枪中的五颗子弹更是影片中的看点，犯人慑于这些子弹才不敢公开地与警察对抗。四个人的命运与五颗子弹脱不了干系，各种悬念牢牢地吸引着观众的眼球。一路上，老马在绝境中用心智和意志与时时刻刻都在想方设法逃跑的犯人展开了惊心动魄的较量，这才是真正的生死抉择。

影片首先展现给观众的画面就是滔天的洪水。警车被困于洪水之初，强壮的惯偷郭小柳最先钻出警车，试图逃命。老马被迫朝他举起了枪，第一颗子弹精准地击中了惯偷的腿部。洪水致使郭小柳所站的桥面即将塌陷，而郭小柳浑然不觉。老马却置自身性命于不顾，拼命地奔向郭小柳，并将他拉到安全地带。老马的举动可谓一箭三雕：一是制止了郭小柳的逃跑行为；二是极大地震慑了其他几个犯人；三是救了郭小柳一命，还为以后感化郭小柳打下坚实的基础。

“哀莫大于心死。”杀人犯胡志军若不是因为洪水，早已命丧黄泉——被执行枪决。在对他进行行刑时子弹已经上膛，突然接到上级命令：洪水来袭，马上转移犯人。在转移途中，胡志军趁老马不注意抢夺枪支，并企图自杀。他不想活了，请求老马击毙自己。老马假装答应，接过枪支，只是让第二颗子弹从杀人犯头顶上飞过，有惊无险——据说只擦伤了一点儿头皮，这是从枪口中射出的第二颗子弹。

老马一行为了躲避洪水，一路上马不停蹄。俗语说“屋漏偏逢连夜雨，船迟又遇打头风”。尽管他们不断地努力，仍然没摆脱浊浪滔天的洪水，还遭遇了凶险的泥石流。关键时刻，老马急中生智地举枪打出第三颗子弹，子弹不偏不倚地削断山涧边吊桥的绳索，老马一行再次化险为夷——踏上吊桥才躲过危及生命的泥石流。

富有心计的贪污犯隋炳玉把老马一行带进烟花厂，企图炸死除他自己以外的所有人，为自己逃跑扫清障碍。但这一诡计很快被老马识破。在隋炳玉逃跑之际，被捕狼的夹子夹住。在他动弹不得之时，一条毒蛇从他头上掉下来，蛇信子伸得很长，正准备咬向隋炳玉。紧跟其后的老马眼疾手快，用第四颗子弹击毙了那条毒蛇，再次救了隋炳玉一命。

四颗子弹全都是为了保护人、救助人而射出的，没有一颗子弹是为了杀人夺命。人命关天之际，即使这些人是押解转移的“犯人”，狱警老马以自己对职责的恪守，对犯人生命的保护，感动了他所押解的犯人。[①] 昏迷不醒的老马被送进医院抢救，医生发现第五颗子弹在他的嘴里。此前的情境是隋炳玉从老马裤腰上夺下枪支后向手铐射击，才知没了子弹，原来子弹早已被老马含在嘴里了。

《5 颗子弹》中数粒子弹彰显的正是人间大爱，即人民警察老马不是用子弹来伤害或制服罪犯，而是用这些子弹保护人命。此外，文本中还有好几处彰显人文关怀的细节：如老马把这些犯人带进居民家中过夜时，老马为那些戴手铐的犯罪分子烤红薯；再如，嗅觉灵敏的老马费了好大的周折才把逃跑的胡志军找到，老马让胡志军自己戴上手铐前，还给他那受伤的手腕缠上毛巾……

警察老马自始至终把“犯人”当人看，坚守生命至上的原则。与此文本类似的还有电影《押解的故事》《非常民警》和小说《归案》《还债》《公安局长》等公安叙事类文本。

（二）扶困助贫

电影《押解的故事》中的故事发生在派出所老警察李公安和警校实习生张雷将诈骗犯

---

① 彭耀春等：《中国公安题材影视剧研究》，中国电影出版社 2011 年版，第 145 页。

罪嫌疑人于泰押解回陕西的途中。当李公安和张雷带于泰在小饭馆吃饭时巧遇一帮人，其中一人和于泰相识，坚持要和于泰喝酒，李公安见相劝无望。为了避免节外生枝，为早早赶到县城，他就和这帮闲人拼起酒来，醉得不省人事，李公安被人搀扶着回到小旅馆。对此，少不更事的张雷对李公安的做法不理解。他还觉得于泰一路上想伺机潜逃，便对他没有什么好脸色。

大清早，李公安一行就上了一辆长途汽车。走到荒郊野外时汽车抛锚，前前后后没有人烟。其时天色已晚，乘客们都很着急。司机钻到车下捣鼓了半天，仍然不能发动汽车。于泰毛遂自荐说他能修车。众人只好将希望寄托于他。这家伙却说要用张雷的新皮鞋铰两个皮垫才能发动汽车。尽管张雷识破了于泰的诡计，却不好当众拒绝，只得违心地牺牲自己心爱的新鞋。

当他们赶到县城时已过了吃晚饭时间。他们刚入饭馆，还来不及动嘴吃饭，突然一群人冲进来，揪住于泰便打，原来于泰骗过他们。李公安为了保护于泰免受伤害，用身体去挡，自己也因此挨了几拳。形势危急，如果不立马脱身，于泰连性命都难保。李公安当机立断，和张雷拉着受伤的于泰匆匆地离开饭馆。

第二天早上张雷去车站买票途中，差旅费却被偷，真是祸不单行。从县城到西安的路因塌方而中断，快到陕西时于泰想借解手之机逃跑，李公安随之追赶，他们一前一后跑进一个采石厂。紧接着一声炮响，石块与烟尘像天女散花。李公安急中生智，一个箭步将于泰压在身下，石块悉数砸在自己身上，于泰毫发未损。当李公安给于泰戴上手铐之后，才知自己的小腿已失去知觉，鲜血从裤腿里渗透出来。

皎洁的月光下，李公安把仅剩下的两个馍掏出来分给了于泰和张雷，并许诺说回去后一定请他们两人吃泡馍。于泰终于被李公安的言行所感化，他趴在李公安的耳边说："李叔，我听你的……"

朱维坚的长篇小说《渗透》第四章叙述李斌良到犯罪嫌疑人霍涛家走访的情境。他看到霍家的茅草房时动了恻隐之心。他看到那个正在喂鸡的老太太时，"李斌良的心猛地跳了一下：她怎么有点儿像自己那逝去的母亲……""李斌良走进屋子，忽然陷入一种奇怪的感觉中，他恍惚间好像回到了从前，回到自己的家，回到了母亲的家。"看到霍涛的哥，"李斌良的心又咯噔了一下：怎么这么像二哥……"第十一章，李斌良得知霍涛母亲去世，他的心猛地向下沉。"李斌良眼前浮现出霍涛母亲的影子，她多像自己的母亲啊，自己的母亲已经离开好几年了，现在，她又去了，是因为儿子去的……"

上述文字表明警察李斌良时刻把人民群众装在心里，把老百姓当自家人。正是因为李斌良把霍涛一家人当作自己的亲人，才激发了他坚定破案的决心：排除万难，不惜一切代价揭穿高考舞弊案。

在王仲刚的电影文学剧本《非常民警》① 中，民警史作善一到看守所就立即到狱区巡视。在押人员袁德锁趁史作善不备用头狠狠地撞他，因为袁德锁是史作善在防暴队时抓捕进来的。为此，袁德锁被关了禁闭。史作善发现袁德锁大热天还盖着棉被，原来是发烧了。史作善马上找医生给袁德锁治疗，并用冷毛巾给他敷头。但是，袁德锁依然以一种仇恨的眼光看着史作善。同事老李说："一个死刑犯费这么大的劲儿干吗？对这样的人渣又打针又吃药还连夜护理，值吗？"史说："就算判了死刑，执行前有病还得治。"对于行为反常的老五，史作善不仅将自己儿子的衣裤给有困难的老五，还给他泡脚的药。老五一开始有抵触情绪，甚至有吞牙刷自杀的行为，直到他被史作善感化了才讲了真话。原来，他在村里把村支书的腿打断了，怕被送回去游街关押，甚至担心被整死，所以才不敢说真名。

再看少一的短篇小说《赌局》中的情形：

> 被车教导戗得一头雾水的涂义民并没记仇，一个劲地献殷勤，坚持要把那袋腊肉送给民警吃。小池知道汤所长从不收礼的，也不撂好话："派出所差不了你这几块肉！谁想吃这肉谁的嘴巴贱。"涂义民尴尬在自己的忙碌里，他把目光投向汤所长，氛围有些乖戾。汤所长倒是出乎意料地发话："人家实心实意，我们不收下怎么好意思。车教导，你背着吧。"
>
> 女人还待在菜园子内。涂义民连喊三声"三妹"，女人都没动。"这个野堂客，客人要走了，你瘫腿了不晓得送送吗？你魂魄丢菜园内了？"
>
> 汤所长止住涂义民说："算了，三妹很可怜，你往后对她好些。"
>
> 下山依然走了三个多小时。湘西北早春的黑夜开始密密实实地降临。算起来，汤所长他们把七个多小时扔在路上了，实际"破案"的工作只花了两个多钟点。小池的一双脚已经很破了，破得都不晓得疼了。
>
> 把林主任送到家，汤所长吩咐车教导把车往詹三妹娘家开。夜色浓重，乡亲们谁都不知道一辆警车径直开到一户贫困农家的屋门口，然后丢下一包腊肉后悄然离去……

从以上这些小说情节可以看出，这些警察的"心中装着人民，工作为了人民，想群众之所想，急群众之所急，解群众之所难，密切联系群众，坚定依靠群众，一心一意为百姓造福，以为民造福的实际行动诠释了共产党人'我将无我，不负人民'的崇高情怀"②。

---

① 王仲刚：《非常民警》，载《王仲刚文集》（第 2 卷），群众出版社 2008 年版，第 410-450 页。

② 习近平：《想群众之所想，急群众之所急，解群众之所难》，载 http：//m. people. cn/n4/2021/0629/c190-15067536. html。

五、全方位的人文维度

铁凝说："我们可以坦诚地表达对生活的不满，但我们不应对生活的神圣背过脸去。我主张小说倡导善的力量，给人灵魂以提升，对人生和世界永葆信心和爱。"① 20世纪90年代以来，在消费主义的刺激和西方后现代主义思潮的影响下，部分文学作品成了没有激情与温情的娱乐文本，有的甚至成了纯粹的文字游戏，有些小说中的人物完全欲望化和肉身化了。可是，以人民警察作为主要书写对象的公安文学作品与时俱进，始终坚持伦理规范的价值追求，强调历史责任，高扬价值理性。

"为民"是当代人民警察核心价值观的根本出发点和落脚点。这一价值要求明确了人民公安为人民的根本宗旨。"立警为公、执法为民"是由我国公安机关的根本性质决定的。人民警察应该坚持执法为民，树立服务意识，时刻把群众利益放在第一位，坚持换位思考，设身处地地站在群众立场上想问题、办事情，牢记"民本警务"的思想。

作家孙犁曾说："凡是伟大的作家，都是伟大的人道主义者，毫无例外的，他们是富于人情的，富于理想的。"他认为文学的主要职责应该是"反映现实中真的美的善的"。吴克敬也遵循着这一创作理念，他笔下的警察宋冲云身上就闪耀着道德的光辉。这个单纯得近乎透明的警察形象确实是理想主义的，他正直、刚强、勇于担当、重感情、讲义气等。他认为阎小样这个可人、可亲、可爱的女犯值得关怀，便冲破礼俗，甚至不惜违反纪律来满足她的各种愿望，包括爱的渴望。

人文关怀是一种崇尚和尊重人的生命、尊严、价值、情感、自由的精神，它与关注人的全面发展、生存状态及其命运、幸福相联系。② 它是古往今来一切优秀文学作品的总主题，是"善"的集中体现，与历史理性共同筑起文学的真善美功能价值体系。

少一的中篇小说《派出所长》中写道：

> 别看袁世佳跳得蛮凶，但到了动真格的时候，他也稀溜了。再说，他骨子里对派出所和熊所长还是感恩的。只是朱副局长听完熊雄的汇报，倒是皱起了眉头。他手里的铅笔反复敲打着班台，然后说："这样吧，还是把材料搞齐，报局法制室裁决5天拘留，我再在上面签字。我那位姓贺的同学不好对付啊。上次上户的事我已经把他当了一回二百五，这次再让他较起真来，就说不过去了。"熊雄感激地退了出来。朱副局长考虑问题很周密，他不仅把责任担起，还连后面的事情都替派出所考虑到了。这样一来，将来万一贺乡长查问起来，也才说得

---

① 张利红：《铁凝作品中对两性平等的渴望》，载《光明日报》2008年11月28日。

② 童庆炳：《文学理论教程》，高等教育出版社2004年版，第170页。

过去。

裁决拘留的行政处罚决定书出来，朱副局长在上面签下：鉴于当事人袁世佳身体原因，暂缓执行。

接下来的情境是这样的：

吃了闭门羹的瘸腿男人并不气馁。他不去理睬张教导，也不问熊雄是不是新来的所长，只管往所长办公室内走……他穿一身整齐的旧军装，左脚上的解放鞋破了一个小洞，能看见露在外面的半截拇指。熊所长（大帽山派出所）从饮水机里放出一杯水递给男人，自报家门说："我是新来的所长，姓熊，你找我有什么事请讲。"

上述引文表达的不仅是人文关怀，更多的是书写人民警察内心深处的温柔。

由公安部政治部、辽宁省公安厅、本溪市公安局、中国电影家协会联合拍摄的二十三集电视连续剧《情暖万家》去类型化，解构宏大叙事，讲述人民警察如何耐心地帮助老百姓渡过难关，如何想方设法地让那些对生活绝望的人坚强活下来，并活得有尊严、有价值。

话说杯犀市溪湖派出所全体民警时时处处以人为本，为民着想，为民办实事，最终赢得了老百姓的口碑。当然，要赢得老百姓的掌声不是一件容易的事。就拿曲二群这个所长来说，他因破案有功，拟提拔为市局刑侦副队长。当派出所正在为他开欢送会时，外面鞭炮之声不绝于耳，原来是辖区居民在庆贺他调离呢！此举对曲二群刺激太大，严重伤害了他的自尊心，不亚于当众打了他一记响亮的耳光。当时，他就发誓不离开溪湖，要用实际行动证明给当地居民看，权当为他们还债，旨在让当地人们重新认识自己。

当地老百姓之所以对曲二群产生反感：一是他对群众的求助不理不睬，甚至还采用"踢皮球"的方式；二是他被群众误解，大家以为他徇私枉法，放跑了那个过失杀人的准舅弟。在此，就道出了人民警察的两难困境：在情感与事业之间，曲二群该如何取舍，这是后话。

曲二群深入走访百姓，从涉及群众利益的小事做起，从解决群众最现实、最急迫的问题入手。他做的第一件事就是帮助李某寻找丢失的种羊。寻找种羊，对人民警察来说是小事，可种羊是农民的"银行"，对失主来说就是大事。

种羊在张姓村民的羊圈里找到了，可是没有证据证明羊的归属。公说公有理，婆说婆有理。曲二群略施小计，辅以劝解说服工作，但效果欠佳。他不得不跑到市局求助，欲给种羊做 DNA 鉴定。这时情况发生逆转，张姓村民的羊全部被盗，包括那只被视为焦点的种羊。当务之急，就是破获此案。曲二群兵分三路开展工作，其中一路就是蹲点守候，这活儿的滋味可不好受，何况在冰天雪地里。全所民警在曲二群的带领下，抓获了盗羊贼，派出所门前才再次响起鞭炮声。

刑罚的实施须由执法者去把握尺度。人民警察曲二群在处理赵伍军和吴亚娟的问题上就彰显了其高尚品质。曲二群反复暗示赵伍军吴亚娟偷的仅仅是一堆废铁，而不是电机。赵伍军当时还听不明白曲二群话中有话，后来终于领悟了。对赃物如此定性，显然是曲二群有意为之。

赵伍军的思想工作做通了，可是曲二群的同事杨安理却对此案的处理有抵触情绪，认为所长执法不公。直到他与所长到外地寻找吴亚娟的丈夫无功而返时，他才明白所长的良苦用心。

警察对吴亚娟这样的弱女子采取强制措施不人道，毕竟人家正处在哺乳期。曲二群灵活变通地处理此案，并没有徇私枉法。他把吴亚娟当人看，且当成自家人看。曲二群还发动全所民警为吴亚娟捐款，为她购买婴儿生活用品，并帮她寻找丈夫的下落。

此外，曲二群还帮助智障人士郑毛毛开办按摩诊所。这也是一个很感人的故事。在走访中，康英和佟子发现了一户穷苦人家。家中的老太太行将就木，临终前欲把智障儿子一同带进坟墓。曲二群得知后，立马发动全所人帮助这一智障人自立自强，使他过上了幸福生活。

以曲二群为首的人民警察对服刑人员、哺乳期的弱女子、智障人士等特殊人群实施人文关怀，无疑有利于社会的和谐稳定。清代郑燮的《潍县署中画竹呈年伯包大中丞括》中就有诗句“些小吾曹州县吏，一枝一叶总关情”。

邢根民的中篇小说《还债》也是一个彰显“为民”情怀的文本。除夕之夜，在冰天雪地蹲守的交通民警周润龙和王小兵好不容易才逮住了刚进家门的交通肇事者黑蛋。黑蛋一进家，他们就给他戴上手铐。黑蛋老父向他们求情，能不能过了年再走。他们没听黑蛋老父的话，强行把黑蛋送进看守所。按理说，周润龙和王小兵应该高兴，毕竟抓住了黑蛋，给被害者家属也有了交代。但是周润龙办完此事后并无轻松感，因为周润龙想起了黑蛋那年迈的老父和年幼的女儿。

第二天是大年初一，周润龙背上米、面等年货去给黑蛋的老父拜年。黑蛋老父眼里充满怨恨，不愿搭理他们。周润龙放下东西赶到看守所。听看守所民警说黑蛋情绪非常坏，一进来就大骂警察，还说是警察让他过不好年，以后还要找警察算账。周润龙与黑蛋见面，问他如何赔偿受害者家属。他说，没钱，有钱也不赔，态度非常生硬。在谈话时，黑蛋突然晕倒，原来是长年在外奔逃所致。周润龙马上掏钱给他改善伙食。

死者家属得知黑蛋归案了，他们找到交警队要求黑蛋赔钱。周润龙带他们到黑蛋家看后，他们才得知黑蛋家穷得揭不开锅。黑蛋年迈的老父再次见到周润龙时，态度比以前好多了，还拉着周润龙的手说他是一个活菩萨。大年初一，周润龙让村支书给黑蛋送饭去，还给黑蛋垫了伙食费。村支书还把周润龙对黑蛋的照顾对他说了，黑蛋听后就哭了，说对不起周警官，出去后他要好好挣钱，给人家赔钱。黑蛋老父这么说的同时，还拿出一张纸条。周润龙把黑蛋写的纸条给死者家属看，原来那是黑蛋的还款计划和保证书。

《还债》中人民警察从小事做起、从平凡事做起、从实事做起，以民为本，人性化执法，对人民群众实施人文关怀，以满足与人民切身利益最直接、最相关的需求，来赢得群众满意度的提高，从而增强群众对公安机关的信任，赢得群众对公安工作的支持。

“贼也是有尊严的。”在《新警察故事》中陈国荣把罪犯当作人看待。[①] 电影文学剧本《风流警察亡命匪》中铁路警察宗民之所以让人刻骨铭心，得益于其身上那股浓浓的人情味。因为他时时处处对“一把手”实施人文关怀。

> 在夜食街上，宗民与“一把手”喝酒。
>
> 宗民对“一把手”说：“今天我请你喝酒，为你饯行。”
>
> “一把手”：“这钱我来掏，你看得起兄弟，把我当个人，日后哪怕叫我把脑袋给你，我也干。”[②]

原来“一把手”是警察宗民的线人。“一把手”完成任务之后，队长指示宗民让“一把手”赶紧回去，便有了宗民请“一把手”喝酒这一幕。宗民之所以这样做，是把“一把手”当人看，充分地尊重他的人格与尊严。但是，队长马小龙对“一把手”的态度相当不好。

> 在八号硬卧车厢连接处，小龙对“一把手”吼道：“混蛋，你给我下去追，抓不回来，老子宰了你！”[③]

这是一例，还有一例更出格：

> 在入街的一个角落，小龙抓着“一把手”前襟，把他挤到墙边，咬牙切齿地说：“你小子，如果让他发现就坏了大事，我得把你扣起来。”[④]

警察马小龙态度粗暴、语言粗鲁，抛弃了群众路线，损坏党和政府的形象，不利于和谐警民关系的构建。难怪“一把手”对马小龙产生强烈的抵触情绪。

> “一把手”突然翻身坐起：“我得先把案子破了，露一手给那个臭美的队长

---

① 彭耀春等：《中国公安题材影视剧研究》，中国电影出版社 2011 年版，第 165 页。

② 王仲刚：《风流警察亡命匪》，载《王仲刚文集》（第 1 卷），群众出版社 2008 年版，第 47 页。

③ 王仲刚：《风流警察亡命匪》，载《王仲刚文集》（第 1 卷），群众出版社 2008 年版，第 17 页。

④ 王仲刚：《风流警察亡命匪》，载《王仲刚文集》（第 1 卷），群众出版社 2008 年版，第 42 页。

看看。老子他妈的当好人的时候，比他们谁差？”

“一把手”的这一席话流露出他对队长马小龙的反感。可是，宗民却与“一把手”情同手足，这是因为宗民把“一把手”当自家人看。

夏凯的短篇小说《余音》是一篇“有筋骨、有道德、有温度的”的文本，其中各色人等的内心深处都有一块温柔之地。尽管此小说起笔基调低沉，但结尾——那段“余音”却是温暖的。

“我”这名人民警察与同事老叶刚开始都被刘青华之母胡晓翠的话所迷惑。我们从胡晓翠口中得知刘青华并非她亲生，刘青华只是她姐妹的一个孩子。根据刘青华的讲述，我们才获得事情的真相：“二十九年前的秋天，我娘（胡晓翠）没听那个男人的话，将我生了下来。我的生日后来被她当成遭抛弃的日子。从那天开始我娘就恨我。她认为我毁掉了她的爱情甚至一生，在别人面前从不承认我是她的儿子。那次她没杀死我，也就没杀死她自己，于是变本加厉地厌恶我。”从这段话语能窥见母子之情已被解构。但是，时间能化解仇恨，也能弥合伤口。“如此看来，你（刘青华）逃跑是为了阻止她（刘青华之母）自杀。”我说。“是的。”他答，“她若是活着，这个世界上至少还有人惦记着骂我。”这充分说明儿子依然惦记着母亲，希望她好好地活着成为儿子的精神寄托。“我”知道他（刘青华）的裤袋里有一样东西。是张纸条，准确地说是胡晓翠留给他的遗书，上面写着“生日快乐”四个字。母亲临死前还留下遗书祝儿子生日快乐，表明儿子是母亲扯不断的牵挂。种种迹象表明刘青华与母亲胡晓翠之间并没有情断意绝，而是彼此默默地关心着对方。

刘青华之母胡晓翠嘴毒心软，对刘青华如此，对刘青华之父亦然。刘青华通过疯狂的入室盗窃才了解了父母的过往及父亲内心的隐秘：“他们（刘青华父母）深爱着对方。我不是强奸犯的儿子。我娘骗我的。他爱我娘。他若想从记忆中删除我娘，不会把那首歌存在手机里随身带着。我娘也爱他。她忍受着一切痛苦在保护他的声誉，到死也不说出他的名字。她也从未被抛弃，而是主动离开了他，隐姓埋名。他当时前程似锦，我娘怕毁了他。我娘接连搬了五次家之后，他再也找不到我们了。”刘青华母亲的日子哀苦无告，哪怕沦落风尘，也不去求刘父，怕毁了他的前程。刘青华之母面对生活所表现出的坚韧也是值得颂扬的，尤其是在这个浮躁功利的当下，这种利他主义更显得弥足珍贵。

“我”的同事老叶内心深处的温柔也是在小说末端才被发掘出来的。老叶以前在刑警队当法医干得风生水起，本可以不必转行到派出所。这个谜连“我”这个交了“三万块钱的犯罪心理学学费”的心理学“专家”都弄不明白。最后老叶自己托了底：“我用解剖刀在一个受害者身上开出一颗跳动的心脏，这之前，他居然还没有死！这件事我隐瞒了二十年，直到现在快要退休了才告诉你。那个凶手刚满十八岁，后来以故意杀人罪被枪决了，第二天我就申请调到派出所。”

“我”这个叙述者作为一名人民警察，不时地关心犯罪嫌疑人刘青华，顾及其尊严，对他施以人文关怀。

张笑天的电影文学剧本《警察世家》中郭蓓蓓等民警提着枪辗转数处寻找犯罪分子王小光，好不容易在医院发现了他的踪迹，不巧其母亲刚过世。关键时刻，对王小光是否动手实施抓捕的问题上民警们为难了。自知罪孽深重的王小光彼刻已举起了双手等着上铐。这真是送上门的大好时机，如果错过了这个机会，再抓捕就要费很大一番周折，甚至王小光可能会成为漏网之鱼。两难选择题摆在人民警察的面前。在关键环节，郭蓓蓓经过一番心理较量之后决定让王小光先处理丧事。

“我们得承认，一个好的文学作品，照例会使人得在真美感觉以外，还有一种引人‘向善’的力量。我说的‘向善’，这个词的意思，并不属于社会道德一方面‘做好人’的理想，我指的是这个：读者从作品中接触了另外一种人生，从这种人生景象中有所启示，对‘人生’或‘生命’作更深一层的理解。”① 郭蓓蓓的人性化执法旨在尊重人的生命、价值、情感与自由。此举关注人的健康发展和生存状态，这是古往今来一切优秀文学作品的总主题，是“向善”的集中体现，与历史理性共同筑起文学的真善美价值体系。

“当代中国文学是不是写得出平常而善良的人物？这是我期待于作家的。一个国家的作家如果对善良失去兴趣，那将是非常可怕的。”② 鲍尔吉·原野的《雨下在夏至的土地上》中的主人公警察张八风心地纯洁善良，算得上一个很纯粹的人：上别人都不上的山，帮别人都不帮的人，做别人都不做的事。他淡泊名利、心系百姓、本真做人，赢得了老百姓的口碑，“提升了党和政府的威信”。他辖区的老百姓生活在与世隔绝、信息闭塞的地方，但是他不抱怨，一心扎在韭花台警务站，为当地村民造福。

欧平的长篇小说《山区警官》中村支书施长安病倒之后，村民们一筹莫展，在这关键时刻，派出所所长张章伸出热情的双手，不仅用警车火速送施长安到医院，还掏出身上仅有的二百多块钱留作急诊用。他用实际行动让村民们知晓警察是人民群众的贴心人，真正践行了全心全意为人民服务的宗旨。他带着对人民群众的深厚感情去工作，冒着得罪包括镇长在内的诸多村干部的危险，一举捣坏了贼窝。村民们看在眼里，喜在心头，对此拍手称快。

少一的中篇小说《痛杀》中写道：

> 黑吧狼吞虎咽的同时，老于已经拔出屁股后面的“七七式”手枪。他拧开保险，哗啦上膛，把枪管抵住黑吧的脑袋。吃饱的黑吧对大难临头的杀机浑然无

---

① 沈从文：《短篇小说》，载《二十世纪中国小说理论资料》（第四卷），北京大学出版社 1997 年版，第 102 页。

② 陆建德：《文学中的伦理：可贵的细节》，载《文学评论》2014 年第 2 期，第 20 页。

知，以为主人和平时一样在逗它玩，干脆把脑袋朝上顶。它定定地看着主人，尾巴乱摆，嘴内发出狺狺的声音。在和黑吧对视的目光里，老于读懂了黑吧那颗感恩的心。他在心里说，黑吧，你是觉得自己欠我们太多，才用咬鸡这样荒唐的方式来作为回报的吧？你以为老百姓的鸡是可以随便咬来打牙祭的吧？忠实可怜的黑吧啊，你把鸡咬死后虽然一口没动，完好无损地叼了回来，但你把主子的名声搞坏了，你把我逼得没有退路了。我想饶过你，可毛屠夫那些人会答应吗？你怎么就这样傻呢？其实，黑吧也有说不出的难处。它是有知恩图报的心，但又不完全是这样……

老于的手颤抖着。办公室内又响起了喧闹声，以毛屠夫为首的人嚷嚷着，非要东方亮交出黑吧。他们怀疑民警自己下不了手，坚持要除恶务尽，活要见狗，死要见尸，不能让一只狗破坏横断山乡来之不易的平静，扰乱街上的秩序。

警察老于亲手将黑吧击毙是迫不得已，他虽然喜欢黑吧，但是黑吧却喜欢咬人家的鸡。鸡的主人竟然追到派出所来了，因此老于不能“护短”，他必须“大义灭亲”。不用说，老于的“不忍心”之举也是为民意识的表征，也是在为当地老百姓着想。与此同时，还道出了老于内心的痛苦，他不想黑吧死于他人之手。他自己亲手击毙黑吧比别人打死它，心里好受一点儿。

文学作为人的高级精神活动，应该从“人的建设”的理想视野来加以思考。马克思在解决人的异化问题时所提出的两个维度，即人文的维度和历史的维度，可以标举为中国当代公安文学的精神价值取向。人民警察在工作中必须走群众路线，并深入群众中，与老百姓打成一片，和谐与共，最终得到老百姓的理解与支持，但是一些公安文学作品中却把警察写成神或没有血肉之躯的机器或孤军奋战的英雄。实际上，警察是活生生的人，也有情感受挫的时候，也有心理问题，也需要得到社会各界的关爱与援助。遗憾的是，当下的公安文学作品中却鲜见人民警察得到人道关怀的细节或故事或场景，更多的是表述人民警察得不到他人的支持和理解，人民警察受侮辱和委屈及被误解似乎天经地义。

即使有的话，也只是人民警察之间相互帮助，如贾文成的《煤殇》中的女警察给陆雯洁送衣服的情景。或者是警察之间的互帮互助，如范东峰的《风雨太平镇》中的派出所所长李金玉对农村警察田超的关照；还有但远军的《滴血的承诺》中的警察对警察家庭的帮助。

人民警察也有七情六欲，有内心困惑，更有心理危机，需要人文关怀，也需要情感慰藉。可是谁来关怀他们呢？上述所引文本中鲜见人民警察获得人文关怀的细节，更多的是表述人民警察给予他人人文关怀，如当人民警察正在与心仪之人说悄悄话，或许正在尽情地享受美食，抑或正在病房里侍候亲人等，突然发生大案，他们则置亲情人伦于次位，立马赶赴案发现场……人民警察的举动得不到他人的支持和理解，他们所受的委屈和误解无法排解。为了表现警察的崇高境界，构建警察形象时，警察就被塑造得像一架不知疲倦的机器般超负荷地运转，有家不能回、有病不能休、有情不能诉。这些警察也就不再是“完整的人”[①]，不再有血有肉。换言之，警察在很大程度上被异化了。在这些小说中，人民警察最后的结局都不完美，要么病了，要么残了，要么牺牲，要么成为孤家寡人。这些公安小说没有把警察当“人”来书写，仅仅是当成一个符号或工具。

武和平的长篇小说《掩盖》，其中的刑警仇金虎顾不得休息，与逃犯进行恶战。大船起火后，仇金虎在海水中折腾了一夜，将近黎明时分，筋疲力尽的仇金虎突然栽倒。薛驰一摸他的脑袋，烫得像火一样，便命他回家休息。仇金虎不情愿地返回队里，将枪锁进柜里，准备回家，没料到发现了逃犯邱建设。

张策的中篇小说《无歌之夜》中的刑警分队长东方启明要与老婆离婚，同事问是怎么回事。东方启明说：“什么怎么回事？我知道怎么回事？我上案子了，连轴转，回不了家。那天终于抽空回去说换换衣服，她说她要离婚。”同事劝他哄哄老婆。他说：“怎么哄？警车等在楼下，去河南驻马店抓人，大家可以等，案犯也等吗？我只能走。她说，你走了就别回来。”[②] 小说中还有一个更残酷的细节，那就是警察上案子了，妻子怀着孕自己搬粮食缸的时候流产了。

阿成的短篇小说《回乡》叙述的是一个退休警察返乡时的所见所闻。初冬季节，“我”回黑龙江老家祭奠母亲，路上遇到小伙子王英。我们彼此做伴，用喝酒聊天的方式来打发时光。“我”告诉王英，为了工作自己舍小家顾大家，结局很不理想——老婆跟他人跑了，父亲也不理解自己。哪怕是母亲去世，“我”也没有工夫回家奔丧。后来还是众乡亲帮“我”操办母亲的丧事。等“我”返乡后，村里人都不理“我”。王英听“我”讲完后，他也谴责“我”没有为父母尽孝。当“我”跪在母亲坟前时，忏悔之情和自责之意油然而生。

贾文成的长篇小说《浮尘》中的刑侦支队长高一凡去北京接妻子时，他在地铁里发现“5・24”枪案的犯罪嫌疑人于晓龙，立马向当地警方求援，投入大清查之中，连妻子感冒发烧都不知道。此小说中的警察牺牲得太多太多，“不仅仅是生命，更多的是家庭、亲情、爱情，甚至是健康的体魄啊！”尤其是主角高一凡，不仅得不到妻子的理解，支队长的职位也被撤了。对他来说，工作才是第一位的。有好几次，与妻子待在一起时，一个电话就把他叫走了，他根本就抽不出时间来与妻子交流沟通增进感情。

朱维坚的长篇小说《暗算》中刑侦副局长李斌良离婚了，女儿跟前妻一起生活。因工

---

① 庞世伟：《论“完整的人”马克思人学生成论研究》，中央编译出版社 2009 年版，第 32 页。

② 张策：《无悔追踪——张策“无字系列”侦探小说集》，中国人民公安大学出版社 2007 年版，第 201 页。

作性质特殊，他难得有机会与女儿待在一起。此小说中写到正当他与女儿手牵手在街头漫步的时候，案子发生了，他丢下女儿拔腿猛追。结果凶手没有抓到，反倒受到受害人的奚落。朱维坚的长篇小说《使命》中的林荫任清水市公安局局长时，为了与当地黑恶势力进行艰苦卓绝的斗争，他勇于坚持原则，敢于抵制来自各方面的压力，终于冲破重重阻挠，迎来正义的曙光。可惜此小说中并没有提及林荫的家庭，只说他的家还没有搬到清水市来。这样运笔，就把林荫局长写成了一个神，而不是一个活生生的人。

杨老黑的中篇小说《模范中队》中的耿指导为了擒拿费彪，设计了几套方案。与方案相配套的是度日如年的蹲点守候。“宰相（耿指导）和队员小丁租住的一间小屋，在一家居民的三层小楼上，屋内既没有取暖设备，也没有燃具锅灶，只能用一个小电炉煮方便面充饥。宰相这一阵子瘦多了，瘦得脖颈儿只剩下两条青筋，咳嗽起来，青筋暴突，喉头一上一下地挺吓人。‘医生说宰相患有慢性支气管炎哮喘、肺气肿等多种疾病，加之体力消耗过大，导致多脏器衰竭……’小丁说：‘宰相，你不行就回去休息吧，我自己也能完成任务。’宰相笑笑，说：‘别担心，死不了，不抓住费彪，我哪能死呢。’当费彪被逮住之后，他真的去了。”

《警察世家》中的郭家老小正在为58岁的郭建国举办生日宴会，蛋糕分好了，红酒刚刚斟上了，郭蓬勃的手机振铃了……郭蓬勃赔笑着请示父亲郭建国说小市场失火了……海桀的中篇小说《老羊皮》中唱主角的是嘎曲镇派出所民警老羊皮。他默默忍受生活的苦难，不给组织添麻烦，坚守本职岗位任劳任怨。有一天，他刚请完假，正准备回去陪儿子参加高考，突然接到任务……

以上所列作品中人民警察被“神”化后显得高不可攀，当然也显得有些不真实。丹麦著名的文学理论家勃兰兑斯说：“文学史，就其深刻的意义来说，是一种心理学，研究人的灵魂，是灵魂的历史。”① 因此，在关注公安文学价值的同时，还要关心人民警察，直至探究人民警察的灵魂，这才是全方位的人文关怀。那么如何才能避免文本中人性的缺失则是不可小视的话题。

警察成了不知疲倦的机器，他们被异化了，不再是一个“完整的人”。马克思曾提出“人性的复归”和建设“全面发展的人”的论点，这就要通过对“人的自我异化的积极扬弃”，把人性的复归过程与共产主义理想的实现联系起来。

作为人文知识分子的作家是专门在人文、人性、情感这块园地上耕耘的人。他们看问题的角度与商人、经济学家等不一样。商人、经济学家所重视的方面，他们可以不予关注

---

① ［丹麦］勃兰兑斯：《十九世纪文学主流》（第一分册），张道真译，人民文学出版社1980年版，第2页；转引自胡沛萍、于宏：《多元文化视野中的当代藏族汉语文学》，民族出版社2014年版，第174页。

或少予关注；相反，商人、经济学家所忽略的方面，作家则会全神贯注。这是作家的权利和责任。因此，作家基于人文主义的立场对于工具理性、技术全能主义的现代化意识形态的警惕与批判，对人民警察的心灵进行慰藉，并写出人性的深度，是有益于人类精神环境的平衡、警察的全面发展的，也有利于社会和谐。

第六章　公安小说的法治思维

党的二十大报告指出："全面依法治国是国家治理的一场深刻革命，关系党执政兴国，关系人民幸福安康，关系党和国家长治久安。必须更好发挥法治固根本、稳预期、利长远的保障作用，在法治轨道上全面建设社会主义现代化国家。"① 为了推进国家治理体系和促进治理能力现代化，从公安小说中梳理法治思维，并从中探寻社会治理的良方是可行的，也是必要的。因为"小说之影响社会，固矣；而社会风尚，实先有构成小说性质之力：二者盖互为因果也"②。"为什么文学洞见对治国艺术至关重要，是因为这两件大事都涉及一些单靠理性思维解决不了的最大课题。"③

2018 年 8 月，中共中央发文提出"高等教育要努力发展新工科、新医科、新农科、新文科"。从此"新文科"成为一个综合性的学科概念。实际上，"新文科"这一概念是由美国希拉姆学院于 2017 年率先提出的，即对传统文科进行学科重组、文理交叉，为学生提供综合性的跨学科学习。文学中有法律，法律中有文学。法律文本和文学文本一样，也是一种叙说，有着相似的、温情的释读。新法治的"温情"运作，一刻也离不开广义的文学，包括大众文艺与媒体的宣传配合。④ "法律与文学是一个领域，而不是一个学科，因此，法律与文学至今没有自己的理论进路。"⑤ 到目前为止，文学与法律交叉之地问津者寡。探究公安小说中的法治思维，旨在将文学和法律这两个并列的学科进行重组，应该

---

① 习近平：《高举中国特色社会主义伟大旗帜　为全面建设社会主义现代化国家而团结奋斗——在中国共产党第二十次全国代表大会上的报告》，人民出版社 2022 年版，第 40 页。

② 黄摩西：《小说小话》，载《小说林》1908 第 9 期；参见颜廷亮：《晚清小说理论》，中华书局 1996 年版，第 154 页。

③ ［美］查尔斯·希尔：《文学经典与治国理念》，李晓兵译，载《中华读书报》2010 年 10 月 27 日，第 9 版。

④ 冯象：《木腿正义》，北京大学出版社 2007 年版，第 166 页。

⑤ 苏力：《在中国思考法律与文学》，载《法学前沿》编辑委员会：《法学前沿》（第五辑），法律出版社 2003 年版，第 58-59 页。

也算“新文科”的范畴。在研究方法上，笔者将现实生活中发生的案例与公安小说文本进行对照研究。

当下，深入学习宣传贯彻习近平法治思想系大势所趋，加强社会主义法治文化建设与研究堪称与时俱进。2020 年 11 月 16 日至 17 日，中央全面依法治国工作会议在北京召开，并将习近平法治思想明确为全面依法治国的指导思想。2021 年 4 月，中共中央办公厅、国务院办公厅印发了《关于加强社会主义法治文化建设的意见》（以下简称《意见》）。社会主义法治文化是中国特色社会主义文化的重要组成部分，是社会主义法治国家建设的重要支撑。《意见》要求通过媒体报道、理论文章、学习读本等形式来加强宣传、解读、贯彻习近平法治思想。

“法治是国家治理体系和治理能力的重要依托。在统筹推进各项事业进程中，法治具有固根本、稳预期、利长远的保障作用。公安机关处于执法司法第一线，担负着行政执法和刑事司法的双重职能，必须深入学习贯彻习近平法治思想，坚持严格规范公正文明执法理念，深入推进执法规范化建设，不断提升公安工作法治化水平和执法公信力。”① 因此，笔者认为有必要通过解读公安文学作品的方式来普及法治思维。

一、情感与法律的矛盾冲突

马克思说矛盾无处不在、无处不有。“从文化人类学的角度来看，小说之中的对立、冲突又是人类社会生活的基本矛盾的展示。构成小说冲突的，其实就是人类自古以来的欲望冲突，内容或有不同，形式则从来不变。”② 傅修延的《中国叙事学》第六章“契约的神奇：四大古典小说新论”中说《红楼梦》的大契约指的是宝玉走科举之路，小契约则是宝黛姻缘。小说之末却是大小契约因矛盾冲突尽毁。《水浒传》中的大契约则由宋江与朝廷订立而成，核心是“忠”，而小契约则是众好汉之间订立的友情，以“义”为要旨。忠、义矛盾冲突的结局是小契约被毁，大契约却得以巩固。《三国演义》中的大契约是匡扶汉室、统一中国，小契约则是刘关张三兄弟结盟，而随着小契约凝聚力增强，大契约自然解体……

公安小说中有一类冲突比较普遍，那就是情感倾向性和理智认识的矛盾冲突，也是它的重要审美特征。原来公安小说中同样蕴含着大小契约之间的矛盾冲突。公安小说中人民警察因为身份使然，他们必须以法治思维引领自己的行为。大契约指的是人民警察必须忠于党、忠于人民，以事实为根据、以法律为准绳，即以法治思维行事。小契约则是指来自

---

① 王小洪：《全力推动新时代公安工作高质量发展》，载《人民日报》2021 年 2 月 23 日。

② 何永康主编：《二十世纪中西比较小说学》，江苏教育出版社 2006 年版，第 222 页。

亲情、爱情、友情之类的伦理道德及传统观念的牵扯。公安小说中如果是小契约战胜了大契约，也就是情感战胜了法理，即以人代法、以权代法、以情代法，则不利于社会主义法治国家的建设。公安小说蕴含中华民族传统美德，在某些情况下传统美德和法治思维也会发生冲突。

"今天的不少作品，并不缺少直面生存的勇气，并不缺少揭示负面现实的能力，也并不缺少面对污秽的胆量，却明显地缺乏呼唤爱，引向善，看取光明的能力，缺乏辨别是非善恶的能力，缺乏正面造就人的能力。"① 事实上，当下大部分公安小说具有"辨别是非善恶的能力""正面造就人的能力"，这是由公安小说的性质和特点决定的。如果公安小说没有正确的价值立场，即不讲对错、不问是非、不分美丑，那么此类小说就没有凸显公安特色，毕竟公安文学须彰显公平正义。

法治思维并非近现代产物，先秦的法家思想意味着法治思维的萌芽，而习近平法治思想是最近才提出来的，且"明确为全面依法治国的指导思想"。党的十八大及十八届三中、四中全会都对提高领导干部运用法治思维和法治方式能力提出明确要求。党的十八届五中全会强调，要运用法治思维和法治方式推动发展。党的十九届四中全会通过了《中共中央关于坚持和完善中国特色社会主义制度、推进国家治理体系和治理能力现代化若干重大问题的决定》，并提出"坚持和完善中国特色社会主义法治体系，提高党依法治国、依法执政能力"。如今法治思维和法治方式成为党治国理政的思维和方式，充分说明法治思维的重要性无以复加。

文学是现实生活的反映。文学源于生活，又高于生活。且看衣向东的长篇小说《女看守所长》。女看守所所长王燕面对老同学刘颖的说情，她智慧地拒绝了，请看她俩的一番对话：

> 王燕（对刘颖）说："我这个看守所长不是像你们想的那样有那么大的权力。能不能减刑，是由刘晓建自己说了算！"
>
> （王燕说）："不捣蛋不等于表现好，他现在不够条件减刑，别说提前一个月，就是提前一天也不行，提前释放的目的，是鼓励别人好好表现，大家眼睛是雪亮的，我把他放出去，别人怎么想？"
>
> （刘颖说）："你别这么较真儿啊，用不着管别人怎么考虑，你大所长，随便找个理由，就说刘晓建表现出色，不就把这件事办了，谁还说个不字！"
>
> "可别这么说，公道自在人心，这么多人我得一碗水端平，哪能厚此薄彼。"

---

① 雷达：《地气·人气·正气——我对当前文学发展的几点思考》，载中国作家协会理论批评委员会编：《中国文学理论批评文选》，北京大学出版社 2013 年版，第 123 页。

看到王燕态度坚决，刘颖这才感觉到事情不是那么简单，于是口气也硬起来，说道："王燕，这话我都说出去了，你要不给我办，你让我面子往哪里搁？"

王燕说："这不是面子问题，而是原则问题，我帮不了你！"（《女看守所长》P145）

从这些对话足见看守所所长王燕在理性执法与人情世故方面拿捏得很到位。哪怕后来王燕的老同学刘颖尽力帮了自己妹妹的大忙，王燕仍然坚守底线——绝不踩法律红线，好在老同学最终还是理解了这位敢于坚持原则的同学。

须一瓜的长篇小说《双眼台风》中的鲍雪飞和傅里安可谓师出同门。他们两人面对顾小龙被冤案时呈现出截然不同的态度。鲍雪飞竭力掩盖事情真相，而傅里安则是想方设法揭开真相。哪怕傅里安在职务晋升时鲍雪飞帮了很大的忙，但是在顾小龙被冤案的处置上，傅里安始终坚持法治底线，不被鲍雪飞所收买。哪怕鲍雪飞手眼通天，傅里安也不怕她。哪怕傅里安被送进精神病院，他也要绞尽脑汁地逃出来，就是为了寻找事实证据，为顾小龙翻案。

张宇的长篇小说《软弱》中的小偷给反扒能手于富贵送钱，将 5000 元丢在自行车车篓里，希望于富贵不要把弟兄们送进局子。于富贵目睹这一幕，下意识地想起当年小偷中的老大秀才给何满子送自行车的情境：当年给何满子送凤凰车的可能就是秀才。秀才送老何车子，是想让他手下留情。老何却贪赃不枉法，硬把狗三送进了局子。狗三出狱后怀恨在心，就捅了老何。（《软弱》P39）小偷给反扒警察送钱、送物的目的是希望警察网开一面，不要把他们送入监狱。何满子那个年代是送自行车，如今时兴送钱。当年的何满子贪赃不枉法，而于富贵是不贪赃也不枉法。

凡一平的长篇小说《上岭村的谋杀》中杀害韦三得的正是一帮上岭村人。大学生黄康贤在南宁求学，前女友唐艳在那儿从事皮肉生意，韦波兄弟在那里工作。这些常年在南宁生活和工作的上岭村人只在春节期间才回一次家乡相聚。他们时常在南宁一起谋划如何谋杀恶人韦三得。如果说唐艳作为一个风尘女子不懂法还说得过去，可是黄康贤是大学生，韦波是一所高校的保卫干部，他们肯定是懂法的。只因韦三得在上岭村作恶太多，他们才联手起来找他复仇。在他们酝酿谋杀韦三得的时候，复仇的火焰使他们早就把法律抛在脑后，把理性磨灭。最终结果是，他们合伙把韦三得给杀了。韦三得死后，绝大多数上岭村村民拍手称快，有的甚至以炸鞭或以杀年猪的方式来庆贺。"民不（报）告，官不究。"因为没有人向警方报告韦三得之死，韦三得就被定性为自杀，被当地人给埋了。后来有人向警方举报说韦三得系他杀，非自杀。警察开棺验尸，韦波站出来说是他自己杀死了韦三得，与他人无关。韦波被关进了监狱，可是案件远远没有完结……

在公安小说中，情感与法律的矛盾冲突的另一重表现，体现在说情手段层出不穷。为了阻挠警察办案，有的是权力强压，有的是从外围入手，即从侧面做工作。如朱维坚的长篇小说《渗透》中女尸案刚发，各种看不见的力量就像一只无形的大手指向公安局局长李斌良，给他使绊子阻挠其办案，腐蚀其意志，有意地给他制造障碍，为其破案增加难度。譬如，一高校长程玉芳很早就开始与他套近乎，免费为他提供房子的目的是联络情感，收买人心。江泉市市长点名要他到拆迁工地亲自督战，以此来分散他破案的精力；大学的同学、以前的恋人和校长程玉芳竟串通一气来做其说服工作，企图让李斌良放弃对高考舞弊案的侦查。前妻王淑芬也在一旁力劝，晓之以理、动之以情，并以女儿苗苗（李斌良的女儿）相要挟："这件事，你不能再深究下去了，现在，已经满城风雨了，说公安局抓了好几个老师，说江泉的高考出事了，你再这么干下去，还想不想在江泉待了？你不想待，我和苗苗还要待下去呢……"甚至是主管教育的副市长也求他适可而止。重重阻挠折磨着李斌良，一面是情与法的较量，一面是正义与良知的拷问……

在亲情与法治思维进行较量时，执法人员能否做到一碗水端平，无疑是对执法人员的一大考验。从维熙的中篇小说《第十个弹孔》中的公安局长鲁泓得知儿子鲁小帆参与"炸毁了汾龙山煤矿直通钢铁厂的铁路桥梁，断绝了煤炭供应，迫使三座高炉停产"[①]的案件后，他痛苦不堪。但是在亲情与法律的冲突中，鲁泓仍然选择维护社会主义法律的尊严。他对妻子高雅琴说："我不仅仅是小帆的爸爸，你不仅仅是小帆的妈妈，我们还都是在红旗下宣过誓的共产党员！我是局长，你是局里的医生，我们帽子上不是普通的帽徽，那是国徽，是宪法！难道我们能像'四人帮'那样，以法徇私吗？雅琴！"[②]最终他给专案组打电话说："结束鲁小帆在矿山的反省，立即呈报市检察院批准，进行逮捕。"一个大义灭亲、富有正义力量的人民警察形象就这么立起来了。此小说通过展现情与法的矛盾冲突，歌颂了公安政法工作者严格执法、不徇私情的高尚情操。

王亚平的短篇小说《神圣的使命》中的杨琼在良知与亲情之间左右为难，她也经受了情感的折磨。杨琼在白舜被污蔑的事情真相与父母亲的威胁之间，进退维谷：

> 杨琼哭着辩解："白叔叔根本就没有这回事。"
>
> 父亲立时瞪起血红的眼睛呵斥道："你是要白舜还是要你老子?！告诉你，我要是当了反革命，你这辈子也别想好！"
>
> 母亲也吓唬她说："女孩子家，别不知好歹。这种事说出去了就没法再收回。"
>
> 当时只有16岁的杨琼并不十分理解父母的话，她只感到万分的羞耻和恐怖。出庭时她就像个傻子，说不出一句话，都是爸妈代她讲的。此后，爸爸果然"革

---

① 公安部宣传局编：《公安文学六十年作品精选（2小说卷）》，群众出版社2009年版，第2页。
② 公安部宣传局编：《公安文学六十年作品精选（2小说卷）》，群众出版社2009年版，第4页。

命”成功，当上了省革委一个部门的副处长。

八年来，为了减轻心灵上的折磨，杨琼像躲避瘟神一样，远离她的父母，隐姓埋名，在这远郊区的小学里拼命地工作，想以此来赎罪，可是老天……（《神圣的使命》P344）

白舜的儿子白雪刚好就在杨琼的班上，这就更加加重了杨琼内心的痛苦。杨琼在公安民警王公伯的启发和感召下，内心产生了激烈的斗争。当杨琼的父亲杨大榕等人准备用车撞死杨琼以绝后患时，王公伯却舍身护卫。正是王公伯的鲜血唤醒了杨琼，杨琼才彻底地与父母所在的那个卑劣的世界决裂。

《软弱》中的反扒能手于富贵表面上十分“软弱”，骨子里却比谁都坚强。由于出身农村，他的骨子里有浓浓的自卑感。在单位上没有捞到一官半职，在家中也没有什么地位。因此时时处处他都呈现出“软弱”的那一面，但是一旦进入工作状态，就像猎狗看见了猎物，劲头十足，且对猎物穷追不舍，甚至六亲不认。他亲手给自己的妻妹刘莉戴上手铐，这是于富贵的身份使然。作为一名人民警察，他必须“立警为公、执法为民”，也就是说不能徇私情。

八年前，于富贵的妻妹刘莉在郑州作案，被于富贵逮现形。从情感的角度来说，于富贵不应该对妻妹采取强制措施；从法理的角度来说，他又不得不这样。也就是说，面对妻妹刘莉，于富贵以理胜情，法治思维在其大脑中占了上风。在于富贵给妻妹戴上手铐的瞬间，妻妹提醒他说：“莫忘了，你是我姐夫呢。”于富贵却说：“你忘了，我是警察。”

如果于富贵出于私心考虑到妻妹与自己的利害关系，他就会放妻妹一马。事实上，他并没有这么做。哪怕妻妹向他求情，甚至要挟他，于富贵仍然初心不改，严格执法。

何顿的中篇小说《青山绿水》中同样存在亲情与法理之间的矛盾冲突。警察黄志与叔叔关系非同一般。黄志家境不怎么样，父亲早逝，母亲病重，家中还有一个智障的弟弟毛坨。当年黄志读书时手头拮据，得到叔叔的大力扶持，否则黄志穿不上这身官衣。当黄志接到报警电话时，才知遭遇到一个现实难题，手握凶器的叔叔正在向年轻漂亮的婶婶紧逼。黄志多次提醒叔叔放下凶器，叔叔不但不听黄志的话，反倒大骂，骂他忘恩负义。

黄志在亲情与法律之间权衡，即在传统思维与法治思维之间作出取舍，最后还是扣动了扳机，将叔叔击毙。

李晓平的长篇小说《鬼使神差》主要讲述女警雪璇梦游杀人的故事。下面一段是小说中的人物六饼与雪璇的对话：

六饼埋怨地说：“平朝他咋能这么做呢？都经历了这么多事了，他咋还想不明白呢？咋还拿法律当儿戏呢？不行，明天早晨我们必须要制止他这么做。”六饼说完这番话，突然看着雪璇的眼睛，期待地说：“雪璇，我是这么想的：这件事，我们谁也别动心机了，我们明天就干脆照实说了吧！行不行？我们如果照实去说了，你能不能受得了啊？你现在的身体能不能承受得住啊？”

雪璇默默地握住了六饼的手，长长地叹了一口气说：“六饼啊！这都什么时候了，你怎么还为我想啊！正如你刚才说的，我们面对的是法律，是铁的法律，所以，无论我是否承受得住，我也得去面对法律的制裁了！”（《鬼使神差》P277、P278）

《鬼使神差》中所描述的人物内心与法理的较量跟上面所提及的人情世故与法律的较量有所不同，这种冲突更能写活人物，直击灵魂深处。由此可见，雪璇勇敢地接受法律的制裁实属不易。在经历一番灵魂的挣扎苦斗之后，雪璇那颗勇敢的内心最终战胜了怯懦的内心。

公安小说中人民警察总是面临着大小契约之间的矛盾冲突。究其原因是因为我国是一个农耕社会。“农业社会一般处于比较稳定的状态，社会成员在长期的共同地域生活中，彼此互相交往、互相帮助的机会较多，所以比较容易形成集体活动的群体或有某种血缘关系的较大的家族。”① 马敏在《中国文化教程》中归纳出中国文化的四个基本特征：“一、重人道、轻天道的思想传统；二、重礼治、轻法治的政治传统；三、重群体、轻个体的伦理传统；四、重直觉感悟、轻理性思维的认知传统。”② “重人道、轻天道”的传统固然有积极的一面，但过分注重人际关系则属消极的一面，并不利于法治思维的普及。

除了上述几类矛盾冲突之外，还有陈规陋习与法律之间的冲突。王仲刚的电影文学剧本《天伦》中有贩卖人口这一情节。当地村民认为一手交钱，一手交货，公平交易，合情合理。可是这一陈旧愚昧观念显然不合法理。

依法治国和以德治国就是现代法治思想和中国传统文化相结合，具有中国本土特色，符合中国政治、经济、社会发展的实际需求，最能够为中国人民所接受的治国安邦的重要国策。③ 所谓法治思维，是指在法治精神之下形成的一种思维定式，主要体现为尊奉法律至高无上，限制和监督公权、维护私人权利、公正执法等。④ 所谓德治，简言之就是发自内心的约束。著名学者费孝通指出：“中国社会是各色人情关系编织起来的巨大网络。”人情社会重视人情关系的亲疏，由于人际关系等因素的干扰，公平执法和执法为民就会打折扣。

文本魅力的大小由张力决定。公安小说中人物内心深处的情感纠葛与法治思想存在着

---

① 马敏主编：《中国文化教程》，华中师范大学出版社 2002 年版，第 11 页。

② 马敏主编：《中国文化教程》，华中师范大学出版社 2002 年版，第 9-15 页。

③ 《德治融入法治导论》课题组：《德治融入法治导论》，群众出版社 2019 年版，第 22 页。

④ 王运声、易孟林主编：《中国法治文化概论》，群众出版社 2015 年版，第 324 页。

某种张力，只是有些文本中的张力比较小，而有些文本的张力比较大，甚至呈剑拔弩张状。在大力倡导依法治国的当下，如何化解公安小说中的法治思维与传统观念（世俗）、伦理道德等矛盾冲突是一大难题，也是一个于现实社会治理有帮助的课题。

中国古代社会治理是“礼为法源，礼法结合”。“礼更多的是靠人们的自觉和道德意志作为行为的指针，而法更多地以国家机器的强制作为规范人们行为的后盾。”① 那时的官吏头脑中没有“法治”这一概念，“就整个中国的政治发展来看，官制没有自己单独的历史，它是中国政治史的一个组成部分。官制史就是一部人治史”②。既然是“人治史”，也就无所谓法治思维。“法律的作用不是为人们满足私利提供合法的渠道，恰恰相反，它是要尽其所能抑制人们的私欲，最终达到使民不争的目的。自然，这一切首先是在礼的名义下，依循礼的原则进行的。于是，法律的适用变成了教化加惩戒，无讼的理想化而为息讼的努力。这正是中国古代法的特异之处，也是古代社会人际关系中和谐观的真实内蕴。”③

文学是现实生活的反映。现实生活中的一些案件之所以会发生，就是因为当事人抛弃了法治思维，结果害人、害己，甚至危害民族与国家。公安小说中的法治思维追求的是公平正义，彰显的是规则意识。胡适先生说：“一个肮脏的国家，如果人人讲规则而不是谈道德，最终会变成一个有人味儿的正常国家；一个干净的国家，如果人人都不讲规则却大谈道德、高尚，最终这个国家会堕落成为一个伪君子遍地的肮脏国家。”④ 英国学者戴雪在《英宪精义》中说：“法治的社会是规则而不是人在进行治理。”⑤

二、人性化执法与法治思维相辅相成

伦理道德是中国传统文化的核心，也是中国文化对人类文明最突出的贡献之一。仁爱孝悌是中华民族十大传统美德之一，也是中华民族美德中最具特色的部分。我国文化价值系统的特点是强调真、善、美的统一，且以“善”为核心。文学艺术则以“善”作为价值取向，公安小说亦然。对传统美德的总结与认同是继承和发扬民族优良伦理道德传统的关键，也是现代中国道德文明建设极为重要的源头活水。传统美德具体表现为仁爱孝悌、谦和好礼、诚信知报、精忠爱国、克己奉公、修己慎独、见利思义、勤俭廉正、笃实宽厚

① 史广全：《礼法融合与中国传统法律文化的历史演进》，法律出版社 2006 年版，第 77 页。

② 李法宝、米万英、洪润泽：《官吏、官制、官文化及历史走向》，职工教育出版社 1989 年版。

③ 梁治平：《寻求自然秩序中的和谐——中国传统法律文化研究》，商务印书馆 2013 年版，第 200 页。

④ 姜明安：《法治思维与新行政法》，北京大学出版社 2013 年版，第 22 页。

⑤ See Dicey，The Law of the Constitutional 262（1885）Turpin，British Government and the Constitution 46（1985）.

和勇毅力行。

事实上，人民警察核心价值观也属中华民族传统美德的范畴，其关键词为“忠诚、为民、公正、廉洁”。公安小说蕴含人民警察核心价值观，核心价值观又与习近平法治思想相辅相成。朱苏力认为，在中国实现法律文化本土化转型的过程中离不开传统的德治，要在习惯、惯例等传统道德基础上慢慢地实现法律文化的本土化转型。这是一种文化发展的客观规律，是一种逻辑的必然。① 只有践行习近平法治思想，坚守法治思维，“忠诚、为民、公正、廉洁”才能落到实处。

法律是成文的道德，道德是内心的法律，法即“内在道德”。公安小说大多属于现实主义作品，且多数以实践理性作为其根基，并以儒家文化思想作为小说的价值判断。公安文学文本中的人民警察对当事人或犯罪嫌疑人执法或服务时，除了拥有一颗“仁心”，即坚守“善”的标准之外，同时还要用习近平法治思想来武装大脑。换言之，就是“严格执法、热情服务”。

具体到法律实践，“法律人的责任不仅仅是机械精细地、刻板而冷峻地操作法律，而且是要把伟大的博爱精神、人文关怀、美学的原则和正义的情感，以专业化的理性而艺术的方式表现出来”②。张宇的长篇小说《软弱》中的反扒警察于富贵好不容易才追上大盗秀才，在他伸手抓捕之际，秀才却跳楼了，还摔伤了。于富贵先是与受伤的秀才聊天谈心，然后背着他上医院……

樊崇义认为：“文明执法是在一种司法意识的支配下进行的，此种司法意识体现为对于人、人格、人的正常情感给予应有的尊重。这一司法意识的养成，需要司法官具有一定的人文素养。”③ 法律人（反扒警察）于富贵对秀才实施人文关怀，其举动就是“人性化执法”，就是善举。所谓“人性化执法”，就是公安机关和人民警察在执法过程中，在依照法定的职权和程序进行执法活动的前提下，以人为本，依法保障当事人合法权益，实现执法公正，促进社会和谐。“人性化执法”是理性、平和、文明、规范这一公安机关执法理念在基层实践中的具体体现。④

《软弱》结尾是于富贵与王海一起破了一起大案后在饭馆吃饭的情境。王海对于富贵说：

> 你不用发呆，你好好想想，你抓了多少年小偷，你恨过他们吗？开始时你恨过，后来你就再也不恨他们了，我说对了吧？不光不恨，你几天不见还想他们

---

① 刘平：《法治与法治思维》（修订版），上海人民出版社 2015 年版，第 394 页。
② 舒国滢：《在法律的边缘》，中国法制出版社 2000 年版，第 58 页。
③ 樊崇义：《迈向理性刑事诉讼法学》，中国人民公安大学出版社 2006 年版，第 81 页。
④ 黄明健、沈磊磊：《坚持人性化执法　促进社会和谐》，载《人民公安报》2012 年 6 月 2 日。

哩。我敢打赌，你于富贵一个月离开老婆孩子可以生活，如果让你一个月看不到小偷，我敢说你肯定受不了。(《软弱》P383)

以上对白耐人寻味。警察与小偷本是一对克星，但他们之间又相互依存，犹如司马懿与诸葛亮之关系。“法律法规体现鲜明道德导向，社会主义法律法规直接影响人们对社会主义核心价值观的认知认同和自觉践行。”[①] 原来，反扒警察于富贵与秀才、与妻妹刘莉的关系，既有人情的一面，也有法理关系。作为反扒专家的于富贵必须制止偷盗行为，因此他迫使秀才金盆洗手，后来还把妻妹刘莉送进监狱，即善要有原则和底线。在执法者于富贵身上所彰显的正是社会主义道德风尚。

法国雨果在《悲惨世界》中借马德伦之口说“最高的法律是良心”，“文学在其本性是站在良知的立场说话的，它应当而且可以传递良知的声音”。[②] 魏人的小说《刑警张玉贵的队长生活》传递了良知的声音，其中的刑警队长张玉贵坚守正义。出租汽车司机马卫中和昔日恋人白梅的私情让白梅的丈夫——中学教师韩树怒火中烧，他决心作一了断。晨练的人们在小树林中发现两具尸体，男的是马卫中，迹象及死者有关线索表明：韩树是嫌疑人。刑警队长张玉贵展开调查，韩树的作案动机和时间逐渐清晰……面对指控和证据，韩树承认杀了马卫中。为此，刑警队获得嘉奖。但队长张玉贵却认为此案疑点重重，可在局长的压力之下，他并未坚持自己的看法。不久通过对另一死者的调查，真正凶手很快被抓获，这让刑警队陷入了困境。办案警员要受查办，直接领导也要承担责任，而此时张玉贵眼看就要升为副局长。在这节骨眼上，是掩盖真相还是主动承认，张玉贵选择了后者。上级的处理决定很快传达下来，张玉贵被撤销刑警队队长职务，调至派出所任副所长。刑警张玉贵的队长生活自此结束，但他的担当和良知却能打动读者，并给读者留下深刻的印象。

李玉娇的中篇小说《特殊任务》中岳父与女婿的一番对话如下：

死者名叫岩恩腊，是个没有正当职业的闲散人员。经过几天的调查后，我和师傅发现这个岩恩腊是寨子里的一霸。因为是家里最小的一个孩子，从小就受到父母的溺爱，成人后一事无成，整天游手好闲惹是生非。从名字上就能看出他在兄弟中的排行，在傣语里，腊就是最末一个。随着调查的不断深入，我们发现岩恩腊干过好多伤天害理的事情，寨子里的人一提到他，都恨得咬牙切齿的。有一个村民亮出小腿上的伤疤让我和师傅看，说是两年前被岩恩腊用刀扎的。还有一个女子向我们哭诉，说曾经受到过岩恩腊的污辱。就连岩恩腊的亲生父母，提起他们的儿子来，也愤愤不平地说：“死得好，那个畜生早就该死。”还告诉我们，

---

① 《习近平法治思想概论》编写组：《习近平法治思想概论》，高等教育出版社 2021 年版，第 305 页。
② 刘再复、林岗：《罪与文学》，中信出版社 2011 年版，第 115 页。

不要再调查下去了。但我和师傅的目的是要找出杀死岩恩腊的凶手，至于他从前犯下的罪行，也只能让它沉没到澜沧江底了。

又做了几天工作后，我们发现死者的大哥岩恩应嫌疑越来越大……岩恩应当时四十几岁，从言谈举止上看，显然是个老实厚道的人。他有个挺美满的家庭……证据已经对岩恩应极为不利了，而那棵杧果树下很可能就是凶案的第一现场。当时只有我一个人在场，我的心里有些犹豫，要不要把血迹的事向师傅汇报？难道真的让一个公认的好人给一个劣迹斑斑的坏蛋去偿命吗？

岳父又停了下来，问："如果你以后遇到这样的事，会怎么做？"

这确实是个有些让人为难的选择，但作为一个警察，我知道，所谓的选择就是别无选择，法律无法等同于人情。

"当然是实事求是地汇报。"我说。

岳父点点头，又接着往下讲。

"我当时的选择和你一样，犹豫只是在心里一闪而过，就立刻向师傅作了汇报……"

岳父沉默了一会儿，又接着说："作为一个警察，你会发现自己时刻都面临着选择，面对有些选择时，可能只是片刻的犹豫，很快就能作出正确的决定。但还有一些选择，当面对它时，你却永远无法给出正确的答案。"① （《特殊任务》P75、P76）

就像上述引文中所述，确实"法律无法等同于人情"。死者岩恩腊的大哥岩恩应是一个好公民，文中人民警察与读者都同情他，都不忍心他被处罚，但是情感不能代理法律，警察必须维护法律尊严，守护良知。正如小说中的人物所言："作为一个警察，你会发现自己时刻都面临着选择，面对有些选择时，可能只是片刻的犹豫，很快就能作出正确的决定。"不用说，这个正确的决定正是法治思维惯性，而良知就是最后的底线。燕树棠认为："司法问题的基本要点是：'法'必须依'人'而行；人必须依'心'而动，心之动以自己'人格'之高低大小为准；而人格之构成以其自己之个性、脾气、教育、环境以及种种私见为因素。"②

---

① 李玉娇：《特殊任务》，群众出版社 2012 年版。

② 燕树棠：《公道、自由与法》，清华大学出版社 2006 年版，第 173 页。

第七章　公安小说的母题研究

母题本是民间文学和民俗学中的一个术语。乐黛云在《中西比较文学教程》中说："主题学研究中的母题，指的是在文学作品中反复出现的人类基本行为、精神现象以及人类关于周围世界的概念，诸如生、死、离别、爱、时间、季节、海洋、山脉、黑夜，等等。"① 从文本来看，母题是叙事句较小的基本单位，主题则是较大单位或复合句，如《俄狄浦斯王》中"命运"是母题，"命运不可战胜"则是主题。② 苏联文学理论家普罗普在《民间故事形态学》中说"功能"和"母题"属于同一个文学单位。"母题是具有结构功能的文学元素，以类型化的结构或程式化的言说形态，反复出现于不同的文本之中，具有某种相对稳定的、可以被人识别的结构语言形式。"③ "寻找""命运"等这些功能性母题就反复出现在我国的公安小说中，成为一个"不变的常量"。

一、公安小说中的寻找母题

"寻找"是文本叙述的真正动力，也是作家们笔下多次重复的母题。"纵观中国新时期小说，通过'寻找'这一新时期文学的母题而衍化出'寻真'、'寻梦'、'寻我'、'寻根'等一系列问题，从而确立了具有鲜明当代意识的人生命题，沟通了新时期小说对生与死、人和自然、人和历史所作的思考。"④ "如果时间是流动的，那么生命的过程就是不断寻找。文学也是这样。"⑤ 公安小说概莫能外。作为中国新时期小说重要组成部分的公安小说主要是以公安系统的人民警察作为书写对象，其间的寻找母题比较普遍，有的是寻人

---

① 乐黛云主编：《中西比较文学教程》，高等教育出版社 1988 年版，第 189 页。

② 赵小琪主编：《比较文学教程》，北京大学出版社 2010 年版，第 95 页。

③ 何平：《现代小说还乡母题研究》，复旦大学出版社 2012 年版，第 4 页。

④ 邓安琪：《品钦的"追寻"叙事和中国的"寻找"主题》，载《小说评论》2013 年第 3 期，第 204 页。

⑤ 于晓威：《流动或寻找》，载《当代小说》2006 年第 1 期，第 2 页。

找物，有的是寻找真相，有的是寻找身份，有的是寻找自我，等等。

（一）寻找真相

对于不了解公安小说的读者来说，往往主观臆断地认为公安小说中的寻找母题无非就是人民警察寻找（追踪）犯罪分子或当事人，笔者以为只说对了一部分。公安小说可分为公安侦破小说和公安非侦破小说两大类，前者侧重写“案件”，后者侧重写“生活”；前者遵循案发、调查（取证）、追踪直至破案之类的程序，寻人（当事人或嫌疑人）、寻物（证据）的故事情节在这类文本中较为普遍。美国文学理论家韦勒克说：“优秀的作家在一定程度上遵守已有的类型，而在一定程度上又扩张它。而总的说来，伟大的作家很少是类型的发明者，比如莎士比亚和拉辛，莫里哀和本·琼生，狄更斯和陀思妥耶夫斯基等，他们都是在别人创立的类型里创作自己的作品。”① 公安侦破小说中的寻找母题正是“遵守已有的类型”，而且这类文本中以寻找真相居多。

张锐强的中篇小说《穿越无人地带》中积山县公安局缉毒大队副大队长王剑鸣寻找贩毒分子马胜利；李佩甫的长篇小说《平原客》中刑侦人员赫连东山寻找凶手等都是人民警察寻找（追踪）犯罪分子。张弛的《掘地》中有两条线索：第一条是警察寻找杨有禄的尸体；第二条是妻子赵宝菊寻找丈夫。欧平的长篇小说《刑警队长》中昏倒街头的女孩儿死后，警方迅速查清了其身份；接下来是追寻找黑皮的身份和下落，从而顺藤摸瓜寻找李仲春、李升、泰永琪、刘克雄等。张宇的长篇小说《软弱》中追查的是哪个人把杨局长的私人物品给偷走了，哪个人把商人的 20 万拎走了等。赵义和的长篇小说《N 次碾轧》中主要线索是找寻肇事车及车牌，最终锁定肇事者；还有交通警察安伟用筛子筛细沙找漆皮儿，法医柳婷燕找肇事车等情节。卢一萍的《大震》中多处存有寻找母题：一是陈尔壁即将被政府正法前，警察寻找其母李小芹；二是地震发生后，陈尔壁寻找救援器械；三是陈尔壁寻找母亲；四是警察谭乐为寻找女友和陈尔壁及其母亲……

由于公安工作特殊性和复杂性，公安小说中的寻找母题十分复杂，其间人民警察寻找的不一定是犯罪分子，还有可能是寻找当事人、寻找证据、寻找真相等，不一而足。何顿的中篇小说《青山绿水》中警察黄志寻找风尘女杨小玉；而杨小玉并不是犯罪嫌疑人，她只是一个已经从良的女子——黄志的前妻。刘继明的《小米》中那几个不务正业、被派出所罚过款的男人寻找的却是漂亮的小米。凡一平的中篇小说《寻枪记》中则是警察马山寻找枪支的下落……

寻找过程中会呈现多种视角，警察形象才得以建构。寻找的过程旨在塑造人民警察形象。寻找过程中，警察会遇到各种各样的问题和困难，尤其是在证据缺失、权力干扰、金

① ［美］韦勒克、［美］沃伦：《文学理论》，刘象愚等译，生活·读书·新知三联书店 1984 年版。

钱诱惑或遭遇“罗生门”等情况之下，寻找则更为曲折，正如唐僧去西天取经一样，要历经九九八十一难。但是经历磨难的警察内心则会变得日益强大，硬汉形象正是通过寻找这一母题给建构起来的。

公安小说中还有寻找警察的故事情节，这与警察寻找他人或物刚好相反，如胡学文的中篇小说《背叛》中则是妻子寻找警察丈夫刘大威的“情人”；胡雪梅的中篇小说《花朵》中是新闻记者吴媚寻找警察刘秋生；鲍尔吉·原野的《雨下在夏至的土地上》讲述的是上级公安机关领导来视察并慰问的关键时刻，在大山深处工作的警察张八风却失踪了；经过多方寻找，才知他在“为人民服务”的途中牺牲了。

洪治纲在《寻找，是为了见证——论余华的长篇小说〈第七天〉》中指出：“每一个亡魂都见证了一种荒诞的现实，每一个亡魂也道出了世间的一个真相。寻找，是为了见证。既见证了我们这个时代的混乱和浮躁，也见证了善良人性的光泽。”① 上述公安小说中的寻找是为了揭开真相、还原真相，也见证了人民警察人性的光泽和利他主义情怀。

《N 次碾轧》中两起交通事故的真相到底是什么。此前有各级领导的批示，即要求查出真相；后来随着调查的深入，又有大领导批示说不让查了，而且死者家属得到了数倍的赔偿，可是安伟执意要查，因为他要查出真相，对（权力）职位却不感兴趣。

燕历的长篇小说《血舌》采用倒叙手法。开篇布下悬念，叙述凶手频繁杀人，而且手段血腥且残忍，然后剖析为何杀人。剩下的故事就是寻找：以赫起为首的警察寻找作案杀手，并分析其犯罪原因，以满足读者的心理期待。小说之末才找到凶手苏兆星。他之所以多次作案，就是为了报复社会。起因是父亲死得冤枉，即受到了不公正的对待。原来，父亲入狱是手下女工嫁祸其父所致，而公安局唐局长的沽名钓誉则是复仇的诱因。

凡一平的长篇小说《上岭村的谋杀》中有两个母题：一个是寻找，另一个是复仇。前者在文本中无所不在。韦波一家一直在寻找韦家祖坟里的尸骨，堪称一条线索。韦家有足够的理由怀疑是韦三得将骨灰进行了转移或藏匿，种种迹象也表明系韦三得所为，但是韦三得不承认，于是韦家多次请韦三得吃喝。等到韦三得被杀害之后，骨灰仍不知所终。后来还是一名医生上山采药时发现的，经过 DNA 鉴定，才知是韦家祖坟里的尸骨。

与尸骨下落的真相并行的还有数条线索，如苏春葵跌落粪坑而死的原因即是。警方初步将苏春葵之死定性为意外死亡，即厕所踏板的木头老化。可是苏春葵的男人韦昌英不认可警方的结论，他说厕所是新修的，木头都是新的，不会老化腐朽这么快。警方只得淘粪寻找作案的证据。从打捞起来的木头来看，的确厕板有锯子锯过的痕迹，寻找作案的锯子便是办案的关键之所在。黄康贤的父亲黄宝央的腿到底是怎么断的则是另一条线索。这个

---

① 洪治纲：《寻找，是为了见证——论余华的长篇小说〈第七天〉》，载《中国现代文学研究丛刊》2013 年第 11 期，第 160 页。

谜在黄康贤心中留存了许久。黄康贤追问真相的过程也是自我强化杀死韦三得心理的过程。

张子雨的中篇小说《我要找到你》[①] 中却有三重寻找：第一重寻找，即龙妈找儿子龙城，而且她希望龙城投案自首；第二重寻找是两个办案民警余浩和高原寻找犯罪嫌疑人龙城；第三重寻找则是高原寻找女朋友。前两重寻找系显在的，或者说是一条明线，而第三重寻找是隐蔽的，或者说是一条暗线。前两重寻找都找到了所要寻找的对象，而第三重寻找却处于想象状态，从开放式的小说结尾即可窥出端倪。"'寻找'体现出后现代社会的悲剧性存在——终极目标永远在前方，人们只能无限接近，但却永远无法抵达。"[②]

由是观之，是否寻找到真相并不重要，因为寻找母题只不过是公安小说的"内在驱动力"，张弛的《掘地》创作谈也可以佐证：

> 《掘地》这篇小说，可以说是一个关于寻找的故事。首先这个标题就隐含着"寻找"这个潜台词——掘地干什么？当然是找东西了。找什么东西？读者或许会被激发起种种联想，譬如，考古？寻宝？盗墓？寻找某个机密？
>
> 当然，实际上是找人……
>
> 这构成了小说的所谓内在驱动力。当然对于一篇小说来说，光有动力还不够，还得有阻力。那个深达六十米、狭不容身的黑洞，构成了寻找死尸的阻力，也在浑然不觉间支撑着另一路人马寻找活人的动力……
>
> 所以我给这篇小说一个完满的结局，公安局克服重重阻力，找到了尸体，找到了他们想要的真相。而赵宝菊虽然没找到活的杨有禄，却找到了老梁。这也算是对寻找者的一点儿恰如其分的安慰。[③]

上述公安小说中各类寻找恰恰反映出作者对文学功能的思考——文学不会提供答案，需要读者亲自在作品中寻找，正如作家范小青所说："作家可以把所见所闻所思所想编织成一个好看的故事呈现给读者，读者会读出其中的真实和虚幻，或者既真实又虚幻，或者既不真实也不虚幻——这样的感悟，就是文学传递的新的观念。"[④]

（二）寻找身份

一些公安小说除了找物寻人和寻找真相之外，还有更高层次的寻找，即寻找身份。寻找身份在公安非侦破小说中比较普遍。

---

① 张子雨：《打死我也不信爱情》，作家出版社 2004 年版，第 114-139 页。

② 邓安琪：《品钦的"追寻"叙事和中国的"寻找"主题》，载《小说评论》2013 年第 3 期，第 207 页。

③ 张弛：《关于寻找的故事》，载《中篇小说选刊》2016 年第 3 期，第 101 页。

④ 张鹏禹：《范小青：生活扑面而来，你想躲也躲不开》，载《光明日报》2021 年 11 月 24 日，第 13 版。

20世纪90年代以来，身份问题已发展成为批评理论界所关注的热点问题。1985年，著名现象学诠释学家保罗·利科就在《情节与历史叙事：时间与叙事（卷一）》一书中首次提出“叙事身份/认同”的重要概念。所谓叙事身份/认同是“人类通过叙事的中介作用所获得的一种身份认同”。所谓身份就是叙事里的自我，你把对方的故事讲给对方听，对方把你的故事讲给你听，你把你的故事讲给对方听，对方把对方的故事讲给你听。[①] 身份认同作为西方文化研究的一个重要概念，大体分为个体身份认同、集体身份认同、自我身份认同和社会身份认同四类。公安小说中以自我身份认同和社会身份认同居多。

“《无间道》讲的是刘建明和陈永仁两个身份混乱的人的故事。他们分别是警方和黑社会的卧底，出卖身边的人是他们的职责……双方在无间地狱中饱受着心灵和身体的双重折磨，他们决心要离开这个不辨是非让他们时刻提心吊胆的险恶处境。他们想要离开无间地狱，寻找回原本的自己，得到自己想要得到应该得到的身份，重新开始新的生活。所以，《无间道》是一个关于寻找身份的故事，同时也是一段充满佛学哲理的心灵历程，它包含着浓浓的哲学思考和佛学意蕴。”[②]

电影《无间道》中的陈永仁在黑社会卧底时不断地提醒自己：“我是个警察！我是个警察！”与之相对的则是刘建明（本系黑社会成员），他却在重案组卧底。也就是说，陈永仁和刘建明皆丢失了各自的身份，都在寻找自己的身份，“寻找的过程是他们自我救赎的过程，同时也是自我毁灭的过程”[③]。陈永仁具有双重身份，他的真实身份是警察，对外公开的社会身份却是黑社会成员。为了与自己的黑社会角色相匹配，他得说脏话，甚至必须杀人，遂导致其人格分裂。陈永仁在黑社会充当卧底，他的警察身份就这么丢失了。他在寻找自我身份的过程中，自我救赎和自我毁灭的撕裂苦痛震颤人心。

公安小说中的人民警察都是有生命的个体，都是有血有肉有感情的人，只因警察身份的困扰才不停地追问“我是谁”。

程琳的中篇小说《警服》所述如下：

狗肉馆没有雅间，只有六张小桌。虽然面积不大，但生意不错。谭永年坐在靠窗户的一张桌子上，和两个朋友喝得正欢。他对不远处的饭店老板喊道：“你再给我上盘警服！”老板没听清：“什么？”谭永年笑道：“警服！就是狗皮！”小小的饭店里传来一阵笑声。社会上有人把警察说成狗，警服也就理所应当地成了狗皮。谭永年说完警服是狗皮之后，邻桌的陆洪走到谭永年的跟前问他：“朋友，

---

① ［法］保罗·利科：《情节与历史叙事：时间与叙事（卷一）》，上海人民出版社2022年版，第4页。

② 茹金水：《〈无间道〉跨文化改编的叙事策略研究》，西南大学2017年硕士学位论文，第8页。

③ 李建中：《文心雕龙讲演录》，广西师范大学出版社2008年版，第172页。

> 你刚才说什么？”谭永年不认识陆洪，借着酒劲又说了一遍：“警服啊，就是狗皮呀！”陆洪端起桌子上的一碗狗肉汤泼在了谭永年的脸上。(《警服》P47)

《警服》中的人民警察人格遭受侮辱，心里自然有气。由此可见，警察的苦闷是由追求自我身份认同所致。哲学上有三个终极问题：“我是谁、我从哪里来、我要到哪儿去。”身份认同则是回答“我（们）是谁”这个根本问题。在寻找“我是谁”的过程中，他者是必不可少的参照物，缺少了他者，自我身份认同便无从认定。

石一枫的中篇小说《借命而生》中的管教民警杜湘东多次对自己的身份表示怀疑——我还是一个好警察吗？劳美的《笔录》中刑警队长新好曾一度迷失身份：他把检察院、法院朋友约到一起喝酒是有目的的，那就是与朋友一起想办法，如何才能让刘蓓弟弟减轻处罚。他多次问自己：“我现在还是好警察、好男人吗？”

公安非侦破小说中诸多警察的内心深处时常处于挣扎之中，就是由于自我身份认同与社会身份认同相较量所致。他们内心的不安甚至焦灼才是真正的痛苦，那是一颗颗“受难的灵魂”（胡风语）。可是当他们十分清醒地意识到自己还是一名警察时，使命感和责任感便会油然而生，如：

> 陆洪说，我刚才爬进去已经看过了，没事儿。吴宽说，怎么没事儿啊，我不同意你这么干！陆洪说，你不同意好使吗？你看看，那些家长不都进去这么干吗？吴宽说，别的家长可以这么干，你不能这么干。陆洪说，我怎么就不能这么干啊！吴宽说，你现在穿着警服啊！你是人民警察，你忘了。听到吴宽这么说，陆洪一下子蔫了。他猛烈地恨自己，他妈的，我为什么要穿警服来啊！(《警服》P71)

正因陆洪着警服（具有警察身份），他才不能在地震发生后的第一时间去救自己的女儿，以致悔恨终生。关键时刻，陆洪必须舍小家保大家，这是由警察身份决定的。毋庸讳言，陆洪的内心痛苦是由于警察这一“大我”（社会身份认同）身份与父亲这一“小我”（自我身份认同）身份相冲突所致。

人民警察在本职岗位上明确了自己的身份，才不会产生身份混乱的局面。如果警察身份丢掉了，他们的烦恼依然存在，那是良知使然，与职责关系不是很大。因为警察身份的特殊性才引发内在的欲求与外在社会规范的矛盾。“一直以来，人便在社会规范（social norm）和内在欲望（drives）的夹缝间辛苦鏖战，艺术正是让人超越两者挟制的最好方法之一。”①

贾文成的长篇小说《煤殇》中的警察秦明（一度化名为佐拉）为了调查一起矿难真

① 郑靖：《论〈色·戒〉的“身份认同”》，载《电影文学》2011年第11期，第105页。

相，潜入矿区卧底。卧底期间，他不得不千方百计地撒谎，编造自己的身份与身世，为此遭到工友的误解，被马民和一而再地考验。他在伤愈后再次回到矿上，担任了马民和手下的护矿队队长。不明真相的矿工们因此以为他与马民和一条心。此外，马民和还要求他与陆雯洁结婚以此来考验他。马民和的目的十分明确，就是想验证一下佐拉（秦明）的真实身份。为了顾全大局，佐拉不得不与陆雯洁假结婚。不难想象，警察秦明因自我身份的认同困境而痛苦不堪。

《煤殇》中秦明警察身份丢失，并非自身造成，而是工作职责使然。而牛力军的长篇小说《河东河西》中何东警察身份的丢失则与自身难脱干系。他从农民身份转为警察身份以后，自卑心理并没有从内心深处根除，极度渴望获得他人的尊重，于是想方设法升职并捞钱。同事康敏多次提醒他适可而止，可他依然执迷不悟。直至小说结尾，何东才意识到自己大势已去。他始终无法认同自己的身份，正像《红与黑》中的于连所说："我生不逢时，不属于你们那个阶级，在你们眼里，我不过是一个出身卑微而敢于起来抗争的乡下人……"①于连的话大概能表达何东的心声。

"我越来越感到人在江湖，身不由己的无奈。我已经不是我自己，不是何东，我不知道我究竟为谁而活，为什么而活着。"何东说。（《河东河西》P232）

《河东河西》中警察何东由人变为非人，直至押赴刑场，完全是权力异化的结果。何东的身份变化如下：先是农民，然后是警察，再后来是非警察。何东走上刑场后，他的警察身份再也找不回来了。再看张弛的中篇小说《换骨记》和武和平的长篇小说《污点》，这两部作品中两名警察的身份"失去"后，最终还是找回来了。这两个文本中的警察都被人误解和冤枉，他们克服重重困难才自证清白，还原自己本来的警察身份。

《换骨记》中边境派出所民警赵陵飞回乡探亲后回连队却被同事"羁押"。起因是他在公共汽车上捡到一包东西，他万万没有想到那是一包"白面"，同事便怀疑他参与贩毒。为了洗清自己的罪名，他想方设法逃脱"羁押"，去寻找那个真正的毒贩，以此来证明自己的清白。这就不仅仅是寻找真相，而且是寻找警察身份。在此，自我身份认同与社会身份认同产生了严重冲突。在没有找到真正的毒贩之前，赵陵飞的社会身份就是犯罪分子。为此，他必须寻找身份。后来他与犯罪分子死在一起，用自己的宝贵性命来证实自身清白，恢复了人民警察的身份，维护了国徽的纯洁。

而《污点》中黄河平背着多年的黑锅却没有洗清：

"何雨（黄河平的恋人）起初无论如何也不相信关于黄河平临阵脱逃的传闻，甚至不能容忍叛徒、逃兵的字眼和自己心爱的人联系在一起。但事后对方含

① ［法］司汤达：《红与黑》，张冠尧译，人民文学出版社2003年版，第444页。

糊其词的回答却加重了她的怀疑。”（《污点》P53）

《污点》这部长篇小说中的黄河平追求身份认同的过程比中篇小说《换骨记》中的赵陵飞更为曲折，磨难更多（寻找的过程在此省略）。《污点》和《换骨记》中人民警察在“寻找身份”的过程中“寻找真理”，在寻找事情真相中追问人生的意义和价值。

寻找不是为了寻找而寻找，而恰恰是从生活中感受到了混乱、荒诞、不确定，由此困惑渐生，于是开始寻找。比如现在我们从微信朋友圈或各种群里，可以看到无数不知真假的消息和文章。作家范小青曾说过：“在真假难辨甚至黑白颠倒的混杂环境中，我们怎么办？亲身去经历、去寻找，寻找真相、寻找真理。”[①] 范小青从日常琐碎里提炼出的精华，可以概括为“寻找”。从 20 世纪 80 年代的成名作《裤裆巷风流记》，到新作《灭籍记》，人对物的寻找，人对人的寻找，人对梦想、情感、价值、信仰等精神层面的寻找，构成了范小青创作的主题特色。

还有一部分公安小说塑造的人民警察形象身份本来就是确定的，所以不必寻找。正因为具备了人民警察这重身份，所以他们有所担当，关怀弱者，同情老百姓。比如，邓宏顺的中篇小说《归案》中警察帮犯罪嫌疑人李泽洲讨账；邢根民的中篇小说《还债》[②] 中交通警察给交通肇事者黑蛋的老父拜年；张笑天的短篇小说《山地车》中两位巡警为“我”保守偷车的秘密，并发动同事捐款——给“我”女儿小梅买了一辆山地车……

上述公安小说中的人民警察没有被外界因素所干扰，他们的身份与行为相匹配，内心也就不会激起太大的波澜。而张宇的长篇小说《软弱》描写的反扒专家于富贵的内心则十分困顿。他亲手给妻妹刘莉戴上手铐后，内心充满了悔恨，因为他觉得无颜面对自己的妻子。直到小说末尾，于富贵仍然被警察的身份所困。

等到于富贵酒醒后，他（对同事王海）说：“为什么？为什么？”

王海说：“因为我们是警察，啥也不因为，就因为我们太贱，天生的好干这个活儿。”

于富贵又乐了：“王海，兄弟，你算说对了。别看我穷，人家看不起我，我还就是好干这个活儿。别说这一辈子，下一辈子还干这，我也不悔。”

王海苦笑着说：“没治了，没治了，我们算没治了。来，喝！”（《软弱》P383、P384）

《平原客》中刑警赫连东山会下意识地将工作用语用到自己孩子身上，他时常对儿子

---

① 张鹏禹：《范小青：生活扑面而来，你想躲也躲不开》，载《光明日报》2021 年 11 月 24 日，第 13 版。

② 全国公安文联编：《结案风波》，群众出版社 2012 年版，第 213-230 页。

说“蹲下”“站住”。正是这些习惯用语使他与儿子的关系变得紧张，甚至疏远隔膜，可是他本人却不知道问题出自哪儿。事实上，赫连东山将自己的父亲身份与警察身份给弄混淆了。刑警赫连东山急需寻找的并非警察身份，而是父亲身份，即寻求社会身份认同。

《软弱》和《平原客》中的警察被来自各方面的压力像无形的绳索一般束缚着，他们难免处于进退两难的人生境地。如果严格执法，他们就会得罪很多人；如果不严格执法，他们则良心不安。学者李建中说：“我们人一生下来，实际上走上了身份寻找的过程——我是谁？我从哪里来？我到哪里去？我存在的价值何在？我为什么来到这个世界上？而且中外的作品都是写这些东西……”①

与公安非侦破小说中的寻找身份这一过程相伴的是警察内心的挣扎与痛苦，从而写出了警察的真实心理，也就写活了警察。这也让公安文学文本更有看头。

（三）寻找自我

新时期（1985 年长篇小说《便衣警察》的问世标志着公安文学新时期的到来）公安小说所反映出的人民警察的困境大多不是由经济原因引发，更多的是被情感所困。换言之，就是他们在寻找自我的过程中所产生的情感苦恼。公安文学是现实生活的反映。从中华人民共和国成立到改革开放之前这一段时间，公安机关办案经费的确紧张，公安小说对此都有较为详细的实录。但是随着我国综合国力的提升，人民警察的办案经费有了充分的保障。在物质极大丰富的当下，人民警察的内心世界就成了当下公安小说的重点书写内容。

阿伦特说：“无根意味着在这个世界上没有立足之地，不受别人的承认和保障，是社会对个人的拒斥，或者是社会中的个人与社会的一种无法附着的关系。”② 公安小说中的退休警察大约要算“无根”这一类，因为他不再具有警察身份。“任何时代的所有小说都关注自我之谜。您一旦创造出一个想象的人，一个小说人物，您就自然而然面对这样一个问题，自我是什么通过什么把握自我这是小说建立其上的基本问题之一。”③《金角庄园》中的郝昆这个退休警察虽然“无根”，但他还有一颗关注自我的心，有一颗不达目的绝不罢休的决心：

> 郝昆已不再是民警，也没任何人让他去找狗，他只要坚守他的岗位，做好他分内的事儿，每月心安理得领上那点儿工资，将来能哄得老婆开心，好好过日子就可以了。可他就像吃错了药，愣是要给自己找麻烦，昨天下午 4 点来钟，他特

① 李建中：《文心雕龙讲演录》，广西师范大学出版社 2008 年版，第 172 页。

② ［美］汉娜·阿伦特：《人的条件》，竺乾威译，上海人民出版社 1995 年版，第 33 页。

③ ［捷克］米兰·昆德拉：《小说的艺术》，孟湄译，生活·读书·新知三联书店 1992 年版，第 29 页。

意……（《金角庄园》P118）

郝昆“给自己找麻烦”就是自己揽活儿，他决心把那起陈年旧案破获。经过数年的努力，他终于侦破了那件棘手的案件，这让现任公安局长对他刮目相看。当年郝昆参与侦破这起案件时，曾经提出了比较好的侦查方案，却被这个局长（时任派出所所长）给否定了，并把郝昆从专案组中撤下来。倔强的郝昆一直挂念着此案，哪怕退休之后，他也要回到当初的案发之地当保安，旨在摸排线索。

郝昆这个退休警察破案的过程就是寻找自我的过程。席勒说：“现代人的中心特征就是失落了自己的归属性。个体生命如何寻得自身的生存价值和意义，如何超越有限与无限的对立去把握这超时间的永恒的美的瞬间？这一切的答案都还需在归属性上寻找，无根的现代人感到人类生存的矛盾、脆弱与偶然，将会持续一段时间。文明异化与人性复归的循环往复，构成了人类历史发展的悖谬，形成一个看似难以走出的怪圈，但是人类永远不会停止对自我的寻找和重建。”① 郝昆退休后不再具有警察身份，他之所以执着地破案就是为了“自我的寻找和重建”。寻找自我，就是寻找自身存在的价值，证明自己的办案能力，要让局长看看。因为当年这位局长小看了他，于是他要证明自己的实力。

“世俗时代的原子式个人，既没有历史，也没有精神，只是一个充满了物欲和追求的经济理性人。他孤独地面对整个世界，而这个外部世界是一个以利益为轴心的市场世界，缺乏温情，也没有意义。”② 在传统的乡土社会中，大家彼此熟识，一般不会产生孤独之感。可是在市场经济大潮的冲击之下，生活节奏加快，物欲盛行，人心焦灼不安；加上传统的价值体系分崩离析，作为原子化的个人身处功利的世界之中，孤独苦闷便成了当下人的宿命，人民警察也难逃“厄运”。公安小说中人民警察因身份束缚或身份丢失而引发的内心苦闷几乎成为书写常态，如弋舟的短篇小说《出警》、罗伟章的中篇小说《明天去巴黎》和程琳的中篇小说《警服》③ 等都道出了由于警察身份而引发的精神空虚以及无奈的困境。

寻找的意义也就是人生的意义。上文提及的小说讲述的是警察自我身份的认同，还有一些公安小说中的警察是在寻找自我。他们面对的问题除了由警察身份引发的误解之外，还有由于环境（体制）造成的心灵困境。

谢宗玉的长篇小说《末日解剖》自始至终贯穿着一个寻找自我的主题。法医王泽荫的

---

① 罗文敏：《疑惑与分歧：西方六部文学经典重释》，中国社会科学出版社 2012 年版，第 246-247 页。

② 许纪霖：《世俗社会的中国人的精神生活》，载《天涯》2007 年第 1 期，第 169 页。

③ 公安部宣传局编：《公安文学六十年作品精选（3 小说卷）》，群众出版社 2009 年版，第 47-73 页。

一帮同事在寻找王泽荫妻子苏芳死因的同时，也会寻找王泽荫的下落。只有把王泽荫找到了，苏芳系自杀还是他杀自然就有了眉目。在寻找的过程中，又转向寻找苏芳生前的日记。警方希求从苏芳的日记中获取一点儿关于王泽荫的信息。警察寻找苏芳的日记而不得，倒是发现了一把钥匙，正是这把钥匙打开了王泽荫经常光顾的地下医院，从而让同事及我们读者进入了他的内心深处。

王泽荫是一个异常复杂的警察，身份成谜，有许多不为人知的秘密。法医王泽荫的形象是通过多个叙述者来打造的，不同人口中的王泽荫的形象都不同。妓女和中外合资医院的医生都认为他医术精湛，岳父却骂他“阴谋家、伪君子、阴险之人”，岳母则骂他“撮把子、背时鬼、丧门星”，同事眼中的他则是以工作为重……

王泽荫的身份被妻子一次次否定之后，他内心所受的折磨无法用语言来表述……实际上，他不但不能从自我圈定的心魔中挣脱出来，反而更加无可奈何与绝望。王泽荫就是这么“不断怀疑自己的身份，不断否定自己的身份，不断逃离自己的身份，对一个现代人来说，不能不是一个深刻的悲剧”①。

范小青的《灭籍记》中的主人公亦然。“范小青《灭籍记》的故事有些荒诞：活生生的人，需要一纸身份证明自己的存在，而一个不存在的人，却一直依靠身份‘活’在世间。现实生活中的种种荒诞奇事，是新旧交替过程中必然发生的。旧的规则正在打破，但尚未完全消亡，新的秩序正在建立，却尚未完成，这中间会有缝隙，缝隙里就有文学的种子。”② 诚哉斯言！

谢宗玉的《末日解剖》的故事同样有些荒诞，其中的王泽荫怀疑、否定、逃离自己的身份，无非就是为了寻找自我。“普罗普发现俄国民间故事最普遍的功能是寻找。这是驱动人物与故事的基本力量。这包括寻宝，寻找秘密，寻找仇人，寻找爱情，人的一生都在终极寻找中。这延伸到现代小说中的寻找，如寻找家族亲人，寻父寻母，最后寻得自我。”③

且看《血舌》中的警察雷震亦然：

> 雷震回过头来看看身后的女记者，在他的脸上出现了少有的委顿的神情。他又说：“他给你造成了深深的困惑，我理解，因为我困惑的程度一点儿也不亚于你。有时候，真搞不清楚自己究竟是一名警察，还是一名传媒人，不知道自己该

---

① 石峤：《保持向生活发问的勇气——论谢宗玉和他的小说〈伤害〉》，载《小说评论》2009 年第 4 期。

② 张鹏禹：《范小青：生活扑面而来，你想躲也躲不开》，载《光明日报》2021 年 11 月 24 日，第 13 版。

③ 刘恪：《现代小说技巧讲座》，百花文艺出版社 2012 年版，第 208 页。

像一名警察那样行事，还是该像一名传媒人那样行事。在这么一个天才的罪犯面前，似乎我作为一名警察还是一名传媒人都不太成功。那种被利用被欺骗的感觉还真是不好受啊。不过算我们幸运，割舌杀手终于还是落网了，他再也摆布不了我们了。”（《血舌》P251）

李晓平的长篇小说《鬼使神差》中涉嫌杀人匿尸罪而被公安抓捕的酒厂老总六饼被关押半月，因证据不足而被释放。凶手没有抓住，在六饼的小木楼里被杀的那个女子成了“冤魂”。三年后，六饼的大学女同学——美丽多疑的主人公警察雪璇偶然看到了六饼被审查的案卷，案卷上被杀的女子照片让她想起往事。因车祸一度失忆的雪璇却怎么也想不起那个女子是谁：那女子到底是不是雪璇那身怀绝技的丈夫袁平朝救过的女学生？袁平朝和这个女生之间是否存在恋情？围绕六饼的案子，雪璇开始了一场惊心动魄的“追忆”和“暗查”，结果连她自己都不相信：杀人凶手竟是她自己！此小说表达的也是一个“寻找自我”母题。

青斗的长篇小说《追踪者》时间跨度大，历史感强，且有多条“寻找”线索。主要线索是主人公李明阳寻找足迹。从他儿时对足迹的兴趣起笔，长大后以此为职业，直至走向人生辉煌。以李明阳的视线来打量步法跟踪，方知它是一门历史悠久的科学，并非歪理邪说，更不是封建迷信，而且是一门值得深挖的学科，前景不可限量。为此，李明阳任重而道远，小说结尾是他全身心地投入足迹成像的研究之中，且上调至公安部。

李明阳在一路寻找之中有幸遇到师父鲁平志。鲁平志时而消失，时而露面，有时消失长达十年多。在文本中有文字记载的是李明阳根据足迹侦破了不少小案和大案。关于李明阳寻找自己师父的情节，虽然没有明确的文字表述，但是它像一条暗线一样无处不在。师父每次消失后又出现，都是师父自己现身，而不是李明阳找到的，说明师父技艺高强。李明阳一直寻找自己的师父这条暗线就运用了隐喻手法，即寻找自我。

小说中有这么一段：“也许是上天在垂怜这个意志坚定的人，功夫不负有心人，奇迹还真是出现了。”这段话是说明朝万历年间一个名叫赵书的秀才根据彩娘的鞋印找到她，并找到爱情的故事，实际上是以古喻今。这个故事是鲁平志说给徒弟李明阳听的，还说：“赵书的追踪术后来传给了彩娘的后人，我鲁门南派的追踪术也多源于此。”这则典故虽然作为插叙存在于文本间，却间接地表明“步法跟踪”技法由来已久，是一门大学问，也说明李明阳传承了“步法跟踪”这一刑事侦查技术，他执着地“寻找”这一理想是正确的。

此小说多处借用李明阳与师父鲁平志的对话来转述鲁平志传奇的一生，这么运笔显得真实可信。在师父鲁平志的启发、鼓励和考验下，李明阳事业蒸蒸日上。很明显，《追踪者》中寻找母题内涵丰富，它是人生努力探索的写照，从足迹跟踪到足迹成像就是明证。如书中所写：“你创造了一个奇迹！你研究的足迹成像技术，令我们成功地找到了那个绑架兰兰的嫌犯……”因此，从《追踪者》的寻找母题中得出“人类的寻找无穷尽和人类的探索无止境”的结论。事实上，“对自我的寻找始终并将永远以一个悖论式的结果而告终结。我不说失败。因为小说不能超越它自己的可能性的限度，解释这些限度已是一个巨大的发现，是认识的一大功绩”[①]。

通过梳理新时期公安小说中的寻找母题，从寻找真相中可以窥见处于社会转型时期人民警察执着地办案的工作态度；从寻找身份与寻找自我中可以窥见人民警察的情感困惑、苦恼、焦虑、失落与无根的漂泊状态。在物质极大丰富、科技水平不断提高的当下，旧的价值体系遭到拆解，理想主义的失陷，新的价值体系的尚未建立，导致公安小说存在着多条寻找线索却又无解的现实状态。但是笔者仍然能从这些具有寻找母题的公安小说中读出某种力量，那就是“生命不息，寻找不止”。[②]

二、公安小说中的命运母题

公安文学通俗而不媚俗。部分公安小说不仅悬念众多，而且对人性的追问和批判皆达到了一定深度。换言之，这类文本既能供读者消遣，又能“为人生”；有读头，也具研究潜质。

与时俱进的公安小说从总体上把握时代潮流和历史运动的总趋势，广角度地书写公安工作，介入社会，直面现实，开阔艺术视野，增大表现幅度和力度，其特殊性在于与公安工作紧密相连，即以现实案例为材料进行艺术的加工，属于典型的“来源于生活”文类，不至于像穿越小说、武侠小说、科幻小说、侦探小说等文本那样与现实相去甚远。在这个IT时代，论反映现实的速度，文学根本无法与网络和新闻相比，那文学的价值又何在?[③]公安小说的价值又何在?

米兰·昆德拉说：“科学的飞速发展很快将人类推入专业领域的条条隧道之中。人们掌握的知识越深，就变得越盲目，变得既无法看清世界的整体，又无法看清自身……”[④]当下国人越是无法看清世界的整体，越是无法了解自身时，越是希望去窥视他人，了解他域。公安小说作为一个比较年轻和陌生的文学类型，对于置身其描写对象之外的读者来说，无疑具有一定的新鲜感，从而容易引起读者的好奇心。

首先，公安小说并非侦探小说，毕竟后者只注重因果理性逻辑，鲜有非理性元素。

---

① ［捷克］米兰·昆德拉：《小说的艺术》，孟湄译，生活·读书·新知三联书店 1995 年版，第 23 页。

② 张秀英：《美国电影〈一条狗的使命〉的寻找主题》，载《电影文学》2018 年第 6 期，第 137 页。

③ 雷达：《论当今文学的自信力》，载《小说评论》2013 年第 6 期，第 6 页。

④ ［捷克］米兰·昆德拉：《小说的艺术》，董强译，上海译文出版社 2004 年版，第 4 页。

“最强调因果关系的，实际上就是福斯特最看不起的通俗文类：侦探小说、间谍小说、科幻小说。在这些文类中，因果关系必须全部说清楚，至少在小说终场之前，因果链中的每一个环节都必须说清楚。”① 但是，公安小说中相当一部分文本并不以科学理性逻辑取胜。现以几篇公安小说中的命运意识为题证之。

命运作为文学的母题让古往今来无数作家、艺术家为之苦思冥想。为了让人们更好地认识和理解公安小说这一文学类型，笔者试以公安小说中命运的偶然性、荒诞性和辩证性来阐述，毕竟命运意识植入公安小说不仅丰富了文本的文学性，更道出了公安工作不为人知的那一面，满足了读者的窥视欲。

（一）警察命运的偶然性

沈从文说：“我们生活中到处是‘偶然’，生命中还有比理性更具势力的情感。一个人的一生可以说即由偶然和情感而形成的。你虽不迷信命运，新的偶然和情感，可将形成你明天的命运，决定你后天的命运。”②

且看于怀岸的短篇小说《铁树要开花》开篇伊始的描写：

> 局里三个月前提了我当副局长，组织部也已经通过，正式任命的红头文件早就打印好了，只等三天后部长回来盖章就能发到局里。但是，我的运气就有那么背。那个背有三条人命的杀人犯提前三天出现了……于是，本来的升职变成了处分。（《铁树要开花》P68）

事情为何这么巧？“那个背有三条人命的杀人犯提前三天出现了。”如果那个杀人犯晚三天现身，“我”就晋升为公安局局长了，就不必亲自参与缉拿犯罪分子。其中的那颗反弹子弹伤人也是一重偶然。

“我”似乎命中注定要追捕那个犯罪分子，命中注定当不了副局长。结尾部分也在诉说命运意识，譬如当年逃跑的那个罪犯并没有被时刻关注他的警察发现，反倒与急于领取赏金的非警察铁树狭路相逢。罪犯跟警察和铁树开了一个极大的玩笑，可谓“有心栽花花不发，无心插柳柳成行”。

“我”不能晋升为公安局局长，与命运相关联。那么，什么是命运呢？“简单说即一个人生命的运动轨迹、运动形式、运动方向，是生命在特定时空里的渐次展开……有时候在有的问题上，环与环之间有必然的内在联系，而在另一些时候另一些问题上环与环之间并没有必然的内在联系……偶然，成为操纵人的命运之神。”③

---

① 赵毅衡：《当说者被说的时候》，四川出版集团 2013 年版，第 217 页。

② 温儒敏、赵祖谟：《中国现当代文学专题研究》，北京大学出版社 2002 年版，第 120 页。

③ 胡山林：《文学欣赏》，清华大学出版社 2008 年版，第 178 页。

命运与偶然紧密相连。牛力军的长篇小说《河东河西》讲述的是人民警察何东的命运起伏涨落，侧重其发迹史和堕落轨迹。毋庸置疑，偶然因素在何东一生中不可小视。如果何东不是累了到树下休息，他就不会目睹车祸；即使目睹车祸，如果不遇到车祸中的老太太，他也不可能“飞黄腾达”；参警后，如果他能知足常乐，踏实为人处世，也不致走向刑场。何东一生中所遇到的人物皆是促使其命运发生转机的重要角色。如曹队牺牲后，他便觊觎曹队的位置；如果曹队不出事，何东就不会盯中队长的位置吗？当然，这又是必然话题。《河东河西》首尾都提及算卦的乔铁嘴，如此运笔则是首尾彼此呼应，并使命运意识贯彻文本始终。乔铁嘴对何东是这样说的：“深不可测，福祸相倚，天堂地狱，一纸之隔。”此语蕴含人生辩证哲理。

庞文梓的中篇小说《偶然命案》中的警察王维俊愤怒了，他喊了一句：“那个拿铁锹的后生，你照他的脑袋砍上一铁锹，看他还住不住手。”就这么一句却引发了一桩偶然的命案，从区委书记到科长，从警察到砖匠，再到智障者的命运都在一刹那间得以改变，导致无法收场的局面。王维俊本来是要去学校开家长会的，为此还特地向领导张能请了假。只因张能叫他，他才临时改变主意，遂出现在案发现场，才导致命运的改变。

黎明辉的短篇小说《警队有块倒计时牌》中说：“人这辈子的人生轨迹，不出意外的话就像一条抛物线，一旦出现意外他就会在那条线的任何一个点上坠落下来。而天有不测之风云，没想到回去的路上出事了。列车在进入山区的路上遇到了暴雨，前方有一公里铁路遭遇大面积山体滑坡，列车像人突发肠梗阻一样被迫站住了。”①

上述公安小说中的偶然因素推动着故事情节向前发展，人物的化险为夷，使读者从紧张的心情中解放出来；情节的变幻莫测，让读者悲喜交集；结局的出人意料，又使读者恍然大悟。这种艺术魅力皆系偶然因素的存在所产生的美感效应。在作者方面则要善于合理运用偶然因素，它可以平地生波，它可以解开矛盾使情节畅通，它可以在“山重水复疑无路”时，推出“柳暗花明又一村”。如果避开偶然性的表现形式就很难把丰富复杂的生活现象加以集中概括，就很难使情节具有生动性和丰富性。没有出人意料的偶然性，让人看到开头就知道结尾，只能使人感到味同嚼蜡，而陷入平庸。所以偶然性是情节提炼中不可缺少的因素，大量的中外文学名著的创作实践已经证明了这一点。②

由是观之，公安小说中偶然元素并不鲜见。正如作家史铁生所说，偶然——你说不清它，但是得承认它。公安小说中偶然事件“反因果”情节并不表明此文类偏离了现实主义原则，刚好相反，如此叙事则是一种更为“逼真”的现实主义，“在最好的现实主义叙事作品中，我们为自己意识到的真实所震动；我们根本想象不到翻开下一页时会出现什么样

① 黎明辉：《警队有块倒计时牌》，载《小说选刊》2007年第8期，第74页。

② 张学军：《文学的情思》，山东友谊出版社2008年版，第69页。

的真相大白，但当它出现后，我们意识到这是必然的——它抓住了我们历来就了解的，不论是如何朦胧地了解的，经验的真相”①。表面逻辑背离却又包含着某种必然，这样的叙事策略体现的是作者对于现实纷乱世相的一种感悟与敬畏，真实地道出了人民警察在人生困境中的挣扎苦斗。由此可见，人民警察生活也不轻松，公安工作还有些神秘莫测。

（二）警察命运的荒诞性

尹德朝作为非公安系统作家，他们反倒比有些公安系统作家写得更有深度、真实。公安系统作家的职业身份决定了他们以建构警察形象作为其使命，而尹德朝笔下则是建构与解构警察同在，其间内涵一言难尽，特别是其中命运荒诞性更值得言说。尹德朝的中篇小说《酒精含量》有黑色幽默之味。

《酒精含量》中老警察陈修禄和小警察麻育在十一黄金周工作到凌晨 4 点钟才下班。下班途中，劳累过度的老警察睡着了，直到驾车的小警察大喊“B50002，靠边停车” 才把他弄醒。世故的老陈一看那辆崭新的奥迪 A6，就知道麻烦来了。他凭直觉断定那是高级别领导乘坐的专车。为了少惹麻烦，圆滑的老陈赶紧躲到马路一边假装指挥交通，目的是想把这个烫手的山芋扔给小警察。

小警察处理案件时，接到领导卢中队长的电话，队长命令他放蔡常林主任一马。可麻育却不同意。麻育与队长在电话中经过一番唇枪舌剑后耍起了小孩子脾气，不再理会此案。老警察见此状，自以为巴结领导的机会到了，暗自高兴地开着那辆好车送蔡常林主任回家。途中却接到支队领导的电话，领导要求他给当事人蔡常林抽血取证作为酒驾的重要凭证。换言之，领导要求他严格执法。

细读以上故事，方知“不灵活”的小警察麻育本想严格执法，而他的领导却不允；世故的老警察陈修禄本不想依法办案，而顶头上司却命令他不得徇私情，两位人民警察的悖论困境就蕴含着黑色幽默之味。

萨特认为世界是荒诞的，它与人对立，使人感到陌生、恐惧，人在这个世界上四面受敌，孤立无援。“存在就是受难”，“他人就是地狱”。② 李亦东这个人物与黑色幽默小说最重要的代表作家约瑟夫·海勒的《第二十二条军规》中的主人公尤索林有些相似。尤索林是西方现代文学中典型的“反英雄”式人物。初次参战，他把战争看作神圣的事业，一度抱着为正义而战的雄心壮志。经过战争的煎熬，他终于认识到了上司的面目，知晓了战争的本质，从此心灰意冷。李亦东的心理流变与尤索林何其相似。

黑色幽默旨在揭示命运的荒诞。约瑟夫·海勒说：“我对战争题材不感兴趣。在《第

① ［美］华莱士·马丁：《当代叙事学》，伍晓明译，北京大学出版社 2005 年版，第 48 页。
② 陈应祥、傅希春、王慧才：《外国文学》（下），高等教育出版社 1994 年版，第 121-122 页。

二十二条军规》里，我也对战争题材不感兴趣。我感兴趣的是官方权力机构中的个人关系。”他是想借用战争题材来表现世界的混乱与荒诞，揭示统治者的唯利是图和小人物的可悲处境。[①] 借用海勒的话来说，《酒精含量》不也正好揭示了“官方权力机构中的个人关系”。当下人民警察生存状态是不是可以从公安小说中窥知一二?

晓剑的短篇小说《结案风波》[②] 中的主人公老木命运虽说有些荒诞，却可以划归传统幽默之列。毕竟老木得知案情真相之后，反而觉得骄傲和自豪。

老木作为派出所里的老警察，面临着退休。在他准备填写退休登记表当天，却碰上了窃贼正偷贵妇人的包，他便和小警察阿雪追查此案。此案数额巨大。主持工作的副所长让老木移交给专案组，老木偏不。他想在退休之际破一桩大案，为自己的人生画上一个圆满的句号。副所长多次做其思想工作，老木也不同意，为此与副所长闹翻了。僵持之际，公安局局长找老木谈话，并让他代理所长的前提是中止调查此案。老木表面答应，暗中却支持阿雪调查。

局长得知后，斥责老木不听招呼，还批评说阿雪的暗中调查也是由老木指使的。老木承认此事，说要处分阿雪就处分我好了。局长闻之，大笑说老木是一条真汉子：“老木啊，你别以为就你一个人有良心，别以为咱们局里就你一个忠诚的共产党员，别以为咱们市里的警察都变成了贪官的保护伞。告诉你，破案也要讲策略。让你中止破案，是为了保护你，同时也是为了保护局里和市里的领导，更是为了不打草惊蛇，终究那个女人的丈夫是州里的主要负责人之一啊。”

老木最终还是背了一个处分。这个处分对老木来说并非耻辱，“我孩子似的欢呼起来，因为我觉得，这警告处分在我的警察人生中绝不是耻辱，而骄傲和自豪”。这也算一重荒诞。

正如老木所言：“局长，我是个警察啊。您说，警察发现了案子，不就跟狗看见了骨头一样吗?”侦查办案本是人民警察的职责所在，但领导却不允许老木插手此案，因为警察的介入反倒扰乱纪委的部署。其中内幕也许连局长都不清楚。老木正处于上级的命令要求与天职使命的夹缝之中，悖论荒诞意味自在其中矣。

若把《结案风波》和《酒精含量》放在一起比较，我们会发现前者故事读来轻松；后者却沉重不堪，而后者更能引发读者对警察命运的思考。

事实上，揭示人民警察命运荒诞性的公安小说还有很多，如陈源斌的中篇小说《你听我说》和余华的中篇小说《河边的错误》[③] 等即是。

---

① 王忠祥、聂珍钊：《外国文学史》（第四册），华中理工大学出版社 2000 年版，第 118-119 页。

② 全国公安文联编：《结案风波》，群众出版社 2012 年版。

③ 雷达：《河边的错误》，中国人民公安大学出版社 2010 年版。

（三）警察命运的辩证性

孙学军的《曲波的心事》中刘天成升任副所长纯属偶然。偶然与必然却是一对哲学概念，两者紧密依存。偶然现象都是一定原因的必然结果，而因果联系又都是必然的联系，那么偶然现象的产生和存在也是必然的。正如恩格斯在《路德维希·费尔巴哈和德国古典哲学的终结》中所说："被断定为必然的东西，是由纯粹的偶然性构成的，而所谓偶然的东西，是一种有必然性隐藏在里边的形式。"[①]

刘天成关键时刻敢于与歹徒搏斗，看似偶然，实则与其警察意识分不开。如果那晚刘天成斤斤计较，也就是坚决要与大家享受相同待遇，即一起挤车回家，他就不会在路上遭遇犯罪分子，当然也就不会时来运转——在常局长心目中留下印象，并当上副所长。窃以为，孙学军如此运笔道出了警察命运的辩证性，即"祸兮，福之所倚，福兮，祸之所伏"。[②]

当酒店女老板与中年汉子和盘托出刘天成的义举后，着实让曲波，也让我们读者大吃一惊：

> "谁能想到啊，刘天成平时烟不出火不进的，对人总拉着个大黑脸子，给人感觉是他这个人有些冷，不太好接近，哪料到内里却有着一副火热心肠，竟悄无声息地做了这么多事。心说，刘天成啊刘天成，你心里藏着这么多秘密，怎么到这节骨眼上还不说出来，难道别人往你身上泼脏水，你一点儿不想往下擦吗?"

因为刘天成的警察意识入脑入髓，他才不计回报地竭力帮助女老板和中年汉子一家，这无疑是偶然事件中包含着的一种必然。所以说，偶然性自身包含着必然性，它是必然性的外部表现形式，必然性通过偶然的形式表现出来。具体到文学作品来说，它所表现出的偶然现象的因果联系可以是事理性的，也就是说现实生活中已经发生或可能发生的事情；也可以是情理性的，也就是说现实生活中不可能有的东西，但却通于情理，符合人物的情感逻辑。[③]

刘天成好运不久，倒霉之事又接踵而至——手枪丢了。这是警察命运的辩证法。丢失手枪看似偶然，背后还有一种必然。正如恩格斯所言："在表面上是偶然性起作用的地方，这种偶然性始终是受内部隐藏着的规律性支配着，而问题只是在于发现这些规律。"[④] 刘天成怎么就把手枪弄丢了呢？原来是他自己导演的一场闹剧。刘天成的老婆是正县级干部，她希望丈夫与自己在官场上共同进步，便揠苗助长地提携他，甚至不惜利用手中职权

---

① 《马克思恩格斯全集》（第四卷），人民出版社 1972 年版，第 240 页。

② 老子：《道德经·五十八章》。

③ 张学军：《文学的情思》，山东友谊出版社 2008 年版，第 71 页。

④ 《马克思恩格斯全集》（第四卷），人民出版社 1972 年版，第 243 页。

四处为自己的男人活动。好在刘天成的头脑十分清醒，他知道自己本来就不是一块做官的料，便想了这一损招儿。丢枪于人民警察而言，可不是一件小事，必然引发单位的人事风波，随之引发了刘天成的婚姻地震。

刘天成的婚姻变故看似偶然，细细思量，探根求源，却也符合情理逻辑，也就是说是一种必然。刘天成的离婚是喜是忧，是福是祸？

与警察刘天成辩证性命运类似的还有法国莫泊桑的短篇小说《项链》中的玛蒂尔德。玛蒂尔德如果不是生活在小职员家庭，没去参加舞会，没有丢失那串项链，其命运也就不会一波三折。她的命运因为一连串的偶然而改变，她找人家借项链时，是虚荣心使然。等到把项链弄丢了，才如梦初醒，才开始勤扒苦做，最终找回了自己的人格尊严。玛蒂尔德经过一番人生打拼，终于懂得什么是幸福生活，才拥有了一颗健康而高贵的灵魂。玛蒂尔德的得失中有辩证的人生哲理，引发我们读者对人生的思考。

再看阿成的短篇小说《陈警官的故事》。此文本讲述的虽是20世纪30年代的警察故事，警察形象却很鲜活，且道出了警察的人性。如那个俄国籍老板娘娜达莎与陈警官调情时，陈警官能“发乎情，止乎礼义”。

“陈警官只有三十五岁，像一个知识分子的样子，正是大好年华呀。他还多多少少会几句英语和俄语。这也是上头派他来的一个重要原因。”如今读来都觉得陈警官有些前卫——懂几种语言。阿成在这不足五千字的小说里，不仅仅构建了“这一个”警察形象，更主要的是其中一段描写让我们印象深刻。

> 陈警官的老婆在翌日之晨，突然出现在小庙里。
>
> 平常，陈警官的老婆绝少到小庙去，因为去了也白去，陈警官的脸子在小庙里会更冷。
>
> 这一夜，陈警官的老婆不知为什么有点儿莫名其妙的害怕，有点儿心神不定。她的确是在这样一种不安的情绪下，有点儿担心她的丈夫的情况下才到小庙来的。

陈警官老婆偏偏在陈警官与相好亲热时就到庙里来了，这是陈警官的老婆第六感官指引她前来的呢？还是她一个人在家太寂寞……留给读者无穷的想象。

陈警官老婆关键时刻现身庙宇是一种偶然，用科学理性解释不了。陈警官被老婆逮个现形，时运不济，从此婚姻面临着解体的危险。可陈警官那聪明的老婆没有四处张扬，只是向陈警官的领头上司——派出所所长如实报告。所长获悉后极力从中斡旋，在他们两边做思想工作，语重心长地指出双方的不是之处，陈警官和老婆这才有所醒悟，于是，处于崩溃边缘的婚姻又开始向好的迹象转化。毋庸置疑，《陈警官的故事》重在书写警察命运的辩证性。

要言之，公安小说中所蕴含的命运偶然性、荒诞性和辩证性都是“为人生”，并不注重因果关系，也不遵循理性逻辑推理。正是这些非理性逻辑情节大大地激发读者的想象力，为被国人误解的公安文学正了名。文科教育的合乎情理的目的是要解放人们。这只能意味着使人们能把社会设想为自由的、无阶级的而且是温文尔雅的。事实上这样的社会并不存在。这就是文科教育必须非常关心充满想象力的文学作品的原因之一。[①]

公安小说并非“新闻串串烧”，不是案例实录。正如有人所说，在新闻结束的地方，文学才刚刚开始，公安文学到底兴味如何，还是读者自己去读好了。公安小说与新闻事件联系甚紧，却与之保持着适当的距离，其潜在价值的确值得发掘。特别是其间所蕴藏着与理性逻辑相悖的命运意识，对于不了解公安工作、不了解人民警察的读者来说，兴许有些陌生。

① ［加］诺思罗普·弗莱：《批评的解剖》，陈慧等译，百花文艺出版社 2006 年版，第 514 页。

第八章　公安小说的重复艺术

有人认为重复写作是作家“江郎才尽”的表征，是因生活阅历所限而导致的想象力衰退、原创力枯竭的表征。事实上，并非如此。作为修辞技巧的“重复”是一种叙事策略，甚至说是叙事智慧。鲁迅的小说《风波》中九斤老太之所以能让人记住，是因为她多次重复“一代不如一代”。鲁迅笔下的祥林嫂逢人就说“阿毛的故事”，写出了祥林嫂的忧伤、痛苦、无奈及内心孤独，并指向鲁镇人的冷漠和残忍。

重复源自文本意义的不确定性，而这种不确定性又源自文本的异质性。一个文本从不曾有过单一的意义，而是一个多重的、模糊意义的交叉口，这种阐释的多重性决定了文本意义的不确定性，而且没有一种意义凌驾于其他意义之上。

荣格认为无意识深处存着一些原始的、祖先的经验。“我们人类原始祖先潜藏记忆的储存库，由世世代代遗传下来，但又常常在不知不觉中影响我们行为，并由各种本能和原型组成。”“人生中有多少典型情境就有多少原型，这些经验由于不断重复而被深深地镂刻在我们的心理结构之中。”①

人类从出生到死亡，衣食住行基本上都在重复。重复只是人类的存在方式。人民警察每天从事的大都是单调而重复的劳动。因此，公安小说实录的公安工作中的重复现象就比较普遍。从叙事修辞视角思考，研究公安小说中的重复现象，对于了解公安工作，理解人民警察，认清公安小说的面目，促进公安小说的创作和繁荣大有裨益。

一、重复的由来与分类

柏拉图的《曼诺篇》中最早出现重复这一概念，古希腊的哲人们认为一切知识都是回忆，作为一个表达回忆的关键词就是重复。而作为希利斯·米勒批评话语的关键词，重复

① 杨韶刚：《精神追求——神秘的荣格》，黑龙江人民出版社 2002 年版，第 24 页。

的第一层含义却与古希腊时期关于艺术作品的模仿说相关。[①] 在我国，“民间审美艺术偏爱叙事上的重复，往往有着单调而丰富的意蕴。比如《诗经》的‘一咏三叹’，民间故事中对‘三’模式的重视，《西游记》中的‘九九八十一难’等。这些艺术传统都使得叙述在反复咏叹中产生一种直入人心的艺术效果。”[②] 重复最初只是一个修辞术语，从修辞学角度来讲是指依靠重复某一词或短语来达到特定效果的修辞方法，而小说叙事的重要手段之一就是重复。

文学作品中重复现象古已有之，在远古神话、传说及歌谣中就运用了重复这一艺术手法。《诗经·蒹葭》原文如下：“蒹葭苍苍，白露为霜。所谓伊人，在水一方。溯洄从之，道阻且长。溯游从之，宛在水中央。蒹葭萋萋，白露未晞。所谓伊人，在水之湄。溯洄从之，道阻且跻。溯游从之，宛在水中坻。蒹葭采采，白露未已。所谓伊人，在水之涘。溯洄从之，道阻且右。溯游从之，宛在水中沚。”“在不断重复的叙述和歌咏中达到主题和情感的强调效果。”[③]《三国演义》中用重复手法叙述“三顾茅庐”“六出祁山”“七擒孟获”等精彩故事。鲁迅的《祝福》中祥林嫂逢人便说：“我真傻，真的。”“我单知道下雪的时候野兽在山坳里没有食吃，会到村里来；我不知道春天也会有。我一清早起来就开了门，拿小篮盛了一篮豆，叫我们的阿毛在门槛上剥豆去。”“看客”多次出现在《阿Q正传》《示众》《藤野先生》和《复仇》等文本中，鲁迅用“看客”这一意象来揭示国民性。“从《怀念狼》到《老生》，随着文学观念的变化，重复日益成为贾平凹小说最基本的、甚至是有意识的文本策略，并形成一种综合性的文本症候。”[④]

枪支（手枪和其他枪支）、手铐、手指（断指或第六指等）、电话（含手机、BP机）、香烟、眼睛、血（污血、鲜血）等意象则是公安小说中的高频词汇，犹如鲁迅笔下的“看客”，正是这些高频意象体现了“公安”特色。枪于人民警察而言，犹如农民手中的镰刀和锄头，必不可少。手指则与案件有关，或是犯罪分子的突出特征，或因人民警察在侦办案件时致残。电话则是办案的联络之物，或作伏笔，或担负起预叙的功能。血这一意象的意义则更加丰富，若是人民警察的血，则是英雄的写照；若是犯罪分子的血，则是凶残与罪恶的表征……

关于重复的分类没有唯一的标准，刘恪在《现代小说技巧讲堂》中将重复分为八类：

---

① 王凤：《希利斯·米勒的“重复”观解读》，载《重庆邮电大学学报（社会科学版）》2010年第6期，第100页。

② 雷健：《莫言小说的重复现象研究》，浙江师范大学2012年硕士学位论文，第64页。

③ 刘琼：《别样的叙事——论转型后余华小说创作的重复艺术》，南昌大学2007年硕士学位论文，第3页。

④ 郭洪雷：《讲述“中国故事”的方法——贾平凹新世纪小说话语构型的语义学分析》，载《文学评论》2015年第1期，第28页。

叠字化、句子间的重复、对话之间的重复、动作重复、意象重复、结构重复、人物重复、意识与幻想重复等。[①] 赵毅衡在《论重复：意义世界的符号构成方式》中，从符号分析学角度阐释重复，认为重复作为一种符号活动，分为同相符素与异相符素，聚合重复和组合重复，产生了象征化、反讽与悖论、诗性的意义效果。[②] 柏拉图的“模仿说”可以说是一种建立在相似基础上的重复；弗洛伊德的“强迫重复理论”关注到建立在差异基础上的重复；德勒兹把重复划分为柏拉图式的重复和尼采式的重复；美国文学批评界领军人物、耶鲁解构学派主将希利斯·米勒把重复思想引入文学领域，他认为柏拉图式的重复和尼采式的重复是一种异质共生的关系，小说某些被隐藏的意义可以通过对这种异质共生关系的解读显现出来。[③] 他的理论代表作《小说与重复》中将重复分为三类：微观重复、中观重复和宏观重复。在此，我们将公安小说中的“重复”也进行“三观”划分。

二、公安小说中的微观重复

微观重复，是指后文本对前文本的各种细微处的重复，如词语、修辞格、外观、内心情态等。这些可以被视为是简单的文字借用，使文本中的各种成分之间存在着一种直接指涉关系，但是这些直接的借用关系不可被小觑，因为也许在这些细微之处的重复过程中存在着作者和作者之间一种激烈的情感碰撞。[④]

古往今来的名篇中，故事情节或人物之间乍一看，似乎没有什么直接的联系；如果细看之，则发现作者在关键字、词、句和事上的匠心独运，发现其中存在着某种内在的联系，“这种藏头露尾，时明时暗的笔法，就是所谓的草蛇灰线”。[⑤] 具有中国特色的“草蛇灰线”实际上就属于微观重复。“草蛇灰线”这一术语较早出现在唐代，而在古代风水典籍中开始使用时是指山势（龙脉）似断非断、似连非连的态势，并非作为文法而使用。此语较早出现于诗文领域有明末刘宗周的《圣学宗要》一文[⑥]，后来在《西游记》《三国演义》《水浒传》《金瓶梅》和《红楼梦》等古典名著及话本小说中运用得较为普遍。再后来则成为我国古典小说常用的一种技法，体现了作者“手写此处，却心觑彼处；因心觑彼处，乃手写此处”[⑦] 的良苦用心。

---

① 参见刘恪：《现代小说技巧讲堂》，百花文艺出版社 2012 年版，第 368-369 页。

② 庞冰冰：《李佩甫小说“重复”研究》，广西师范大学 2019 年硕士学位论文，第 4 页。

③ 庞冰冰：《李佩甫小说“重复”研究》，广西师范大学 2019 年硕士学位论文，第 3 页。

④ 方颇玮：《重复与差异：互文理论观照下的文学经典》，广西师范大学 2012 年硕士学位论文，第 16 页。

⑤ 范胜田主编：《中国古典小说艺术技法例释》，浙江古籍出版社 1989 年版，第 132 页。

⑥ 杨志平：《论“草蛇灰线”与中国古代小说评点》，载《求是学刊》2008 年第 1 期，第 108 页。

⑦ （明）兰陵笑笑生：《金瓶梅会评会校本》，秦修容整理，中华书局 1998 年版，第 277 页。

金圣叹在《读第五才子书法》中写道："有草蛇灰线法。如景阳冈勤叙许多哨棒字，紫石街连写若干帘子等是也。骤看之，有如无物，及至细寻，其中便有一条线索，拽之通体俱动。"① 实际上，此手法在公安小说中运用也比较普遍。

公安小说是以文学的笔法书写公安系统人民警察的工作、生活、命运遭际和心理流变等，并凸显"公安"这一职业特征的艺术样式。公安小说之所以喜欢采用"草蛇灰线"这一艺术手法，是由公安小说的性质和特征决定的。

为了言说的方便，笔者将公安小说分为公安侦破小说和公安非侦破小说两大类。前者因为侧重于写"案件"，"草蛇灰线"几乎无处不在；后者侧重于写"生活"。写"案件"的公安侦破小说大都会采用"穿针引线法"。所谓"穿针引线法"是将若干看起来像是毫无关联的事情用一条线索串联起来，构成一个有机的整体，读起来自然连贯、浑然一体。②公安侦破小说中最重要的是破案线索，整个文本从发案到侦查取证，直至破案，自然会使用"穿针引线法"。

"穿针引线法"与"草蛇灰线"有相似之处，前者一目了然，毕竟"破案线索"十分清晰，可是后者却较隐蔽，因为这条"线"模糊不清。毛宗岗说："不独玄德欲知其（赵子龙）下落，即读者亦急欲知其下落，乃此处偏不叙明，直至后古城聚义时方才出现，叙事真有草蛇灰线之奇。"③

作家汪曾祺和学者胡适皆戏称"草蛇灰线"为八股文的一种文法。胡适在《水浒传考证》中曾指责此法说："圣叹最得意的批评是指出景阳冈一段连写十八次'哨棒'，紫石街一段连写十四次'帘子'和三十八次'笑'。圣叹说这是'草蛇灰线法'！这种机械的文评正是八股选家的流毒。读了不但没有益处，并且养成一种八股式的文学观念，是很有害的。""是亦彼也，彼亦是也。彼亦一是非，此亦一是非。"（《庄子·齐物论》）。实际上，"草蛇灰线"早已融入中国小说肌体，并被当代小说所传承，理所当然也成了中国公安小说的写作手法。它作为中国传统的写作技法，最能彰显中国特色、中国气派和中国作风。

具有公安特色的公安小说所蕴含的悬念、伏笔、预叙等或多或少与"草蛇灰线法"有一定的姻亲关系。中共中央办公厅、国务院办公厅印发的《关于实施中华优秀传统文化传承发展工程的意见》中要求大力传承中华优秀传统文化。如今发掘并梳理公安小说中的"草蛇灰线法"，不仅有助于认清公安小说的性质和特点，而且可以知晓这一写作手法所产生的文学效果，对于传承传统文化也具有一定的现实意义。"传承中华文化，绝不是简单

① 金圣叹：《金圣叹全集》（第一册），江苏古籍出版社 1985 年版，第 22 页。
② 范胜田主编：《中国古典小说艺术技法例释》，浙江古籍出版社 1989 年版，第 113 页。
③ 罗贯中：《三国演义》，山东文艺出版社 1991 年版，第 205 页。

复古，也不是盲目排外，而是古为今用、洋为中用，辩证取舍、推陈出新，摒弃消极因素，继承积极思想，‘以古人之规矩，开自己之生面’，实现中华文化的创造性转化和创新性发展。”①

笔者研究公安文学近三十年，发现差不多每篇（部）公安小说中都有一条或几条或长或短的“草蛇灰线”。如果是一条长线的话，即从开端至结尾都存在，起到结构线索之作用；如果是短线的话，则具有伏笔照应或隐喻象征之功效。当然，长线也能起到隐喻象征的效果，从小说的题名即可看出，如陆天明的长篇小说《大雪无痕》、武和平的长篇小说《铸剑》和须一瓜的长篇小说《双眼台风》等即是。

（一）结构线索之作用

读者喜欢《红楼梦》自有其理由，有的喜欢其中的美女，有的喜欢宝玉的慈悲，有的说诗歌不亚于唐诗……事实上，其间的诗是各种不同人物命运的谶语。武和平的长篇小说《预备警官》中也有谶语。开篇就说金锐去给昔日的战友姚远上几炷安魂香，耳边不由自主地想起姚远所说：“我说金哥，要是哪天我光荣了，小瑞可就归你了。”（《预备警官》P2）接下来是那场残酷枪战的再现，姚远牺牲，生前那则谶语不幸言中。此谶语就是一条“草蛇灰线”，起到了首尾呼应的结构作用。

如果上述谶语只是起到吊起读者胃口的话，那么周赤波老师的那番话则影响整个文本情节的发展和重大事件的进程，为整部小说拉开了一张预言大网的序幕。

> 十多年前的一次师生聚会时，老爷子（周赤波老师）曾半开玩笑地断言：尔等中人，会有英雄或懦夫，甚至有警察和罪犯，说不定有一个还会拔枪相向……（《预备警官》P50）
>
> 周赤波老师关于警察和罪犯的那段台词，竟然一语成谶。（《预备警官》P107）

上述引文也是一条“草蛇灰线”。周赤波老师预言在先，金锐和云峰较量在后。前面说云峰下落不明，后面则交代云峰的下落。如此写作，一是追问云峰身藏何处，以此来吸引读者；二是让一语成谶进一步生发开来。正是这则谶语才让文本得以形成一个巨大的悬念。云峰被金锐抓住后不久又从监狱逃出。他再次露面，金锐再次出手。此小说中的重复叙事皆因谶语所致，表明谶语这条草蛇灰线具有结构线索之作用。

除了谶语可充当“草蛇灰线”之外，梦境、“物件（物象）”和事件也可。朱维坚的长篇小说《黑白道》中李斌良的梦境里一双带血的手总是反复出现。在梦中，他在与季小龙扭打在一起。此梦境既是预叙，又是一条“草蛇灰线”。

---

① 习近平：《在文艺工作座谈会上的讲话》，载《人民日报》2014年10月15日。

忽然，眼睛动了起来，笑了起来，季小龙忽然活了，慢慢坐起来，眼睛盯着自己笑着，并慢慢抬起一双带血的手，接着又站起来……他恐惧万分，扭头四顾，发现警察们都不见了，自己的身后有许多妇女和孩子，自己的母亲、妻子和女儿也在其中……（《黑白道》P4、P5）

这个梦是季小龙被执行枪决的当天夜里出现在李斌良的大脑意识深处的。

他（李斌良）看到季小龙被执行枪决后，躺在地上，眼睛盯着自己的眼睛，躲也躲不开……忽然，眼睛动了起来，笑了起来，他忽然活了，慢慢坐起来，眼睛盯着自己的眼睛笑着，并把一双带血的手伸向自己……李斌良回头四顾，发现自己身后有许多妇女和孩子，母亲、妻子和女儿也在其中……（《黑白道》P235、P236）

季小龙被执行枪决这么久了，为何此梦仍然出现在李斌良的梦里。当李斌良回到乡下，在母亲身边想起一个梦：

这时，李斌良又想到了自己的梦境，那个可怕的梦境。在梦里，季宝子复活了，向自己伸出带血的双手……想不到，这梦居然变成真实的生活。（《黑白道》P277）

这个梦境让李斌良和我们读者都感到蹊跷，季宝子为何在梦中挥之不去，他是否复活了，在《黑白道》的后半部基本上就有了眉目。正是这个奇特的梦前后呼应，才将整个文本串起来。我国传统小说都很重视情节的前后照应、脉络贯通，通常会在一些细微的地方伏下后文；而写至后文，又用数笔照应前文；其间有时相隔很远，故称之为“伏脉千里”。粗心的读者开始往往会忽略而过，但一旦看到后面，便会禁不住拍案叫绝，感叹作者的经营匠心。[1] 当一双带血的手在《黑白道》开篇出现时，并没有引起读者多少的注意，但是当它反复出现时，读者才会明白作者的良苦用心。

这一梦境之所以反复出现在李斌良的脑海中，一是暗示季小龙还活着，案件并没有破获，这是李斌良的一块心病，同时还能激发其责任感和使命意识；二是起到“整一”的效果。

海桀的中篇小说《金角庄园》中由一条丢失的狗引出一桩惊天悬案，神秘意味吸引读者一路读下去。自从郝昆到小区报到之后，保安叶茂就对他提及杀人盗宝案和杀狗盗宝案，这些事就是一条“草蛇灰线”。郝昆本不想理会这些事，但是妹妹的死、贺副局长瞧不起他的眼神，加上自己的良知，他才决心把盗宝案和杀狗盗宝案查个水落石出。贺副局

① 孙逊：《明清小说论稿》，上海古籍出版社 1986 年版，第 46 页。

长得知已退休的郝昆还在调查此案，马上跟进，否则自己有失察、失职之嫌。从人物角度来看的话，另一条“草蛇灰线”则是郝昆的直觉和倔强。如果说直觉是人民警察的共性的话，那么郝昆的倔强就显得非同一般。其倔强不仅表现在关注他自己所值守的小区里发生的凶杀案，而且表现在自己妹妹之死案件的追问方面。

> 虽然如此，直觉还是不断告诉我，盗贼一定与面包车有关。我是固执的人，对自己的直觉尤其固执。因此，当我查看完所有监控录像，没有找到任何线索后，就跟着直觉再次来到了97号别墅和93号别墅……（《金角庄园》P124）

退休民警郝昆之所以如此倔强，与妹妹的死及父亲的死不瞑目有关。郝昆记性好、妹妹的死及父亲的去世等“草蛇灰线”并不长，也就是说只在部分章节中出现。其中，还有多处不可解的情节，连保安队长叶茂也说：“我早就说过，这是个邪地！”郝昆刚到物业报到不久，老保安叶茂就告诉他：“这庄园里发生过两起大案，诡异得很哪！”此前，叶茂就听说此地“是邪，邪气的邪”。赫昆上班后，凭直觉觉得这个庄园的确邪，这个“邪”字就是一条“草蛇灰线”或隐或显，直到把案子彻底地破获，邪气才算没了。

张宇的长篇小说《软弱》中的“草蛇灰线”是一个神秘的传呼。它在小说中若隐若现，正是这个传呼让闻名全国的反扒专家于富贵困惑不已；也正是它把秀才这个人物给引出来。传呼在小说中无处不在，如杨局长呼于富贵和王海，发廊小姐呼王海，妻子刘伟呼于富贵等。这些传呼不仅起到伏笔照应的效果，还具有结构线索之作用。

姐夫于富贵与妻妹刘莉的关系以及两名警察的自卑心理则是两条长长的“草蛇灰线”，犹如《荒凉山庄》中的浓雾，弥漫在字里行间。浓雾象征意味明显，“既是自然界的雾，也指大法官庭的昏庸、糊涂”。[①]“作为一个贯穿整部小说的主要形象，大雾不仅象征着荒凉和黑暗，而且强化了作品的忧郁和神秘气氛，对渲染小说主题起到了极为有效的辅助作用。”[②] 小说从于富贵的心烦写起，直至小说之末给妻妹刘莉戴上手铐为止，都因于富贵与妻妹刘莉发生关系这一事件而引发。很明显，此事件在《软弱》中起到了结构线索之作用。

于富贵的心烦重复了三次，这也是一条“草蛇灰线”。第一次于富贵“由于心烦，他迟迟不想去上班”。（《软弱》P157）第二次于富贵心烦：“不过，今天他心烦，还不是为了钱。刘莉冷不丁打来电话，近日要来郑州看他们。真是本来就头疼，又听说鬼来了。”（《软弱》P161）第三次才比较详细地交代心烦之故。

下面一段就是重复于富贵的心境：“忽然想到了刘莉。她如今在哪儿呀？”他这才发现

① ［美］弗拉基米尔·纳博科夫：《文学讲稿》，申慧辉等译，上海三联书店2005年版，第70页。
② 李维屏：《英国小说艺术史》，上海外语教育出版社2003年版，第158页。

自己从没忘记过她。(《软弱》P8)于富贵的心病可谓沉重的“精神上的积压”。

如果说姐夫于富贵与妻妹刘莉上床这一事件起着显在结构线索作用的话，那么于富贵和搭档王海的自卑心理则起着隐蔽的结构线索。自卑心理根源：一是同行瞧不起反扒这一职业；二是由警察的经济地位决定。此外，于富贵还有其他原因，诸如出生于农村、工作忙、没时间顾家、觉得对不住家人等。

以上两条或长或短、一显一隐的“草蛇灰线”贯穿于小说始终，起到了结构线索的作用。于富贵既是人民警察，又是姐夫。他既要严格执法，不徇私情，又要考虑与妻妹刘莉之间的情感纠葛。经过一番心理争斗之后，于富贵最终还是给妻妹戴上了手铐，说明法理最终战胜了情感。

事实上，《预备警官》和《软弱》中的“草蛇灰线”并不长，毕竟它们只存在于文本中的某个部分。朱维坚的长篇小说《黑白道2：暗算》中的话语重复（也包含动作重复）这条“草蛇灰线”也不长：

> 在去公安局的路上，李斌良问赵汉雄，跟谁结过仇，谁可能这样做，赵汉雄开始一无所知，可忽然间想起一件事：“对了，前些时候，我在关河也差点儿遭到暗算，要不是小冯子（冯健男），就出大事了……可是，关河离这里两千里开外，难道和这事能有什么联系吗?”（《黑白道2：暗算》P13）
>
> 李斌良注意地看了一眼冯健男，见他身材虽然不很魁梧，但一举一动很是矫健敏捷，只是眼神总在躲闪着自己。他心念一转，不由得问道：“对了，我听赵董说，他在关河也发生过这种事，是你救的他，有这事吗?”（《黑白道2：暗算》P22）

重复的话语印证了赵汉雄所说是真实的，而这一真实的话语背后指向的是一场阴谋。因为冯健男救赵汉雄是有目的的，堪称“摆拍”，不明真相的人只能看个热闹，连办案警察李斌良当初也蒙在鼓里。

易卓奇的长篇小说《纪委调查》第十四节中基建老板告诉新上任的公安局局长赵志杰，张高峰的北方集团是本市最大的黑社会性质组织，起初局长还有点儿不相信。当他跟着货车进入建筑工地时，却遭到一群暴徒的拦截，彼刻他才相信人家所言。第十五节中，气愤不已的赵志杰向政法委石书记请示立马拿下张高峰，石书记却送给他几个字“欲速则不达”。接下来是赵志杰反复品味这几个字的意思。这几个字的重复表面上是石书记提醒赵志杰不要急、不要冒进。实际上，赵志杰从这个字中悟到一点儿什么，原来基建老板所言是真的，石书记早已知晓……只是现在对张高峰动手时机还不成熟，于是他提醒自己沉住气。

程琳的长篇小说《香水》中关于“怕死”也是话语重复：在小说第五章第十二节中，

滕锁荣对苏岩说小时候他奶奶死了，他爸爸把奶奶放入棺材时说每个人都会死的，从此他就害怕死亡。在小说第五章第十三节最后部分，苏岩对刘芳说他害怕死亡，并把滕锁荣对他说的话向刘芳重复了一遍。此前，他说自己怕死，还担心染上艾滋病……从这些重复的话语中可以看出勇敢的苏岩也是怕死的。经过重复叙述，“事实是同一个，但其意义却发生了变化。往事获得了不同的意义”。[①] 正是用这些重复话语表明苏岩并不是“高大全”的英雄，而是有血有肉的真人。

衣向东的长篇小说《女看守所长》是有关于警察身份的重复。李晓东向所长王燕复述捉奸之事时说：“我要不是警察，当场宰了那个王八蛋!”（《女看守所长》P98）这是当事人李晓东理智地提醒自己具有警察“身份”。

第二次则是李晓东因为妻子刘慧敏的辱骂和挑衅，他失去理智，红着眼睛朝刘慧敏奔去，他恨不得把刘慧敏撕成两半：

> 身边反应快的民警一把抱住李晓东的腰部说，晓东你别发疯，忘了自己的身份了你！（《女看守所长》P106）

这时，是同事提醒他的身份。

> 李晓东转身要去过渡监室见刘慧敏，却被姜红拦住了。“晓东，你可不能去啊!”
>
> 李晓东说：“她不是让我去吗？我去，你们不敢骂她，我去骂，不要脸的女人!”
>
> 姜红说：“还是别去了。你就能骂她了？别说你们不是夫妻了，就算是，你也不能骂，别忘了你是监管民警，她是被监管对象，真跟她对骂，这算什么事？传出去成了笑话。”（《女看守所长》P176、P177）

“每一次重复都是对人物特定性格的一次强化暗示，通过多次重复暗示，人物的特定性格就突出而鲜明了。更重要的是，通过多次重复，小说文本中分散的人物标志，就彼此感应，逐渐累积，最终统一、聚合起来，促成了人物形象有机整体的生成。”[②]《女看守所长》中三次重复旨在强化李晓东管教民警的身份，提醒他理性地处事。身为管教民警的李晓东因为顾及自己的身份，内心深处的苦恼是不能用言语描绘的，其隐忍形象跃然纸上。像这样的微观重复，字里行间是在写语言、身份或外在的动作，实则是写人物的内心活动。

---

① ［荷］米克·巴尔：《叙述学：叙事理论导论》，谭君强译，中国社会科学出版社 1995 年版，第 68 页。

② 朱斌：《小说艺术魅力探寻：小说张力论》，民族出版社 2015 年版，第 184 页。

《上岭村的谋杀》中韦民全的手机虽然没在瓦窑中出现，但是故事的推进与此手机不无关联。如果不是告密者用韦民全的手机向警方提供信息，警方就会以韦三得自杀而定性结案。到底是谁用这个手机向警方告密，这个手机在何处等都是谜。等到这些谜底揭开时，这个通俗故事也就算完成了。第一次是有人用这个手机向派出所所长田殷报案。第二次是派出所所长出于好奇，问村治保主任黄宝央是谁用这个手机给他提供情报。第三次是苏春葵亲口说是她用此手机向所长报案。第四次是黄康贤在淘粪时找到这个手机。第五次出现在小说结尾，黄宝央在鸟窝中摸到了一部手机，这正是韦民全丢失的那部。这部神秘的手机本是一条“草蛇灰线”，后来却演变为情节。这一物（事）件的重复不仅推动了情节的发展，而且成了小说的叙述脉络。

“黄康贤的厨艺”是一条“草蛇灰线”，也是情绪的表征。黄康贤在读大学时，他利用假期学会了这门手艺。他第一次秀厨艺是韦三得刚死不久。几个警察来村中调查韦三得死因时正是春节期间，黄康贤的父亲黄宝央时任村治保主任，与办案警察熟悉。村治保主任邀请警察上门吃饭、喝酒理所当然。为此，黄康贤十分高兴，毕竟自己的仇人死了。黄康贤第二次献厨艺也是他的心情大好之时。苏春葵死了，这个蛇蝎心肠的女人再也不可能要挟自己了，他自然非常乐意为警察同事们准备大餐。

姑且说黄康贤展示厨艺是好心情写照，那不时出现的“粉红色的羊毛衫和黑色的筒裙”则成了他心情不好的表征。这些“玩意儿”都是黄康贤给苏春葵购买的，并亲自送到苏春葵家中。苏春葵套上身后，当即要求黄康贤与她发生性关系。此物第二次出现却是黄康贤的父亲——黄宝央与苏春葵偶遇之时。黄宝央目睹此物，内心酸楚无法用语言描绘。黄宝央心里清楚，苏春葵这身行头是儿子黄康贤给购买的。这些“玩意儿”第三次出现是在苏春葵落粪坑而死之后。苏的丈夫韦昌英将此物提交给派出所所长，并说这就是某人杀害苏春葵的间接证据。

《上岭村的谋杀》中穿着囚服的韦波看着来探望他的人，显得很平静，就好像这个人常来看他或理应来看他一样。黄康贤也应该来探望他。如果不是韦波一个人承担了所有的罪责，那么黄康贤今天也会穿着囚衣。也就是说韦波是黄康贤的恩人。

韦三得刚死不久，警方来上岭村调查，村民口径一致地说韦三得系自杀。后来案情发生大反转，与现实生活酷似。这一段述及韦波是黄康贤的恩人，就不动声色地将韦波与黄康贤等密谋杀害韦三得这一条“草蛇灰线”给串起来了。

此外，还有古榕树、瓦窑、新婚棉被、韦民全的手机、韦氏的尸骨、韦三得体内的毒品、韦三得的遗书等多条“草蛇灰线”，不一而足。

多次出现的“粉红色的羊毛衫和黑色的筒裙”是一条“草蛇灰线”。随着情节推进，一个物质名词却变成了动作行为。此物出现的场合不同，见证人不同，笔者把其视为情节的重复。正是“粉红色的羊毛衫和黑色的筒裙”推动了情节向前发展。此物对苏春葵而言，是炫耀的胜利品；对黄康贤和父亲来说，则是痛苦心境的写照。

老地的长篇小说《花心不是我的错》中也有几条或长或短的“草蛇灰线”，如“绮丽大厦”这条“草蛇灰线”只存在于第一部分“姑且称为引子”，第二部分、第三部分却没了。警察钟立秋（“我”）通过回忆（闪回）的方式讲述了第一次进入绮丽大厦四星级宾馆的情境。那次是铁哥们驴蛋在“绮丽大厦”请“我”吃生猛海鲜、打保龄球，还请“我”洗桑拿……

“我”在第一部分开篇就往“绮丽大厦”跑，主要是会见情人。“我钻出桑塔纳站在黎静面前，绮丽大厦的霓虹灯肯定照亮了我满脸的微笑。”（《花心不是我的错》P9）

这条并不长的“草蛇灰线”的目的是引出“我”的第一个情人，而“那朵花儿”则是另一情人的代称，正是“那朵花儿”起到了结构线索的作用，毕竟这条“草蛇灰线”非常长，活动于文本始末。警察钟立秋通过闪回道出了“花儿”的来历：

> 香香的脸突然憋得通红，眼睛也蓦然潮湿，她速度极快地起身，以速闪不及掩目之势褪下自己的小裤衩又极快地蹲在我的面前，带着哭腔对我说，对不起啊秋子，我实在憋不住了。
>
> 我只看了一眼，火红的太阳就坠落了，眼前一片暗红。我想我要死了，我看到了一朵初绽的鲜花，在那一瞬间灼伤了我的眼睛，致使自那以后我的眼睛不论是睁着还是闭着都有那花儿在摇曳，且万花筒般地变幻无穷。（《花心不是我的错》P4）

《花心不是我的错》中那朵花儿出现频率非常高，且成了“我”寻找情人的内驱力，也是“我”与其他女人发生关系的催化剂。此朵花儿不时地在警察钟立秋大脑里闪现，意味着人民警察在情与理之间进行激烈的较量。作为人民警察，钟立秋必须公正执法，但是他与昔日情人扯不断、理还乱，心里矛盾重重。

且看李唯的中篇小说《看着我的眼睛》中除了“潮红”和那一包钱等比较短的“草蛇灰线”之外，还有一个特征不时地呈现，那就是肖海亮右边嘴角有一粒明显的上火的口疮，这是一条很长的“草蛇灰线”。正是这个与众不同的特征，才让肖海亮成为小冯果指证的作案对象，说是他把自己给弄疼了。加上罗刚与夜总会老板李毅共同作伪证，出尔反尔，肖海亮洗清罪责就显得困难重重。正是“口疮”让案件变得扑朔迷离，增加了感受的难度，丰富了文本的文学性。“作为‘结构线索’之‘草蛇灰线’，其主要特征表现为前文对同一物象有意无意地反复叙写，至后文关键处加以点破，从而显露出一条非常清晰的贯穿线索，给人以出其不意的‘蓦然阑珊’之美。”①

《花心不是我的错》和《看着我的眼睛》是以人体的某个部位或特征作为“草蛇灰线”的，而李佩甫的长篇小说《平原客》却以“成功”这一词语作为线索。副省长李德林的一伙梅陵籍贯老乡将他的妻子徐亚男（以前叫“徐二彩”）给杀了，然后在手机上发短信“成功”二字。

第五章第七节末尾，刑警赫连东山通过审讯白守信获悉那个发往北京的手机信号“成功”二字是黄淮市副市长刘金鼎所为。第五章第九节，刘金鼎给赫连东山做思想政治工作，劝他学会变通。话外之意是暗示他中止调查“成功”二字的含义。第六章第六节，警察查到“成功”二字发到黄淮市公安局副局长姜保国的头上了。警方顺藤摸瓜，才知姜保国与一个劳改释放犯走得很近。第七章第二节，杀害徐亚男的案件总算侦破了，“成功”二字不时出现在幕布上。

不同场景中的细节重复，更加精微而巧妙，甚至让人难以察觉，但一旦察觉，往往就会令人击节而叹。② 易卓奇的长篇小说《纪委调查》第二十四节中，老局长办公室被炸案的现场抽屉后面竖立着一沓书本，还有一块铁板。这一细节在小说中多次重复出现。第二十节中，刑警队长沈宇霆带着爆破专家再次来到案发现场，对案件进行重现试验后发现“竖立的一沓书本和那块铁板根本就不是黄一兵装的，而是候补者”。（《纪委调查》P234）

此前，沈宇霆与黄一兵交谈过，黄一兵承认是他自己安装了炸药，但是爆炸的现场却与他安装炸药的装置不同。在第二十九节中，黄一兵并不知道抽屉后面有一沓书本和一块铁板。接下来，沈宇霆在案发现场进行重建和分析，基本上断定是林国平常务副局长有意为之，原来是他自己实施的苦肉计。因为用一沓书本和一块铁板来作保护的话，他也不致毙命，最多只会炸伤。老局长被炸死后，他就可以名正言顺地接替局长的位子了。

“一沓书本和一块铁板”在文本中多次重复，形式上是一条“草蛇灰线”，实则是沈宇霆与林国平在进行心理较量。当林国平慨叹大势已去之后，他不得不佩服沈宇霆的心理分析，说明沈宇霆最了解自己。他与沈宇霆是多年的同学，也是多年的同事，他的内心所思所想全被沈宇霆所知悉。如此重复写作，不仅合情合理，而且增加了文本的可读性。

石一枫的中篇小说《借命而生》中多处存在“草蛇灰线”法。譬如，“似笑非笑”就多次出现。不管是许文革朝着杜湘东“似笑非笑”，还是姚斌彬朝着杜湘东“似笑非笑”，都让杜湘东念念不忘，让他不忘记自己的警察使命，让他不忘记许文革在逃。在小说的结尾有这么一段：

---

① 杨志平：《中国古代小说技法论研究》，华东师范大学 2008 年博士学位论文，第 148 页。

② 朱斌：《小说艺术魅力探寻：小说张力论》，民族出版社 2015 年版，第 143 页。

如果不是那个似笑非笑的表情，杜湘东也许永远都想不通一个右手残废的人为什么要抢一把枪，也不会相信真有会把自己的一条命托付给了别人。(《借命而生》P66)

这个“似笑非笑”的表情作用并不少，不仅点出“借命而生”这一题眼，还起到了画龙点睛的作用，而且解开了横亘在杜湘东心中多年的谜。这个谜同时回应了小说开篇的悬念，也就是通常所说的首尾呼应。

除了“似笑非笑”多次出现之外，“新闻和报纸摘要”亦然。“新闻和报纸摘要”虽然没有像“似笑非笑”和“吉永小百合”那样贯穿始终。但是它的数次出现却道出了杜湘东与刘芬芳的爱情由花开到花落的全过程，同时为姚斌彬从重从快被判死刑埋下了伏笔。

“新闻和报纸摘要”第一次出现在文本中时，杜湘东与刘芬芳还在思念和想象对方，他们之间的爱情十分浪漫。可是第二次出现时，他们之间的爱情就出现了裂缝：刘芬芳要求杜湘东调到城里才和他结婚，杜湘东却说他无能为力，于是刘芬芳就在电话那头哭泣，表明他们的爱情受挫，面临着分手的危险。这次的“新闻和报纸摘要”中还有这么一句：“全国从重从速处理一批影响恶劣的刑事案件，社会治安得到显著好转。”（《借命而生》P13）这一句看似不经意的书写，实则意味深长，预示着姚斌彬会被从重处罚，毕竟这是大气候所致。

从“新闻和报纸摘要”第一次出现再到第二次，我们会发现浪漫的氛围从此变得凝重。杜湘东在姚斌彬家中收听“新闻和报纸摘要”已是第三次。“新闻和报纸摘要”第三次出现，则有多种解读：姚斌彬很快被判刑；姚斌彬的母亲应该悟到了一点儿什么……

《水浒》中，杨雄、石秀在翠屏山上逼问潘巧云与和尚通奸之事，先问丫头迎儿，接着问巧云本人。金圣叹为此感叹道：“迎儿说一遍，巧云又说一遍，却句句不同，迎儿所说皆是事，巧云所说皆是情也。”[①] 同理，吉永小百合在《借命而生》中多次出现。每次出现时，刘芬芳与杜湘东的感情都是不一样的。他们初次相识时，吉永小百合象征着清纯、可人，因为刘芬芳长得颇像日本的演员吉永小百合。随着情节的推进，侧着脸的刘芬芳更像吉永小百合。可是随着岁月的流逝、年龄的增长，刘芬芳不再是当年的吉永小百合，却成了反讽的对象。

在笔者细读的一些公安小说中，发现海岩的长篇小说《长安盗》中的“草蛇灰线”条数最多。比如：警察侦破陵墓盗窃案，这是一条主线；赵红雨与邵宽城的爱情线只是副线；还有万教授讲唐史，也称得上是一条副线；万教授准备给林白玉买豪车等可称得上是

---

① 金圣叹：《金圣叹全集・二》，江苏古籍出版社 1985 年版，第 183 页。

隐线。正是这些线将小说箍成了一个整体，似乎箍得密不透风。如果抽掉任何一条线，此小说就会显得破碎不堪。

在这个看似密不透风的文本中有一条最为复杂的“草蛇灰线”，那就是关于白色玉环。此条“草蛇灰线”的复杂程度犹如白色玉环的来历。白色玉环像人一样，其命运多舛。在它还没有出土之前，经历了什么，只能由我们读者想象得知。等它出土见光之后则是几度易手。在这几度更换主人的过程中，倒是泄露了不少信息，最终为文物案件的破获提供了相当有价值的线索，并为坐实案情和给当事人量刑提供了诸多佐证材料。

此小说中，白色玉环最先出自文物贩子林涛之手，然后由万正纲教授从林涛手中花30万元买过来。当万教授寻到女儿赵红雨后，便就把它送给赵红雨。但是赵红雨对此物并不感兴趣。在父亲家中吃饭时，她就当着父亲万教授的面，把它转送给后母林白玉。她认为后母的名字与这个白色玉环相匹配。

当林白玉进入看守所后，此物被万教授从看守所领了回来。万教授再次将它送给女儿赵红雨，其时女儿正在生病住院。他对女儿说戴上它后有助于生血养气，有利于早日康复。等到赵红雨牺牲后，万教授将此物锁进赵红雨的墓室，却被家中的保姆小刘给偷走了。因为保姆小刘的哥哥病重，急需要钱，她才把手伸向这个白色玉环。警方一路追到小刘的家乡才将此物追回，一度消失的白色玉环才再次出现在公众的视野。在警察的讯问下，小刘一并吐露胁从林白玉用植物杀虫剂毒害赵红雨的犯罪行为。

由此可以看出，正是这个白色玉环将整部小说给贯穿起来了，自然起到了结构线索的作用。如果说白色玉环是中心的话，那么围绕这一中心却旁逸斜出诸多“草蛇灰线”。譬如，自从赵红雨进入万教授家后，后母林白玉就对她有意见，加上保姆小刘不经意地向林白玉吐露万教授所言，林白玉便对赵红雨产生了敌意。当赵红雨把这个白色玉环送给林白玉后，两个女人之间的矛盾稍稍缓和。

与这个白色玉环相类似的是须一瓜的长篇小说《双眼台风》中的那份《尸检报告书》。这一《尸检报告书》与顾小龙案同进退，并成为一条或两条“草蛇灰线”贯穿于小说始末。

为了查清顾小龙冤案，就必须找到那份《尸检报告书》，还有目击证人老赵。第六章中，当年主审法官陈书伟发现卷宗里有关于阴道提取的笔录，却没有附上相关的尸检报告书。当他追问时，警察范锦明说没有检出东西，陈书伟说哪怕没有检出东西，也要出具报告。范锦明这才手写了一份所谓的尸检报告书。事实上，尸检报告书就在范锦明的手中，当时他留了一手。他与鲍雪飞是一丘之貉，他之所以不交出《尸检报告书》，只是不想出具不利于鲍雪飞的书证。等到第十四章，由于范锦明的职务没有提升，他才在鲍雪飞面前提起这份重要的尸检报告。不用说，他这么做是要挟鲍雪飞：

这是一份《尸体检验报告》。(96) 乾公刑技法物字第 52 号。落款时间为一九九六年六月十二日。报告结论为：

送检的薛小梅阴道分泌物，检出精斑，血型为 B 型。

报告人　范锦明（《双眼台风》P112）

可是，顾小龙的血型为 O 型，说明这份《尸检报告书》至关重要。只有它才能证明顾小龙并非元凶。只有找到这份《尸检报告书》，顾小龙冤案才会真相大白。

围绕这份《尸检报告书》引发了一场正义与邪恶的较量。代表正义这一方的警察傅里安和记者汪欣原想找到此物，而代表邪恶这一方的警察鲍雪飞和范锦明却想隐藏此物。当范锦明晋升无望时，代表邪恶这一方的力量开始发生变化。也就是说正义与邪恶的力量此消彼长。

第二十一章开篇即讲述范锦明出车祸死了。记者邱晓豆手中的录音笔中还存有范锦明生前的一段对话，范锦明说他保存着《尸检报告书》。在第二十二章中，范锦明遗体告别当日，他的家中就失窃，这并非偶然。不用说，范锦明之死与范家失窃都与那份《尸检报告书》有关。在第二十九章中，超强“台风小碧”已来临，鲍雪飞和傅里安却不顾生命危险，在狂风暴雨中向范锦明家中进发，他们都是为了那份《尸检报告书》。鲍雪飞唯愿大水将它冲走，让证据销声匿迹，而傅里安却极力想找到它，旨在让事实说话。第三十一章中，鲍雪飞拷走沙家人，目的就是让洪水冲走那份《尸检报告书》……毋庸讳言，《尸检报告书》这条长长的“草蛇灰线”，除了起到结构线索的作用之外，还是为顾小龙冤案翻案的重要证据。

《水浒》“草蛇灰线”用法虽多，但大多限于特定的事物，其范围多在一回一章之中，不够复杂。小说发展到《金瓶梅》与《红楼梦》的阶段，人物性格与情节结构都发生了巨大的变化，皆是以某个家庭的兴衰为基本线索，从而把许许多多的人物和事件汇合成一个如同生活本身那样复杂万状的艺术整体。[①] 同理，当“草蛇灰线”运用到公安小说中，特别是运用到长篇公安小说中时，它就变得复杂起来了，它能让杂多融于整体，让各色人等轮番登场。不同人物的命运遭际虽然交织在一起，因为有“草蛇灰线”在其间起作用，各自的生命旅程还是相当清晰的。

《双眼台风》中因为人心的复杂、人际关系的复杂和社会的复杂，才让记者汪欣原分不清警方中的好人与坏人。在第二十二章中，汪欣原给曹支队打电话，问对范锦明家失窃怎么看。曹支队说这很自然，他并没有说与《尸检报告书》有关。汪欣原只得把目标转向

---

① 李馨：《论“草蛇灰线”在中国古典小说中的成功运用》，载《新乡学院学报（社会科学版）》2011 年第 3 期，第 78 页。

傅里安，但是他又不喜欢这个家伙，“傅里安在他心目中，可恶如疯子”（《双眼台风》P191）。

他没有办法，只得找政法委书记骆楚和。当他向老骆说起范锦明的车祸是人为所致时，老骆要他出示证据。他又说范锦明家发生盗窃是有人在寻找东西，老骆也要他亮出证据：

> 老骆说：这也没证据，那也找不到，你说这些个废话，有什么用？你一个字也不能写进内参里！
>
> 但它们都在，只是需要时间。需要能够推进操作的人。可是，现在，我根本分不清谁是敌人，谁是战友，你不知道谁是暗地里使绊子的人，你能分辨，并展开调查吗？
>
> 老骆拿起西瓜，重新吃起来。汪欣原看着他吭吭地吃。（《双眼台风》P207）

公安小说是现实社会的写照，社会复杂是中国国情的写照。记者汪欣原作为剧中人，可谓“当局者迷”，我们读者却“旁观者清”，顺着《尸检报告书》这条“草蛇灰线”一路跟踪，歹人好人一眼即明。

上述长篇公安小说哪怕结构复杂，人物关系众多，但因一条条或长或短的“草蛇灰线”在里面串着，对特定事物或事件似断似续地描写，条理自然清晰，线索自然明了，从而增强情节有机性，形成彼此呼应、首尾贯通的艺术效果，实现宏大繁复艺术结构的完整统一。此外，公安小说中的“草蛇灰线”还是人民警察破案的重要线索。如武和平的长篇小说《污点》中的“城摞城图谱”和小玉坠即是。

（二）伏笔照应之作用

胡亚敏教授在《叙事学》中指出：“草蛇灰线法”指的是某一物件在作品中反复出现及由此达到的连贯、照应等效果。① 所谓“伏笔照应”，就是在前面有所“伏”，后面有所“应”。也就是说某一物件或事件，于后文是伏笔；于前文，又是应笔。毛宗岗把这种方法称为“隔年下种，先时伏著”②。

公安小说不仅继承了这一传统的结构艺术手法，并在结合自身行业特性的基础上进一步丰富和完善，如乔土的短篇小说《雨夜》③ 中“老槐树街 5 号东”虽然不是物件，依然担负着“草蛇灰线”的功能。三个警察将警车开到了犯罪嫌疑人家门前，即“老槐树街 5 号东”，看到他家门前张灯结彩，才知正在办婚事，新郎官正是待抓捕的嫌疑人。年轻警

---

① 胡亚敏：《叙事学》，华中师范大学出版社 2004 年版，第 274 页。

② 张稔穰：《中国古代小说艺术教程》，山东教育出版社 1991 年版，第 539 页。

③ 乔土：《雨夜》，载《光明日报》2018 年 11 月 2 日，第 14 版。

察想立马实施抓捕，被年纪大的警察老谢给制止了。守候之时，他们一边讲故事，一边不时地把眼光投向“老槐树街5号东”。因为他们担心犯罪嫌疑人逃跑了。之所以重复那个地方，不仅仅是伏笔照应，更主要的是写出警察的责任感和职业良心。

孙明华的《人命关天》中“豆腐西施”一共出现八次。豆腐西施的真名是张翠花。现任公安局局长高文远时任黄集镇派出所副所长时，豆腐西施这一称谓众人皆知，远远盖过其本名张翠花。如今，高文远偶遇张翠花时，竟然认不出她来了，而豆腐西施这一名号却把他内心深处的记忆给唤醒了，以此表明正是豆腐西施这一称谓推动情节向前发展：往事一幕幕浮现在高文远的眼前，那起错案自然而然地展开叙述。如果没有豆腐西施的称谓，张翠花也就不会与那起冤假错案挂起钩来。在此，人物名称则是时光的象征。人物名称的重复则是时光流逝的隐喻。

张锐强的中篇小说《十字绣》[①]中“春天的花”出现十次、“枪”字眼有九十二处、“菜饼”有十四处等，这些不时出现在文本中的物件或字眼就是一条条“草蛇灰线”。“这种文法是作者在创作中表现出的一种有意无意的结构照应，而读者则通过作品中某一物件的多次再现而获得结构上的某种暗示。”[②]作家曹文轩认为“草蛇灰线法”是“草中有蛇，灰中有线，但蛇伏何处，线向何方，并不清楚，影影绰绰而已。偶露端倪，但正要细看，却又在一片朦胧中隐去”。[③]美国学者王靖宇先生在评介“草蛇灰线法”时说：“金氏所谓的这种技法和现代文艺批评中的时髦用语‘回归印象’有些相似，即作者在作品中通过多次重复但不引人注目地运用某种关键印象或标记来达到某种整体的特定的目的，有如交响乐中多次重复主题乐章。”[④]

《十字绣》中多次出现的物件或字眼是明伏，张锐强的中篇小说《枪王》[⑤]中“眼对穿”则是暗伏。“眼对穿”共出现三次：一次是主人公李卫国的父亲李铁锁猎狼打出“眼对穿”；另一次是特警狙击手李卫国在执行任务中打出了“眼对穿”；最后一次则是更高层次的“眼对穿”。梦境中，父亲身上人性的东西（手软）在儿子身上奇异地再现，儿子从此彻底理解了父亲，理解了他在朝鲜战场上何以会停下手中的机枪。

两代枪王心灵的契合才是最为震撼人心的“眼对穿”。关于“眼对穿”，老枪王对儿子说过这样一句话：什么眼对穿不眼对穿，没什么大意义，唯一的好处是可以最大限度地缩短死亡时间，减少痛苦。可以肯定的是，这句话道出了老人的心声，当然也是小说的所

---

① 张锐强：《十字绣》，载《北京文学·中篇小说月报》2010年第7期。

② 胡亚敏：《叙事学》，华中师范大学出版社2004年版，第274页。

③ 曹文轩：《小说门》，作家出版社2002年版，第383页。

④ ［美］王靖宇：《〈左传〉与传统小说论集》，北京大学出版社1989年版，第145页。

⑤ 张锐强：《枪王》，载《当代》2004年第3期。

谓点睛之笔。①

毋庸讳言，“眼对穿”这条“草蛇灰线”与上面所及的物件不同，只是为后面情节埋下伏笔，产生了“羚羊挂角，无迹可求”的效果。

谢宗玉的长篇小说《末日解剖》中有几条“草蛇灰线”，如“生日礼物”“苏芳的呕吐”和“安眠药”等。开篇是妻子苏芳要给法医丈夫送一件生日礼物。“你父亲今天生日，放了学早点儿回来。”（《末日解剖》P5）苏芳又补充说：“我要送你父亲一个礼物。”（《末日解剖》P6）一件什么样的礼物是一个悬念。广义悬疑是推进情节的基本动力，巴尔特认为悬疑是“结构本身的游戏”，它“完成语言本身的定义”。② 王楚洁可能比我们读者对这件礼物更加好奇，按常理母亲不可能送给父亲礼物。这件礼物既是一个谜，也是映照之物。直至小说结束才知苏芳自杀是想送给父亲一具完整的尸首，只是便于父亲解剖。

王仲刚的长篇电视小说《喋血大动脉》③ 中第一个发现尸体并报案的是一位退休工人，当时他看见尸体的情境：

> 人群中，一个体格健壮的矮个子向尸体张望着。他那本就发红的脸蛋因为兴奋更加放出红晕，他猛地抽了几口烟，把烟头“啪”地扔在地上……（《喋血大动脉》P5）

引文中“发红的脸蛋”“烟头”“矮个子”“铁路制服”等“草蛇灰线”既是伏笔，又与后面情节照应。“草蛇灰线”除了起到前引后连的作用之外，还能暗示人物的命运走向。案发之初，“矮个子”的命运基本上就定下来了，他很早就出现在看热闹的人群中，只是未引起我们读者的注意。等到杀人案接二连三地发生之后，“矮个子”及“发红的脸蛋”再次出现就有了意味。

小说开头挂在墙上的猎枪，在末尾必然射出子弹。“猎枪”就是在文本前面埋下的伏笔。热奈特认为伏笔“在文中的位置，原则上只是一个‘小小不言的胚芽’，它甚至难以觉察，到后来回顾时才能看出它的胚芽价值”。④ 埋设伏笔是布局谋篇的重要手段。有些作品涉及众多的人和事，且时间跨度较长，这些人和事无法同时出现，必定有的先，有的后，后出现的人或事如果在前文中毫无暗示，就会显得很突兀，有时甚至显得不合情理。伏笔的作用就在于能使后出现的人或事显得合情合理、顺理成章，同时又能增强作品的内

---

① 韩宗宝：《从〈枪王〉说开去》，载《青岛文学》2006 年第 1 期，第 60-61 页。

② 巴尔特在《S/Z》中称悬疑构成的问答链为“诠释信码”的接续，意思说这些情节成分互相解释说明。转引自赵毅衡：《当说者被说的时候》，四川出版集团 2013 年版，第 205 页。

③ 王仲刚：《喋血大动脉》，载《王仲刚文集》（第 4 卷），群众出版社 2008 年版，第 5 页。

④ 赵毅衡：《当说者被说的时候》，四川出版集团 2013 年版，第 204-205 页。

部联系，使作品血脉一贯。[①] 海岩的长篇小说《长安盗》中的“猎枪”即是。在第二十一节末尾，万正纲教授居然亲手用猎枪顶住了女儿赵红雨的头部……读者读到这儿才恍然大悟，原来小说第二节开头就为这把“猎枪”埋下了伏笔。如果不细读，怕是发现不了的。当时，赵红雨第一次进入父亲的家，她就对家门口的条案上那支猎枪十分感兴趣。她还特地把它从架子上取下来把玩，发现是一支真枪，只是没有子弹。在第十七节中，赵红雨对男朋友邵宽城说她马上就要动身去唐古山，因为那儿空气好，对自己的身体康复有利，还说可以在那儿打猎。邵宽城劝她不要去，理由是去那儿太远，而且已经出省了。可是，赵红雨不听，依然随着父亲万教授一同向唐古山进发，出门时还不忘记带上那把猎枪。

自从进入唐古山景区后，“猎枪”在小说中出现的频率开始加大，紧张的氛围也日益加剧。赵红雨在万教授的手机相册上看到的那支“猎枪”正是他们带到唐古山的这一支。在唐古山，万教授象征性地带赵红雨打打猎（他到此地的目的是与杨锏接头）；赵红雨坐在轮椅上打猎时枪法也很准……

但是，当赵红雨得知父亲万教授与杨锏进行非法交易后，赵红雨要报警，万教授就用这支猎枪打死了赵红雨。走笔至此，猎枪的使命就完结了，猎枪和赵红雨的命运也就到此结束了。

正因为这支猎枪，贩卖文物案相继浮出水面。据说那支猎枪也是一件出土的文物。

除了猎枪在《长安盗》中起到“伏笔照应”之外，杀虫剂也不例外。杀虫剂与猎枪这根“草蛇灰线”几乎同步，当赵红雨牺牲后，杀虫剂也就不能在赵红雨身上产生作用了。

杀虫剂这一伏笔应该比猎枪这一伏笔更为隐蔽。保姆小刘向东家林白玉提出辞职，理由是哥哥病了：

> “你哥哥什么病啊，严重吗？是让你回去照顾他吗？”
>
> 小刘叹了口气：“我哥的对象家里嫌我家盖不起新房，不让他对象等他了，说女儿跟了他没幸福的。我哥一急就喝了杀虫药，人都瘫了，差点儿命都没了。”
>
> “喝杀虫药？那不是要喝死人吗？你哥哥怎么这么想不开？”
>
> “那是给花杀虫的药，花卉市场都有卖的，喝不死人，但能把人喝瘫，我哥现在快成了一个废人。”（《长安盗》P25）

说者无心，听者有意，林白玉就从杀虫剂中嗅出了一点儿什么。“草蛇灰线”在文本中伏应，可以为情节的发展作铺垫，还可以推进情节向纵深发展。它作为叙事线索，在结

---

① 黄晓红：《伏笔、突转和照应在悬念中的运用及其效果》，载《理论与创作》2005 年第 2 期，第 16 页。

构文章、增强文学性等方面发挥着不可替代的作用。

接下来的情节是林白玉与小刘配合一起用杀虫剂毒害赵红雨。赵红雨多次饭后不适或呕吐或上医院，都与杀虫剂有关，细心或聪明的读者就能从上述对话中发现杀虫剂这一伏笔。在后来的情节故事中，虽然极少出现杀虫剂字样，但是赵红雨的病却与此物有关。赵红雨刚犯病时，还以为与受凉有关，后来则认为吃了不洁的食物，再后来医院怀疑赵红雨是不是吃了有毒的食物……大家压根儿就没有想到有人投毒。如果保姆小刘不向警方陈述的话，真相也许永远不为人知。

笔者发现武和平、张望亮的长篇小说《血案疑踪》中的龙凤首饰盒和足迹专家祁凡的拐杖都是“草蛇灰线”。前者主要是办案线索，起到整一的效果和首尾呼应。后者出现的频率相当高，有一百多次。在文本中每隔几页拐杖就会出现一次，甚至一页出现数次。祁凡手中的拐杖与其形影不离，似乎成了他生命中不可缺少的重要组成部分。虽然那个新买的茶杯也不离手，但是那个茶杯在小说出现的频率并不怎么高，也就三五次。当祁凡端起茶杯喝水时，还把浮在水面的茶叶吹了吹，有时还口嚼茶叶……不用说，这些细节只是表明祁凡是一个细心之人。喝茶时表明他很冷静——他在思考问题。

“草蛇灰线法”则通过某一相同细节反复多次地再现，来加重人物主要性格的色调，使之更为强烈、鲜明。生活中，常有这样的情形：一个字眼、一句话、一个动作、一种表情或一种现象，偶尔出现一次、两次，往往不能说明实质性问题，而一旦反复出现，呈现某种规律，便促使人们透过现象去把握其本质。与生活中这类现象一样，“草蛇灰线”式的细节描写，亦可强化人物性格的某些本质特征。孤立地看，其每一次描写都无法和特征性细节相匹，但贯穿起来所显示的艺术效果，却又无法用特征性细节来代替。①

《血案疑踪》第十八节中开头说食品公司肖诚书记给公安局打来紧急电话，并报告发现新情况。此前是因为食品公司发生了一起血案。鲁平生和祁凡立马赶到食品公司。刚进门时，肖诚书记给祁凡递烟，祁凡摆手示意不要，而是从提包中掏出茶杯。当祁凡与肖诚谈话时，他不停地旋转手中的那根拐杖。谈着谈着，放在肖诚肘边的茶杯却倒了，冒着热气的茶水立刻淌满整个桌面。

茶杯在小说中出现数次，却只在食品公司倒过一次。这是祁凡有意为之，还是失手导致的呢？茶杯倒后，肖诚并没有为此分心，而是依然对此案相当感兴趣，因为他急于想知道作案者是谁。

茶杯从表面上看是祁凡的喝茶用具，太正常不过了。但当茶杯倾倒之后，肖凡的所作所为则是他的内心写照，祁凡心中有数。

---

① 罗德荣：《为金圣叹“草蛇灰线法”一辩》，载《天津师范大学学报》1985 年第 2 期，第 70-71 页。

此小说中的拐杖与茶杯相较，前者的功能可就多了。拐杖作为“草蛇灰线”，在文本中时断时续、若隐若现，却为情节发展埋下一条长长的伏线，并起着上下勾连、彼此呼应的作用。

拐杖是足迹专家祁凡的随身携带之物，在小说中的主要功能是勘查现场。此外，它还具有提醒或暗示的功能。譬如，《血案疑踪》第三节开头在刑警大队的预审室内，鲁平生和祁凡正在审讯留着小黑胡子的青年人。由于鲁平生被这家伙顽劣的态度给激怒了，正准备对他动粗，祁凡就用这根拐杖在地上顿了几下，鲁平生这才意识到自己的情绪太激动了。第二十六节开头是鲁平生和祁凡上了公共汽车，不久，祁凡用拐杖在后面戳鲁平生的腿，并作了一个下车的手势……

祁凡的拐杖还能推动情节向前推进。第三十节的末尾，祁凡先是用这根拐杖探路，然后用它做撬棍。他想把挡路的圆木移至路边。紧接着楼顶上的两筐混凝土块竟然砸落下来，到了第三十一节的开头则是祁凡被砸得不省人事，他的拐杖也被砸成两段。拐杖断了，自然要换新的……

第二十四节中将茶杯与拐杖共置一处：

> 祁凡就坐在靠窗边一个不显眼的墙角处。他一手正攥着一个新买的玻璃茶杯，闷声不响地喝着茶水；另一只手习惯地摆弄着那根拐杖。（《血案疑踪》P132）
>
> 刑警们听着，顿时激动起来，脸上都露出跃跃欲试的神情。窗口处的祁凡此时放下了茶杯，眉头舒展，又开始在地面上有节奏地敲击起拐杖来。（《血案疑踪》P137、P138）

茶杯与拐杖的关系犹如秤与砣的关系——形影不离。作者这么写作，肯定是有用意的。如果说茶杯意味着休息和思考，那么拐杖则意味着工作与探索。在笔者读来，拐杖堪称破案的指挥棒。虽然此物的主人祁凡这一老刑警没有行政职务，但是他一言九鼎，因为他的拐杖有话语权。对此，第三十三节中已经说得很清楚了。在这一节中，祁凡的三根拐杖历史的来龙去脉都有交代。在此，拐杖的功能不必细说，祁凡的人生价值也得以彰显。

由是观之，拐杖是《血案疑踪》中的重要意象。拐杖虽小，在作品中的作用却不可小视。它不仅是祁凡的随身物品，也是办案的工具。对于“草蛇灰线”这一叙事技巧来说，拐杖不仅可以推动情节向前发展，还能起到贯通故事、塑造人物的作用，同时又是人物命运的隐喻符号表征。《血案疑踪》中的拐杖这一条“草蛇灰线”凸显了公安特征，并与案件侦破紧密挂钩，以此讴歌了祁凡这一老刑警的智慧、执着与勇敢，而紫金陈的长篇小说《长夜难明》中“侯贵平的胃部积水数量”与“侯贵平性侵留守女童，强奸妇女，畏罪跳河自杀的结论”则是两条主要的相辅相成的“草蛇灰线”。这些“草蛇灰线”旨在说明翻案之难，同时抨击人性之恶、社会之丑。

在第十六章中，严良说侯贵平的尸检报告上显示他的胃部积水有150毫升，不可能是溺水死亡。对此，赵铁民也同意这种说法。李静特意来到平康县对检察官江阳说，张超老师看了尸检报告，说侯贵平的胃部积水有150毫升，不可能是溺毙；同时还说了平康县公安局关于侯贵平的通报结论：

> “通报说，侯贵平性侵留守女童，强奸妇女，在被警察逮捕期间逃走，最后畏罪跳湖自杀。”（《长夜难明》P79）

在第二十章中，法医陈明章对检察官江阳与陈明章的对话：

> 江阳马上抬起头，道：“案子有隐情，我作为侦查监督科的检察官，我要查下去。”

吴爱可瞬间用欣赏的眼神望着他。

> “行吧，那我就把尸检报告交给你吧。”陈明章笑了笑，把材料交了过去，接着缓缓说，“我这儿的结论很明确，侯贵平不是溺亡，而是死于谋杀。在他落水前，他已经死了或者正处于濒死状态。因为他胃里积液只有不到150毫升，溺死的人可远远不止这些了。他身上有多处外伤，但都不是致命的，直接的致死原因是窒息，他脖子没有勒痕，嘴唇破损，大概是被人强行用布之类的东西闷死的。他体型高大，要把他闷死，一个人是不够的，凶手至少两人。这些是我的结论。”（《长夜难明》P92）

数人都说侯贵平的胃部积水只有150毫升（相当于一两口的水量），这是案情的重大疑点，也是案件的重大突破口，难怪严良对赵建民说：

> “侯贵平的案子你们不查出真相，恐怕江阳被害一案永远破不了。张超建议我们查江阳的遗物，我们去查了，结果马上牵出一起充满疑点的旧案，这绝不是巧合。侯贵平的死与江阳被害，以及张超的先认罪再翻供，这几件事有什么关联，虽然现在没有答案，但我相信线索会逐渐串起来的。”（《长夜难明》P75）

《长夜难明》这部长篇小说开篇伊始便是描写张超抛尸，抛的是原检察官江阳的尸体。按理说，应该从江阳身上做文章，追查江阳是怎么死的才是上策。事实上并非如此，江阳系自杀，侯贵平的案子才是看点。江阳的自杀也是因为侯贵平的案子而引发的。因为江阳在为侯贵平翻案时触怒了权贵，才导致妻离子散，直至下狱。

当年，生性耿直的侯贵平在苗高乡支教时，他向上级举报自己的学生遭性侵而被谋杀，最后警方却下结论说是侯贵平性侵了那个女生。平康县公安局在侯贵平就读的学校通报和派出所向侯贵平家里通报时，都是这么说的。

> 对此，江阳深吸一口气，缓缓道（对法医陈明章说）：“侯贵平在平康支教期间，性侵留守女童，强奸妇女，最后在民警抓捕过程中，走投无路之下跳湖自杀。”（《长夜难明》P90）

这一结论在小说中已经出现三次。当侯贵平家人收到这一结论后，母亲疯了，父亲自杀了。正是这一人间惨剧深深地刺痛了江阳的心，他决心为侯贵平翻案。此前，他对法医陈明章只是口头说说，如今他开始了实际行动，因为他的良知被唤醒了。

《长夜难明》第十七章之前的两条“草蛇灰线”是侯贵平的胃部积水和平康县对侯贵平的通报结论。当然，这两条线是矛盾的。既然侯贵平的胃部积水如此少，他就不可能跳湖自杀。

到了第十七章及以后的“草蛇灰线”就开始变了，变成了侯贵平举报女孩儿被性侵这条线。在第十七章中，李静第一次在江阳面前提及此事：

> “在他（侯贵平）支教时，我去过他所在的苗高乡，在我去之前不久，他班上的一个女学生喝农药自杀了，警察发现女孩儿自杀前曾遭人性侵，侯贵平一直在为此事向上级举报……”（《长夜难明》P79）

在第十八章中，江阳的女朋友吴爱可又转述了李静的话。在第二十三章中，法医陈明章、“平康白雪”朱伟、检察官江阳与女朋友吴爱可四个人在一起吃饭喝酒时：

> 朱伟点起一支烟，重重吸了口，拍了一下桌子，愤恨道：“侯贵平被杀就是因为他举报女孩儿被性侵，李建国枉法操纵，难道这真相就要永远被埋起来了吗？”（《长夜难明》P109）

第二十四章中，四个人由喝酒之地移至茶楼。在茶楼中，朱伟成了主要的叙述者。他说当年在外办案一个多月，回平康县后才听人说起侯贵平案，而且是一个秘密电话打给他的。对方告诉他说侯贵平死前一直举报自己的学生因遭到性侵而自杀，因为侯贵平手中有极其重要的证据，他才被人灭口。

> 朱伟又道：“从侯贵平被杀的整件事看，他举报学生遭人性侵，随后学生体内提取的精斑在公安局里丢失了，然后他又被人谋杀，被并扣上性侵女童的帽子。”（《长夜难明》P112）
>
> 朱伟分析这几件事中刑警大队长李建国参与了。后来，朱伟激动起来：“小学女生被性侵，举报人被谋杀还被泼上脏水，父母因此羞愧自杀，家破人亡啊！小江，这样的案子如果不能翻过来，我真是……我真是……”朱伟发自内心的呐

喊再次激发了江阳的良知。(《长夜难明》P113)

在第四十六章中，严良与赵伟民围绕案件展开讨论时，依然从“侯贵平举报女孩儿被性侵”这一事件切入。在第五十五章中，专案组一行共同接见朱伟。

> 朱伟沉默了片刻，突然冷声道：“十多年前侯贵平拍的一组照片，关于卡恩集团诱逼未成年少女向官员提供性贿赂的过程。”
>
> 听到“卡恩集团向官员提供性贿赂”，众人都提起了精神，知道这件事非同小可。
>
> 严良马上问：“侯贵平死前一直举报他的一个女学生遭遇性侵后自杀的事，难道……”(《长夜难明》P219)

《长夜难明》中张超抛尸案的背后是侯贵平冤案，此案的背后则是侯贵平举报女孩儿被性侵一案。在环环相扣的背后，全都是“草蛇灰线”在起作用。这些“草蛇灰线”并非孤立存在，而是相互勾连、互为佐证。

通过梳理发现，上述公安小说中“草蛇灰线”所起的作用是“伏笔照应”，与“结构线索”之作用有所不同。“为了使结构严谨细密，我国古代小说非常重视情节的前后照应。即后边出现的人物和事件前边要有伏线，前边出现的人物和事件后边要有交代，有呼应。”① 它使得文本情节紧凑、扣人心弦，从而产生一波三折、波诡云谲、花团锦簇的叙事效果，堪称上乘叙述法。

（三）隐喻象征之作用

“草蛇灰线”，是指小说作者设置在行文中若隐若现的叙事线索，犹如一条隐藏于草丛之蛇，若隐若现，遮遮掩掩，藏头露尾，为后文的情节发展伏笔下线，使后文情节的突然发展变化显得不突兀，在结构上起到贯穿叙事单元、细节叙写上伏笔照应及意蕴上的隐喻象征作用。②

曹雪芹的《红楼梦》中贾宝玉之“通灵宝玉”在整个故事情节发展中与宝玉命运息息相关，宝玉失去玉后变得痴傻；与宝钗结婚，黛玉悲痛而死。另外，宝玉之“石”与林黛玉之“林”隐喻象征“木石前盟”，宝玉之“通灵宝玉”与薛宝钗“金锁”隐喻象征“金玉良缘”，都具有隐喻象征之作用。③“通灵宝玉”这条“草蛇灰线”与宝黛的爱情这

---

① 张稔穰：《中国古代小说艺术教程》，山东教育出版社 1991 年版，第 539 页。

② 农美芬：《“一路尸尸闪闪 如草蛇灰线”——论张竹坡对“草蛇灰线”之理论贡献》，载《安徽文学》2013 年第 3 期，第 56 页。

③ 农美芬：《“一路尸尸闪闪 如草蛇灰线”——论张竹坡对“草蛇灰线”之理论贡献》，载《安徽文学》2013 年第 3 期，第 56 页。

条线索相较，其隐喻象征更为彰显。

同理，公安小说中“草蛇灰线”也隐喻象征人物的命运，且看《血案疑踪》，其中足迹专家祁凡的拐杖是祁凡看家本领的象征，也是其人格的写照，这是典型的以物喻人。写祁凡的人生经历和看家本领，象征意味明显。

三根不同时段和质地的拐杖是祁凡的人生缩影，也是其人生的隐喻。这三根拐杖富有时代感，第一根是用羊鞭改成的；第二根是公安部奖给他的；第三根是米黄色的、由山白蜡杆做的。法医郭文渊说：“这已经是他（祁凡）用过的第三根拐杖了。”如此重复，就是为了写活人物，赞扬他在病中坚守工作岗位。

张成功的长篇小说《黑洞》中，标题和正文中“黑洞”的隐喻意义更为明显：

> “是的，那天蕾蕾来，已经从侧面提醒了我这一点。”刘振汉点了支烟，狠狠吸了一大口，“可从我接手案子以来，周玲玲、王芳、阿强、赵志刚一家……已经有八个无辜的生命被残害了。我刘振汉不能再考虑别的什么了，我必须为天都市除掉这个正在扩大的黑洞，我也会尽力让聂叔明白这一切的。”（《黑洞》P461）

紫金陈的长篇小说《长夜难明》中有这么一句：

> （江阳）来到外面，他抬头看天，夜色尚深，这夜出奇地长……（《长夜难明》P171）
>
> “夜出奇地长”由后面的情节得以印证，那就是为侯贵平翻案实在是太难了，漫漫长夜就是隐喻黑恶势力的强大。

凡一平的长篇小说《上岭村的谋杀》（《作家·长篇小说》2013 第 3 期春季号）中写道：

> 黄康贤远远望见村口那棵古榕树，心里着实是颤了一下的，像是看见一座坟墓一样。（《上岭村的谋杀》P112）

引文预示着黄康贤的未来并不美妙，韦三得之死与他脱不了干系。哪怕韦早死了，但死亡气息总是追随着他。黄康贤惧怕这棵古榕树，是因为此树隐喻象征着死亡。此树是意象，也是一条“草蛇灰线”。

古榕树开篇就出现了——“韦三得吊在村口的榕树上，死了。”越是埋设得巧妙的伏笔就越是深藏不露，“无意阅过，当是闲笔，后经点明，方知是有用意”。[①] 警方调查韦三得死因时，村里大多数村民也重复着上面那句。黄康贤参加工作后回村，一眼就看到那棵

① 《写作技法词典》，商务印书馆 1996 年版，第 176 页。

树。黄康贤看到大榕树时的感觉，与本地村民大不一样。在村民眼中此树非常普通，而黄康贤却心头紧缩，预示着接下来会有故事发生。原来“客观细节的重复，往往形成意味深长的隐喻和象征，自然内蕴了强烈的主观倾向和意图”。①

> 苏春葵曾对黄康贤说：“什么事？什么事你自己不清楚吗？”苏春葵说，“一年多前的事。不要以为我不懂。我懂的。”
>
> “我不懂你的意思。”黄康贤细声说，他像是警醒苏春葵说的“什么事”是什么事了。(《上岭村的谋杀》P121)

苏春葵所说的“什么事”一语双关：一“关”是前面所及韦三得之死。苏春葵和黄康贤两人心知肚明。刘熙载在《艺概》中说：“唯存预叙，能线索在手，则错综变化，唯吾所施。”② 另一“关”是说苏春葵要向警方告密。

韦三得之死也是一条长长的“草蛇灰线”，隐喻象征黄康贤的人生归宿。“由于《红楼梦》只遗前八十回，所以我们无从判断麒麟这一线索最终浮出水面是怎样的情况，但从第三十一回的回目上，以及后来周汝昌在《红楼小讲》中的推论可知，宝玉和湘云最终的结局应该是重又相逢、白首偕老。这是‘草蛇灰线’法为我们预示出来的人物命运。”③

除了那棵古榕树及“韦三得之死”隐喻象征着黄康贤的命运之外，一公一母两只鸡则隐喻象征着黄康贤和苏春葵的下场。在苏春葵与黄宝央第三次见面时，苏春葵特意地给黄康贤送来了一公一母两只鸡，两只鸡牢牢地捆在一起，“共同折腾、挣扎，根本上不了山”。《北史演义》凡例：“书中叙梦兆、卜筮，似属闲文，然皆为后事埋根。此文家草蛇灰线法也。”④

《长安盗》中的白色玉环是一条长长的“草蛇灰线”。各色人等对白色玉环的态度则是各类人物的人品象征，譬如卧底警察赵红雨对此物视为草芥，可是后母林白玉却极其看重。正因为林白玉看重外在的金钱物质，她才数次催逼万教授给自己买奔驰豪车；正因为林白玉利欲熏心，她才被收监至看守所。看来“俭以养德，静以修身”，此言不虚。后来赵红雨牺牲了，但是其人格魅力却闪闪发光，值得我们读者景仰。

万教授将价格高达三十万元人民币的白色玉环送给女儿赵红雨，以此来弥补对女儿的爱。赵红雨去世之后，万教授居然将此物放入女儿的墓室，父女的情感就超越了生死。万教授亲手用猎枪打死女儿赵红雨后，却将昂贵的白色玉环放在女儿的墓室……

---

① 朱斌：《小说艺术魅力探寻：小说张力论》，民族出版社 2015 年版，第 29 页。

② 袁晖、宗廷虎：《汉语修辞学史》，山西人民出版社 1995 年版，第 313 页。

③ 周赟龙：《浅谈中国古典长篇小说中的“草蛇灰线”》，载《国际关系学院学报》2006 年第 1 期，第 70 页。

④ 杜纲：《北史演义》，上海古籍出版社 1990 年版，第 2 页。

笔者以为昂贵的白色玉环是情感的隐喻，意味着万教授爱女儿赵红雨是真的。换言之，白色玉环是真爱的象征。哪怕赵红雨火化为骨灰，他也要把此物放入赵红雨的墓室。万教授亲手杀了自己的女儿赵红雨，那是他残忍的一面，但是他爱女儿的情感却是真的，对前妻的思念也是真的。正如曹禺的话剧《雷雨》中周朴园对鲁侍萍的情感态度。如此运笔就写出了人物的多面性，写出了人性的复杂。

《长安盗》第三节中，功成名就的万教授难耐情感寂寞，他决定去寻访当年的爱人，没想到她死了：

> 功名之后，就是致富。万教授如今财富等身，则是源于他收藏的爱好。他自己收藏，也为国内国际的大买家担任顾问。中国二十年收藏盛世成就了一批收藏大家，万教授算得上其中佼佼的一位。特别是他以中欧文史交流委员会副主席之职，受到不少国际买家的信任，在欧美地区名声显赫，影响甚巨。
>
> 功名之后，财富之后，就是寂寞。年龄一天天老去，往事不堪回首。最让他心灵不安的，就是他曾经的爱情。
>
> 少年的爱情总是美丽多姿的，但是，当年的万教授，不止万教授，处在风华正茂阶段的几乎所有人，最渴望得到的，其实并不是爱情，而是财富和仕途！爱情单纯洁净，却短暂易变；仕途复杂肮脏，却可以恒久。所以，与多数人一样，年轻的万教授亦未免俗，在人生关键的抉择时刻，倾向了现实，并且真的取得了成功。
>
> 然而，这不等于他不浪漫，不等于他不深情。二十年后，夜深人静的时候，万教授想得最多的，就是当年的爱人。
>
> 他开始寻找被他抛弃的那个女人，不久他知道，他曾经发誓给她幸福的那个女人，已经死了。
>
> 知道这个消息的那天，万教授一夜未眠，而且真实地，掉了眼泪。那个夜里他觉得他必须找到他的女儿，父女相认！他必须加倍付出父爱，以表达对死去爱人的忏悔，以减轻自己灵魂的负担。
>
> 他花钱，雇人，历经辗转，终于查到了女儿的下落。(《长安盗》P19)

万教授当年的爱人去世了，好在女儿赵红雨还在世，他才把对爱人的爱转嫁到女儿身上，白色玉环便成了父爱的表征，此物的隐喻意义自在其中矣。此处的“草蛇灰线”是以物寓人，将事物与人的情感扯上了关系，同时隐喻案情的发展走向。在小说最后，警方查到白色玉环的下落，保姆小刘和盘托出，她与林白玉共谋毒杀赵红雨的案情才揭开。

万教授讲的历史实则是隐喻着自身家事（史）：

讲到这段宫廷秘史，不知万教授有没有想到自己。在一个男人的身边，如果有两个或两个以上的女人分宠，对这个男人来说大约会成为一种不幸。尽管所有正史中都找不到王皇后害死武氏三子的任何记述，但野史正是根据武氏分宠的事实和人类的一般生存法则，演绎了王皇后与这三起夭亡的关系，似也不无道理。

就在万教授讲述这段宫廷杀戮的当天晚上，在他自己的家里，一场精心策划的“杀戮”也开始启动。这实在是一个命运的巧合，天意似的，让所有后来的知情者无不扼腕叹息。（《长安盗》P62）

林白玉听丈夫万教授讲历史，自己却不知成了其自身的隐喻：

丈夫的《唐史讲坛》林白玉也看的，《唐史讲坛》与她的生活真是历史的巧合。林白玉还记得上一期讲的，恰恰就是王皇后因为无嗣而被皇帝冷落，皇后的兄长王守一屡次劝谏皇后供奉神木以求生子，皇后惧于本朝政令未敢造次。皇帝的宠妾武氏所生之子又离奇夭折，史上疑为宫廷谋杀所致……历史真是残酷啊，真是你死我活！（《长安盗》P51）

真是“当局者迷，旁观者清”。《长安盗》中的万教授和林白玉都在文本中演戏。只因他们入戏太深，即演得太投入，以致忘记了自己的角色，深陷其中而不能自拔，这才导致祸及自身。

当万教授把女儿赵红雨带回家时，林白玉以为她是来与自己争夺家财的，遂与保姆小刘密谋对赵红雨下毒。

林白玉今天看到丈夫的私生女居然住到家里来了，她又悲愤地想，如果供奉神木也生育不了的话，那么“杀”，也未尝不是一个合理的选择。她甚至忍不住悲愤地对保姆说：

小刘，你的哥哥为什么要喝杀虫药，如果有人夺走了他的幸福，他就应该坚强地抗争，应该抢回自己应得的权利！阿姨从小就不动别人的东西，但属于阿姨自己的东西，阿姨也绝不允许别人随便乱动！（《长安盗》P51）

以上所述是历史隐喻现实，即万教授所讲的唐史与其家中的现状似乎如出一辙，而万教授家中所发生的毒杀事件，则是人性恶的隐喻。

同理，海岩的长篇小说《玉观音》中多次出现的“玉观音”也是情感的隐喻，而且是真爱的象征（这里的爱包括亲情、爱情和友情）。玉观音在小说中无疑是一条长长的“草蛇灰线”。

张铁军被害后，安心的妈妈为了保佑女儿，给她戴上在清绵圆通寺开过光的玉石观音，这是安心与玉观音的首次接触，也是“玉观音”第一次在小说中出现。在此，玉观音是作为亲情的象征或隐喻。

玉观音第二次出现是在安心即将离开缉毒大队之时。她改名换姓，重新过另一种人生，又恰逢张铁军被毒贩伤害致死，她试图把玉观音留在张铁军的遗体旁，以此来保佑铁军，后来却被张铁军父母退还给她。

玉观音第三次出现是杨瑞与富家女分手之后。富家女怀恨在心，杨瑞因此被诬陷受贿罪而入狱，安心在监狱与他会面，试图将玉观音送给他、保佑他。但是法警不允许，理由是太贵重。这与《长安盗》中白色玉环的处境有些相似。该文本中是因为林白玉被收监，看守所通知万教授把这一贵重之物领走。

第四次出现是安心和杨瑞经过了人生巨变后，他们感情稳定了，准备结婚。两人在昆明游玩时，安心试图将玉观音当作信物送给杨瑞，杨瑞却没有接受。

第五次出现是孩子被毛杰杀死后，安心离开杨瑞前将玉观音留给杨瑞，希望玉观音保佑杨瑞过得比自己幸福。

很明显，玉观音是爱的隐喻。刚开始它出现时，只是亲情的象征，然后转换为爱情，再进一步升华为大爱。前面的亲情和爱情只能称为小爱。在笔者看来，正是玉观音在小说中数次出现，小爱才一步步地升华，爱的境界才日益提升。

《双眼台风》中的台风小碧与雨多次出现，两者都是“草蛇灰线”，只不过前者长后者短。前者贯穿首尾，后者是台风小碧抵达后才出现。台风小碧还没有登陆乾州市时，小说开头就说狂风的诡异。

小说第一句就是：“事后，鲍雪飞多次想：这样的风，操他妈就是来追命的。”（《双眼台风》P1）鲍雪飞被这则谶语不幸言中，在小说结尾是她被捕了，且被执行死刑。在文本中，“台风小碧”伴随鲍雪飞的命运左右。小说通过台风小碧这条“草蛇灰线”来书写鲍雪飞的命运沉浮，还采用了欲抑先扬的方法。

在小说的前半部分，鲍雪飞堪称一个人物。她不仅漂亮，还有“神探”之称；不仅会跆拳道（黑带七段），还不时地上媒体……称得上乾州市的风云人物、传奇人物。更主要的是她的人脉关系广，能把各路高官请来吃饭。正因为她自我感觉良好，她才从不检视自己，也不承认错误，才落得个身败名裂，为天下人笑的结局。事实上，台风小碧就是鲍雪飞身世的隐喻，正应了一句老话：“人狂有祸，天狂有雨。”

伴随着台风小碧的是大雨、暴雨。在第二十五章中，支队长曹大勇去重症病房看当年的主审法官陈书伟。然后，他搀扶着陈书伟去看望顾小龙案中的目击者老赵，其时外面暴雨如注。陈书伟劝说得相当困难，毕竟大去之日不远了，老赵比陈书伟好不到哪儿去。他们要尽快地从老赵那儿获得证言。一旦晚了，说不定老赵就走了。不用说，暴雨表面上是环境描写，实际上是形势危急的隐喻。如果曹大勇和陈书伟不抓紧时间从老赵那儿拿到有力的证据，为顾小龙翻案就不可能，扳倒鲍雪飞更不可能，毕竟“她的势力通天，根本不

是市里省里能阻挡的”。(《双眼台风》P216)

此小说中还有一个不起眼的人物，对他着墨不多，也一直没有露面，但是他的作用不可小视。因为他是清官的象征、正义的隐喻。他，就是洪峰书记。

> 恩华说，你告诉那浑小子，他还想不想干了？怎么也是一方领导，处理问题，没有一点儿全局意识！不是家丑不该晒，是家丑晒不晒，也要看形势，家丑不可外扬的道理，很难懂吗?！别傻不拉叽的，被坏人利用了，还朝气蓬勃地为自己挖坟！——我无所谓，人家洪峰书记刚来，平安无事一任是要高就的。你公检法就给我抖晒这个破烂事?！昂?
>
> 一桌人笑，对恩华“朝气蓬勃”的用词表示激赏，但听到洪峰书记的名字，大家便又严肃郑重下来。(《双眼台风》P63)

如果没有洪峰书记，扳倒鲍雪飞是不可能的。在第二十四章中，记者汪欣原试着问骆楚和书记对顾小龙案件的态度。骆楚和书记说洪峰书记亲自过问此案。听说顾母病了没钱住院，洪峰立马掏出5000元给老人应急。因为他觉得有愧于人家。在汪欣原离开之际，骆楚和对他说：“你们先把那个内参递上，我觉得思路很好，可以给洪峰一个推进的抓手。”(《双眼台风》P210)

正因为有洪峰书记在背后支撑力挺，“势力通天”的鲍雪飞才会入狱领刑。“洪峰书记”这条“草蛇灰线”预示着正义的力量一直存在着。哪怕鲍雪飞会搞人际关系，名声飞扬，甚至还有省级干部这一亲家作为靠山，也挡不住正义的车轮——正义终究战胜邪恶。文本最后还是将顾小龙这一冤案给翻过来了。

李佩甫的长篇小说《平原客》开篇说梅陵这个地方有一个名叫刘全有的花匠。他的得意之作是梅王“化蝶”。花客谢之长利用他的花与他人搞关系。刘的儿子刘金鼎读书不怎么样，但是谢之长却利用刘全有之花打通关节，把刘金鼎转到另一所中学……接下来引出副省长李德林。刘金鼎和李德林系师生关系，他们从布衣一步步官至厅级干部，甚至省级干部，当然与他们个人奋斗有关，但是人际关系则是不可缺少的重要一环。谢之长与刘金鼎和李德林都是梅陵老乡，他依靠老乡关系生意做得风生水起，然后成为一个经营花园的大商人，富得流油……小说结尾，依然以刘全有这个人物来收场。其时，李德林倒台了，刘金鼎也卷入省长杀妻案中。刘全有已82岁高龄，谢之长还要利用他，结果鸡飞蛋打，“化蝶”并没有如期开放。《平原客》中以花喻人，以花的勃发与凋谢寓指人物命运沉浮。梅王“化蝶”在文本首尾出现，寓意非常明显。

李晓平的长篇小说《鬼使神差》中的那个小坤包则是情感寄托之物。在第十一节中，平朝和雪璇准备外出时：

平朝打开后备箱忙忙乎乎地放东西时，雪璇无意中在一堆杂物的后面发现了一个黑色的心形坤包，这个小包装饰着许多金属扣，很精致很华美。

雪璇看到小坤包的同时，平朝也看到了，他的脸“刷”一下变白了。雪璇有种不祥感，她下意识地伸手去拿包，平朝眼疾手快，抢先把坤包拿在手中，顺手塞进了杂物袋。他很随意地说：“那天在路上捡的，想给丫丫玩了，后来忙忘了。”

这个女人用的坤包，就像是一根修长的手指，一下子探进了雪璇的心房深处，拨响了被雪璇遗忘在心底里锈迹斑斑的弦。(《鬼使神差》P80)

也正是这个小坤包起到了结构线索的作用。此物第一次出现在女警雪璇的眼前时，她不知是何物，但还是拨动了她的情思。

在第二十节中，雪璇从自己的坤包联想到后备箱中的坤包。因为坤包有故事，她由此怀疑自己的男人与其他女人有染。

雪璇的心还浸泡在那些令她痛心的嫉妒里呢！床边衣服架上挂着的自己的坤包，猛地又让雪璇想起了后备箱里的那个坤包，是啊！当她发现那个小坤包时，平朝的反应该有多么的异常啊！他就像那天在六饼家里一样，“刷”的一下，脸就一下子变白了。——他为什么会突然变脸？他为什么突然害怕了？作为心理医生的平朝，一直以冷峻著称的平朝，为什么突然就哭了？

“那个小坤包，让我突然觉得……那一切都不是梦，那一切都是真的！”

“你的意思是说……我和那个小坤包的女主人有那种关系？……”

“如果那个小坤包真的是我爱的女人的，我怎么能这么对待它？我怎么能忍心把它丢在这么肮脏的后备箱里？我怎么可能……”(《鬼使神差》P158、P159)

而且，以下这一段在小说中还重复了一次：

“如果那个小坤包真的是我爱的女人的，我怎么能这么对待它？我怎么能忍心把它丢在这么肮脏的后备箱里？我怎么可能……”(《鬼使神差》P159)

因为丈夫平朝哭了，雪璇便更加怀疑了：

如果这个小坤包和他毫无关系，他为什么要哭？答案当然只有一个，那就是因为他的不忍心。也许他把小坤包丢在后备箱里，实在是一种非常无奈之举吧？(《鬼使神差》P159)

小坤包到底在哪儿，在雪璇和我们读者心中都是一个谜。“小坤包”是作为伏笔存在的。走笔到此，自然就成了一条“草蛇灰线”。

自从那天平朝拿着铁锹回到车上后，雪璇就再也没有看到过那个小坤包。那个小坤包到底被平朝丢到哪里去了？——平朝那天拿着小铁锹，不会就是去掩埋那个小坤包了？

掩埋小坤包？什么情况下要把一个小坤包埋起来？当然只有在毁灭证据的时候。

毁灭证据？——难道，童小汐是平朝杀害的？（《鬼使神差》P159）

雪璇认为小坤包与童小汐的死亡有必然联系，她一直以为是自己的男人平朝杀死了童小汐。事实上并非如此。直到小说结尾，关于小坤包的谜底才揭开，原来是雪璇自己杀死了童小汐。在第三十三节开头，六饼向雪璇讲述了案发现场。当时处于梦游之中的雪璇突然被惊醒了，她才向童小汐发动攻击，并把她打死了。六饼和平朝都是在场的见证者，他们应该立马报警，可是抱着侥幸的心理，才将童小汐就地掩埋。

雪璇闻之，便责怪六饼：

“六饼，你太糊涂了！你怎么可以这么做呢？”雪璇埋怨地说。

“是啊！现在回想起来，我的肠子都要悔青了，我也因此受到报应了！我埋好了尸体，马上开车回到了小木楼，果然平朝正在小木楼前焦急地等着我呢，手里就拿着童小汐的小背包。他听说我把童小汐埋起来了，当时就埋怨我不该这么做的，他甚至提出要把童小汐再挖出来，交给警方处理。可我这个人的性格你又不是不知道，死犟死犟的，一根筋，独断专行，做了就不愿意再改，我就和他说：只要你不说，我不说，这件事就一定能瞒得过去的。（《鬼使神差》P275、P276）

《鬼使神差》中小坤包数次出现才让故事情节变得扑朔迷离，结果变成了一个“寻找自我”的哲学命题。这一哲学意蕴正是通过小坤包这条“草蛇灰线”在文本中得以体现的。

《血案疑踪》中的拐杖是祁凡人格的写照；《上岭村的谋杀》中古榕树是凶兆寓意；《平原客》中梅王“化蝶”是人物的隐喻；《双眼台风》中的“洪峰书记”则是正义的象征；《鬼使神差》中小坤包的隐喻意义则是更上一层楼。

上面所及“草蛇灰线”三种功能并非截然分开，可能并存或共存于同一文本，技法的基础是生活；而在生活中，事物（特别是复杂的事物）都有内在联系。公安侦破工作则是最好的例证：它循“果”求“因”，从而揭示未知事件的真相。作家自觉把生活中的这一规律转化为技巧加以运用时，由于表现的是“内在”联系，所以需要向读者作“点送”，也就是在必要时提醒读者注意“外在”背后的“内在”关系，如景阳冈故事中的“哨棒”，背后的“内在关系”是“险”“勇”——不险见不出勇。这是作者在技法层面的、针对读者的自觉运用；评点者（理论家）则把它总结为理论，通过点评，帮助读者提升审美的自觉性。

“从文化生成而言，‘草蛇灰线’这一技法术语体现了古代文化融合交汇的特点，是堪舆学、兵法、古文理论（含八股文技法）以及史学叙事理论加以综合之下的‘复变体’，它涵括了‘常山蛇阵’、伏笔照应和‘春秋笔法’等艺术手法的相关特征并加以了融通。”① 如今，蕴含着诸多条“草蛇灰线”的公安小说传承这一技法，不仅传承中国传统文化，而且有助于增强文学性或艺术性，旨在让公安文小说成为雅俗共赏的文本。

“从《水浒传》到《红楼梦》，‘草蛇灰线法’在各类作品中的运用，及其所显示的作用表明，金圣叹的理论概括绝非故弄玄虚，这一技法有着坚实的实践基础，不仅符合小说的艺术规律，而且对小说艺术的发展产生过一定的影响。”② 以上列举的公安小说中的微观重复，各自具有重复的价值，有的是为了写活人物，有的是为了寻觅破案线索等。公安小说正因为传承了古典小说中的“草蛇灰线”写作技法，其文学性才大增。在传统思维定式中，公安小说只是凭借故事的曲折来取胜。经过上述梳理与归纳，方知其间所富含的“草蛇灰线”颇具研究潜质。

三、公安小说的宏观重复

“中观重复则是对事件和场景的重复。其规模远远大于微观，所重复的都是相对应的指涉现象，事件的借用或者场景的借用都有一种潜在的重新排列组合，蕴含着多元化的情感碰撞。”③ 公安小说中的中观重复偏指事件和场景的重复，而宏观重复偏指互文性重复。互文性重复又包含母题和主题重复、结构重复和“犯中求避”等。

（一）事件重复

“重复手法的运用，并不只是艺术技巧的简单选择，而是为了更好地表现主题。不管是场景描写的重复，还是人物语言、人物描写、心理刻画的重复，鲁迅始终围绕作品主题而展开。‘揭出病苦，引起疗救的注意’，改造国民性，拯救国民麻木的精神和灵魂，这是鲁迅小说的一贯主题。重复手法的选择，就是为了强化读者的‘注意’，从而引起读者对‘国民性’的思考。”④ 公安小说中重复手法的运用同样是引发读者的思考，而且是引发对人心和人性的思考。

朱维坚的长篇小说《黑白道 2：暗算》中的“第八知情人”章节中秘书李权第二次参

---

① 杨志平：《论“草蛇灰线”与中国古代小说评点》，载《求是学刊》2008 年第 1 期，第 112 页。

② 阮芳：《草蛇灰线　伏脉千里——中国古典小说一种独特的结构技巧》，载《湖北广播电视大学学报》2007 年第 3 期，第 82 页。

③ 方頠玮：《重复与差异：互文理论观照下的文学经典》，广西师范大学 2012 年硕士学位论文，第 16 页。

④ 郑红勤：《鲁迅小说中重复手法的运用》，载《苏州教育学院学报》2001 年第 2 期，第 27 页。

加专案组的会议，与前面“第六特殊的联络员”节的内容并置，无疑就是重复。秘书李权作为特殊的联络员才能参加专案组的会议。由于他两次参加会议，就从会上获知了一些信息，并为他后来多次提出撤销专案组埋下伏笔。其理由是案子已经侦破——疯子就是犯罪嫌疑人。如果他不是两度参加会议，就不可能知道案件侦破的进展情况。他数次提出撤销专案组是想掩盖自己的罪行，不让专案组进一步深挖，害怕把自己给扯出来。

《女看守所长》第八个部分是李晓东将妻子刘慧敏与孙立捉奸在床；第十个部分，则是李晓东向所长王燕复述捉奸之事。两次重复此事，内涵丰富：一是李晓东的婚姻已经走到尽头，没有挽回的可能；二是所长王燕的婚姻似乎有了盼头。从此，李晓东与所长王燕的关系在小说中就若隐若现、若即若离。

除了二度重复之外，文学史上还有有名的三度误解重复，如《儒林外史》中的严监生临死前为了三根灯芯迟迟不肯断气。严监生的老妻赵氏读懂了他的内心。“三次误解的重复，曲曲折折，拓展出极其广阔的审美空间，又程度渐进，蓄积了充足的变动势能，最终促成了事件的真正发现与逆转。”① 裘山山的中篇小说《死亡设置》中陆锡明给死者打了三个电话，正是这三个电话成了破案的关键线索。

武和平的长篇小说《铸剑》第二十二章中叙述了刘进的三次逃跑：

> 刘进成功脱逃的第一次是在武汉，当武昌小东门交警扣车时，他金蝉脱壳，弃车而去……
>
> 第二次在广州一家木器厂……
>
> 第三次溜掉则是他带着新交女友江红住进宾馆……（《铸剑》P389）

多次重复，曲折有致，自然会产生戏剧性的张力。“重复叙述的运用使小说的节奏感更强，它使故事在发展中出现暂时的停顿，就像是水流中的一个回旋，在很顺畅的行进中稍作停留，这貌似是不必要的阻隔，但实际上却是一种内在情节的前进。作者意识到故事不能只在纵轴上发展，还应在横轴上、深度上有所发展。重复叙述的一部分意义就在这一方面。”②《铸剑》中刘进脱逃之事重复书写：一是说明刘进的狡诈；二是说明人民警察办案的艰辛。仅从抓获刘进这个家伙来看，就知道侦破开封“九一八”文物盗窃大案背后的付出有多大，即从侧面写出警察群像。

“事件的重复类似于音乐章节旋律的反复，形成音乐似的旋律。米兰·昆德拉曾追求过这种重复叙事艺术，他说：‘重复音乐的原则。唠叨：变成音乐的话。我要把小说中思

---

① 朱斌：《小说艺术魅力探寻：小说张力论》，民族出版社 2015 年版，第 143 页。

② 刘自然：《“重复”的魅力：〈小姨多鹤〉的叙述艺术》，载《时代教育（教育教学版）》2008 年第 Z1 期，第 59 页。

考的段落不断地变成一种歌。'"[①] 朱维坚的长篇小说《黑白道》中的铁忠自从上了秦荣副局长的车后就预感情况不妙，他三次对秦荣副局长嚷着要下车，还说他不想掺和他们的事：

秦车里只有他和铁忠两个人，他亲自驾车。铁忠坐在旁边。

上车后，铁忠一脸丧气，嘟嘟囔囔个不停："秦局，你这是干啥呀，你让我撒谎我也撒了，为啥偏得拽着我呀！我正在反省……我大哥说了，不让我掺和你们的事……你还是让我下车回去吧，你要干啥自己去干吧！"（《黑白道》P381）

一路上，铁忠好像浑身发痒似的动个不停，老是说："秦局，你就让我下车吧，我不能蹚你们的浑水，我还年轻，我还要当警察，你让我下车吧……"（《黑白道》P383）

铁忠一愣："秦局，你……你说，要对付李大队……这，我更不能掺和了，他虽然对我有点儿那个，可他人不坏，我不能对付他。你让我下车吧，你的事我不掺和，也不往外说，你让我下车吧……"（《黑白道》P383）

秦荣之所以要带上铁忠，是为了让他与自己一道对付李斌良。当秦荣听到铁忠反复说要下车，不掺和他们的事后，他才起杀心，毕竟铁忠知道得太多。铁忠对秦荣说了三次要下车之后，秦荣还是满足了他的要求——让他命归西天。

"事件的重复，甚至可以是对同一事件的反复叙述。这虽没有促成情节的渐进发展，但却促成了故事意味的渐进递增，每一次重复，都为同一事件增添了不同的意味。因而总体上也是有助于情节的张力生成的。"[②] 紫金陈的长篇小说《长夜难明》中"侯贵平的胃部积水数量"通过不同的人的嘴说出来就会产生张力。

对同一事件的重复叙述，"常被用来表现人物精神上的某种困扰，如心理上始终被一件事所纠缠，不能解脱，致使它在人物的对话、思想，以至潜意识中重复出现"。[③] 铁忠对秦荣说要下车这一事反复出现，表明铁忠内心的苦恼与困惑。《女看守所长》中看守所民警李晓东和《铸剑》中办案民警的内心也不愉悦。

（二）场景重复

场景的重复也是小说重复叙事的常用方法之一。鲁迅《风波》的故事在"临河的土场上"展开，又在"临河的土场上"结束。鲁迅的《故乡》曾两次重复写到海边沙地。

---

① 胡明贵：《重复叙事诗学》，载祖国颂主编：《叙事学的中国之路》，中国社会科学出版社 2006 年版，第 226 页。

② 朱斌：《小说艺术魅力探寻：小说张力论》，民族出版社 2015 年版，第 146 页。

③ 罗刚：《叙事学导论》，云南人民出版社 1999 年版，第 156 页。

“场景的重复于相同中表现出人物的不同心境与感受，从而推动了故事情节的发展。”“场景重复的叙述目的不在于强调而在于‘惊人的相似’，于相似中蕴含着叙述事件的张力，从相似中直逼作品的内核。”①

陆天明的长篇小说《大雪无痕》中周密与丁洁多次在一家新开张的西餐馆吃饭，丁洁的心境每次都不一样。第 34 节中写道：

他俩已不是第一次在这儿见面了，当然也不会是很多次。不是第二次，就是第三次。（《大雪无痕》P202）

第 42 节中，丁洁对周密说：

“跟您吃了几次饭，您总是带我到这个西餐馆来，而且总是订这个座位。”周密微微一笑，说：“与其说是惯性，还不如说是怀旧。”（《大雪无痕》P255）

第 50 节中，丁洁与周密又坐到了一起：

还是那家西餐馆，还是那棵高大的桶栽橡皮树，还是那一张小巧的餐桌，那带桃花边纹的蓝白间色桌布。（《大雪无痕》P309）

“……以后，我们换个地方坐坐，行吗？你不觉得老在一家餐馆吃饭，挺让人心烦的？”丁洁皱起眉头说道。

“行，上哪儿、吃什么，一切都听你的。”（《大雪无痕》P310）

“行为序列重复则指一组类似的行为相继出现，最常见的是三次，或者是三次加一次，其中前三次是铺垫，最后一次使情节达到高潮或发生逆转。”②《大雪无痕》中西餐馆这一场景多次出现，自有其用意。如果说前几次重复出现这一场景，表明丁洁对周密还有那么一点儿意思或正在恋爱的话，最后一次则表明丁洁对周密已经起了戒备之心，即“发生逆转”，因为此前刑警方雨林深更半夜找到丁洁，就是想通过她了解周密是个什么样的人。

重复不是雷同，“每重复一次，都会出来许多新的因素或消失许多因素”，重复因而“具有动力学上的意义”。③ 紫金陈的长篇小说《长夜难明》中喝酒这一场景多次出现意味着江阳的内心日益坚定，同时有利于情节向前推进。

在第二十三章中，是法医陈明章、原刑警队长朱伟（平康白雪）、检察官江阳与女朋友吴爱可在一起吃饭喝酒。在酒桌上法医陈明章把朱伟介绍给江阳，说朱伟为人正直，刚正不阿。

---

① 胡明贵：《重复叙事诗学》，载祖国颂主编：《叙事学的中国之路》，中国社会科学出版社 2006 年版，第 226 页。

② 梁工：《圣经叙事艺术研究》，商务印书馆 2006 年版，第 360 页。

③ 曹文轩：《小说门》，作家出版社 2002 年版，第 252 页。

在第四十七章中，法医陈明章辞职后请朱伟与江阳喝茅台，还说好酒管饱（够）。其时，朱伟在“公大”进修三年期满回来了，职务仍然是刑警队副大队长。而且，江阳找到了女朋友。

在第五十三章中，朱伟与江阳都暂停公职后，陈明章在江市请他们喝酒。他们被停职是因为打了胡一浪。酒后，江阳决定离婚……

上述三次重复喝酒场景，日益坚定了江阳为侯贵平翻案的决心。第一次喝酒时，江阳认识了正直而勇敢的朱伟，从此江阳多了一位同盟军。第二次喝酒是朱伟进修完毕，从此江阳多了一个实质性的“帮手”。第三次喝酒后江阳与朱伟没有退路了，他们只能义无反顾，勇往直前。

“三复情节”（如三顾茅庐、三气周瑜、三打祝家庄等）“本是古代中国人独特思维方式和生活习俗的创造，自然而然地合乎其审美心理和习惯。”[①]《三国演义》中写曹操败走华容道的情境：在面临全军覆没的险境之下，曹操不仅面无忧色，而且两度“仰天大笑”，一次“扬鞭大笑”。“他这不同寻常的三次大笑，对稳定军心确乎有着超乎寻常的作用。”[②]清代毛宗岗在回评中评说：“曹操于舟中舞槊之时，既大笑；今在华容败走之前，又大笑。前之笑是得意；后之笑是强颜。”曹操三笑孔明之后则是“仰天大恸”。这三笑一哭，“透露了‘古今来奸雄第一奇人’由骄横到尚不失自信、到终归幻灭的心灵路程”。[③]曹操的“三笑一哭”中程度渐进的重复及其引起的逆转，使情节的发展既曲折起伏，又有机统一，因而张力充盈、摇曳生姿。

而且，“三复情节”合乎美的规律。亚里士多德《诗学》认为：“一个有生命的东西或是任何由各部分组成的整体，如果要显得美，就不仅要在各部分的安排上见出一种秩序，而且须有一定的体积大小，因为美就在体积大小和秩序。一个太小的动物不能美，因为从小到无须转睛去看时，就无法把它看清楚；一个太大的东西，例如一千里长的动物，也不能美，因为一眼看不到边，就看不出它的统一和完整。同理，戏剧的情节也应有一定长度，最好是可以让记忆把它作为整体来掌握。”[④]《长夜难明》中三次喝酒的场景就合乎读者阅读审美习惯。

“一般说，一个人物性格的主要特征表现一次，肯定是不够的，一般要经过反复表现才能给读者留下较深的印象。”[⑤]王松的长篇小说《动机》中，由于高老师向有关部门实名举报了赵强（县财政局赵副局长的儿子）、刘童（县公安局刘川局长的儿子）、周一明

---

① 杜贵晨：《传统文化与古典小说》，河北大学出版社 2001 年版，第 18 页。

② 张振军：《传统小说与中国文化》，广西师范大学出版社 1996 年版，第 286 页。

③ 杨义：《中国古典小说史论》，中国社会科学出版社 1997 年版，第 256 页。

④ 朱光潜《西方美学史》，人民文学出版社 1980 年版，第 90 页。

⑤ 孙绍振：《文学创作论》，春风文艺出版社 1987 年版，第 719 页。

（县政府办公室周主任的儿子）和（绰号）于大头（派出所所长兼政委的儿子）违规转学之事，他才受到打击报复，吴明（又名“高强”、高老师的儿子）也被赵强、刘童之流诬陷。随后吴明及其家人遭到毁灭性的打击。

高老师举报违规转学一事在第六章中第一次出现。第二次出现则是借赵强和刘童等之嘴来重复此事，并让吴明给他的父亲、高老师转话，劝他不要到县里乱告状。第三次重复则出现在第八章中，这次是借警察的口说出来，而且是警察直接对高老师说，还带有挖苦的口吻：

> 那个警察说，你不就是那个整天跑去县里跟我们刘局长过不去的那个中学老师吗？大名鼎鼎啊！怎么回事，这一回你儿子也跑到我们这里来了？
>
> 另一个警察摇摇头，嘴里发出一阵啧啧的声音，说这年月真是世风日下啊，连重点中学的老师教育出来的孩子都这样，我们当警察的哪里还抓得过来呀！（《动机》P44）

程度渐近的重复巧妙地推动着情节的发展，用古恩和弗威尔的话来说：“重复造成大量变化的可能性，而变化又导致新的意义。重复首先引导读者形成虚假的期待，而后通过突然的变化，导入某种成分而造成惊异。”[①] 高老师举报违规转学之事经过三次重复之后开始引发恶果，那就是高老师被气昏了。

在场的徐庠同学对吴明说：

> 那天夜里，从县公安局回来的路上，高老师几乎是把他当成拐杖，一路拄着艰难地走回来的。（《动机》P44）

第四次重复是在高老师去世之后。赵强竟然对吴明说，如果高老师不死的话，他们还要联名起诉他，告他诬陷学生，知法犯法。“这种重复通常意味着对过去事件的意义加以改变或补充，或改变过去对它的看法。”[②] 因而促成了意味的程度渐进。“高老师举报违规转学一事”在小说《动机》中重复多次，可以从不同的角度来理解。如果从高老师的角度来看，说明他是一名倔强且富有正义感的老师；如果从“他们”的角度来看，只能说明“他们”对错不分、美丑不辨，而且内心极其丑恶：哪怕高老师死了，“他们”也不放过他；如果从高老师的儿子吴明的角度来看，他要为父亲寻求公平正义，他的复仇“动机”合情合理……

重复是一种强大的聚合力量，能有效地促成人物性格有机整体的凝成。性格标志一经

---

① David M. Gunn and Danna Nolan Fewell, Narrative in Hebrew Bible, Oxford University Press, 1993, p. 148。

② 罗刚：《叙事学导论》，云南人民出版社 1999 年版，第 139 页。

重复，就成为某种特定性格的突出表象，重复的次数越多，特定的性格核心也就更加清晰而鲜明，就越容易形成一个有机的人物形象整体。[①] 高老师举报违规转学之事几经重复，各色人等的性格基本上在读者心中就有了谱。

（三）互文性重复

宏观重复，是指一部作品与其他作品，包括不同作家的不同作品或同一位作家的不同作品，在动机、主题、人物或事件上的重复。这一重复将文本置于一个更广阔的叙述空间里，使作品拥有更广大的叙事结构，各种重复现象在作品里交汇贯通、排列组合，使叙事作品有了更宏大的感觉。无论是在该重复诗学观指导下创作的新的作品，还是利用它分析批评的文学经典，都拥有了更丰富、多样化的指涉内涵。[②] 甚至有学者认为，重复概念在某种程度上就是互文性概念的翻版。[③]

“互文性”是法国符号学家、文学理论家朱丽娅·克里斯蒂娃在《符号学：符义分析探索集》[④] 中提出的，本意是指不同文本间包含一些相同、相似的内容。“互文性理论聚焦于一个文本与它所引用、化用、吸收、改写、扩展的其他文本之间所构成的总体关系。在互文性理论看来，读者只有充分了解了一个文本所吸收、改造的前文本的意义与内涵，才能读懂这一文本。”[⑤] 如王昌龄的“秦时明月汉时关”并不是说秦朝的明月只照汉代的关塞，而是说秦汉的明月和秦汉的关塞。“秦”“汉”“关”“月”交错互渗，意思是明月关塞依旧，却物是人非。范仲淹的“不以物喜，不以己悲”也是“互文”关系，并不是说范公在环境舒适时心情好，在遭遇困境时心情就不好，而是说无论身处顺境、抑或逆境，都能泰然处之。这么说来，宏观重复属于互文性重复。

1. 母题、主题的重复。公安小说中有正义战胜邪恶的主题，有批判丑陋人性的主题，有复仇、命运和寻找等母题。如杨老黑的中篇小说《枪》中的“我”还没有入警校前就知晓“枪”是权力的象征。大鱼渴望拥有金钱和权力，他对权力和金钱的崇拜近乎狂热，最后被权力与金钱吞噬。

李佩甫的《杏的眼》中转业军人祁小元起初只是“站马路”的协警，村民不把他当一回事。后来时来运转，他被特批入编成了正式警察，再升职为副股级车管所副所长。接

---

① 朱斌：《小说艺术魅力探寻：小说张力论》，民族出版社 2015 年版，第 212 页。

② 方頠玮：《重复与差异：互文理论观照下的文学经典》，广西师范大学 2012 年硕士学位论文，第 16 页。

③ 程锡麟、王晓路：《当代美国小说理论》，外语教学与研究出版社 2001 年版，第 152 页；殷企平：《重复》，载《外国文学》2003 年第 3 期，第 59-68 页。

④ ［法］朱丽娅·克里斯蒂娃：《符号学：符义分析探索集》，史忠义等译，复旦大学出版社 2015 年版。

⑤ 郑祥琥：《文学进化论新探》，知识产权出版社 2019 年版，第 287 页。

下来求他办事的人多起来了，以前瞧不起他的村民看他的眼光变了，说话的语气也变了，多年不来往的亲戚开始走动了……祁小元手中有权了，村民们才亲近他……再后来，他就迷失了自己。

“在人物活动空间的流转过程中，文本对深层的社会现实的映照替代了表层的小人物叙事，最终呈现一种个体人物的性格悲剧与社会影响的命运悲剧交融并置的态势。”① 《枪》《杏的眼》所呈现的正是“个体人物的性格悲剧”。公安小说中类似大鱼和祁小元的人物并不罕见，这些文本之间就形成了母题、主题或人物的重复。

从母题的角度对文本进行重新整合，回到文学自身，找寻到不同文本构成的“常量”和“变量”，有利于某一文本和其他文本以及文学传统中文学原型之间对话关系的建立。这在目前的现代文学研究中还很薄弱，而母题研究的视角则使这样的研究成为可能。②

综观刘震云的小说创作，其小说中总是不断再现人物的“寻找”，在刘震云重复书写这一模式的背后也表露出对人精神困境的持续关注和对心灵皈依之道的追寻。可以说，简单的“重复”艺术中融合了刘震云对生活、历史、人生的深刻性思考，这使得他的小说看似简单朴实，却又蕴含着不少哲思。③ 公安小说的性质和特点决定它总是与复仇、寻找等母题挂钩。东西的长篇小说《回响》中业务能力颇强的冉咚咚为了查清杀害夏冰清的凶手，便不停地寻找与夏冰清有关系的各色人等。“冉咚咚以夏冰清的人际交往关系为支点，其亲疏程度为半径进行搜索。就之前‘寻找’的重复动作而言，东西增加了追寻的难度，最先问询的是与死者有着畸形婚外恋的徐山川，由此展开了人际关系的排查，死者经常与之对谈的吴文超、看不惯死者与叔叔纠缠的徐海涛、收钱办事哄诱死者移民的刘青、向刘青借火妄生杀念的易春阳。”④ 海岩的长篇小说《长安盗》中以“寻找”文物作为明线，“寻找”真情和幸福则成了暗线。

欧里庇得斯的代表作《美狄亚》中的复仇故事具有西方特色，公安小说中的复仇故事有规律可循，那就是警察往往会成为被复仇的对象。肖江虹的短篇小说《平行线》中赵武为了替哥哥赵成复仇，他误杀了保安，他以为那个着警服的保安就是警察沈飞（我），赵武要找“我”寻仇，因为“我”把他哥哥打死了。田耳的中篇小说《风的琴》中朱朋发誓要杀死警察老秦，其复仇动机是他少年时期被老秦诈供“出卖”了母亲的心理阴影所致。

燕历的长篇小说《血舌》中写道：

---

① 高媛：《论新世纪中国侦探小说的叙事结构类型》，载《文艺研究》2016 年第 4 期，第 35 页。
② 何平：《现代小说还乡母题研究》，复旦大学出版社 2012 年版，第 5 页。
③ 吴国红：《刘震云小说“重复”艺术研究》，江南大学 2023 年硕士学位论文，第 61 页。
④ 李昕泽：《论东西小说的重复叙事》，辽宁师范大学 2023 年硕士学位论文，第 28 页。

一边看，唐局长一边用气息杂乱的声音说："他一定是冲着我来的。那个孩子一直怨恨我。他在报复我，只不过，这报复晚来了十多年……"（《血舌》P221）

王芸的中篇小说《第六指》中关宇这名六指法医因画得名"六指关"。关宇接到一个很奇怪的电话，悬念便产生了。随着叙述的推进，方知是刑满释放人员戴明军打来的，原来他要找法医关宇复仇。关宇这才想起以前他经办的一起案子：戴明军妻子系铊中毒，还有孙敏珍提供的证据，警方便怀疑是戴明军下的毒。戴明军在审讯时受非人的折磨，便违心承认是自己干的。出狱之后，他想找法医把事情弄清，还自己一个清白。戴明军先是向孙敏珍复仇，把孙的手指给剁掉了……

刘军的中篇小说《穿过天空你的手》中断指警察刘春在新单位工作得很不如意。因为新同事总嘲笑他是一个残疾人，为此他十分苦恼。他的断指是因公所致。当年审讯犯罪分子时，他不小心被犯罪分子给咬断了。他调到新单位之后，组织并没有给他的"断指"一个说法，他还遭到他人的嘲笑。他在痛苦之际把同事给打了。组织正准备对刘春进行处理时，得知"拐子帮"近期准备冲击政府，组织便派刘春深入"拐子帮"中当卧底。他当卧底时把"小拐李子"的爹——"拐子帮"的头目给抓了，"小拐李子"遂向刘春复仇。

《上岭村的谋杀》中有两个比较突出的母题：一个是"寻找"；另一个是"复仇"。前者在文本中无处不在。譬如，寻找韦氏祖坟的尸骨即是。这堆尸骨在何方是吸引读者一路读下去的动力；那个向派出所所长告密的电话到底是哪个人打的……还有，寻找韦三得到底是自杀，还是他杀的真相。等到警方确认为他杀后，谁又是加害者；黄宝央的腿是如何弄断的，为此众说纷纭；唐艳为何不读高中……一个接一个的寻找母题让人来不及思考。

至于复仇母题指的是黄康贤决心杀害韦三得，是为了给父亲黄宝央与初恋女友唐艳复仇。如果说寻找母题是为了让故事一波三折，增强可读性，那么复仇母题则直指人心深处。

"米勒认为小说是由重复套重复或重复连重复组成的复合体。"①《上岭村的谋杀》中的复仇母题即是。韦氏兄弟与黄康贤商议杀害韦三得，这是一重复仇。事件的最早起因是韦波挤占了韦三得当兵的名额，韦三得从此与韦波家结下梁子。韦三得对韦波一家进行复仇，这是二重复仇。

韦三得很有可能将韦氏的尸骨进行转移或藏匿。在没有证据的前提下，一切都只是假设。哪怕坟堆旁边有韦三得特大号的脚印，也不能作为指控韦三得作案的凭据。在此，笔者没有花笔力论及这一重复仇。窃以为，与其把这一事件纳入复仇母题，不如纳

---

① 申丹：《叙述学与小说文体学研究》，北京大学出版社 2007 年版，第 169 页。

入悬案之列。等到韦三得死了，直至小说结束，韦氏祖坟的尸骨到底是由谁挪移至荒山野外的，仍然是一个谜，留给读者更多的是思索。韦江山当年作为文书掌管着村里的印章，他就能把韦三得的名字替换成自己的儿子韦波。后来他升为村支书，权力会越来越大，还不知做了哪些伤天害理的事情。这么一思考，韦三得就不是村中唯一与韦波一家结仇的人，那就还有更多的村民与韦家有隙。那么韦氏尸骨被转移或被藏匿的人到底是谁就说不清了。也就是说韦家的仇人并不比我们读者想象的少，这几处悬案或谜同样采用了重复的艺术手法。

韦三得死后，警方以自杀定性结案，只因一个意外的电话才把自杀结论改为他杀。法国著名叙事理论家热拉尔·热奈特认为："一件事不仅能够，而且可以再发生或重复，重复事实上是思想构筑，它除去每次出现的特点，保留它同类别其他次出现的共同点，一系列相类似的事件可以被称为相同事件或同一事件的复现。"① 接下来类似的事件又发生了，那就是苏春葵跌入粪坑而死，警方的初步结论是厕所踏板老朽，属意外死亡。可是，苏春葵的丈夫韦昌英却说厕所踏板是刚换的，不可能这么不经用，警方只得重新对案件进行定性。

《上岭村的谋杀》之所以会成为一个雅俗共赏的文本，得益于其间所蕴含的重复艺术，其间的重复母题对人性的批判和对人心的开掘颇有深度和力度。此作第一部分是韦波替黄康贤等人顶罪，第三部分则是黄康贤替父亲顶罪。同样的顶罪却道出了生命轮回的母题。

母题重复是主题不断深化的过程。作品中的情节、事件及场景在同一文本中的重复实际上也是一个意义不断增值的过程。它们不仅作为叙事手段在余华的小说中出现，而且已经深入文本，成为结构之元。②《上岭村的谋杀》中的诸多重复就是"意义不断增值的过程"。此小说中警察两次对案件的定性都是错误的：一次是韦三得之死；另一次是苏春葵之死。正是重复手法的使用，批判意味才得以凸显。

罗伯特·奥特说："主题重复是指某种思想观念通过重复再现的范型表现出来。这种观念通常与一个或更多的字词重复，但不随着它们而扩展；它也许与某种母题重复相联系。"③ 美国文论家J. 希利斯·米勒认为："在对文学与历史、伦理和政治关系进行研究时，如果不去力图理解表现上看来是抽象或形式化的重复主题，那么这种研究便会毫无效果。"④ 大部分公安小说，特别是公安侦破小说，一直高举着"诗的正义"的战旗。所谓

---

① ［法］热拉尔·热奈特：《叙事话语 新叙事话语》，王文融译，中国社会科学出版社1990年版，第73页。

② 倪玲颖：《论余华小说的重复叙事艺术》，载《理论与创作》2003年第6期，第49页。

③ 梁工：《圣经叙事艺术研究》，商务印书馆2006年版，第360页。

④ ［美］J. 希利斯·米勒：《小说与重复——七部英国小说》，王宏图译，天津人民出版社2008年版，第3页。

"诗的正义"，是指诗刊人和文学家、艺术家为伸张正义所应当承担和履行的社会职责和伦理道德义务。现实社会中的邪恶势力往往过于强大，尽管有时正义力量进行了不屈不挠的斗争，仍然归于失败，无法实现善有善报、恶有恶报的圆满结局。具有正义感的文学家和艺术家倾心于惩恶扬善的神圣使命，他们在表现正义力量同恶势力的艰难曲折斗争过程中，最终不忘给恶人应有的惩罚。但是，文本一旦行使完"诗的正义"，就被搁置一旁。诸如此类的作品尽管热销，却不能引发人们深思。①

朱维坚的长篇小说《使命》中，林荫任清水县公安局局长，他勇于坚持原则，与当地黑恶势力进行艰苦卓绝的斗争，敢于抵制来自各方面的压力，最终冲破重重阻挠，迎来正义的曙光。朱维坚的长篇小说《沉默》中，刚刚调任奉春市春城区公安分局局长的李斌良上任伊始，就受到黑恶势力的公然挑衅，还负了伤。面对强大的黑恶势力，他无所畏惧，勇敢地迎击。最终，黑恶势力败下阵来。

陆天明的长篇小说《高纬度战栗》的最后一段：

> "谢谢你们破了劳叔这案子。谢谢你们没让他就这么不明不白地走了……谢谢你们……"说着，她有点儿哽咽了，在用力地握了一下邵长水的手以后，赶紧从邵长水的手里抽回自己的手，匆匆转身，出了传达室那木门，向马路对面走去。这时，邵长水才发现，在马路对面停着一辆旧的捷达车。车里有个中年的男子坐在驾驶位置上等着曹楠。曹楠上车后，车子便立即开走了。(《高纬度战栗》P452)

陆天明的长篇小说《大雪无痕》的结尾亦彰显了正义。李佩甫的长篇小说《平原客》的末尾亦是如此："三天后，李德林被执行了死刑判决。"(《平原客》P339)

"一个作家，在长达20年的写作中，多篇作品都涉及了同一个主题，表现了作家对现代社会的特别的观察视角，也表征了作家自己对社会的一种想象。"② 具有明显伦理化倾向的公安侦破小说讴歌在绝境中抗争的精神英雄，大都还会表达正义战胜邪恶这一主题。这些公安小说中的警察英雄犹如海明威笔下的"桑提亚哥"——精神刚毅，九死而无悔。"这些人格塑造模式，就成因而言尽管相当复杂，但从根本和主要的原因上看，应该是儒家传统文化直接作用的结果；它与传统儒家所一贯坚持和标榜的理想人格有非常直接的关系。"③ 公安侦破小说中高举"诗的正义"这一主题，这一主题又与其中的母题相辅相成。两者对撞，大大增强了文本的可读性和文学性。

---

① 陆贵山：《人论与文学》，中国人民大学出版社2000年版，第358页。

② 张柱林：《小说的边界——东西论》，广西师范大学出版社2011年版，第19页。

③ 曹萌：《传统文化与中国古代通俗小说模式研究》，延边大学出版社2001年版，第130页。

2. 结构重复。“重复并不只是指向机械的复制，重复是艺术构筑的最基本的程式与品格，艺术正是在普遍的前文本基础上发展前进。”① 重复结构体现文学作品的形式美，还能为文学作品带来一种音乐美，进一步增强文学作品的美感。② 公安侦破小说大都遵循案发、侦查和破案这一模式。这一写作模式就是结构的重复，具体细化后，则有如下五种类型。

第一类：平衡与不平衡之间相互转换。

诺思罗普·弗莱：“一首诗跟一个新生婴儿一样，是降生在业已存在的一种词语秩序之中，它既附属于这种诗歌的结构，就必然带有这种结构的特征。新生婴儿作为一个个体单位，重现了他所属的社会群体；一首新诗与它所属的诗歌领域，也存在类似的关系。”③ 罗兰·巴特说：“叙事作品是一个大句子，正如任何语句从某种意义上说都是一个小叙事作品的雏形。”④ 如果此话成立的话，所有的公安侦破小说都是一个陈述句的展开。

“在标准语句即主语+谓语+宾语的格式中，小说的人物相当于主语，他们的行动相当于谓语，他们行动的对象、结果等相当于宾语。”⑤ 我国的公安侦破小说和国外的警探小说就是这样，即警察（官方侦探）侦破案件。虽然主谓宾不会变，但是在主谓之间、谓宾之间还有许多缝隙，在这些缝隙之间有帮手和反帮手存在，而且帮手与反帮手是可以相互转换的。在我国的公安侦破小说中，有些犯罪分子因为不明真相、不分是非，才与人民为敌。但是经过感化和“我方”给他们做思想工作，他们愿意帮“我方”，那么这个反帮手就变成了帮手。换言之，此前，反帮手与人民的关系是对立的，后来转化为帮手后与人民的关系就和谐了，两者的关系就由不平衡转化为平衡。

《上岭村的谋杀》和《血舌》的结构就有重复之处。《上岭村的谋杀》中韦三得之死的真相弄清了，小说可以封笔了，接下来却还有故事，那就是进一步向人性深处掘进：优秀警察黄康贤的历史没有几个人知晓。同理，《血舌》中苏兆星好不容易被警方抓获，文本可以到此为止了，后面部分则是深入剖析其犯罪的根源，并对人性进行大力批判：当年异口同声指认苏兆星的父亲为盗窃犯的女工在苏兆星的内心深处留下了难以抹去的阴影。

“叙述就是从一种平衡向另一种平衡的过渡。”⑥ 邢根民的短篇小说《还债》中交通肇事逃逸者黑蛋与警察周润龙的关系就是从恶化到改善。此小说通过警察三次到黑蛋家来说

① 刘小波：《刘震云的“创新”与“守成”——评〈一日三秋〉》，载《长江文艺》2022 年第 19 期，第 126–130 页。

② 刘海瑛：《外国文学中“重复”结构的叙事分析》，载《语文建设》2015 年第 2 期，第 47 页。

③ ［加］诺思罗普·弗莱：《批评的解制》，陈慧等译，百花文艺出版社 2006 年版，第 139 页。

④ 张寅德编选：《叙述学研究》，中国社会科学出版社 1989 年版，第 6 页。

⑤ 朱立元主编：《当代西方文艺理论》，华东师范大学出版社 2014 年版，第 184 页。

⑥ 张寅德编选：《叙述学研究》，中国社会科学出版社 1989 年版，第 186 页。

故事的结构：第一次，周润龙与同事冲进黑蛋家，旨在把黑蛋抓捕归案。其时，黑蛋父亲向警察求情，能否让黑蛋过完年后再跟警察走，警察不同意，从此黑蛋及其父亲仇视警察。第二次，周润龙给黑蛋父亲拜年，黑蛋父亲对警察态度依然不友好。第三次，周润龙与死者亲属来黑蛋家讨钱，黑蛋父亲才认可人民警察，并说他们是活菩萨。

丘脊梁的短篇小说《地盘》中父亲（联防队长）和小混混肖拐子的关系也是由紧张走向和谐。小说开头写肖拐子在父亲面前抖狠，病重的父亲一再忍让。到了城里，肖拐子带上一帮所谓的弟兄请父亲吃夜宵，并给父亲敬酒，这就是一场鸿门宴，搞不好就会有流血事件发生，但是智慧的父亲化干戈为玉帛。正是父亲高贵的一蹲，并帮小混混肖拐子系了鞋带，他与肖拐子的关系才发生逆转，即由不平衡走向了平衡。

法国学者托多罗夫认为："一篇理想的叙述文总是以稳定的状态作为开端，而后这个状态受到某种力量的破坏，由此而产生一个平衡失调的局面，最后另一种来自相反方向的力量再重新恢复平衡。"① 他认为，在叙事中事件的本质并不重要，重要的是它们之间的关系。他说，叙事需要情节的展开，换言之，就是说需要变化、差异。"任何变化都是叙事的一个环节。"② 列维-施特劳斯说："真正构成神话的成分并不是一些孤立的关系，而是一些关系束，构成成分只能以这种关系束的组合的形式才能获得表意功能。"③ 此处的"关系"指的是构成神话的基本成分——"神话素"，"关系束"则指由多个具有相似表意功能的神话素构成的聚合关系。④

格雷马斯的二元对立模式表现为人民警察与他人（包含犯罪嫌疑人）两者之间的关系。现以邓宏顺的《归案》、张宇的《软弱》和崔敏的《一号桥》等为例来说明。

《归案》中两个阵营矛盾冲突非常明显，甚至可以说阶级立场对立。犯罪嫌疑人李泽洲与警察（陈副大队长和毛队长）的关系开篇虽然没有点明，但我们读者心中明白，嫌疑人与警方是尖锐对立的。陈副大队长和毛队长的任务是把李泽洲从外地押解回来。当他们把李泽洲从外地警察手中接过来后，应该马上押解回家，用公安局局长的话来说以免夜长梦多。可是，李泽洲执意要讨回自己的工钱，因为黑心老板一直把他的工钱给压着。如今他要随同警察"回家"，自然要讨回工钱后再走。警察同意并帮李泽洲讨回了工钱。从此嫌疑人李泽洲对警察心生好感。回家途中哪怕遭遇了泥石流，李泽洲也没有趁机逃走，说明李泽洲被警察感化了。

---

① 张寅德编选：《叙述学研究》，中国社会科学出版社 1989 年版，第 85 页。

② ［法］托多罗夫：《巴赫金对话理论及其他》，蒋子华、张萍译，百花文艺出版社 2001 年版，第 41 页。

③ ［法］克洛德·列维-施特劳斯：《结构人类学》，张祖建译，中国人民大学出版社 2006 年版，第 223 页。

④ 胡亚敏：《西方文论关键词与当代中国》，中国社会科学出版社 2015 年版，第 136 页。

“‘失衡→恢复平衡’的结构模式可以说是许多通俗文艺文本（尤其是所谓‘伦理片’）所共有的叙事特征，其实质则是正统伦理观在通俗艺术中的永恒胜利。”[①]《软弱》中反扒专家于富贵与扒手老大秀才的关系也是如此，两人的关系从对抗走向和谐。刚开始，秀才让手下给于富贵送钱，希望于富贵对自己和手下的兄弟网开一面，于富贵不给面子，秀才才向警察挑战，结果失败了。为了躲避警察的反跟踪，他从四层楼跳下摔伤了。于富贵只得背他上医院，并找好医生救他。再后来，秀才金盆洗手，改邪归正，他们两个人成了好朋友。

托多罗夫说：“小说叙述有一些规律性的结构模式。小说中最低限度的完整情节，一般从一种平衡向另一种平衡的变化。一开始的叙述情境是相对稳定的，随着人物和矛盾的纠结，另一些力量介入进来，这就形成不平衡状态。之后又由于反方向的力量重新介入，最终叙述又回到平衡，但两次平衡的结果是截然不同的。”[②]《一号桥》里的“一号桥”是遛鸟老汉和警察相遇之处，也是一个天然的表演大舞台。老汉佯装遛鸟，真实目的是私自违法开“摩的”。而那个警察因为性格耿直，一直挨上司的整，先是从机关贬到站马路，然后又被贬到“一号桥”这个地方站岗。这个警察与遛鸟老汉的关系先是敌对，继而相识，最后竟然变成至交。其中不服从警察管教的“黄毛”就是一股“反方向的力量”。

从这些公安小说可以得出结论：人民警察与他人的关系都是从不和谐走向和谐。还有，警察与其他关系的“关系束”，如子雨的中篇小说《我要找到你》中母子关系则是从不理解走向理解。儿子因为犯事而逃跑，警察与母亲都在寻找这个儿子的下落。最终母亲的行为感化儿子，儿子才自首。

孙明华的中篇小说《情非得已》、津子围的中篇小说《谁最厉害》、何顿的中篇小说《青山绿水》、胡学文的中篇小说《背叛》、李晓平的长篇小说《鬼使神差》和谢宗玉的长篇小说《末日解剖》中的夫妻关系也是从不理解到走向理解。

托多罗夫认为小说叙述有一些规律性的结构模式：“小说中最低限度的完整情节，一般从一种平衡向另一种平衡的变化。一开始的叙述情境是相对稳定的，随着人物和矛盾的纠结，另一些力量介入进来，这就形成不平衡状态。”[③]《末日解剖》从内容上来看是一对夫妻两败俱伤的故事，但从形式上来看，用结构主义叙事学来解读，也是一个人人平衡到不平衡再到平衡的故事轴。小说开篇伊始用王楚洁的视角来看案发当天的情境。那一天，父亲法医王泽荫失踪了，母亲苏芳死了。母亲死的前一天，她对王楚洁说要送给父亲一个礼物。直到小说结尾，才得知礼物是母亲自己那具完整的尸首。

---

① 龚刚：《现代性伦理叙事研究》，浙江大学出版社 2013 年版，第 128 页。
② 余杰：《开端叙事学》，中国社会科学出版社 2015 年版，第 134 页。
③ 余杰：《开端叙事学》，中国社会科学出版社 2015 年版，第 134 页。

《青山绿水》中黄家镇派出所民警黄志的父亲早逝，母亲病重，家中还有一个智障弟弟。但黄志爱上了美容店个体户杨小玉。杨小玉年轻漂亮、温柔可人、善待家人。两人婚后幸福美满。不久，黄志获知杨小玉婚前曾沦落为风尘女，遂与她离婚。婚后，黄志非常想念杨小玉……

《背叛》中崔小北、杨美玉两个女人的关系也是如此。他们以前是“情敌”，后来了解对方后抱头痛哭。杨美玉和崔小北的关系从剑拔弩张到安静地坐下来，直至“抱在一起，泪流满面”。两个女人历经了仇恨—怜悯—亲情等几个阶段心理流变。

当下，世界并不太平，局部战争与冲突此起彼伏，原因多种多样，或政治，或经济，或宗教信仰使然。可是公安小说中人物之间的隔阂却不是上述原因所致，而是因为心距太大之故。上述所列文本中警察（联防队员）及警察家属，还有同事或与他人的关系正是从隔膜走向融洽，从对抗走向和谐，从不理解走向理解。

第二类：从“有污点”到“去污点”。

“形式主义和结构主义都将作品视为独立于现实而存在的自主有机体。形式主义仅注重作品内部的各种建构技巧和规律。”① 李佩甫的长篇小说《平原客》、武和平的长篇小说《污点》、陆天明的长篇小说《大雪无痕》、张锐强的长篇小说《穿越无人地带》和张弛的中篇小说《换骨记》的叙事模式结构相同。这些文本中的故事情节用一句话来表述，那就是人民警察被冤枉或被误解而有了所谓的污点，他们忍辱负重，咬紧牙根，顶住来自各方面的压力，执着查案，自证清白，最后还原真相，洗清所谓的罪责，赢得人生的胜利。而且《平原客》《污点》和《大雪无痕》三个文本皆因案情特殊且重大，都有由公安（厅）局长亲自调度或指派人民警察办案的情节。

《平原客》第三章第六节用闪回的手法讲述人民警察赫连东山记大过处分的前因后果。这一段插叙为后面情节作铺垫。事件起因是这样的：在调查“纵火案”时，警察邢志彬把“混混儿”王小六传唤至警局。在审讯时，王小六故意侮辱、激怒审讯人员邢志彬，并自编自导用烟头烫伤自己的案件，后来他反咬一口，旨在冤枉、控告邢志彬刑讯逼供，即用烟头烫伤自己。由于王小六的强行指认，初入警营的邢志彬缺乏工作经验，有口莫辩，只得受罚。与邢志彬一同审讯的还有赫连东山。事发时因为一个电话，赫连东山走出审讯室去接。那个电话是时任公安局常务副局长姜保国打来的，其实也不是谈什么重要事情，作为下级的赫连东山必须接上司的电话。等到赫连东山外出这个空当，“警察用烟头烫嫌疑人的脸”就成了“事实”，且被传得沸沸扬扬，媒体也在一旁推波助澜。当时，“凭直觉，赫连东山认为，这背后一定有人指使。可怕的是，赫连东山事前丝毫没有察觉，一点儿思

① 申丹：《叙述学与小说文体学研究》，北京大学出版社 2007 年版，第 59 页。

想准备也没有，他太大意了”。(《平原客》P154)

等到副省长李德林妻子徐亚男失踪案破获后，才知姜保国与刘金鼎是一伙的。笔者推测，也许是姜保国给王小六出的馊点子。就因为这件事，邢志彬和他的领导赫连东山一同背黑锅。赫连东山向万局长反映说这是一个阴谋，但万局长问证据在哪儿。虽然万局长心里也清楚这是一个阴谋，但他们无能为力，只能等时机成熟后再说。七年之后，副省长李德林的第二任妻子失踪了，被处分的赫连东山重新被重用，“纵火案”才大白于天下。

《污点》中黄河平亦然。警方与文物贩子交火时，何雨的父亲何涛及其战友牺牲了，唯独黄河平活了下来。从此谣言四起，谣传黄河平临阵脱逃。为此，黄河平被开除警籍。何雨作为黄河平的初恋情人更是难以接受这一传言。何雨在父亲遗体告别仪式上，当众扇了黄河平一耳光。为了报仇雪耻，黄河平打入文物贩子内部当卧底，并与敌人进行智慧的周旋，最后戴罪立功。在此期间，他受何雨丈夫曾英杰的欺侮；为了摸情报和找证据，黄河平在终日不见阳光的地下城可谓九死一生……

《大雪无痕》中方雨林因坚持查办“5·25”大案而受处分这一事件在小说中多次出现，也是重复叙事。第二次出现在文本中是这样的：方雨林在交警中队的门口被队长训了一通，说他没有回公安局马局长电话。这么说时，中队长把他带到了马局长面前。其时，马局长和重案大队的大队长郭强一行早就等在方雨林办公室。马局长问方雨林为何不回电话，方雨林正在气头上，小说这样写道：

> 自打受处分后，方雨林一直憋着没机会吐这口冤气，这会儿听马凤山这么一说，什么也不顾了，便敞开口子紧着往外倒：“‘5·25’大案的几个主犯携巨款潜逃，那会儿我们已经基本搞清了他们的确实去向，只要再有个十来天，我们就完全可以收网，把他们全部缉拿归案。为了这个大案，我和专案组的同志没日没夜地干了整整一年零两个月。就差这最后十来天了，突然不让干了。为什么？我想不通。我怀疑。”(《大雪无痕》P19)

马局长直接到交警中队找方雨林是出于器重。马副局长心里清楚，方雨林是被冤枉了。他和《平原客》中的刑警赫连东山及《污点》中的黄河平是一样的，都是被冤枉的。耿直或有血性的人民警察被误解或被冤枉，心里十分难受。马局长礼贤下士，屈尊到交警中队，就是请方雨林这个优秀的刑警“出山”，毕竟他在交警中队工作只是过渡之举，并非长远之计。

第三次提及方雨林受处分是他自己说的。他在家中与父亲聊天时，以自我解嘲的口吻说起此事。前两次要么是借他人的口，要么是旁白。文本中多处写道“方雨林自打挨了处分，一直不服气”。后来，方雨林带着一股气接受了马局长委以的重任。

重复即节奏。没有重复绝不会有节奏。节奏有单一与复合，有紧凑与松弛。一部分小说的节奏是复杂的，有时候是交替性节奏，即在两个相似性节奏之间互相转换交替出现。有时候是穿插性节奏，即在两个相同节奏之间插入另一个不同节奏。这在互文性写作时是常见的。[①]《大雪无痕》中多次重复方雨林受处分之事。在多次重复此事之间，附带把他受处分的原因及以前的案子给“牵扯”出来了。如此运笔，是为了写活方雨林这个人。他最终接受了马局长委以的重任，说明他能屈能伸。

《穿越无人地带》开门见山就说贩毒分子马胜利跑了。王剑鸣作为积山县公安局缉毒大队副大队长，他感到压力重重。“好事不出门，坏事传千里”。积山县城本来就不大，单调乏味的小城生活最需要的就是像此案这样的谈资。很快，戴着手铐的毒贩子在警察眼皮底下从公安局大院逃脱的消息就传遍了整个县城。大家都不相信这是一起偶然事件，都说王剑鸣收了毒贩子的黑钱，然后才上演了一出“捉放曹”。舆论威力大到可以杀人的地步，不久王剑鸣被收监，随后被取保候审。王剑鸣为了自证清白，主动请缨追捕马胜利。一路上追踪经费奇缺，且遭遇了恶劣的天气条件，险些丢命，最终他把马胜利给抓回来了。

《换骨记》中边防派出所民警赵陵飞在紧急归队途中遭人陷害。在公共汽车上，他发现有人将一包东西遗落在他座位旁边，当时他出于好心，便把此物帮忙给收拾起来，打算等那个老汉回来后再还给他，后来才知是一包“白面儿”，为此他满身是嘴也说不清。为了抓住那个丢“白面儿”的老汉，他逃了出来，努力寻找老汉的踪迹……小说结尾是赵陵飞与毒贩老汉都死在荒山野岭之外。

《平原客》《污点》《大雪无痕》《穿越无人地带》和《换骨记》中的人民警察因被误解或冤枉，为了自证清白不得不忍辱负重。上述文本中人民警察称得上“功能性”人物，他们只从属于情节或故事的“行动者”或“行动素”。人物并不重要，情节才是主要的。这些警察人物“只不过是叙事结构的一个副产品，也就是说，是一个建构性质而不是心理性质的实体”。

还有一些公安小说中存在警察被冤枉的故事情节。譬如，朱维坚的长篇小说《黑白道》中的刑警李斌良到红楼是为了调查案件，且与报警人取得了联系，结果被人举报说他到红楼嫖娼。李斌良与上述文本中的警察不同的是，他本人并没有自证清白，而是组织为其证明。上面所列举的公安小说都属于宏观重复。

第三类：三极建构。

三极建构可以划归为结构的重复部分，也是宏观重复的重要组成部分。为了言说更加明晰，在此予以单独列示。“三极”名称始于《周易》，“天、地、人”即是，后来成为我国古代小说三位一体的叙事模式，《水浒传》中人物组合多的是“三位一体”。三极建构

① 刘恪：《现代小说技巧讲堂》，百花文艺出版社 2012 年版，第 369 页。

的情节使故事峰回路转，顿起生机。因为没有两极的矛盾就不会有故事，只有两极矛盾而没有第三极的参与，故事就不会朝前发展。从而凡有二人纠葛，必出第三人参与其中以成局——三点成面，形成《水浒传》情节设计三极建构模式。① 公安小说中“一女两男”和“一男两女”组合模式居多，而且是两极主构和第三方作为情节中介的动态的组合。②

《女看守所长》中大龄看守所所长王燕和在看守所待过的李松涛似乎可以走到一起，因为王燕的母亲十分看好这一门姻缘。可是，王燕本人似乎对同事李晓东有那么一点儿意思。正是“一女两男”的组合模式推进情节。有时候，王燕的母亲给王燕打电话，说李松涛在她们家，当王燕回家时，却把李晓东给带上了。李晓东妻子骂王燕勾引她的丈夫……小说最后是李晓东与妻子离婚，李晓东车祸身亡。此小说开头是尺余厚的新雪，小说最后一句是：“不用问，王燕堆的雪人是李晓东。”（《女看守所长》P222）大地一片白茫茫真干净！再说远一点儿，则是对“人生”进行重复了。

“一女两男”的三极建构模式在公安小说中相当普遍，如劳美的中篇小说《笔录》中美女刘蓓和刑警队长新好及刘蓓弟弟（杀人嫌犯）。刑警队长新好面对美女的求助，他是倒向爱情还是坚守法律呢？正是处于三极建构的模式中，他才感到左右为难。小说前半部分描写的是新好迷失了自己，并请检察院和法院的朋友吃饭喝酒，旨在帮刘蓓弟弟减轻处罚，后半部分描写的是良知驱使他把原始笔录放在局长的案头。

《大雪无痕》中的美女丁洁和副市长周密及警察方雨林。美女丁洁刚开始在两个男人中间“脚踩两只船”，后来因周密涉案，她还帮了方雨林一把，至于丁洁和方雨林是否走到一起，仍然是一个悬念。但正是“一女两男”组合中情感的微妙变化让小说有了看头。

《长安盗》中的美女赵红雨与警察邵宽城及文物盗窃犯杨锏。这一组三极建构中的男女关系就不能与《大雪无痕》相较了。事实上，赵红雨与警察邵宽城爱情牢固程度远远超过上述文本中的所有男女关系。

朱维坚的长篇小说《绝境》中女人肖云与警察志诚及记者张大明的关系，又与上述公安小说有所不同。首先，肖云与警察志诚是一对法律意义上的夫妻，在外办案回家的志诚没有看见妻子肖云，他才外出寻找。他当初以为妻子和同事张大明在一起……

还有，武和平的长篇小说《污点》中的美女何雨和丈夫曾英杰及卧底警察黄河平，武和平的长篇小说《预备警官》中的美女宋尔瑞和丈夫姚远及战友金锐都是“一女两男”的三极建构模式。“一女两男”的三极建构中男女关系在情感的流变下此消彼长，情节故事也就像玩魔方一样千变万化。

事实上，“一男两女”的三极建构模式在公安小说中也不鲜见。如海岩的长篇小说

① 杜贵晨：《传统文化与古典小说》，河北大学出版社2001年版，第273页。
② 杜贵晨：《传统文化与古典小说》，河北大学出版社2001年版，第29页。

《便衣警察》中警察周志明和同事严君及大学生施肖萌（市委书记的女儿）、《长安盗》中万教授和女儿赵红雨及妻子林白玉三人的关系；程琳的长篇小说《人民警察》（第二部）中警察陈文与刘艳丽及余小蕾；魏人的中篇小说《刑警队长的誓言》中警察傅冬与钟阿玲和仲小妹；张西的长篇小说《国家荣誉》中卧底警察马天牧（国安人员）和警察王路及阿依古丽；朱维坚的长篇小说《黑白道》中李斌良和妻子及宁书记的女儿宁静……正是这些三极建构组合推动情节往前发展。当然，情节故事在某种程度上也是为了塑造人物、写活人物而服务的。

公安小说中为何母题、结构会重复，笔者以为是作者的潜意识使然。莫言说："一个作家一辈子可能写出几十本书，可能塑造出几百个人物，但几十本书只不过是一本书的种种翻版，几百个人物只不过是一个人物的种种化身。这几十本书合成的一本书就是作家的自传，这几百个人物合成的一个人物就是作家的自我。"[①] 这种潜意识连作者本人都感知不到。因为每个人成长经历不一样，从小到大有一些事件在大脑中反复出现，基本上已经固化，诉诸笔端则不由自主。

第四类：同一作者文本间重复。

希利斯·米勒的《小说与重复——七部英国小说》的开篇文中写道"作者在一部小说中可以重复其他小说的动机、主题、人物或者事件"，多部小说"在主题和形式上相互呼应"。[②] "任何一部小说都是重复现象的复合组织，都是重复中的重复，或者是与其他重复形成链接联系的重复的复合组织。"[③] 同一作者笔下的文本之间存在着互文关系，不同作者笔下的文本也存在着互文关系。

不同的情节，因为种种共同要素的连通，而有机地联系起来，这就在审美空间的扩张中，促成了有机整体的凝成，是有助于情节张力的强化的。[④] 鲁迅的短篇小说《药》中的人血馒头成为不同故事的共同道具，它将夏瑜流血牺牲的故事与华老栓为儿子治病的故事并置，从而产生特定的美学效果。同理，武和平的长篇小说《掩盖》和《铸剑》都提及一种动物"赑屃"，这是一种隐喻的写作手法。赑屃是中国古代的一种祥兽，外形似龟，善驮重物，却具有重要的文化象征意义，象征权利、象征长寿吉祥、象征地域文化等。仅从"赑屃"就可以看出同一作者武和平自身文本之间的重复。"武松脱铐拳"犹如一条"草蛇灰线"串在《铸剑》和《预备警官》等小说中……

---

① 莫言：《莫言讲演新篇》，文化艺术出版社 2010 年版，第 86 页。

② ［美］J. 希利斯·米勒：《小说与重复——七部英国小说》，王宏图译，天津人民出版社 2008 年版，第 2 页。

③ ［美］J. 希利斯·米勒：《小说与重复——七部英国小说》，王宏图译，天津人民出版社 2008 年版，第 3 页。

④ 朱斌：《小说艺术魅力探寻：小说张力论》，民族出版社 2015 年版，第 169 页。

武和平的《铸剑》第20章至第24章这一部分与武和平的报告文学《“九一八大案”备忘》形成互文性重复。《铸剑》中的赵家龙与翟大任在警校是同学，踏入社会后，他们中一个成为人民警察，另一个沦落为犯罪分子。《预备警官》中警察金锐与毒贩云峰相遇于卧牛山深处，以前他们是警校同学，而且是莫逆之交，如今环境变了，价值观变了，立场也变了。从此可以看出《铸剑》与《预备警官》之间的互文性。

《污点》和《掩盖》中都有卧底，前者中的黄和平和后者中夏中天记者都是警方的卧底。朱维坚的《黑白道》中的杀手纪云龙和警察李斌良是同学关系。朱维坚的《黑白道2：暗算》中的冯健男和吕康也是同学关系。

> 冯健男：“你明白你在做什么吗？你在监视县委书记，是谁命令你这么做的？”
>
> 吕康：“你管不着。不过，我没有监视郑书记，我在监视赵汉雄，无意间发现了郑书记。告诉我，他们是不是在一起了，他们都说了些什么，做了些什么？”
>
> 冯健男冷笑一声：“吕康，你胆子也太大了点儿吧，他们一个是县委书记，一个是企业家、人大代表、政协委员，见面很正常，谈什么做什么还要向你报告吗？”
>
> 吕康：“少给我来这套，别忘了你在警校时受的教育，你在金盾前宣过的誓，我将终生维护法律的尊严，追求真理，坚持正义，服务人民……”
>
> “够了！”冯健男声音变得十分冰冷，“用不着你来教训我，现在，我不是警察，我是一个保镖，是黑社会，我遵从的不是法律，遵从的是我们的规则。对，我同样要忠于职责，如果你认为我违法犯罪，如果你有证据，可以抓我，不过，你想从我嘴里套出什么，休想！”（《黑白道2：暗算》P225、226）

朱维坚的长篇小说《黑白道2：暗算》和《终极罪恶》中都有歹徒当街行凶的场景。在《黑白道2：暗算》中的李斌良与女儿在街头散步时，有人骑着摩托车冲撞赵汉雄，于是李斌良与赵汉雄开始有了交集。《终极罪恶》中的两个年轻姑娘在大街上走着，金世龙公然调戏其中一个，并说她是自己的老婆。当姑娘大喊救命时，也是警察即小赵和郝平帮着解了围。但是，当事人并不感谢警察，也不配合警方调查案件。

易卓奇的长篇小说《纪委调查》《后患》《纪委在行动》中都有“内鬼”为犯罪分子通风报信。《纪委调查》中公安局常务副局长林国平数次将张高峰给放走。《后患》是市公安局局长张强帮助表弟余小亮逃避打击处理。早年，他将余小亮放走，后来又为余小亮提供信息。

《纪委调查》和《后患》在“敌方”中都安插了卧底。前者是安排警察焦剑到张高峰所在的北方集团做卧底。后者是技高一筹的老局长龚如玉早在二十多年就设下“圈套”，即暗中安排疯警察姚丹凤到余小冬的公司做卧底。因为龚如玉知晓当年定性余小亮已经死亡只是一个烟幕。

《纪委在行动》中市委白副书记出车祸死亡，其秘书张志刚被投进看守所。出差刚回来的白副书记的女婿江峰对车祸表示怀疑，当他正准备去看守所提审张志刚时，张志刚却逃跑了。由于副省长在背后操控，加上公安机关出现内鬼马忠义，因此侦查抓捕工作异常艰难。为此，年轻的警察秦小波牺牲了，刑警队长江峰家庭出现危机。但是江峰仍然与黑恶势力进行不屈不挠的斗争，以致身陷看守所而无悔。经过一番殊死较量，以人大代表陈绍杰为首的黑恶势力被一网打尽。

小说的精神内核往往是延续性的，“每部作品都是对它之前作品的回应，每部作品都包含着小说的以往经验”。[①]《纪委调查》中的警察林国平和《纪委在行动》中的马忠义一样，都是公安机关里的内鬼，前者昧着良心不出面作证，后者阻碍调查取证。

王松的长篇小说《动机》第十一章至第十八章等与王松的短篇小说《窃案》形成互文。

以上是“大”的方面重复，以下是“小”的方面重复。

程琳笔下的男警察都长得“白白净净”。他的长篇小说《香水》中的苏岩与《人民警察》（第一部）中的“陈文”这个人物及其语言形成互文性重复。

> 苏岩长得白白净净文质彬彬，看着不太像警察。（《香水》P1）
> 陈文白白净净长得像个姑娘。（《人民警察》（第一部）P11）
> 陈文长得白白净净像个姑娘，说话的声音因为紧张也像个姑娘了。（《人民警察》（第一部）P19）

穆玉敏的长篇小说《疼痛的河》与她的长篇小说《测谎》的互文性表现在：一是弑父母题，且直抵人物的灵魂深处；二是宣扬人间爱情与友情；三是文化底蕴深厚等。

朱维坚的长篇小说《黑白道 2：暗算》中有如下一段：

> 很多人都知道，李斌良和本市的市委书记刘新峰有一种特殊的关系：他是他的救命恩人。三年前，刘新峰还是市委副书记的时候，地委拟从他和当时的市长中提拔一人任书记，市长魏民居然雇用杀手想除掉他这个竞争对手。可是，就在杀手实施杀人计划之时，李斌良及时赶到，救了他。同时，通过那起案件的侦破，揭开了本市的深层腐败黑幕，引发了一场政治地震，刘新峰最终当上了市委书记，从此，李斌良就被很多人视为刘书记的救命恩人。（《黑白道 2：暗算》P17）

---

① ［法］米兰·昆德拉：《小说的艺术》，董强译，上海译文出版社 2004 年版，第 24 页。

上面这一段与朱维坚的长篇小说《黑白道》形成互文性重复。这段记述基本上把《黑白道》的故事梗概给交代得差不多了，当然还有细节方面的互文性重复，如：

> 咦，今晚发生的案件莫非与此有关？某竞标单位为除去竞争对手，不惜采取暴力手段，当年，铁昆不就是为了商业竞争杀掉的毛沧海吗……（《黑白道2：暗算》P19）

铁昆杀掉毛沧海的故事情节在《黑白道》中记述得比较详尽，甚至包含侦破细节。

> 李斌良的心又颤抖了一下。已经过去两年多了，可是，每当想起她，他仍然感到痛苦，一种刻骨铭心的痛苦。从某种意义上说，她是为他死的，当时，要不是她冲上去分散了季小龙的注意力，死的就是他了，是她救了他，她却为此献出了生命，抛下了她的儿子，并把儿子托付给他，可是，他却辜负了她……（《黑白道2：暗算》P24）

上文中的“她”就是《黑白道》中的宁静。“她”与李斌良私交不错，堪称“情人”，但是情人这层纸并没有捅破，在破与不破之间刚刚好！

朱维坚的长篇小说《黑白道·终结篇：沉默》第五章中提及朱维坚的其他几部长篇小说中的人物苗雨：

> 李斌良忽然觉得，苗雨现在的样子很像当年的宁静。当年，也是他和她发现了季小龙杀人案的真相，双双吃惊不已。（《黑白道2：暗算》P306、P307）
>
> 他（李斌良）把她（苗雨）抱在怀里：“宁静，不要怕，你得救了！”（《黑白道2：暗算》P371）

朱维坚的系列长篇小说的互文性尤其明显。如果想吃透朱维坚笔下的人物与故事情节，只读一两部远远不够。

陆天明的长篇小说《高纬度战栗》第二十四节中曹楠回顾自己偷听顾立源和祝磊对骂的内容正是关于职工股事件。第二十六节中祝磊说起被他枪杀的那个张秘书这一事件和“侵吞职工股事件”：

> “要说清楚我的犯罪原因，就不能不说到那起‘侵吞职工股事件’。我要郑重地申明，这个事件肯定是个圈套。被我枪杀的那个张秘书，也肯定是让人利用来对我设套的一个工具。”（《高纬度战栗》P421、P422）

这些内容或案件与陆天明的长篇小说《大雪无痕》形成典型的互文。《高纬度战栗》中所说的“侵吞职工股事件”的来龙去脉在《大雪无痕》中交代得相当详尽：

> 张秘书拿着那30万份东钢内部职工股股权证，到我家来找我，似乎已经注

定了事情将一定会有这样的结局……

那天晚上，张秘书吞吞吐吐地吭哧了半天，终于向周密转告东钢领导班子的意图后，周密非常生气，非常严肃地批评了张秘书。“你想干什么？这是什么东西？内部职工股。是东钢职工为自己挣来的。是职工们应该享有的权益。咱们拿它去取悦领导？拿它去做交易？别说政策不允许，法律不允许，单论你我都曾是东钢职工子弟这一点，良心也不允许我们这么干呐！不能纵容这样的行为、更何况去参与这种行动？”周密确确实实说了以上的这一段话。“马上把这些股权证给我退回东钢去，也别跟东钢的那些领导说，已经找过我了。我不想跟他们多啰唆。企业有困难，从管理上多找找自己的差距。搞这些歪门邪道干啥？完全是害人害已的事情嘛！告诉你，别说我言之不预，这种事下不为例。今后要让我知道你还在为下边的单位企业领导忙这一号事，你就别在市政府干这秘书了。”堂堂正气，一泻千里。张秘书当即作了检讨，乖乖地把那些股权证拿走了。周密以为这事就这样了结了。因为张秘书虽然年轻，但办事还是牢靠的，主管领导交办的事，他一般都能忠实照办，绝不打折扣。即使如此，张秘书走了以后，周密还在三天后的那一页台历上用红笔特地注上了“张”“东钢”这几个字，并在这两个词上各画了一个大大的圈，提醒自己，到那一天，还要追查张秘书是否把这些内部职工股真的退了回去。但他万万没有想到，从不跟领导“讨价还价”的这位张秘书鬼使神差，这天却偏偏“讨价还价”起来。(《大雪无痕》P449、P450)

每当读者接触大部头的文学作品时，他们就会下意识地运用他们已有的阅读经验并在小说中寻找似曾相识的部分，这些部分在以往经典或现存经典中被重复出现很多次，读者需要识别这些现象并且理解由这些现象衍生而出的意义。[①] 只有细读了《高纬度战栗》与《大雪无痕》，才知两个文本有“似曾相识的部分”。

此外，朱维坚笔下还存有武斗戏（打斗戏），如长篇小说《终极罪恶》中写道：

小乔打开门，抓住郝平的衣襟往外推。郝平冷笑一声，反抓住他的手臂，使出一个擒拿招数，一拧一推，小乔惨叫一声摔出好远，抖着手腕骂起来：“妈的，你敢跟老子动手，你不想在夏城待了……”

郝平牙齿咬得吱吱直响，眼睛血红，向前迈了一步：“你再骂一句?!”

小乔吓得不敢出声了。郝平转头对白冰：“看见了吧，你爱的就是这样一个熊包！哼，没有他姐夫，我一个打他十个……好了，我不会再来打扰你了，祝你

① 方颇玮：《重复与差异：互文理论观照下的文学经典》，广西师范大学 2012 年硕士学位论文，第 11 页。

幸福。再见!”

郝平摔门出去。(《终极罪恶》P157)

朱维坚的《黑白道》中也有武斗戏:

在大街上,警察李斌良与同事吴志深、大熊及沈兵一起向杀手纪云龙靠拢。纪云龙察觉后,拔出尖刀冲向李斌良和吴志深……后来铁昆一伙也加进来了。接下来是枪声大作,人与人之间对射。

宁静的家中,杀手纪云龙准备对宁静动手,李斌良和同事高苹及时赶到,一场恶战开始。双手被绑的宁静挣扎无用,失去理智的高苹失声尖叫,李斌良和纪云龙一对一地搏斗……(《黑白道》P146)

上述武斗戏可与武侠小说中的武斗戏进行比拼。

以下的武打戏并不精彩,却与其他文本形成互文:

这下子可乱了,几个汉子叫骂着向李斌良扑来,这是二楼楼梯口处,地方狭窄,李斌良为免腹背受敌,急忙向三楼楼梯退去,汉子们随后追上来,他居高临下,上来一个击下去一个,后边的也随之摔倒退下,一连击倒三个人,第四个歹徒冲上来,他一把抓住,使了个手段,歹徒“嗷嗷”叫着又从同伙的头上飞下去,接着又从楼梯上滚下,最后“咚”的一声撞到下层墙壁上,痛得嗷嗷叫着爬不起来。这倒使李斌良吓了一跳:可别摔坏了呀!

面对神勇的李斌良,歹徒们有点儿发怵了,只叫唤不敢再往上冲。然而,又一些歹徒出现了,有几个手里还亮出了木棒和铁链什么的,要往上冲。情况危急,李斌良正不知如何才好,忽然下面一阵纷乱:“都住手,我是刑警大队吴志深……”(《黑白道》P147、P148)

笔者以为所有包含武斗戏的公安小说均构成互文性重复,且都属于宏观重复。

第五类:不同作者文本间重复。

公安侦破小说都是“悬念”迭出,而且开篇即“悬念”,因此各个公安侦破文本之间就是互文性重复。如果文本中没有“悬念”的话,就不能称之为公安侦破小说。

美国戏剧理论家乔治·贝克说:“悬念就是兴趣不断向前延伸和欲知后事如何的迫切要求,无论读者是否对下文毫无所知,但基于探其究竟;或对下文作了一些猜测,但渴望其明确;甚至是已经感觉到咄咄逼人,对即将出现的紧张场面,怀着恐惧。在这些不同情况下,读者都可能处在悬念中,因为不管他愿意不愿意,他的兴趣都非向前冲不可。”①

---

① [美]乔治·贝克:《戏剧技巧》,余上沅译,中国戏剧出版社1985年版,第159页。

张子雨的长篇小说《黑白布局》开篇伊始是5月25日，蓼风市公安局刑警大队反黑组组长丁原被检察院刑事拘留，涉嫌罪名强奸未遂，在蓼风市掀起轩然大波……

刑警大队反黑组组长丁原反倒被“刑拘”，反讽之意自在其中矣，读者的胃口也被吊起来了。

再看胡炯的长篇小说《兄弟，活着再见》开头是这样的：

> 深夜，雨越下越大，进山的路变得泥泞不堪，很多地方已经发生了山体滑坡，碎石和泥浆随着雷声滚滚从山上倾泻下来，似在报复不作美的天公搅扰了海辛城夜晚的宁静。
>
> 位于县城西郊五公里处的昊凤山脚下，停靠着县刑侦队、武警部队的执行公务车辆。数十辆车堵在山入口处，密密匝匝。其中一辆黑色的车内有6个男人围坐成一圈。教官林子明锐利的目光在自己得意的五名学员脸上一一扫过，并确信他们都有了相当强的能力。
>
> 这是一次临时抽调武警学院学员协助的抓捕行动，对这五个人来说是一次难得的实战机会，也直接关系着他们的未来……（《兄弟，活着再见》P3）

深更半夜，大雨滂沱，这些学员要抓捕谁，悬念吸引着读者往下读。

由此看来所有的公安侦破小说之间都系互文性重复或宏观重复。而且，所有的公安侦破小说都遵循某种结构方式，正如“刘震云非常推崇《西游记》的结构方式，即一直处于遭遇妖怪，脱离险境，再遭遇妖怪，再脱离险境这样的循环之中”。[①]

须一瓜的长篇小说《双眼台风》中的鲍雪飞和傅里安系同门（同学关系）。前者极力掩盖顾小龙冤案，后者却极力翻案。也就是说一方代表邪恶，而另一方代表正义。颇具反讽意味的是当年傅里安职务的提升还是鲍雪飞鼎力相助使然，如今为了一起案件，同门却势不两立。

易卓奇的长篇小说《纪委调查》中刑警队长沈宇霆与常委副局长林国平也是同学关系。只因林国平为了攀附权贵，竟然忘记了自己的警察身份，且与当地黑恶势力沆瀣一气，沈宇霆与林国平之间的亲密关系慢慢就演化为敌我矛盾。沈宇霆、林国平的恩恩怨怨与《双眼台风》中的鲍雪飞、傅里安的关系形成互文。当年林国平从乡下警察成为省城警察得益于沈宇霆的鼎力相助，后来因为立场不同，两同学才分道扬镳，且势不两立。

库玉祥的长篇小说《幕后真凶》中东林市知名民营企业家程坤江被害，很快顾盛宽锁定嫌疑人是与死者妻子马文秀关系暧昧的新概念酒店总经理商克峰。但副市长兼公安局局长刘玉东并没有对商克峰采取强制措施，只因商克峰是市委书记商兆明的儿子。不久，商

---

① 冯庆华：《刘震云小说论》，南京大学2013年硕士学位论文。

克峰被查否，还有人替他顶罪；而坚持原则的刑侦支队支队长顾盛宽却被免职……一系列案件扑朔迷离。

此长篇小说有两条线：一条是公安民警排除万难勇敢地侦破案件；另一条是官场反腐败斗争黯淡了刀光剑影。其间，正义与邪恶的较量呈白热化状态，有以公安局局长刘玉东为代表的腐败分子在践踏法律，还有以刑侦支队支队长顾盛宽为代表的公安民警忠于公安事业。特别是顾盛宽用热血和青春捍卫警徽的神圣，维护法律的威严，读来豪情万丈、荡气回肠。

张成功的长篇小说《黑洞》中公安局刑警支队支队长刘振汉查明聂明宇是天都市最大的走私犯后，毅然将聂明宇抓捕归案。聂明宇是常务副市长的公子、全省闻名的青年企业家，还是黑恶势力的组织者。他与刘振汉曾经是战友，两家还是世交。刘振汉的义举激怒了聂明宇的父亲，随后刘振汉被陷害入狱……

《幕后真凶》和《黑洞》之所以成为互文性文本，因为两文本主题相同，其中正直的人民警察的遭遇表明依法治国任重而道远。以上只是将两个作者的文本进行比较。实际上，多个作者笔下的文本也存在着互文性重复，也就是宏观重复。易卓奇的《纪委调查》、库玉祥的《险象环生》和朱维坚的“打黑除恶”系列小说都是讲述警察如何与黑恶势力作斗争，皆系宏观重复。

此外，警察配偶红杏出墙这一母题也让一些公安小说成为互文重复。魏人的中篇小说《刑警队长的誓言》中警察傅冬的前妻孙岩在曹大翔所在的公司任职，后来因为傅冬出差，孙岩便与曹大翔好上了，且被傅冬捉了现形。《险象环生》中城西公安局刑警大队的副大队长左同英的老婆樊玲与人事局朱忠伟局长扯上了，且被左同英的同事逮个现行，让左大为光火，愤而提出离婚。穆玉敏的长篇小说《测谎》中测谎专家齐大庸的妻子姚婷与银行保卫处焦处长有染。《女看守所长》中看守所民警李晓东将妻子刘慧敏与孙立捉奸在床……

除了因为故事情节形成互文性之外，人物之间也形成互文性。人物互文性分为两种情况：一种是同一作者笔下的人物在不同的文本中出现；另一种情况是不同作者笔下的人物性格相似或相同。

朱维坚的长篇小说《绝境》《黑白道》《使命》《终极罪恶》中的主人公都是李斌良。《双眼台风》中的傅里安、《铸剑》中的鲁沂蒙、《纪委调查》中的焦剑等都具有倔强之气，他们不达目的誓不罢休。

与上述正派人物形成鲜明对照的则是两面派人物，如《纪委调查》中的张高峰系黑恶势力头子，他却头顶光环——人大代表身份——捐款搞慈善忙得不亦乐乎；库玉祥的长篇小说《险象环生》中的大丰实业有限公司卢春海董事长与张高峰是同样的货色。公安机关对如此角色采取强制措施时，还要层层报批，从而贻误“战机”。但是《纪委调查》和

《险象环生》却以重复的“形式”揭示了社会现实（内容），即写出了中国国情。上述公安小说中的各类结构重复都属于宏观重复。

对作者而言，适当的重复能够提高整个作品的层次感。“重复”结构叙事能够使得作品中的叙事结构脱离单一的范式，具备多重的结构组合效果，尤其是重复的结构使得叙事结构更加丰满，并通过重复的结构规整作品中所有的结构，形成一种框架的模式，回环往复，有序搭建和统摄叙事结构。[①] 由于文本之间主题、结构以及其他的重复，使文本的生命力得以在重复中延续。小说不再只是封闭、静态的，而是开放、动态的。因为重复的存在，文本之间趋于循环，小说中的人物又鲜活地出现在读者面前，故事又出现了全新的情节，这就是重复带来的独特叙事效果。[②]

（四）犯中求避

在诗歌和音乐中，重要诗句和旋律的重复，是使结构完整的一种常见的手法，能造成回环往复的美。而在小说中，情节的简单重复却往往会造成雷同。但是，中国古典小说却偏要于险处取胜，有意使情节重复，同时在重复中写出不重复。古代小说评论家称之为“犯中求避”。[③] 换言之，重复并非呆板机械地重复，而是让重复富于变化。《祝福》中祥林嫂第一次讲述“阿毛的故事”时，就将下层劳动妇女的苦难和痛苦表现得淋漓尽致，其内心的惨痛和悲哀从字里行间溢出。当她第二次叙述此故事时，突出的是鲁镇人的凉薄和冷漠。祥林嫂的悲哀“经大家咀嚼赏鉴了许多天，早已成了渣滓，只值得烦厌和唾弃”。当她第三次重复“阿毛的故事”时，就直击祥林嫂麻木绝望的灵魂。在重复叙述中推动情节的发展，显示出人物性格的变化轨迹，进一步深化了主题。[④]

重复无处不在，就如我们的生活。米勒启发我们任何作品都不可能是独创的，都受其他文本的影响。任何作家的创作或多或少与自己的生活经历有关，其笔下的作品总是重复着自己的经历。大多数公安系统作家长年生活在警营，熟悉公安、了解警察，因此他们笔下自然就会生发出许多警察故事，实录警察生活。这样一来，经验模式写作不可避免。对此，日内瓦学派的经验模式早有论述。此模式贯穿于任何意识活动中，在作品中呈显现态势，是自我与世界的最基本的关系，它潜在于真实或想象的具体化之中。潜在的经验模式若隐若现，并以一种辩证统一的形式相互关联，从而成为构成文学作品统一整体的因素。[⑤] 李佩甫也说：“对于我来说，文本的创新是最大的一种考验，在认知的更新上，语言的自

---

① 参见刘海瑛：《外国文学中“重复”结构的叙事分析》，载《语文建设》2015 年第 2 期，第 47 页。

② 参见李虹：《对重复理论的再思考》，载《宁波大学学报》2007 年第 3 期，第 20 页。

③ 范胜田主编：《中国古典小说艺术技法例释》，浙江古籍出版社 1989 年版，第 15 页。

④ 参见郑红勤：《鲁迅小说中重复手法的运用》，载《苏州教育学院学报》2001 年第 2 期，第 27 页。

⑤ 何平：《现代小说还乡母题研究》，复旦大学出版社 2012 年版，第 132 页。

我重复上，仍然面临着各种挑战。作家的写作，尤其是写多了，会常常滑进旧的写作方式。”① 那么“犯中求避”就显得尤为必要。

每个文本在思想或结构及艺术手法等方面总是与其他文本之间构成重复关系。武和平的长篇小说《预备警官》《污点》都是讲述关于警察精神成长的故事。

仅就三极建构这一点而言，前者就是对后者的重复，但并不是简单的重复，而是在原有基础上进行超越。“超越”具体表现在潜意识层面：《预备警官》中的金锐为了不伤害曾经的女友宋尔端，他永远不会对她说真话，即姚远的死因。但是他的潜意识（睡梦中的话语）却暴露了一切。

金圣叹在《水浒传》第十一回总评中说：“吾观今之文章之家，每有‘我有避之一诀’，固也，然而吾知其必非才子之文也。夫才子之文，则岂惟不避而已，又必于本不相犯之处，特特故自犯之，而后从而避之。此无他，亦以文章家之有避之一诀，非以教人避也，正以教人犯也。犯之而后避之，故避有所避也；若不能犯之，而但欲避之，然则避何所避乎哉!”“避”是避免小说情节和人物描写上的重复；“犯”则是不避已有的人物类型和情节模式，在貌似中写出神异。②

《预备警官》和《污点》都是“一女两男”的故事，这就是“犯”，但为了使这个三极建构的故事不让读者产生枯燥之感，就得“犯中求避”。如何“避”？在《预备警官》让金锐培育帮手。即招收高素质学员，并对他们进行改革培训，然后让他们参与缉毒行动。金锐与宋尔瑞之间的故事虽然与《污点》中黄河平与何雨之间的故事（结构）重复，但是前者还插入金锐与高素质学员之间的故事。

对于读者来说，重复的叙事结构能够给读者造成一种叙事形式的渐进，尤其是将这种形式放在读者阅读语境中时，能够不断地通过作品的重复结构进行多次解读，也可以在一次解读中生发出多重的意义。③ 朱维坚的《黑白道》中李斌良三次去宁静家，就属于“重复的叙事结构”。在第六十三节中，李斌良第一次到宁静家，是她的男人余一平失踪、家中被盗之后。随同他一起去的还有技术人员和同事高苹。宁静说余一平经常翻看的一个小本子不见了，这个本子上记着非常重要的信息。在第六十九节中，李斌良第二次到宁静家，这次是与蔡局长一起去的。宁静将父亲（老市长）生前写的一些关于现任市长魏民的腐败证据（就是那个小本子所写）给他们看。这是一个复印件，原件已被盗走。这些材料放在抽水马桶的水箱底部，被宁静发现了。第七十五节中，这是李斌良第三次到宁静家，因为宁静被杀手纪云龙给劫持了。纪云龙逼使宁静给李斌良打电话，细心的李斌良还特意

① 刘洋、李佩甫：《创作永远是重新开始——访李佩甫》，载《河南日报》2015 年 8 月 17 日。
② 王先霈、王又平主编：《文学批评术语词典》，上海文艺出版社 1999 年版，第 116 页。
③ 刘海瑛：《外国文学中“重复”结构的叙事分析》，载《语文建设》2015 年第 2 期，第 47 页。

把同事高苹给叫上了。

李斌良三次到宁静家的重复叙事并不雷同：一是随同他一起的人员不同；二是到宁静家后，李斌良获取的信息和见到的场景也不一样，这就是“犯中求避”。正是采用“犯中求避”这一写作手法，把余一平的死因、魏民市长的发迹史及纪云龙的下落都向读者交代清楚了。

《纪委调查》第十六节中，沈宇霆与焦剑再次见面，问局长办公室是什么手法引爆的，分析可能是哪些人作案。第二十三节中，沈宇霆与焦剑又见面，这次是因为沈宇霆弄不明白为何黄一兵让派出所所长吴欣给抓住了，毕竟专案组已经开始对黄一兵实施抓捕行动，这是哪个人泄了密。焦剑告诉他，他监听到了林国平打给张高峰的电话，电话中说快穿帮了，有人开始怀疑黄一兵……沈宇霆一时还无法解开这个谜，他还是想再问问焦剑，也许他能知道点儿什么。迫不得已，又一次秘密见面，还是在那个秘密的地方。（《纪委调查》P209）

在第二十八节中，却变成了焦剑主动约沈宇霆见面。沈宇霆与卧底警察焦剑见面这一重复中就富于变化。前几次都是沈宇霆主动约焦剑见面，最后一次则是焦剑主动提出约沈宇霆见面，这就是“犯中求避”。现在他的母亲在重症病房，他要向母亲说清楚自己的身份依然是警察，因为工作需要，只能伪装自己。只有让母亲了解了真实内幕之后，母亲才能早日康复，即增强与病魔作斗争的信心与勇气。

《纪委调查》中的这几次重复见面，就表明了公安工作的复杂性和残酷性。同时也表明“忠孝两难全”。在《纪委调查》第十七节中，新上任的公安局局长赵志杰两次去找退休的莫文智，请他帮忙分析老公安局局长办公室爆炸案可能是哪些人作案。莫老对他说应该是内部人干的。在第二十三节中，林国平常委副局长去请莫文智分析案情，莫老也是这么说的。就同一案情的分析，莫文智分别对不同的人说，这就在重复中富于变化。正是莫文智的第二次分析，才导致泄密事件发生——加速黄一兵的落网（吴欣抓了黄一兵）。

重复的事件形成一种循序渐进的梯级构造，既使得故事情节更加曲折起伏，拓展出极其广阔的审美空间，又使得纷繁的人事物象有机统一，强化了情节的有机力量，因而有效地促成了情节张力的生成和强化。[①]《纪委调查》中沈宇霆与焦剑数次见面与莫老两度分析案情，都采用了“犯中求避”的写作手法。

艺术贵在创新，如何“犯中求避”是一个恒久的话题。《纪委调查》中对同一事件（莫文智分析案情）的重复，才揭开了黄一兵早早落网这一谜底，充分说明重复出现的意象或情节自有其价值，但是重复大量地使用，则导致新意的丧失，还会让读者产生阅读的

---

① 朱斌：《小说艺术魅力探寻：小说张力论》，民族出版社 2015 年版，第 146 页。

倦怠。李佩甫说自己的小说中有些细节是重复的。比如，《生命册》中从十八楼跳下去的骆国栋，生来就是罗锅。《城的灯》中的老姑父因为独自拉扯五个孩子，贫病交加，成了一个罗锅。《金屋》中杨如意的继父是一个罗锅。最新出版的《平原客》里刘金鼎的父亲还是一个罗锅……罗锅虽有其独特的隐喻，但是重复可能导致读者对这一隐喻失去兴趣，也使小说的情节失去新意和悬念。[①]

不同类型的重复往往是互相交织、彼此融合的，共同促进情节的有机统一，共同促进情节的递进发展。[②] 本文虽然将古今中外的重复手法与当下公安小说结合起来言说，但由于中国之大，公安小说之多，在梳理公安小说中的重复手法时仍然显得力不从心。在他人没有从事此方面研究之前，笔者尝试着吃一次螃蟹，但愿能抛砖引玉，引起更多学人对公安小说的专注与研究。

笔者细读的公安文学作品并不少，总能从一些公安小说中读出重复的故事情节、结构和人物等，即微观重复、中观重复和宏观重复。这些都是前人的经验，也是我们宝贵的财富，但我们不能总是重复别人的东西，必须跳出僵化思维勇于创新，“在熟悉中寻找新奇”[③]，即从繁复的日常工作中发掘公安机关新质战斗力。

---

① 王长燕：《李佩甫小说中的重复艺术研究》，西南大学2018年硕士学位论文，第46页。

② 朱斌：《小说艺术魅力探寻：小说张力论》，民族出版社2015年版，第147页。

③ 李虹：《对重复理论的再思考》，载《宁波大学学报》2007年第3期，第21页。

第九章　公安小说与侦探小说

严格意义上来讲，我国的公安小说不能称作侦探小说，作为公安小说重要组成部分的公安侦破小说倒是与国外的警探小说类似。它们的共同点在于：第一，叙事的模式化，皆遵循案发、调查取证和结案的套路。第二，皆突出悬念，且把悬念置于首位，还喜欢大悬念套小悬念。因为悬念，所以容易产生“根本性质的逆转”。不同点在于：侦探小说多聚焦“小我”，而公安侦破小说却关注“大我”，究其原因是公安小说必然彰显公安特色。叶永烈在《惊险科幻小说答疑》中说：“金明是中国的公安战士，福尔摩斯是英国的私家侦探。他们同样从事类似的破案工作，但目的却有本质的区别。金明破案是为了保卫社会主义的祖国，而福尔摩斯是以破案为职业，获取私利。”而且金明破案“‘上靠天，下靠地’……所谓‘天’，就是党的政策、国家的法律；所谓‘地’，就是人民群众。金明认为‘上靠天，下靠地’，再加上现代化的科学侦破技术，这是侦破的三大法宝”。[①] 如果进一步展开，我们会发现公安小说中案件破获大多会从社会关系入手。而国外的警探小说更多的是从逻辑推理入手，即运用相关知识来破解难题，注重的是精细原则。

一、公安小说与侦探小说的相同之处

（一）注重逻辑推理

公安小说中的公安侦破小说与国外的侦探小说相较，不管是取材内容、结构、叙事策略，还是主题等都有相似之处。作为通俗文学重要组成部分的侦探小说发源于西方。我国侦探小说是在翻译外国侦探小说和本国公案小说的共同影响下产生的，“如果说本土的公案小说为我国侦探小说的产生作了量变上的积累的话，那么，西方的侦探小说则最终促成了我国侦探小说的质变”。[②]

---

① 叶永烈：《惊险科幻小说答疑》，载《读书》1982 年第 1 期。

② 姜维枫：《近现代侦探小说作家程小青研究》，中国社会科学出版社 2007 年版，第 1 页。

诸多国人喜欢侦探小说，因为他们从追求正义和探究解谜中获得了心理满足。但是，侦探小说一旦进入中国就变味了，如程小青笔下的《霍桑探案》中官方侦探的地位被大大地提高了，与西方侦探小说中官方侦探的低下地位形成鲜明对比，后者中的官方侦探只是用来衬托私家侦探而存在的。

于洪笙在《重新审视侦探小说》中说："侦探小说产生在西方资产阶级兴盛时期，在资本主义人文主义的影响下，追求个性解放，在私人侦探身上体现的因天赋人权而能蔑视权贵，为正义、公理敢于冒险、拼搏，乃至奉献生命的大无畏精神，实是西方文学张扬个人奋斗、个性至上的体现。"① 中国国情决定了侦查办案的主体是人民警察（公安机关），人民警察就是侦探小说中的官方侦探。为了研究的需要，笔者把我国公安小说中与国外侦探小说类似的那些文本统称为"公安侦破小说"。

公安小说虽与侦探小说有一定的渊源，但区别甚大。后者以模式化写作为主。模式化写作具体表现为案发、侦探（警探、警察）出现场、描述案发现场及案件疑点、调查案件、破案。结局也是模式化，即封闭式的结尾，而非开放式。一般来说，侦探小说以故事情节吸引读者眼球，且十分注重理性逻辑，而公安小说中只有公安侦破小说才是这样。公安小说与侦探小说不具可比性。如果把公安小说中与案件有关的那部分文本（公安侦破小说）与侦探小说作比较，倒是可说道说道。

任何文学类型或多或少都会受到文学传统的影响，公安侦破小说亦然，其渊源甚至可以上溯到春秋时期。据载春秋郑国的大夫子产就能"听声辨奸"。据说子产看见一妇人在丈夫墓前哭泣，注意其声音异样，遂带回审问，查出杀夫之实。时人不明白，问子产是如何窥出端倪。子产曰："凡人于其所亲爱也，知病而忧，临死而惧，已死而哀。今哭已死，不哀而惧，是以知其有奸也。"此则故事记载于汉代王充《论衡》、唐代李冗《独异志》和宋代郑克的《折狱龟鉴》中。② 随着佛教传入我国，小说创作也迎来了高峰，即因果报应观引发笔记公案的兴盛。我国的公案小说就成了中国本土思想与佛教因果融合之物。

不管侦探小说如何演变，其一定蕴含科学意识和理性逻辑。当下的公安侦破小说与侦探小说相同之处就是皆注重逻辑推理。自从 1841 年《莫格街凶杀案》问世以来，此类小说就因其曲折的情节、强烈的悬念、严谨的逻辑显示出特有的魅力，闪耀着理性的光芒，被称为"智慧文学"。③

新时期公安小说中还有一部分不属于公安侦破小说，它们并不像侦探小说那样以理性

① 于洪笙：《重新审视侦探小说》，群众出版社 2008 年版，第 188 页。

② （汉）王充：《论衡》，上海人民出版社 1974 年版，第 154-155 页；（唐）李冗：《独异志》，第 50-51 页；（宋）郑克：《折狱龟鉴》第 10-12 页。转引自于洪笙：《重新审视侦探小说》，群众出版社 2008 年版，第 118 页。

③ 于洪笙：《重新审视侦探小说》，群众出版社 2008 年版，第 106 页。

逻辑见长，而是以情感逻辑取胜。例如，吴克敬的中篇小说《手铐上的兰花花》（获第五届鲁迅文学奖）讲述的是一名警察押送一位女重刑犯去省城监狱服刑的故事。一路上，人民警察宋冲云时时处处对女囚犯阎小样施以人文关怀，表现的是民警的为民意识，凸显的是价值理性，而非科学理性。

（二）展现正义与邪恶的较量模式

侦探小说所反映的内容总是彰侠义、明正气、惩顽恶、揭黑幕，正义之气必将战胜邪恶之气，其文化观念符合中国文学“惩恶济善”的道德观。① 侦探小说和公安侦破小说都标榜诗性的正义。所谓“诗性的正义”是指诗刊人和文学家、艺术家为伸张正义所应当承担和履行的社会职责和伦理道德义务。②

高度程式化的侦探小说似乎更切合惩恶扬善的本质。“在侦探小说中终于找到了值得人们向往和追求的一种生命价值，那就是战胜邪恶，让生命变得崇高，超越令人焦虑和恐惧的死亡。”③ 正因为侦探小说有如此功能，侦探小说才能成为读者百看不厌的读本。公安侦破小说与侦探小说相似，都是高调地展现正义与邪恶的较量。

武和平的长篇公安侦破小说《掩盖》即如此。开篇就是沧海市金岛滩一艘大船附近出现了一具尸体，而且这具尸体是被一只卷毛狮子狗给拽出来的。随着情节的推进，案情变得十分复杂，且险象环生。作案者为了“掩盖”罪恶，势必疯狂地实施“杀人灭口”的计划，诸多知情人便一个个神秘地消失。更为可怕的是，甚至连负责侦破此案的公安局局长曲江河也被“双规”了，刑警队队长卓越也因莫须有的罪名而失去自由……重重黑幕之下，疑问迭出，悬念重重，煞是好看。新上任的女公安局局长严鸽决意大胆地揭开黑幕。可是，经过几番较量之后，公安局局长严鸽才知自己也被置于情与法的两难处境之中。原来这艘大船的位置与一起恶性矿难有关，而且制造这起矿难并试图“掩盖”这一罪恶的矿主，正是自己情同手足的兄弟孟船生。

《掩盖》遵循严格的理性逻辑，有案发、侦查和破案等过程，而且是正义战胜邪恶的模式。与国外的侦探小说相比，这些文本中不再有私家侦探和官方侦探这些称谓。小说凸显的正是中国特色，书写的正是中国国情。

与《掩盖》类似的文本还有张平的长篇小说《十面埋伏》、王仲刚的长篇小说《喋血大动脉》《天伦》《风流警察亡命匪》、刘军的长篇小说《测谎师》、穆玉敏的长篇小说《测谎》等。这些公安侦破小说揭露的都是“中国问题”。

侦探小说的取材不外乎偷盗和凶杀等犯罪内容，以及其围绕着侦破案件所展开的一系

---

① 范伯群、汤哲声、孔庆东：《20世纪中国通俗文学史》，高等教育出版社2006年版，第163页。
② 陆贵山：《人论与文学》，中国人民大学出版社2000年版，第357页。
③ 于洪笙：《重新审视侦探小说》，群众出版社2008年版，代序第2页。

列斗争，而犯罪的动机从大体上讲无外乎“财”和“色”二字，如遗产争夺、金钱诈骗、爱情纠葛等是侦探小说的主要内容。这种刑事案件的侦破过程，集中体现了智慧与狡诈的较量、正义与邪恶的斗争。①

公安侦破小说与侦探小说的相似之处虽然都是展现正义与邪恶的较量，但还是有些区别。公安侦破小说大多系时代主旋律之作，与社会主义文化的发展方向相一致，与时代的主流文化方向相契合，正如批评家维尔哈伦所言“文学的主旋律是对人的肯定和人性的张扬”。说具体一些，当下的公安侦破小说则是大力彰显人民警察的核心价值观。

（三）建构英雄（硬汉）形象

公安侦破小说中不乏英雄，侦探小说同样如此。譬如，一篇优秀的侦探小说，不论故事发生在何时何地，不论篇幅长短，它都不能缺少一位正面人物，这个正面人物继承的是世界文学传统中的英雄原型。在这个带有英雄色彩的正面人物（即侦探）身上，寄托着人文精神对人类优点的描述，如正义，智慧，维护文明秩序，为法制生活中的失衡、偏颇而奋不顾身。他的主体性格应该是伸张正义、疾恶如仇、尽忠职守、视死如归。正是这样一个在社会生活中具有奉献精神、牺牲精神的文学角色，被创造者赋予的理想色彩，是人类在生存、繁衍、发展、进步、创建文明的过程中所必须发扬光大的。②

英雄堪称文学原型。人人崇拜英雄，人人也想当英雄，这是一种集体无意识的历史积淀。“武侠小说与游侠诗文的发展不完全一致，但在借侠客形象来满足作家与读者潜在的‘英雄梦’这一点上却无多大差别。”③ 读者之所以喜欢看侦探小说和公安侦破小说，与他们的英雄崇拜情结有关，自古崇拜英雄是因国人的潜意识使然。“从人类历史的发展进程来看，英雄崇拜情结是自远古时代便形成的一种普遍又稳固的人类精神现象……还作为一种文学原型反复出现，并呈现为各种各样的形式。”④

侦探小说中的硬汉侦探与公安侦破小说中的人民警察皆堪称英雄，皆是智慧的象征。他们无私无畏、不怕牺牲、吃苦耐劳、意志坚强。哪怕是在金钱和美色的诱惑下，他们依然坚守正义和良知，不会轻易变节，因为他们心中自有一套道德标准来约束自己。

爱伦·坡笔下的杜宾这个侦探形象之所以受人喜爱，是因为他聪明、具有强烈的正义感、富有同情之心。侦探小说中的硬汉形象最早是由美国作家卡罗尔·约翰·载利创造出来的。1923 年，他的一部小说中描写了一个名叫莱斯·威廉的侦探。威廉宣称自己是冷酷无情的硬汉，由此诞生了硬汉侦探形象。硬汉形象的特质在于刚强、坚韧，他既不受金

---

① 黄永林：《中西通俗小说叙事：比较与阐释》，华中师范大学出版社 2009 年版，第 184 页。
② 于洪笙：《重新审视侦探小说》，群众出版社 2008 年版，第 107 页。
③ 陈平原：《千古文人侠客梦》，北京大学出版社 2010 年版，第 12 页。
④ 宋淑芳：《新时期公安题材小说创作研究》，福建师范大学 2008 年硕士学位论文，第 15 页。

钱、美女的诱惑，也不为悲伤不幸所压倒。以前的侦探都是事件的局外人，他们是受当事人的委托或上级的指派而介入事件中来，他们往往以救世主的姿态从事案件的侦破。硬汉侦探则不是这样。他们大都与案件有着这样那样的联系，甚至就是当事人、受害者。他们参与破案，不是解救别人，而是为自己、为亲友申冤报仇。他们有一种穿越刀山火海不达目的誓不罢休的英雄主义精神。达希尔·哈梅特（Dashiel Hammett，1894—1961）在《马耳他黑鹰》中塑造的侦探形象斯佩德，就是硬汉形象的典型代表。[①] 他性格倔强，不畏艰险，敢于同罪犯作英勇的搏斗，身处逆境坚持不懈，不达目的誓不罢休。

美国作家雷蒙德·钱德勒（Raymond Chandler，1888—1959）塑造了一个名叫菲利普·马洛的正统硬汉侦探。菲利普·马洛曾任地方检察官，因不服从上级命令而被免职，后从事私人侦探业务，但依然坚守自己的信念。身材高大的他外表粗犷、内心细腻，办案时从不妥协，敢于与暴徒、凶手决斗。他的口头禅是“不服从，是我的第十八般武艺”。他喜欢喝酒，也爱讲话，与常人无异，但他又是一个禁欲主义者，面对美女的引诱，他都能做到无动于衷。

《掩盖》中的“胡子”仇金虎、“袖珍警察”卓越和“猴探长”王玉华，从他们三个的外表和绰号来看似乎并不符合入警条件，他们的身躯并不伟岸，相貌也不英俊，但是这些个性鲜明的人物身上却闪耀着革命英雄主义的光芒。例如，“大船起火后，胡子仇金虎在海水中折腾了一夜。将近黎明时分，筋疲力尽的胡子突然栽倒。薛驰一摸他的脑袋，烫得像火一样，便命他回家休息”。仇金虎不情愿返回队里，刚将枪锁进柜里准备回家，没想到却遇到逃犯咬子。咬子当场给仇金虎留下 4 万元的买路钱，仇金虎不吃这一套。咬子以为他嫌钱少，价码开到 40 万元，还说直接打到仇金虎账户上。仇金虎闻之，抓起自行车向咬子掷过去，咬子旋即掏出双筒猎枪。仇金虎没有被黑洞洞的枪口所吓倒，而是勇敢地与对方较量，终于倒在血泊中。

借用副局长曲江河在刑场上的话说：“人的终点没有区别，都变成了骨灰和一缕青烟，区别就在于生命的质量和长度：警察的命是金不换；罪犯的命是一抔粪土。”疾恶如仇的仇金虎没有被金钱打倒，因为他身上蕴藏着一股浩然正气。何为浩然之气？孟子解释说：“其为气也，至大至刚，以直养而无害，则塞于天地之间。其为气也，配义与道，无是，馁也。是集义所生者，非义袭而取之也。”孟子所说的“浩然之气”，是指人们的道德经过修炼所达到的博大而崇高的精神境界，表现出来的是一种由义与道凝聚而成的凛然正气。

“袖珍警察”卓越在小说中出现的频率最高，命运也最坎坷。关于大虢峪案件，副局

① 黄泽新、宋安娜：《侦探小说学》，百花文艺出版社 1996 年版，第 55 页。

长曲江河、分局局长寒森都要求他不要再查了。坚持正义的卓越敢于与各方领导较真："案子我要办到底，不管后边谁是保护伞。要是办错了，甘受党纪国法处理，如果有人搞栽赃陷害，我会和他干到底！"结果，他那执着的信念让他身陷囹圄。毕竟黑恶势力太强大，他们动用各种手段对卓越进行迫害。当卓越被羁押在看守所时，张百姓问他是否还继续搞那个案子。卓越说："老张，你咋就光会说这没用的话？他们抓我就跟这起案件有关，说明他们心虚害怕了，因为我掌握有重要线索。只要这条命在，出去还要和他们干，相信天下终有公理在。要是查出我真有问题法办我，脱了警服当了老便接着干。我是农家子弟，啥时候都是老百姓膝下的一条狗，打死了两只眼也会朝前看，打不死就会有他们的好看。"当卓越的女朋友梅雪劝他放弃这个案子时，他也不为柔情所动，毅然决然地前行。

"猴探长"王玉华作为卧底深入犯罪集团内部，与武和平的长篇小说《污点》中的黄和平类似。他冒着生命危险与敌对分子进行巧妙的周旋。被对方识破之后，他并没有害怕退缩、变节叛逃。面对诱惑，他不为名利所动。他说："我王玉华可要警告你，我刑警的命也是金不换，打死一个你要付上十倍的代价，弟兄们会给我报仇的。你小子要是有种，就不要犹豫，现在就开枪，我要是眨一下眼睛，我就不叫吓破你们狗胆的王老便！"

以上三名警察立场坚定、斗志昂扬，他们是中华民族的铁骨与脊梁，是真正的"硬汉"。

杨佳富的长篇小说《边关冷月》，塑造了云南勐岗边防检查站站长雷龙这个边防战士的形象。为了禁毒事业，他坚决抵制"糖衣炮弹"的诱惑，严格执法，不徇私情，最后落得一个抛妻别女、背井离乡、招致同事们误解的结局。在异国他乡，肩负重任、胸怀韬略的他好几次险些赔了性命，但他顶住来自方方面面的压力，忍辱负重，初心不改。他深入毒枭老巢之后，与各类犯罪集团巧妙周旋，最后与国际禁毒组织一道终于将罪大恶极的毒枭绳之以法。

一身正气的雷龙即使被人陷害，离开了心爱的边防事业，但他依然忠于祖国，铲除毒品的雄心壮志仍然没有泯灭。特别是到了缅甸之后，在暗探密布、多双眼睛监视的情况下，他机智地通过朗诵岳飞的《满江红》这种方式来间接地向昔日战友传情达意，表达自己对祖国的赤胆忠心。《满江红》本是一首气壮山河、传诵千古的名篇，表现了诗人大无畏的英雄气概，洋溢着爱国主义激情。它被作者杨佳富镶嵌在作品中，增强了互文性、丰富了文学性，让浩然之气在文本中处处可闻。杨佳富希望通过笔下雷龙这个英雄形象的塑造，展示一种可资比照的人生力量与人格高度，给当下颓废、疲软的平庸生活注入阳刚之气，给信仰迷茫的当今社会奉上一盏明灯。

将侦探小说与公安侦破小说进行比较，我们会发现侦探小说因题材受限，其中的侦探基本上属于佛斯特所说的"扁平人物"。侦探性格特征比较单一、突出、鲜明。他们从出场到结束，性格不会有大的改变。这种线性特征容易为读者铭记，而公安侦破小说中的大多数人民警察性格比较丰满、复杂，立体感强，可划归为“圆形人物”。

此外，侦探小说中的硬汉侦探与公安侦破小说中的人民警察的区别表现在前者大多孤身一人，无亲无故，特立独行，从不与警方为伍，而后者本身就是警察，他们总是通力合作共同对付邪恶势力。

侦探小说受题材所限，人物塑造多属扁平。达到典型高度的扁平人物，性格特征比较单一、突出、鲜明。出于人物的某一性格特征被突出地强调出来，其他性格侧面往往被压倒、吸收，似乎仅仅成了表现这一种性格特征的方式。① 侦探人物在文艺理论上属于佛斯特说的“扁平人物”，即“性格人物”或“类型人物”（人出场到结束性格不变），这种线性特征为读者易记，而侦探身上智慧的光芒和人性的光环，使他们如黑暗中的火炬，令读者炫目和崇拜。②

海岩的长篇小说《便衣警察》中的主人公周志明作为新时期公安民警的英雄形象，堪称圆形人物。周志明内向、沉稳、腼腆，有着强烈的事业心并且意志顽强。这一主人公性格比较丰富、复杂，立体感也非常强，是小说中“这一个”，也是作者主观情感的凝结。周志明在不寻常的历史年代中所经历的曲曲折折、忍辱含屈的生活历程和斗争历程集中体现了那个时代中一代青年的精神风貌和价值追求。③

（四）程式化写作

社会主义新中国虽然没有侦探小说这一说法，但是公安文学中公安侦破小说与侦探小说非常相似。两者叙述成规一致，即非常注重因果逻辑，正如古希腊人所说的“天谴”：其方式和手段可以是人进行的报仇、鬼魂的复仇、神祇的报应、神灵主持正义、飞来的横祸、难逃的劫数，或事件的必然后果等，但最根本的一条是“天谴”临头了，它不以人的主观意志为转移。④

托多罗夫将原初形式的侦探小说的叙事语法归纳为如下八点：（1）小说中最多只该有一个侦探、一个罪犯，最少有一个受害者（一具尸体）；（2）罪犯不应是一个职业犯罪者，不能是侦探，且是为私人理由杀人；（3）爱情在侦探小说中没有位置；（4）罪犯在生活中不能是仆人，在小说中是主要人物之一；（5）一切都须以一种理性方法来解释，幻想作品不能被接受；（6）心理描写与分析并不重要；（7）必须遵循连续的同一性；（8）必须避免平庸的境况与结局。⑤

---

① 孙子威主编：《文学原理》，华中师范大学出版社 1989 年版，第 99 页。

② 孙子威主编：《文学原理》，华中师范大学出版社 1989 年版，第 188 页。

③ 高洞平、张子宏、于奎潮：《中国当代公安文学史稿》，群众出版社 1993 年版，第 176 页。

④ ［加］诺思罗普·弗莱：《批评的解剖》，陈慧等译，百花文艺出版社 2006 年版，第 302 页。

⑤ ［法］托多罗夫：《侦探小说的类型学》，载《环球文学》1990 年第 1 期。转引自陈平原：《千古文人侠客梦》，北京大学出版社 2010 年版，第 172 页。

美国学者伯格在诸多的侦探小说中发现了三种不同类型的侦探，从而总结了以下三种侦探小说类型。

1. 经典公式：利用像夏洛克·福尔摩斯和埃居尔·波洛这样的主人公，他们并非警察，但由于头脑聪明而为警察所用。他们通常是“顾问”侦探，极少冒险，也极少与女人有染。

2. 硬汉公式：描绘像萨姆·斯佩德和迈克·哈默这样的主人公，他们是私人调查员，与警察有着矛盾的关系。他们常常与女人有染，也经常身处危险之中。

3. 程序公式：有像迪克·特蕾西这样的主人公，他们是警察，利用警察部门的资源（实验室等）追踪罪犯。①

英国作家 S. S. 范丹在《侦探小说二十准则》② 中梳理出二十条侦探小说写作准则，至今都还有生命力。具体表现为：

a. 作者应该把所有线索交代得一清二楚，使读者和书中的侦探具有同等的破案机会。

b. 读者所受到的蒙骗应该止于罪犯施诸侦探本身的那些诡计。

c. 侦探小说不应该扯上暧昧关系和爱情，否则就会纠缠不清，使一些纯粹的智力竞赛复杂化。侦探小说的任务，是把罪犯绳之以法，而不是为了有情人终成眷属。

d. 犯罪的人不应该是侦探本人，或者是警方干探中的一员。这是一种欺骗读者的卑鄙手段。

e. 破案要靠逻辑推理，不能凭意外或者巧合，假如是罪犯自首的话，动机应该充分。否则，就有如哄骗读者去寻宝，到他放弃时，才让他知道宝藏竟在他的口袋里。这种玩笑是开不得的。

f. 侦探小说当然不能没有一个查案的侦探。侦探收集蛛丝马迹，加以分析，最后揭露坏蛋的真实身份。侦探一定要凭借分析线索来破案，否则就和小学生偷抄习题答案没有区别了。

g. 罪案一定要是谋杀案。谋杀案越血腥越残酷，效果就越好。比谋杀案轻微的案件，实在不值得读者花费精神和时间去翻三百多页书。美国人爱讲人道主义，一宗恐怖的一级谋杀案必定会激起他们的义愤。哪怕是多么宽厚善良的读者也不会甘心让凶手逍遥法外，势必兴致勃勃地投入追查。

h. 破案的方法要合情合理。诸如读心术、扶乩、招魂、看水晶球那类的巫术，乃是侦探小说之禁忌。和读者斗智的应该是个凡人。读者在玄学的第四维空间里和神仙幽灵斗

---

① ［美］伯格：《通俗文化、媒介和日常生活中的叙事》，姚媛译，南京大学出版社 2000 年版，第 140-141 页。

② 杨博一、马季：《欧美悬念文学简史》，时代文艺出版社 2004 年版，第 232-246 页。

法，又岂有得胜的机会呢？

i. 进行推理的主人公只可有一个。假如动用三四个甚至是一群侦探来思考，不但会分散读者的注意力，而且会影响本来连贯的思路。读者不知道和自己斗智的对手是谁，会感到额外的困难。再者，读者要以一敌众，车轮大战会令人感到疲于奔命。

j. 罪魁祸首应该是个举足轻重的人物。这个人物该是读者所熟识、并曾经引起过兴趣的。将罪责推到一个从未出现的人物或者无关痛痒的角色身上，是作者无能的一种表现。

k. 凶手不可以是仆人、看门人、跑腿、侍从、护林人、厨师之类的人，他们犯下的罪案是不值得写成书的，否则读者会觉得白白浪费时间，凶手最好是个平时绝不会受到怀疑的重要人物。

l. 谋杀案可以有很多起，但罪犯只宜有一个。同谋和帮凶是可以有的，但是罪责一定要集中归咎到一个黑心肠的凶手身上。这样，读者的义愤才有宣泄的对象。

m. 在侦探小说中加进黑社会，会把罪责分散，这样只会糟蹋一宗本来十分精彩的谋杀案。一旦牵涉如黑手党、匪帮之类的黑社会集团，小说实际上已变成惊险小说或警匪小说，不再是侦探推理小说了。罪犯当然要有个机会做公平斗争，但让他有黑社会做靠山就过分了。一般稍有自尊的高级谋杀犯是不屑与黑帮同流合污的。

n. 犯罪和破案的方法都要合乎科学推理，即假科学和纯粹想象出来的杀人方法一定要避免。毒药要出自《药典》。“超镭”之类的新发现元素是不适合用于侦探小说的。作者一旦像儒勒·凡尔纳那样异想天开，就已经是越出了侦探小说的范畴，闯进幻想小说的领域中去了。

o. 罪案的真相，在阅读小说的过程中应该都颇为明显，瞒不过特别聪明的读者。

一般读者假如在获悉真相之后把小说再看一遍，他会发觉真相原来一直都摆在他面前。一个犹如侦探一样精明的读者，不用把小说读到结尾就能料到凶手的身份，这样的读者实在不乏其人。在有关侦探小说的基本理论中有一条是这样的：一本构思得合情合理的侦探小说是无法将真相瞒过所有读者的，总有读者比作者更敏锐聪明。假若作者把案件和所有线索都交代得清清楚楚，读者凭着独立分析、淘汰排队和逻辑推理等思考方法，应该可以和侦探同时指出真凶的身份。

这就是侦探小说动人之处，也就是那么多不屑看流行小说的人会津津有味地看侦探小说的原因。

p. 侦探小说不宜有大段的描写和借题发挥，累赘的人物性格刻画和气氛的营造。这些东西只会使情节呆滞、妨碍推理，就像在球赛中间高歌自然之美或者在填字游戏时大谈词源和缀字那样令人讨厌。侦探小说要陈述案情，加以分析，进而得出结论。读者阅读侦探小说，追求的不是感人肺腑的抒情、华丽辞藻的描写，而是紧张刺激的斗智娱乐。适量的描写和人物刻画是必要的，但只要能使故事有真实感，读者能够投入，就已经足够了。

q. 凶手不应该是个职业罪犯。劫匪盗贼犯下的凶杀案，由警局处理就可以了，用不着劳动作家和业余侦探爱好者。凶手的声誉越显赫越妙。道貌岸然的教会支柱、社团领袖或以乐善好施闻名的独身富婆乃上佳人选。

r. 假如读者到最后发现罪案竟然只是宗自杀案或意外事件，定会大呼上当。这样一个反高潮的结局，实在有负读者的厚望。不但会向作者讨还书价，还会严厉声讨作者。

s. 侦探小说里的谋杀应该出于私人动机。国际大阴谋或间谍之间的残杀属于另外一类的小说。谋杀案应有现实感，使读者能投入，有一个机会去宣泄内心压抑已久的感情。

t. 下面列出已经被用滥了的范例，一个勇于创新的作者会不屑采用以下十条：

①侦探凭着在案发现场遗留下来的烟头和疑犯吸的香烟牌子来破案。

②侦探制造幽灵还魂的假象来恐吓疑犯，使其露出马脚。

③凶犯利用伪造的指膜来欺骗警方。

④凶犯用假人来制造不在现场证据。

⑤侦探凭着狗没有叫这个现象，揭露潜进的人实是熟人。

⑥真凶原来是无辜被告之人的兄弟或长得一模一样的近亲。

⑦使用皮下注射器和蒙汗药。

⑧密室谋杀案是在警方破门而入后才发生的。

⑨通过测字联想来破案。

⑩凭着弄懂一封用密码写的信来破案。

范丹的这些准则用在古今中外侦探名篇上皆适用，如侦探女王阿加莎·克里斯蒂的《尼罗河上的惨案》和《东方快车谋杀案》；乔治·西默农的《梅格雷探案》等。

侦探小说模式化写作具体表现为发案、侦探到场、勘查或描绘案发现场、推测或讲述案件疑点、认真多方调查取证、解释破案经过与结局。程小青在自己的作品中提出种种疑窦，运用科学的方法与读者一起去观察、探究、集证、演绎、归纳、判断，在严格的逻辑轨道上，“通过调查求证、综合分析、剥茧抽丝、千回百转的途径，细致地、踏实地、实事求是地、一步步拨开翳障，走向正鹄，终于找出答案，解决问题”。[①]《莫格街凶杀案》是美国作家埃德加·爱伦·坡的一部中篇侦探小说，刊登在1841年5月《格雷姆杂志》上，被学界公认为侦探小说的开山之作。巴黎莫格街一对颇为富有的母女在家中遭到神秘而残忍的凶杀，屋内贵重物品都未丢失。案发现场中未出嫁的列士巴奈小姐尸体被塞入烟囱，列士巴奈太太横尸血泊，现场被描绘得惨不忍睹，让人读来毛骨悚然。令人费解的

① 范伯群：《中国现代通俗文学史（插图本）》，北京大学出版社2007年版，第429页。

是，诸多证人都说听到除了受害者之外还有其他人在案发现场的声音，但无人能破解凶手说何种语言。证人还进一步证明说，案发后，并没有看到有人从凶案现场离开……

这起发生在内反锁的密室里惨绝人寰的杀人案很难找出犯罪动机，既非仇杀，也非财杀。这对富有的母女待人和气，从没听说与谁结怨；室内物品未动……这宗作案手法离奇的案件让当地居民人心惶惶，让警方束手无策、无能为力。可是私家侦探杜宾一出场，这宗棘手的案子就迎刃而解。弗莱曾指出，侦探小说“非常注重细节，常使日常生活中最最单调、易被忽略的琐事突如其来获得了生死攸关的神秘意义”。① 杜宾破解疑案的法宝正是“细节”，这是依靠逻辑推理来完成的。“大侦探杜宾坚信任何表面不可思议的事物，背后都必然存在因果逻辑，因而能够凭借惊人的逻辑推理才能，打破案件发生之初的神秘，还一切以本来的面目。爱伦·坡对逻辑推理的重视和驾轻就熟地运用，让侦探技高一筹，令读者输得心服口服。”②

穆玉敏的长篇小说《测谎》与《莫格街凶杀案》的写作程式相同。开篇多个线头：警官学院女生莫小苹毕业后师从测谎专家齐大庸学习测谎技术，在书店邂逅青年画家宁远。宁远的画室在其父、塔基足球俱乐部老总宁全福的资助下开办。宁远被莫小苹的独特气质所吸引，为她画肖像时心生爱慕。齐大庸得知妻子姚婷出轨，内心十分痛苦。姚婷所在的工商分行发生了40万美元被盗案，姚婷被列为怀疑对象，此事让齐大庸更加心烦意乱。紧接着又发一案：宁全福的女儿宁静与班长乔纳纳深夜外出，乔纳纳却神秘失踪。重案队长刘保国请求齐大庸用测谎技术帮助侦破工商银行盗窃案。齐大庸发现自己的“情敌”焦处长有重大嫌疑，妻子姚婷也因此而卷入此案。齐大庸在依法办案时，姚婷却认为齐大庸是在报复她和焦处长。姚婷和焦处长在被测谎的时候，齐大庸与妻子姚婷反目成仇。

不久，宁全福死在自家浴室，且眼珠被子弹打穿。齐大庸和莫小苹奉命侦办此案。莫小苹得知宁全福是恋人宁远的生父。突然，宁远的好友马尾长发突然遭遇车祸，命悬一线。宁远倾囊相助，不惜把画室变卖用来资助好友。警方调查发现宁全福被杀案与工商分行40万美元被盗案完全可以并案。焦处长承认自己盗窃40万美元是为了行贿宁全福，以使自己的儿子能进塔基足球俱乐部。焦处长遂成为杀害宁全福的重点嫌疑人，而齐大庸却认为凶手可能是宁全福的家人。齐大庸坚持要给宁家三人测谎。

莫小苹在给宁远测谎的时候，宁远指认昔日塔基足球俱乐部队员康铁柱是杀父凶手。康铁柱承认自己杀了人，但杀的却不是宁全福，而是乔纳纳；他还交代说，在劫持乔纳纳的时候，撞伤了欲救乔纳纳的马尾长发。莫小苹与宁远前嫌尽释，两人继续约会。在剧院

---

① ［加］诺思罗普·弗莱：《批评的解剖》，陈慧等译，百花文艺出版社2006年版，第68页。
② 朱振武：《爱伦·坡小说全解》，学林出版社2008年版，第39-40页。

看剧的时候，莫小苹发现宁远的反应异常。为了证实自己的推测，莫小苹有意提出在画室给宁远做模特。宁远自知杀父罪孽，拒绝了莫小苹纯真的爱。齐大庸再次把侦查方向转向宁全福家人才真相大白：宁远发现父亲宁全福乱伦奸污了宁静，进而又发现宁静非宁全福的亲生女儿，义愤难抑遂举枪对准宁全福。本来是空枪的枪口真的射出了一颗子弹。测谎仪虽然能测定宁远有重大嫌疑，但却测不出装入子弹的是谁。只有宁远清楚，那颗子弹是妈妈屈丽茹装进去的。为了保护儿子宁远，母亲屈丽茹和盘托出。

《测谎》与《莫格街凶杀案》皆系程式化写作，具备框架严密、环环相扣、节奏紧凑、前呼后应等特点。公安系统作家笔下的公安侦破小说居多，如李晓平的长篇小说《鬼使神差》和库玉祥的长篇小说《险象环生》，都是讲述人民警察如何克服重重困难，把犯罪分子绳之以法，让犯罪嫌疑人得到应有的处罚的故事。且重点突出的是人民警察智勇双全，排除万难的决心和勇气，遵循的多是正义战胜邪恶的模式。

二、公安小说与侦探小说的不同之处

（一）产生的时段、发展历史不同

侦探小说的情节一波三折、悬念迭起，以此来调动读者的阅读激情。广大读者从追求公平正义、探谜和解谜的欲望中获得了某种心理满足。大多数学者认为侦探小说属于西方舶来品。[①] 自 1841 年美国作家爱伦·坡的《莫格街凶杀案》问世之后，侦探小说便以其曲折的情节、强烈的悬念、严谨的逻辑为表现手段，显示出独有的魅力，闪耀着理性的光芒，被称为“智慧文学”，在世界文坛脱颖而出，从此在世界各国拥有广大读者，成为世界文化中活跃的、易沟通的文学形式。[②]

“作为文学的一种类型，侦探小说的起源也可追溯到西方文学的两大源头——古希腊罗马文学与《圣经》。我们可以从古希腊的悲剧和《圣经》里找到侦探小说的原型。”[③] 此言不虚。“19 世纪中叶，在西方一些大城市，如伦敦、巴黎、纽约等，都成立了警察与侦缉机构，除了官方侦探，后来又出现了私人侦探。一些贵族和上层人士有了隐私，并因此开始受到罪犯的敲诈，或因财产招致麻烦，但他们又因顾忌身份、地位和影响，不向国家警察机构求助，往往找能够为他们的私生活保密的私人侦探。”[④] 私人侦探出现后，侦探

---

① 黄泽新、宋安娜在《侦探小说学》中指出，“我国的侦探小说（古属“公案小说”范畴）历史悠远”。“在古代，我国侦探小说光辉灿烂，西方作品黯然失色；在现代，西方作品灿烂似锦，我国的作品则相形见绌。”分别参见黄泽新、宋安娜：《侦探小说学》，百花文艺出版社 1996 年版，第 1、3 页。

② 于洪笙：《重新审视侦探小说》，群众出版社 2008 年版，第 106 页。

③ 任翔：《文化危机时代的文学抉择》，北京师范大学出版社 2006 年版，第 122 页。

④ 杨博一、马季：《欧美悬念文学简史》，时代文艺出版社 2004 年版，第 208 页。

小说随之出现。

于洪笙说："侦探小说产生在西方资产阶级兴盛时期，在资本主义人文主义的影响下，追求的是个性解放，在私人侦探身上体现的因天赋人权而能蔑视权贵，为正义、公理敢于冒险、拼搏，乃至奉献生命的大无畏精神，实是西方文学张扬个人奋斗、个性至上的体现。"① 阿英也将此类小说与资本主义制度联系起来。

我国的侦探小说是在翻译外国侦探小说和我国公案小说的共同影响下产生的，"如果说本土的公案小说为我国侦探小说的产生做了量变上的积累的话，那么，西方的侦探小说则最终促成了我国侦探小说的质变"。② 此种小说类型因宣扬法治，讲究人权和科学实证，切合当时的政治气氛，遂成为当时受欢迎的舶来品。1912 年中国成立了中华民国，中国的政治气氛有助于推动侦探小说的发展。③ 清末民初期间，侦探小说开始大规模地涌进我国，正如陈独秀所说："惟明明以共和国民自居，以输入西洋文明自励者。"④

五四运动的前二十年侦探小说开始进入我国。刚入境时其地位甚高，后来被划归为通俗文学。主要原因是当时的知识精英分子将它与鸳鸯蝴蝶派并置，从此此种类型文学不被文坛主流所重视。将侦探小说进行"中国化"的宗匠程小青（1893—1976）著有《霍桑探案》。该文集出版之初好评如潮，"在中国侦探小说读者中确实可以算是一个名牌"。⑤ 程小青曾说："我所接到的读者们的函件，不但可以说'积纸盈尺'，简直是'盈尺'而有余……他们显然都是霍桑的知己——'霍迷'。"⑥ 自从侦探小说入境后情况就有些变化，如程小青笔下的《霍桑探案》中的官方侦探的地位被大大地提高，这与西方侦探小说中官方侦探的低下地位形成鲜明对比，西方侦探小说中的官方侦探只是作为私家侦探的陪衬物而出现的。如此变化，一是为了迎合中国读者的口味，二是为了与当时的时代背景相吻合。汤哲声在《中国现代通俗小说思辨录》中指出："侦探小说一般由三种人组成：私人侦探、官方侦探和罪犯。私人侦探和官方侦探虽然都是法律的代言人，但是他们却代表着不同的利益，私人侦探代表个人利益，官方侦探代表着国家利益。侦探小说总是以私人侦探为主导，总是在私人侦探勇敢机智的侦破中抓住了罪犯。相比较而言，官方侦探总是愚笨、胆怯，不但判断错误，还常常将结论引向反面。因此，侦探小说实际上维护的是个人利益，嘲讽的是国家利益。侦探小说所表现出来的思想价值符合 19 世纪以来西方社会

① 于洪笙：《重新审视侦探小说》，群众出版社 2008 年版，第 188 页。
② 姜维枫：《近现代侦探小说作家程小青研究》，中国社会科学出版社 2007 年版，第 1 页。
③ 汤哲声：《中国现代通俗小说思辨录》，北京大学出版社 2008 年版，第 91 页。
④ 陈独秀：《独秀文存》，安徽人民出版社 1987 年版，第 78 页。
⑤ 范伯群：《中国现代通俗文学史（插图本）》，北京大学出版社 2007 年版，第 427 页。
⑥ 程小青：《霍桑探案袖珍丛刊之七・舞阳之归宿》，世界书局 1947 年版，第 1 页。

不断强化的‘私有财产神圣不可侵犯’的意识形态，却不符合中国传统的文化观念。”①

侦探小说总是把个人利益置于首位，且论法不论情，对中国这个传统的人伦社会来说，读者从心理上比较难以接受。换言之，此种类型文学不符合中国传统的文化观念，不符合中国人的传统心理定式。

此外，“侦探小说中有一种深厚的意识形态基础，在确定完美的意识形态符码下，消费文化时代的恐怖艺术呈现了个体的无助与政治的无能”②。“侦探文学的主角通常是追踪罪犯，历经冒险之后获得了成功的至高无上的密探（侦探）……恐怖、惊险、凶杀的场面，庸俗地满足低级趣味……”③“侦探小说中侦探是私人侦探，他没有权也不执法，主要手段是西方社会19世纪的实证科学和细致观察、精密推理，从而形成从观察开始，一步步进行推理、调查，直至结案的结构。”④

种种迹象表明，侦探小说在我国新时期都没有生存的空间和可能，这是由我国国情和国体所决定的。

“五四”时期，西方侦探小说取代了我国明清时期的公案小说，曾在我国火红过一阵子。中国真正现代意义上的侦探小说创作主要集中在20世纪20至30年代，这也是现代侦探小说“中国化”的定格时期。程小青的《霍桑探案》和孙了红的“侠盗鲁平侦探系列”小说是中国侦探小说走向成熟的标志。但是中国并没有出现真正成熟的、可以与外国侦探小说相媲美的侦探小说。⑤

抗日战争爆发之后，中国大陆被分割成沦陷区、国统区和抗日根据地，“捉凶惩恶”文学母题在三个区域依据读者的期待裂变成三种不同的形式，沦陷区继续着中国福尔摩斯们的探案传奇，国统区的民族救亡文学以历史剧的方式演绎着古代侠客义士们的肝胆热肠，抗日根据地及随后的解放区则倾心于苏联的肃反文学，到处传颂着抓特务除汉奸的传奇战斗故事。⑥

“社会主义国家的一个共同点就是没有侦探小说，私家侦探在这个制度下是难以存活的。”⑦ 公安小说因具有中国特色，成了中国特产，与中国国情和国体相适应。中华人民共和国成立之后，公安文学才问世。新中国成立后侦查办案的主体是人民警察（公安机

① 汤哲声：《中国现代通俗小说思辨录》，北京大学出版社2008年版，第87页。

② 任翔：《文化危机时代的文学抉择》，北京师范大学出版社2006年版，第267页。

③ ［苏］阿·阿达莫夫：《侦探文学和我》，杨东华等译，群众出版社1988年版，第3页。

④ 于洪笙：《重新审视侦探小说》，群众出版社2008年版，第209-210页。

⑤ 司新丽：《中国现代消遣小说研究》，中国人民大学出版社2016年版，第211页。

⑥ 张玲燕、张国钧：《中国当代十七年公安文学溯源及其对当下的警示》，载《公安学刊》2007年第6期，第95页。

⑦ 范伯群：《中国现代通俗文学史（插图本）》，北京大学出版社2007年版，第430页。

关），私人侦探不再具有合法的生存空间。“皮之不存，毛将焉附”，私人侦探不允许存在了，侦探小说自然也不复存在。侦探小说即使有的话，也与武侠小说、穿越小说、玄幻小说等差不多，并不接地气。无怪乎学者陈平原在《千古文人侠客梦》一书中说：“将近一个世纪过去了，‘最重人权’的侦探小说并未真正在中国生根开花，而‘叱咤杀人’的武侠小说则依然大走红运。”① 的确如此，无他，国情使然。也就是说，国外侦探小说和中华人民共和国成立之前的侦探小说中的官方侦探自新中国成立后就自然演变为公安小说中的人民警察。

公安部成立后人民警察出现了。人民警察是由人民解放军中分出的一支，犹如后来的“国家安全”系从“公安”分出来一样（事实上，“警察”早就存在。新中国成立之后，只是在“警察”前面加上了“人民”二字，以此与“旧警察”和国民党的警察区别开来）。新中国成立后，以人民解放军作为主要表现对象的军事题材文学中就孕育了一个新的品种，即公安文学。公安文学中所表现的对象特指公安系统的人民警察，并不涵盖法院、检察、司法、国家安全等系统的人民警察。

研究公安文学的起源时不仅采用历史的眼光，还采用了共时的眼光。无论是一出戏剧、一部小说，或者是一首诗，其决定因素不是别的，而是文学的传统和惯例。② 任何文学类型或多或少都会受文学传统的影响，公安文学也不例外。公安小说在受国外侦探文学影响的同时，还会受我国公案小说的影响。

公案小说中往往会有主持公平正义的清官现身。诸如《海公案》《施公案》《于公案》《彭公案》等把清官当作颂扬的对象。这类小说实质上是歌颂清官如何充当皇帝的鹰犬，为皇帝效忠，为巩固封建统治服务。公案小说歌颂“清官”的主题反映了中国公案小说“官断”的特征。③ 而西方侦探小说重点描写和歌颂的对象则是私家侦探。不论是公案小说中的“清官”，还是侦探小说中的“私家侦探”，他们都与当下的公安文学中的人民警察行使相同的职能，即惩恶扬善，还道于民。

新中国成立之初，抗日根据地及随后的解放区所倾心的苏联式肃反文学仍然繁盛。杜元明教授说：“适应新生的人民共和国为保卫革命的胜利成果、巩固人民民主专政而进行的‘土改’、‘镇反’、剿匪和海、边防地区军民反特锄奸的斗争形势需要，在为工农兵服务、为无产阶级政治服务的文艺方针指引下，以上述斗争为题材的公安小说创作相当活跃。”④

---

① 陈平原：《千古文人侠客梦》，北京大学出版社 2010 年版，第 110 页。

② ［美］勒内·韦勒克、奥斯汀·沃伦：《文学理论》，刘象愚等译，江苏教育出版社 2005 年版，第 79 页。

③ 黄永林：《中西通俗小说叙事：比较与阐释》，华中师范大学出版社 2009 年版，第 251 页。

④ 杜元明主编：《中国公安文学作品选讲》，警官教育出版社 1996 年版，第 11 页。

从1949年到“文化大革命”的“十七年”的公安文学基本上以肃反、反特小说为主。1985年才是公安题材新旧时期的重要分界点。对此，前面已有论述。20世纪90年代市场经济横空出世，文学派别风起云涌，公安文学也变得异常复杂。

（二）风格各异的写作模式

公安侦破小说基本是正义与邪恶的较量模式。刘半农说：“情节离奇是小说的骨子，必须起初一个闷葫芦，深藏密闭，直到临了才打破，方为上乘。”① 侦探小说必须有一个闷葫芦，纯粹以故事情节来吸引读者眼球，而公安小说并非全部如此，如《明天去巴黎》《越跑越慢》《鬼卡点》《地盘》等公安小说。

所谓正义与邪恶较量只是廉价的乐观主义胜利，而《软弱》中根本就不存在胜负之分，因为警察于富贵与小偷秀才既是对手，又是朋友。扒手秀才从江湖退出重新做人，并开起了小饭店，后来还请于富贵捧场。于富贵邀上同事王海一同前往，并嘱咐王海不要对外人说起此事，省得他人说闲话，毕竟秀才以前是小偷中的“大哥大”。

并非所有的公安小说都是侦破类叙事文本，因为侦破小说非常注重因果理性逻辑，鲜有非理性元素。“最强调因果关系的，实际上就是福斯特最看不起的通俗文类：侦探小说、间谍小说、科幻小说。在这些文类中，因果关系必须全部说清楚，至少在小说终场之前，因果链中的每一个环节都必须说清楚。”② 但是，公安小说中相当一些文本并不以科学理性逻辑取胜，如于杰夫的中篇小说《死亡谷》、于怀岸的短篇小说《铁树要开花》、孙明华的中篇小说《情非得已》、崔敏的短篇小说《一号桥》、毕亮的短篇小说《铁风筝》、张锐强的中篇小说《十字绣》和《枪王》、夏凯的中篇小说《余音》、张弛的中篇小说《救风尘》和长篇小说《群氓》、杨老黑的中篇小说《枪》、张欣的长篇小说《有些人你永远不必等》、丘脊梁的中篇小说《地盘》、子雨的中篇小说《我要找到你》、刘少一的中篇小说《神算》和《凌晨脱逃》等。

有些公安小说并不都是警察抓捕犯罪分子的游戏，只能说具有探案性质而已，如戴雁军的《非常案件》、叶兆言的《重见阳光的日子》、李唯的《看着我的眼睛》等。夏凯的《余音》中犯罪分子刘青华已经缉拿归案，不再需要警方出面抓捕。刘青华因偷窃而被抓，警方审问其作案目的。他所交代的与母亲描述的大相径庭，这个疑犯似乎在与人民警察捉迷藏，有点儿罗生门的味道。

1. 情感逻辑。侦探小说与公安侦破小说遵守严格的理性逻辑，可是有些公安小说并非如此，而是追随感性逻辑。如田耳的《一个人张灯结彩》中的警察老黄按实用理性原则

---

① 范伯群：《刘半农研究资料》，天津人民出版社1985年版，第132页。
② 赵毅衡：《当说者被说的时候》，四川文艺出版社2013年版，第217页。

来行事，他就没有必要在大年三十的晚上向山顶上的理发屋走去——与哑巴小于共度大年。他之所以这么做，就是去兑现承诺。在田耳的推理小说中，改变以往侦探小说重案情剖析，忽视人物思想感情的缺陷，而是以社会现实生活为背景，展示罪犯的精神世界，探索杀人犯罪的社会原因，关注人的精神世界，更加注重人性。在表现方法上，注重逻辑推理，制造悬念，情节曲折紧凑，环环相扣，耐人寻味，注重文章思想性的同时更关注艺术性。因此，田耳的推理小说在重推理情节的过程中更注重人文关怀，对人性有深刻的描写，一改以往推理小说光重推理情节枯燥严肃的模式，田耳的侦探推理小说更通人性，贴近现实生活。①

罗伟章的中篇小说《明天去巴黎》讲述的是正直的警察冉晴光（四川省天生市梧桐区南城派出所所长）多次升迁无望，愤而辞职，带着家人远离曾经工作过的城市的故事。此小说与案件无关，侧重于心理描写。文中用相当的笔墨描写冉晴光和妻子成雨的心理活动。冉晴光的心理定式是“他们对不起我”，结果树敌太多，让赏识他的王局长也爱莫能助。离职之后，断了薪水，生活和购房都成了大问题，夫妻的隔膜因此而产生。

此小说类似于叶圣陶的《潘先生在难中》。《潘先生在难中》以江浙战争为背景，塑造了一个处于战乱中的小知识分子的形象。同理，《明天去巴黎》以“公安”为背景，塑造了一个与周遭环境格格不入的警察形象。冉晴光的悲剧是环境使然，还是性格造就，一言难尽。

庞余亮的《越跑越慢》题目有隐喻意义。在校期间，唐警官与罗志远是同班同学，罗志远各方面都比唐警官稍逊一筹，跑步没有他快，书法也没有他棒。可是参加工作之后，两个人的差距拉大了，罗志远当上了公安局局长，而唐警官在小说结尾才接到副股级侦查员的正式文件。题目寓意是唐警官与同学罗志远相较，他是越跑越慢。小说中虽然夹有苍蝇屎杀人案，却没有追踪破案的场景或故事，而重在写唐警官是如何审讯的，更多的笔墨落在罗志远和唐警官两家关系上，也属于日常生活叙事。

《明天去巴黎》和《越跑越慢》的结尾皆呈开放式，留给读者诸多遐想。前者是冉晴光一家的生活该如何过下去还是一个未知数，后者则是唐警官的一声叹息，五味杂陈尽在字里行间。

张弛的中篇小说《鬼卡点》并没写警察侦查破案。守卡警察预感贺崇武是一名逃犯，便与他巧妙周旋。贺崇武驾车到鬼卡点时，一看到警察就心慌，还准备用手边的刀与警察拼命，但那个警察并没说拦车检查，而是像个孩子似的兴奋地跳上车，说外面实在太冷，要在车上暖和身子。还对逃犯说，老远就看到你的车来了，以为是同事老李呢（老李是来

① 常慧萍：《田耳短篇小说研究》，广西师范大学2016年硕士学位论文，第7页。

替换他的)。逃犯告诉警察来时的路断了——雪崩，他是冒着生命危险走战备公路过来的；他要去看病重的父亲，遂连夜赶路。警察劝阻说前面是死亡谷，夜里通行非常危险，第二天天亮后再走不迟；你是我这三天中遇到的唯一一个活人，你是我的客人，我给你杀羊吃。

警察与逃犯一边吃羊肉，一边喝酒。第二天天亮了，逃犯准备出发，却发现车胎没气了。警察带他去捕鱼，并用新鲜鱼下酒。两个人喝得醉醺醺后便酣睡。第三天，车上电瓶没电了，逃犯困惑不已。警察告诉他说你昨夜喝酒后，上车试车时开了大灯，忘记关了。第四天，警察带逃犯上山找玉矿。等到道路修通后，警察的同事老李来了……

《鬼卡点》中的警察为了拖（稳）住逃犯贺崇武是动了脑筋的。当警察第一次见到贺崇武时，预感他是一名逃犯，却佯装不知，并把他像客人一样招待——为他杀羊、捕鱼，还说找一些玉矿让他带走。那些玉矿很值钱，正好能用换来的钱给他父亲治病。

如果警察孤身一人与逃犯搏斗，大约是如下两种结果：警察牺牲，犯罪分子死亡，或两败俱伤。如此一来，执法成本实在太大。警察为了最大限度地减少执法成本，时时处处替逃犯着想。还有一些温暖人心的细节，如给他夹上好的羊肉，第二天早上特地为他准备一碗热热的羊肉汤，给他用紫药水抹伤口等。正是警察无微不至的关怀，逃犯才被感化。逃犯决心与警察血拼的关键时刻，并不忍心向警察下手。警察趁势说，看在咱们兄弟一场的份儿上，如果你自首，我不会提及你向我动家伙的情节……

如果说《鬼卡点》讲的是一个势单力薄的警察运用智慧阻止亡命之徒逃跑的故事，那么丘脊梁的短篇小说《地盘》讲述的则是一个身患绝症的联防队员如何运用智慧征服惹事混混的故事。父亲被确诊患癌症，“我”与他一同搭公汽前往省城购药。在车上，被父亲打击处理过的混混肖拐子不时向父亲发难，父亲最大限度地保持克制，并理性地应对。父亲人老力衰，离大去之日不远了，显然不是肖拐子的对手。父亲除了忍让别无选择。到了省城，“我”与父亲住在小旅馆，肖拐子不知怎么找上门来了，还要请父亲吃夜宵。醉翁之意不在酒，肖拐子想在父亲面前显摆他在省城的地盘，挽回当年失去的面子。为此，他还率领一帮所谓的兄弟轮番给父亲敬酒，甚至跪下来。肖拐子的举动表明他在用伎俩逼父亲就范，这么做无非想把父亲置于死地。身患绝症的父亲显然不能喝酒，但智慧的父亲只用了一个小小的动作就降服了肖拐子：

> 我发现父亲并没有跪下，而是蹲坐到地上，把酒杯放到肖拐子脚边，拾起散开在地上的鞋带，用手轻轻地捋去上面的脏物，然后细心地穿过鞋帮的带眼，牢牢地打了一个结，并顺手把鞋面上依附已久的灰尘，拍得干干净净。
>
> 肖拐子和他的兄弟们都对父亲的行为感到意外和震惊，全部定定地望着他，没有一个人再窃笑和作声。(《地盘》)

父亲帮肖拐子把散开的鞋带给系上了，就这么一个细节触及了肖拐子的内心深处。从此肖拐子不再为难父亲。

上述公安小说以情感逻辑取胜，文本中的警察（含治保人员）则以情感“征服”当事人。

2. 心灵困境。阿成的短篇小说《回乡》[①] 用独特的叙述方式讲“我”这个退休的警察回黑龙江祭奠母亲，一路上所见、所闻和所感。初冬季节，“我”回黑龙江老家祭奠母亲，路上遇到小伙子王英。我们彼此陪伴，用喝酒聊天的方式来打发时光。“我”告诉王英，为了工作，舍小家，顾大家，结局很不理想——老婆跟他人跑了，父亲不理解。哪怕是母亲去世，“我”也没有工夫回家奔丧。后来还是众乡亲帮我操办母亲的丧事。等“我”返乡后，村里人都不理我。王英听我讲完后，他也谴责“我”没有尽孝。当“我”跪在母亲坟前时，忏悔之情和自责之意油然而生。

还有因环境（体制）造成的困境。例如，海桀的中篇小说《金角庄园》主要讲述退休的警察郝昆到一个富人别墅区当保安时的所见所闻所感所为，侦探意味很浓，有伏笔，有看点。他根据道听途说得来的线索，加上自己的观察思考、逻辑推理和独立判断，终于破获多年的积案让在职民警汗颜，让曾经的领导颜面扫地。这位退休警察在良心的驱使下锲而不舍地追查陈年旧案，真是精神可嘉。想当年他有幸被分局抽到专案组时，他将想到的疑点以报告的形式送交当时的专案组组长贺永波，可对方没有理睬。当他再次提出自己的观点时，就被通知返回原岗位。如今，已高升为分局副局长的贺永波给郝昆敬酒赔罪：“老郝，对不起，我是真心的！你在我眼皮子底下藏龙卧虎那么多年，简直就是金庸小说里的大侠，可我有眼不识泰山！”现实生活中，像贺永波这样的事后诸葛亮何其多，唯有复杂的小说才能说真话、道真相。退休警察郝昆在没有顾忌的情况下，才能锲而不舍地追查陈年旧案，是幸运，还是幸福？是悲哀，还是无奈？《月色晦明》中的派出所与当地党委、政府之间的矛盾也是如此。

3. 人生困窘。在《〈红楼梦〉评论》中，王国维根据叔本华的说法把悲剧区分为三种：“第一种之悲剧，由极恶之人，极其所有之能力以交构之者。第二种，由于盲目的命运者。第三种之悲剧，由于剧中之人物之位置及关系而不得不然者；非必有蛇蝎之性质与意外之变故也，但由普通之人物、普通之境遇，逼之不得不如是；彼等明知其害，交施之而交受之，各加以力而各不任其咎。”[②]

宁肯说：“文学是揭示人生困境的。我写遗憾、失落、逆境，这是文学。《水浒传》

① 收录于《小说月报》2001 年精品集（上），百花文艺出版社 2002 年版；此小说获公安部颁发的优秀短篇小说一等奖。

② 王国维：《王国维文学论著三种》，商务印书馆 2003 年版，第 14 页。

《三国演义》《西游记》《红楼梦》四大名著中只有《红楼梦》写了人的痛苦，其他三本书里面没有真正的贴近人生的痛苦……我认为文学作品就是要写人生的痛苦，文学关注点要关注人的痛苦，文学承载着很多东西。比如，对人性的思考，对人生荒诞的无奈，反思现代人的生活方式等，这些都应该成为文学关注的对象，而它们统一在人生困境之中。”①《一个下午的逃离》的作者周建新虽然是以警察的视角在讲故事，但它是一篇关于人生困境的寓言。边防派出所副警官一个下午就接到两起报警电话：一起是龙背山公园里的两只猴子跑了，公园管理员向警察求助。王西宁警官立马赶到案发地。管理员告诉王西宁说，一公一母两只猴子分别关着，可是一只猴子利用智谋不声不响地把钥匙弄到手后，打开笼门逃出，它们去追求自由幸福的爱情。

对此案，王西宁警官的确无能为力。可是，管理员依旧扯着西宁警官的衣襟不松手：“我们处只有人头费，没有猴头费，求求你见见我们处长，告诉他，猴丢了不怪我。”

西宁警官不高兴了，丢猴子本来就不该归派出所管，若不是有爱民固边、有警必出的硬性规定，才不会管这烂事儿。他皱着眉头说：“你们处长也不是白痴，别把我当猴子耍。”

管理员痴呆呆地瞅着西宁警官，满脸的绝望。（《一个下午的逃离》P16）

在王西宁与管理员对话的时候，前者又接到一起报警电话，这是一起暴恐案件，十万火急。他不得不赶往另一个案发地。事实上并不是什么暴恐案件，只是一个从家里逃出来的精神病患者徐博洋在街上惹事。精神病患者自称自己是K星人，拥有一个拇指大的核武器，还可以把学校炸成粉末。智慧的警察王西宁顺着精神病患者的思路，与之对话，将计就计，以此稳住他的情绪，旨在不让这个精神狂躁症患者发病或乱跑。与此同时，他从精神病患者口中套出了家人电话并及时告知。不久，精神病患者的父亲带着绳索，开着汽车赶来了，然后把他带回家。从此，精神病患者又回到了束缚其自由的牢笼，再难脱逃。

徐博洋的K星世界立刻毁灭了，大声嚷着：“爹，疼，我再也不敢跑了。”

徐博洋的父亲拿过了绳索，三下五除二地将徐博洋捆了，塞进了车里。动作如此娴熟，看样子捆他已经不是一两次了。西宁警官有一点儿后悔了，本来，两个人聊得兴趣正浓，虽然都是天马行空的胡说八道，但在被固化的生活中，谁不渴望无拘无束的自由呢？（《一个下午的逃离》P21）

王警官整个下午处置的两起案件都是关于逃离的主题。当猴子出逃后，公园管理员就

---

① 陈霞、宁肯：《文学，生活的荒诞反映》，载《小说评论》2014年第2期，第96页。

陷入了困境，他不得不向警察王西宁警官求助，王西宁警官对此也无能为力。向往自由本是人类的天性。猴子和精神病患者尚且如此渴望，何况正常人乎？小说结尾再次强调了这一点，精神病患者被其父强行带走后，王西宁警官电话又响了，还是那个公园管理员打来的，警察果断地拒听。公园管理员面临的困境，显然王西宁也帮不了他。

《一个下午的逃离》恰似一则寓言，通过王西宁警官处理的两起案件揭示了人们的生存困境。这两起案子都称不上真正的警情，但是警察必须出警，他们遵循“有警必接”的理念赶往所谓的案发地。以上是警察王西宁面临的工作方面的困境，其人身自由方面亦然。他像两只猴子一样向往自由，可他自身却像那个精神病患者一样不自由：

> 开着警车往回走，西宁警官的心情不很爽，今晚还要值夜班，尽管前方的路四通八达，但他的归途只有边防派出所。一想到徐博洋回到家就要过着被拘禁的日子，西宁警官的眼圈儿就有点儿潮，不知道自己是救了他还是害了他，然而那个囚禁他的家，是他唯一的归宿，心疼他又能怎样？他的亲姐姐恨不得弟弟像断线的风筝一样，失踪在大海里。
>
> 徐博洋的自由，注定是笼子里的自由，就像从前公园里的猴子。（《一个下午的逃离》P21）

存在主义哲学家萨特所言：“世界是荒谬的，人生是痛苦的，选择是困难的。”《一个下午的逃离》这篇小说里处处都是隐喻。王警官非常同情精神病患者的处境，想想自己的境遇不禁悲从中来。如果说周建新的《一个下午的逃离》是以人民警察的视角来揭示人类普遍困境的话，那么凡一平的《寻枪记》则是更深层次探索。

《寻枪记》讲述的是西门镇派出所警察马本山丢枪之后发生的系列故事。马本山在妹妹的婚宴上喝高了，醉得不省人事。等他酒醒后，方知手枪丢了。但他不敢声张，只能暗中打听枪支下落。在找枪的过程中，派出所所长韦解放把马本山作为“先进个人”上报上级组织。不久，上级部门审批结果下来了，西门镇派出所被评为“先进集体”，马本山则被评为“先进个人”，还有一笔可观的奖金。派出所十五名民警每人可分得两千元，马本山将“先进个人”奖金与派出所的平均奖金加起来，一共五千块，正好过上一个暖和的春节。马本山虽然手中有了一点儿钱，但因枪支没有找到，心情怎么也高兴不起来，上台领奖时连一点儿感觉都没有。

可以想见马本山心急火燎地寻枪时失魂落魄的样子。西门镇发生的血案更是让他焦虑万分，茶饭不香。因不知侦破方向，便不能断定是情杀还是仇杀，马本山与同事面对此案一筹莫展。正当马本山焦头烂额之时喜讯来了，他那丢失的枪支给找回来了。原来是他的战友何树强趁他喝醉时给顺走的。何树强想用这把枪杀死那些荒淫无度并耻笑他的人。他计划先用刀杀死俏丽风骚的李小萌，如果杀不死，就补上一枪，然后用枪自杀。接下来还想杀西门镇首富，即素有“西门庆”之称的周长江。周长江也预感到自己是何树强要杀害的下一个目标，赶紧向警察马本山寻求保护。何树强找不到合适的机会下手，才给马本山打电话，请他远离周长江。

马本山得知枪支的下落后马上来到何树强所在的摩托车修理店。通过一番攻心斗智，何树强才将枪还给马本山。马本山的枪虽然找到了，但是恶劣影响出去了，因此他必须将枪支失而复得的过程形成报告呈送县公安局。公安局局长在报告上批示：鉴于枪已找回，未造成恶果（何树强并未用此枪杀人），建议对西门镇派出所领导和当事人马本山不予处分，但要取消先进称号，牌匾、证书和奖金悉数收回。可是，马本山的那五千元奖金全部花在了生病的岳父头上。

何树强因杀人被逮捕，他经营的“自强”摩托车修理店无人经营。马本山要大款周长江把这个店接过来。周长江自然不想买仇家的摩托车修理店。马本山机智地说，现在这店是他的了，何树强把它卖给他了，周长江这才出手。那店子转手所得金数额刚好与被没收的奖金相冲抵，为钱所困的警察马本山这才暂时渡过了难关。

马本山的绰号是“人头马”。此绰号源于一次请医生喝洋酒“人头马”。他没有喝过“人头马”，不知其价格。点菜时不小心便把“人头马”价格的小数点看错了。标价是1888.8元（人民币），他误以为是188.88元，从此背上了此绰号。他在西门镇首富周长江面前显得十分寒酸。周长江未发迹前，马本山总是安慰他。转眼几年过去了，周长江变成了老板，可是马本山手头依然不宽裕。

马本山到妹夫梁青天家寻枪时，为了不让丢枪之事公开化，他对妹夫说只是丢了一块手表。妹夫梁青天说，我把我的劳力士手表给你。马本山说，这么贵重的东西他不能要。朋友在一旁帮腔说，给你你就拿吧。马本山只好收下了……

不管是用绰号“人头马”来笑话马本山，还是把马本山放在首富周长江及妹夫梁青天中间进行比较，都说明了警察马本山经济上的困境。

周长江和梁青天之流发迹原因如下：马本山在寻找枪支的过程中，目睹了妹夫梁青天和周长江联手造假烟的情境，可是他不敢轻易惊动他们。当马本山将这些情况向所长韦解放报告后，所长说这件事难办。两镇一乡交界的地方情况复杂，不是我们一个派出所动得了的。即使行动的话也需要几个乡镇统一配合，还要协同工商、技术监督等部门。这件事至少要副县长、县长这一级领导才能调配人马。马本山听所长这么一说，才知自己太不自量力。打击违法犯罪本是人民警察的职责，在条件不成熟时他们还不能快速出击。这么说来，又要与现实进行对接了。

《寻枪记》着重表现警察马本山所面临的经济困境和心理困境。洪治纲说：“《寻枪记》写一个警察在一次意外中丢失了手枪，在寻找手枪的过程中，他又不断地遭受各种荣誉的冲击。一方面是手枪久寻不得，一方面是领导与集体的信任，这使他的丢枪事件变得越来越严重，越来越折磨自己。尽管最后一切水落石出，但所有的灾难仍是借助金钱的力量获得了平稳的消解。”① “在警匪片中，枪与男主人公的官方身份相联系。当他失去官方身份后，枪就是他失势的一种隐喻。在中国导演陆川的《寻枪》中，导演特地设计了一场姜文扮演的警察在丢了枪以后与妻子做爱失败的戏。”②

这一类型的小说更多的是书写警察的精神困境，如津子围的中篇小说《求你揍我一顿吧》道出了警察的无奈心境，海桀的中篇小说《金角庄园》则揭示了体制造成的困境，罗伟章的中篇小说《明天去巴黎》表达了权力、金钱对警察精神世界的腐蚀。《明天去巴黎》中主人公冉晴光本是四川天生市梧桐区南城派出所所长，他爱岗敬业且工作能力强。他因坚持原则，拒绝收受贿赂，为此得罪了许多人，包括他的领导和朋友。因此，他的职务总是上不去，在多次晋升无果的情况下他愤然辞职。

4. 非理性因素。如果说凡一平的《寻枪记》中的警察马本山的宿命意识还不浓的话，那么陈源斌的中篇小说《你听我说》的非理性因素则尤为明显。

《你听我说》中的“我”因枪法不准面临着离岗的可能，只得发奋练枪法。当“我”练得百发百中之时，大案发生了。“我”被组织安排在指定点守候。在卡点意外碰到了正在病休的刑警乔渊，便叫他一起帮助守卡。当可疑的出租车冲卡时，“我”与乔渊都举起了枪，我朝天放三枪，乔渊朝出租车放三枪造成一死两伤。后来得知出租车里的几个人并非嫌疑人。为此，“我”与同事乔渊一同走上法庭。乔渊被判处有期徒刑，还附带民事赔偿。如果“我”没有叫上乔渊，乔渊也就没事，这是一种偶然，这就是命运意识。“人总要碰到那种时候，会下意识地，不由自主地改变主意……就像刚才，我朝红色出租车扣动扳机的片刻，将枪口指向了天空。”这是第二重偶然。如果“我”不改变主意，将枪口瞄准出租车内的人，受刑事指控的就会是“我”。这是第三重偶然。多重偶然促成了必然，决定乔渊的命运。乔渊主体动机与行为结果导致二律背反，使他陷入两难之中。如果他不参加搜捕，良心不安；参加了搜捕，却是如此结局。如果乔渊击中的是歹徒，他则被奉为英雄，这又是一重偶然。

江虹的短篇小说《平行线》将城市文明与乡村文明比作两条永远不相交的平行线。此文本叙事独到，有两条明显的线索。两个部分中的叙述者不相同，第一部分中的叙述者是作为保安的“我”，第二部分中的叙述者是作为警察的“我”。

第一部分中，那个保安来自农村，做梦都想当警察，且十分崇拜警察，可是那个警察却瞧不起这个保安。保安无意间得罪了警察，于是三番五次、五次三番地给警察道歉，甚

① 洪治纲：《与欲望对视——凡一平小说论》，载《南方文坛》2000 年第 6 期，第 29 页。

② 郝建：《类型电影教程》，复旦大学出版社 2011 年版，第 253 页。

至企图通过送茶叶的手段来达成和解。保安在无计可施的情况下，斗胆偷了警察的警服以示报复。当保安刚刚把警服穿上身时，就被赵武给开枪打死了。行凶者赵武本来是要杀那个警察的，而那个保安却因偷了警服而被误杀，那个警察却因此而活命，可谓命运无常。

第二部分中，那个警察“我”说，“我”把赵武的哥哥赵成给击毙了，赵武扬言找“我”寻仇。听其言、观其行，方知赵武不是与“我”开玩笑。于是“我”时时处处提高警惕，随时等待灾祸的降临，没想到赵武误杀了保安，“我”却得以活命。“我”这个警察实在是命大。其实在此之前，“我”已幸运过。

第二部分开头这样写道：

> 赵成手里的枪顶在我的额头上，枪筒像要扎进我脑袋里似的。
>
> “我拇指一动，活警察就变成了死警察了。”赵成说。
>
> 我一屁股坐倒在地，那支枪像毒蛇一样牢牢地咬着我的额头，我下身一紧，尿出来了……（《平行线》P102）

“我”已好了死的准备，结果没死，因为赵成的枪卡壳了。“我”活下来了，公安局局长高兴得不得了，问这个被追踪达八年之久的逃犯是怎么落在“我”手中的。“我”说祖坟埋得好，两次差点儿连命都保不住。赵成和赵武两兄弟都想置“我”于死地，“我”却死不了，这是不能用科学解释的。

再如，瑞士迪伦马特的长篇小说《诺言》中的马探长这个侦探形象。这个“疯子”似的探长之所以具有独到的艺术魅力和感染力，也得益于非理性因子。马探长虽然成功地破获了案件，但是胜利的并不是人，而是“偶然”，或是“荒诞”。马探长费了九牛二虎之力调查真相，为此几乎身败名裂。即将落网的歹徒却因为偶然事故不能被绳之以法，逻辑推理最终败给了“偶然”。

命运与偶然紧密相连。牛力军的长篇小说《河东河西》写了一个优秀的人民警察何东的命运变化过程，重点讲述了其发迹史和堕落轨迹。究其原因，笔者认为是偶然因素起了关键作用。正如何东待在看守所里回忆自己走过的路，“如果我不贪污那笔赞助费，就不会开旅店，养出租车……”偶然因素在情节中的地位十分重要，它能在“山重水复疑无路”时，产生“柳暗花明又一村”的特效。生活本来就是变化多端、出人意表的，只有借助偶然性的表现形式才能把丰富多彩的生活现象加以集中概括。如果没有出其不意的偶然性，生活（情节）平淡如水，就不会吸引读者。因此，偶然性是文学作品中不可缺少的因素，古今中外的名著已经证明了这一点。

《河东河西》中的何东如果不是在树下休息，他就不会目睹那起车祸；即使目睹了那起车祸，如果车祸中没有那个老太太，他也不可能成为人民警察；如果他参警后知足常乐，本分做人，也不至于走上刑场……何东有限的生命长河中遇到的所有人物，不管是警察，还是道上的人，都是促使他命运发生转机的重要因素。曹队长牺牲了，他并没有化悲痛为力量，以曹队长的精神作为榜样把本职工作搞好，而是觊觎重案中队长的位置。表面上看，这似乎是一种偶然。换言之，如果曹队不出事，何东也会出事。何东回忆了曹队的一生：遇上“文化大革命”、上山下乡……干公安十年，勤勤恳恳，任劳任怨。一年半，没见他穿过名牌；他去的最远的地方就是北京。三十六年间，除了受苦，就是挨累，再就是操心，一点儿福没享。其实，曹队在世时，处处表现出来的都是以人民的利益为重，舍小家、顾大家。去世后，市委副书记兼政法委书记罗杨说：“建民同志是宜春人民的好儿子、好警察，他是为春城的平安牺牲的，人民不会忘记他。”而后全市政法系统皆掀起了向曹建民同志学习的热潮，学习他那种不怕牺牲、对党忠诚、清正廉洁的精神。

如果何东以曹队长为榜样，学习他的品质，也不致走上刑场。此前，何东认为曹队长没有好好享受过人生，认为他一辈子活得不值。有着浓厚自卑心理的他渴望往上爬，给新上任的盛副局长送了两万块钱就是很好的例证。何东被捕入狱时想过，“如果宋大德不离休，一直带我们，我也许不会走到今天。”宋大德是一位正直、廉洁的副局长，是盛副局长的前任。何东把自己的沉沦原因归罪于他人，却没从自身找原因，说明他一点儿也不明智。纵然盛副局长是贪官，但如果何东意志力坚定，他依然站得稳、走得正。

情节中偶然因素的出现只有遵循了人物性格的发展逻辑才具有合理性和真实性。《河东河西》写出了命运感。命运即一个人生命的运动轨迹、运动形式、运动方向，是生命在特定时空里的渐次展开。此轨迹从外表看似乎有内在联系；但深究起来却发现有的问题有必然的内在联系，而有的又没有，其中起关键作用的还是一些非常不可预测的因素。譬如，法国作家莫泊桑的著名短篇小说《项链》中玛蒂尔德如果不是由于手头不宽裕，如果没被邀请参加舞会，如果那串项链没丢……其命运则不会大起大落。是一系列的偶然才决定了她的命运。

《河东河西》中的命运意识一直贯穿文本。小说中的乔铁嘴这一人物会看面相、摸骨骼，显得神乎其神，甚至在何东大限将至时他亦有评说。乔铁嘴对何东是这样说的：“深不可测，福祸相倚，天堂地狱，一纸之隔。”仔细剖析这一话语，会发现其间所蕴含的人生辩证法。《道德经·五十八章》早就说过，“祸兮福之所倚，福兮祸之所伏”。为了增强非理性因子，小说中有好几处类似的场景描写，旨在写出神秘感和命运感。

其实，何东的命运完全可以由自己掌控。有三次同事及领导劝导他的情节：第一次是宋大德副局长的儿子结婚，何东去送礼，宋副局长将礼金悉数退还，并对他说：“你是一个聪明的人，很有前途。但切记，聪明要用在正道上，人间正道是沧桑。懂吗?”第二次是同事康敏与他在一起喝酒时推心置腹的话语：“最近一段时间，以我的观察，有许多事缠着你，对你很不利，我希望你能尽早找个解决办法。”第三次是胡局的教诲，劝他低调、收敛。

对于他人的劝导，如果何东好好地反思，并下决心整改，他的人生就会走向辉煌，而不是走向刑场。小说用诸多偶然因素编织出何东的在劫难逃。其实，偶然中有必然，看似偶然的事件中有必然因子。把这些前后相继的偶然因素贯穿起来，仔细分析，就可以看出它们都有可以信服的生活基础和成因。诸多的原因和条件构成了偶然性自身的必然性，完成了向必然性的转化，由此也反映出社会生活的某些本质方面。何东殒命的必然是因为权欲、物欲的驱使。如果他淡泊名利、志存高远，则不必去拼命捞钱，营造关系网。小说用多得不可胜数的偶然因素编织了何东的命运，让读者慨叹命运的变化无常。一位哲人曾说过每个人的悲剧都是由自己造成的。何东的命运起伏涨落，侧重其“发迹”史和堕落轨迹。毋庸置疑，偶然因素在何东一生中不可小视。

上述偶然因素推动着故事情节向前发展，人物的化险为夷，使读者从紧张的心情中解放出来；情节的变幻莫测，让读者悲喜交集；结局的出人意料，又使读者恍然大悟，这种艺术魅力皆由于偶然因素的存在所产生的美感效应。作者要善于合理运用偶然因素，它可以平地生波，它可以解开矛盾使情节畅通，它可以在“山重水复疑无路”时推出“柳暗花明又一村”。如果避开偶然性的表现形式就很难把丰富复杂的生活现象加以集中概括，就很难使情节具有生动性和丰富性。没有出人意料的偶然性，让人看到开头就知道结尾，只能使人感到味同嚼蜡，而陷入平庸。所以偶然性是情节提炼中不可缺少的因素，大量的中外文学名著的创作实践已经证明了这一点。①

本雅明说：“写一部小说的意思就是通过表现人的生活把深广不可量度地带向极致。”②上述公安小说的文学性远远超过我们读者的想象。它们虽然共同彰显“公安”特色，但是却各具特色，有的寓意深刻，有的直面警察困境，有的直抵人性深处，不一而足。

5. 寓言文本。公安小说中还有一些文本并非讲述公安侦破故事，甚至与案件无涉，如余同友的中篇小说《白雪乌鸦》、刘继明的中篇小说《小米》、周建新的短篇小说《一个下午的逃离》、凡一平的中篇小说《寻枪记》等。这些“文字所叙述的故事并不在于故事本身或是对于某事实的描述，而在于某种观念，即某种外在于故事的东西。叔本华曾说过：‘寓言是一种艺术作品，表现一样东西却意指另一样东西……因此，通过寓言一定会有一种观念被表示出来。结果读者的心智，会从已经表现出来的可以明确感知的概念里，转移到艺术品之外的一个完全不同的抽象的、不可明确感知的概念之中。’”③

---

① 张学军：《文学的情思》，山东友谊出版社 2008 年版，第 69 页。

② ［德］瓦尔特·本雅明：《本雅明文选》，陈永国、马海良编，张耀平等译，中国社会科学出版社 1999 年版，第 295 页。

③ 王先霈、王又平：《文学批评术语词典》，上海文艺出版社 1999 年版，第 192 页。

第一类主题是书写被金钱异化。《白雪乌鸦》故事的讲述者“我”是派出所的一名实习警员，名字叫“杜宇”。村支书曹金狗报案说有群体性事件，“我”与白雪乡派出所所长老马立即赶到案发地瓦庄。原来是留守在家的三十多个老头、老太拿着家伙与陈大毛父子对峙。警察来后，对峙才解除。瓦庄虽偏，却非常富有。只因当地人在南方海城开洗头房赚了钱，大多数村民都盖上了三层楼。陈大毛的老婆王翠花坐不住了，她也想发财盖高楼。春节后，她随着曹金钟去海城开洗头房，结果钱没有赚着，人反倒失踪了。陈大毛只好南下海城去找王翠花，人没有找到，却带回一只乌鸦。陈大毛坚持说它就是王翠花，它说话的语气都是王翠花。

乌鸦不停地喊：“苦哇！苦哇！开洗头房丧天良！”此话在小说中多次出现，直击人心，贯穿在文本始终。此语是良知的呼号。瓦庄人却认为这只乌鸦的叫唤不吉利，要弄死它，而陈大毛要保护它，于是引发矛盾。

读着余同友的《白雪乌鸦》，自然会想到诸多作家及作品。它颇有卡夫卡之味，也有鲁迅的风格，甚至还有爱德华·蒙克的影响。

卡夫卡的《变形记》中的格里高尔一夜之间变成一只巨大甲虫，而《白雪乌鸦》中的良家妇女王翠花一趟南下就变成了一只乌鸦，两者揭示的是人被异化。

余同友的《白雪乌鸦》和鲁迅的《风波》的相同之处是人心隔膜、人性冷漠。后者是说辛亥革命后的中国大多数民众依然不懂何为革命，与革命极其隔膜。主要原因是民众不觉悟，而《白雪乌鸦》中大多数国人依然不觉悟。曹金狗、曹金钟和他爹，以及其他村民与王翠花的价值观相去甚远。王翠花坚守做人的良知和底线，但她周边的人尽是些不觉悟者。他们以捞钱发财作为第一价值取向。

爱德华·蒙克的油画《叫喊》中惊惧变形面孔的叫喊和《白雪乌鸦》中乌鸦（王翠花）的哭诉十分相似，即两者都表现焦虑和孤独。如今，“事物发生了变化，我们不再处于那样一个仍然存在着‘个人’的社会，我们都不再是个人了，而是里斯曼所谓的‘他人引导’的人群。但焦虑却在很大的程度上依赖于一个封闭的自我，也就是说只有在你是一个封闭的自我时，我才可能感觉到孤独、隔绝。”① 王翠花之所以孤独与焦虑，是因为她没有听从“他人引导”，没有跟从曹金钟开洗头房赚钱，没有与他同流合污。因此她就被孤立，成了一个封闭的自我。村支书曹金狗、老板曹金钟和他爹，还有村民等对王翠花毫无怜悯之心，他们之所以视乌鸦（王翠花）为祸害、为妖怪，就是以利益作为衡量的唯一标准。当王翠花在海城呼号时，在那儿发昧良心财的白雪乡人认为她的举动妨碍了他们的生意；当王翠花在白雪乡呼号时，当地村民认为她影响了文明村镇的评

① ［美］杰姆逊：《后现代主义与文化理论》，唐小兵译，北京大学出版社 2005 年版，第 175 页。

审……这些不喜欢王翠花的人以挣钱为第一要务，他们并不管挣的钱是否干净，一味地昧着良心发财才是正道。颇具反讽意味的是其间的人民警察也不管此事。王翠花到派出所报警，警察来洗头店调查后说没事，人家是正规营业，小芳是自愿从业。从此王翠花像乌鸦一样到处乱嚷，在海城的瓦庄人都不理她，甚至还有人说她脑子有问题。后来她就疯了，失踪了。

此前，曹金钟带着王翠花去海城淘金。他开车在海城市火车站转了几圈儿，看到一个打工模样的姑娘，便让王翠花骗她说去饭店干活。那个名叫小芳的姑娘竟然信以为真。曹金钟骗出小芳的身份证，然后将她引入洗头店。初入洗头店，小芳并不想从事色情行当，为此还扭捏了好几天，后来才被迫从业，从此深陷泥潭而不能自拔。

王翠花看到洗头房不宜久留，自个儿寻了一家饭店打工。某晚，王翠花在她所服务的饭店里看到一个男的打一个女的。走近一看才知是小芳，遂见义勇为。小芳并不感谢她，反倒对王翠花大骂："就是你这个骗子，骗我到洗头房，你毁了我一生，你这个大骗子!"（《白雪乌鸦》P25）王翠花劝说小芳不要再回洗头店无果，原来系曹金钟威胁所致。王翠花变乌鸦的故事，"我"是听村支书说的，王翠花的丈夫陈大毛对此进行了补充。他说王翠花初到海城，他们之间联系还比较频繁。后来电话就少了，王翠花还说对不起小芳，要帮助小芳之类的莫名其妙的话。再后来就联系不上了。陈大毛只得去海城寻找王翠花，四处打听没有下落。疲惫之极，陈大毛就在路边睡着了，醒来后看见一只乌鸦。乌鸦开口说话，说它就是王翠花。

"我"把调查情况向所长报告，建议他派人去海城进一步了解一下王翠花到底是如何失踪的，也顺便找小芳谈谈，等到事情弄清楚之后再处理乌鸦问题不迟。所长却对"我"打哈哈说一只"鸟"的事，犯得着跑这么远吗?

《白雪乌鸦》中"我"是一个客观叙述者，只是听各色人等讲关于王翠花变乌鸦的故事。原来心地纯洁、善良、良知尚存的王翠花之所以会成为"头号公敌"，不被他人理解和接纳，是因为她义字当头、良知未泯，才不停地呐喊："苦哇！苦哇！开洗头房丧天良!"而那些厌恶她的人因以利当头，一心只想置她于死地。非常明显，《白雪乌鸦》是一则寓言。正如伊格尔顿所说："就像商品一样，寓言对象的意义总是在别处，偏离于它的物质存在。"[①] 王翠花作为瓦庄和海城的唯一清醒者，异常孤独，其呼号让人震惊。叙述者"我"是一名涉世未深的实习警员，与王翠花一样，内心良善、纯洁。他驻扎在瓦庄，经过一番调查取证，掌握了关于王翠花的部分材料。为了还王翠花一个公道，便给派出所所长老马提议——到南方做深入调查，旨在把王翠花变成乌鸦的来龙去脉弄清楚，毕

---

① ［英］特里·伊格尔顿：《审美意识形态》，王杰等译，广西师范大学出版社 2001 年版，第 332-333 页。

竟人家总是不停地喊冤，还扬言上访。可是村民们却把王翠花（乌鸦是其化身）当作怪物，压根儿就不把王翠花的冤情与委屈当一回事。派出所所长老马亦然。作为本该为村民主持公平正义的派出所所长都对王翠花之事漠不关心，寓意指向再明显不过了。也就是说，整个白雪乡除了王翠花良知尚存之外，其他村民都被金钱异化了。钻入钱眼的村民们面对王翠花的遭遇，毫无同情之心。他们都变成了受金钱驱使的动物，精神空虚，唯利是图。

《白雪乌鸦》讲的并非警察破案或调处纠纷之类的故事，只是以一个不谙人生况味的实习警员的视角来打量这个世界，实录现实，揭露真相，直指世道人心。

在经济弥漫的当下，人已是非人。如果说瓦庄作为偏僻、经济落后乡村的代表，那么海城就是繁华都市、经济发达的代表。也就是说不论是落后地区，还是发达地区的人都一样，象征意义非常明显。他们已不具备做人的良知，已被金钱异化，不再是和谐完整的人。连那只乌鸦都有良心，还知道礼义廉耻，可人却没了。就连派出所所长老马也成了非人，他以敷衍的态度对待乌鸦事件，着实让“我”这个实习警员寒心。作者余同友是在用寓言说事，即在小说中以沉痛的笔触揭露各色人等都被金钱异化，丧失了人之为人的东西，批判的是功利主义的价值取向。

第二类主题是精神家园丧失。刘继明的《小米》可与《白雪乌鸦》相媲美。清纯而漂亮的女孩儿小米本是红粉发廊的按摩小姐，中规中矩地生活。可河口镇派出所新上任的所长周斌和同事王长征来了一个突击扫黄。他们看见小米正和男友、镇汽配厂的电工罗海在发廊里疯狂地接吻。在这个暧昧的地方，警察目睹了特殊的一幕，便以卖淫嫖娼案论处，并把小米和罗海双双传唤至派出所。警察要小米交代与她发生性关系的男人。小米说她只给男人按过摩，从来没有与男人发生过关系，警察却不相信。小米因为害怕只好胡乱地交代被她按摩过的男子的名字。派出所将那些男子一一传唤至派出所，强制性地以嫖娼案论处。

《小米》只能算作寓言文本，因为里间处处荒诞，与现实公安工作严重脱节。李云雷在《先锋的“底层”转向》① 中指出该小说旨在“通过城市与乡村的对比、现代文明与‘大地’的对比、梦想与现实的对比，以及对周围不同人物内心世界的描写，将这一则故事发展成了一个时代症候的隐喻”。桂琳在《暧昧而残酷的寓言》② 中说：“这部充满了寓言意味的小说让我想到了卡夫卡的《变形记》，刘继明冷静地在故事里游走，表面上看起来是在编织一个完整而充满玄机的故事，实际上却在秘密结构着一个充满文化符号的寓言世界。”

---

① 李云雷：《先锋的“底层”转向》，载《长江文艺》2008 年第 3 期。
② 桂琳：《暧昧而残酷的寓言》，载《文艺报》2003 年 3 月 8 日。

公安小说不等同于侦探小说，两者是两个不同的文学概念。前者中的公安侦破小说与侦探小说有诸多类似之处，而问世比较早的侦探小说无疑会影响公安小说的发展，譬如侦探小说中的“叙法”和“文法”无形之中会滋养公安侦破小说，这就是文学传统的魅力。

精神文化产品是社会主义核心价值体系的重要载体，潜移默化地影响着人们的思想观念、价值判断和道德情操。文学艺术以审美的方式反映和弘扬社会主义的价值、价值体系和核心价值体系。作家们应积极探索文艺在不同历史时期的发展规律，组织生产更多倡导社会主义核心价值体系的优秀文艺作品，让人们在美的享受中受到鼓舞、得到启迪。

附　录①

长篇公安小说

[1] 武和平、张望亮：《血案疑踪》，黄河文艺出版社 1983 年版。
[2] 凡一平：《跪下》，时代文艺出版社 1995 年版。
[3] 张宇：《软弱》，人民文学出版社 2000 年版。
[4] 陆天明：《大雪无痕》，吉林人民出版社 2000 年版。
[5] 张成功：《黑洞》，群众出版社 2001 年版。
[6] 张成功：《黑冰》，群众出版社 2001 年版。
[7] 张成功：《黑雾》，作家出版社 2002 年版。
[8] 老地：《花心不是我的错》，中国青年出版社 2003 年版。
[9] 朱恩涛、杨子：《公安局长》，上海文艺出版社 2003 年版。
[10] 朱维坚：《绝境》，群众出版社 2004 年版。
[11] 朱维坚：《黑白道》，群众出版社 2004 年版。
[12] 朱维坚：《使命》，群众出版社 2004 年版。
[13] 朱维坚：《终极罪恶》，群众出版社 2004 年版。
[14] 张西：《国家荣誉》，中国青年出版社 2004 年版。
[15] 朱维坚：《黑白道 2：暗算》，作家出版社 2005 年版。
[16] 陆天明：《高纬度战栗》，上海文艺出版社 2005 年版。
[17] 范东峰：《风雨太平镇》，中国人民公安大学出版社 2006 年版。
[18] 但远军：《滴血的承诺》，中国人民公安大学出版社 2006 年版。

① 附录列举的公安小说均为本书前文探讨文学现象时引用或提及的作品，收录于此既是资料索引也是对文中注释的补充与完善。

［19］程琳：《香水》，人民文学出版社 2006 年版。
［20］王松：《动机》，长征出版社 2006 年版。
［21］武和平：《掩盖》，长江文艺出版社 2006 年版。
［22］贾文成：《浮尘》，内蒙古人民出版社 2006 年版。
［23］赵义和：《N 次碾轧》，中国人民公安大学出版社 2007 年版。
［24］欧平：《山区警官》，花城出版社 2007 年版。
［25］牛力军：《河东河西》，时代文艺出版社 2007 年版。
［26］武和平：《污点》，作家出版社 2007 年版。
［27］王仲刚：《天伦》，载《王仲刚文集》（第 2 卷），群众出版社 2008 年版。
［28］王仲刚：《紧急追捕》，载《王仲刚文集》（第 3 卷），群众出版社 2008 年版。
［29］王仲刚：《喋血大动脉》，载《王仲刚文集》（第 4 卷），群众出版社 2008 年版。
［30］贾文成：《煤殇》，群众出版社 2008 年版。
［31］张子雨：《黑白布局》，中国人民公安大学出版社 2008 年版。
［32］易卓奇：《纪委调查》，北方文艺出版社 2008 年版。
［33］易卓奇：《纪委在行动》，北方文艺出版社 2008 年版。
［34］张平：《十面埋伏》，作家出版社 2009 年版。
［35］武和平：《预备警官》，作家出版社 2009 年版。
［36］石钟山：《追逃》，人民文学出版社 2009 年版。
［37］朱维坚：《黑白道 3：渗透》，作家出版社 2009 年版。
［38］朱维坚：《黑白道·终结篇：沉默》，作家出版社 2009 年版。
［39］谢宗玉：《末日解剖》，湖南人民出版社 2009 年版。
［40］穆玉敏：《测谎》，中国工人出版社 2009 年版。
［41］库玉祥：《险象环生》，群众出版社 2009 年版。
［42］但远军：《穿越死亡线》，中国人民公安大学出版社 2009 年版。
［43］吕铮：《混乱之神》，江苏人民出版社 2009 年版。
［44］须一瓜：《太阳黑子》，载《长篇小说选刊》2010 年第 6 期。
［45］程琳：《人民警察》（第一部），载《当代》2010 年第 2 期。
［46］衣向东：《女看守所长》，新世界出版社 2010 年版。
［47］燕历：《血舌》，群众出版社 2010 年版。
［48］但远军：《人在天涯聚散时》，中国人民公安大学出版社 2010 年版。
［49］朱维坚：《深黑》，作家出版社 2011 年版。
［50］杨佳富：《边关冷月》，云南民族出版社 2011 年版。

[51] 蒋子丹：《囚界无边》，载《当代长篇小说选刊》2012 年第 3 期。
[52] 海岩：《长安盗》，江苏文艺出版社 2013 年版。
[53] 凡一平：《上岭村的谋杀》，载《作家·长篇小说》2013 年 3 月春季号。
[54] 李晓平：《鬼使神差》，作家出版社 2013 年版。
[55] 易卓奇：《后患》，新华出版社 2013 年版。
[56] 王松：《流淌在刀尖的月光》，百花文艺出版社 2013 年版。
[57] 刘军：《测谎师》，载《当代长篇小说选刊》2014 年第 1 期。
[58] 程琳：《人民警察》（第二部），载《当代》2014 年第 3 期。
[59] 海岩：《玉观音》，群众出版社 2014 年版。
[60] 张策：《新闻发言人》，群众出版社 2014 年版。
[61] 刘广雄：《白领黑枪》，群众出版社 2014 年版。
[62] 李春良：《女子中队》，时代文艺出版社 2014 年版。
[63] 青斗：《追踪者》，群言出版社 2016 年版。
[64] 宗利华：《盛宴》，山东人民出版社 2016 年版。
[65] 李佩甫：《平原客》，花城出版社 2017 年版。
[66] 紫金陈：《长夜难明》，云南人民出版社 2017 年版。
[67] 吕铮：《三叉戟》，北京联合出版公司 2017 年版。
[68] 库玉祥：《幕后真凶》，群众出版社 2021 年版。
[69] 东西：《回响》，载《人民文学》2021 年第 3 期。
[70] 吕铮：《真相小组》，江苏凤凰文艺出版社 2021 年版。
[71] 范稳：《太阳转身》，载《长篇小说选刊》2022 年第 1 期。
[72] 武和平：《铸剑》，人民文学出版社 2022 年版。

中、短篇公安小说（含小小说）

[1] 叶兆言：《重见阳光的日子》，载《啄木鸟》1995 年第 6 期。
[2] 凡一平：《寻枪记》，载《十月》1999 年第 4 期。
[3] 陈源斌：《你听我说》，载《人民文学》2000 年第 4 期。
[4] 李唯：《看着我的眼睛》，载《小说月报》2003 年第 1 期。
[5] 王松：《窃案》，载《中国作家》2003 年第 6 期。
[6] 津子围：《谁最厉害》，载《当代》2004 年第 1 期。
[7] 张锐强：《枪王》，载《当代》2004 年第 3 期。
[8] 孙春平：《摸摸你的脸有多黑》，载《啄木鸟》2004 年第 9 期。

［9］李铭：《血案》，载《鸭绿江》2004 年第 10 期。
［10］张锐强：《穿越无人地带》，载《边疆文学》2004 年第 11 期。
［11］罗伟章：《明天去巴黎》，载《中篇小说选刊》2006 年第 6 期。
［12］田耳：《一个人张灯结彩》，载《人民文学》2006 年第 12 期。
［13］刘继明：《小米》，载《清明》2007 年第 2 期。
［14］王芸：《第六指》，载《芙蓉》2007 年第 3 期。
［15］丁杰大：《死亡谷》，载《小说月报·原创版》2007 年第 6 期。
［16］吴克敬：《手铐上的蓝花花》，载《延安文学》2007 年第 6 期。
［17］黎明辉：《警队有块倒计时牌》，载《啄木鸟》2007 年第 8 期。
［18］于怀岸：《铁树要开花》，载《青年文学》2007 年第 10 期。
［19］徐国方：《追逃》，载《青海湖文学月刊》2007 年第 10 期。
［20］劳美：《笔录》，载《广西文学》2007 年第 10 期。
［21］胡学文：《背叛》，载《人民文学》2007 年第 12 期。
［22］庞余亮：《越跑越慢》，载《长城》2008 年第 2 期。
［23］张笑天：《山地车》，载《光明日报》2008 年 7 月 5 日，第 6 版。
［24］杨老黑：《枪》，载《午夜追魂》，中国人民公安大学出版社 2008 年版。
［25］刘军：《穿过天空你的手》，载《芳草（网络版）》2008 年第 12 期。
［26］聂鑫森：《夕阳无限好》，载《江南》2009 年第 3 期。
［27］肖江虹：《平行线》，载《天涯》2009 年第 6 期。
［28］孙学军：《曲波的心事》，载《鸭绿江》2009 年第 6 期。
［29］庞文梓：《偶然命案》，载《北京文学》2009 年第 6 期。
［30］平萍：《谁是凶手》，载《北京文学》2009 年第 11 期。
［31］毕亮：《铁风筝》，载《山花》2010 年第 2 期。
［32］张锐强：《十字绣》，载《北京文学·中篇小说月报》2010 年第 7 期。
［33］崔敏：《一号桥》，载《黄河文学》2010 年第 12 期。
［34］鲍尔吉·原野：《雨下在夏至的土地上》，载《十月》2011 年第 3 期。
［35］夏天敏：《月色晦明》，载《当代》2011 年第 3 期。
［36］尹德朝：《酒精含量》，载《小说选刊》2011 年第 5 期。
［37］海桀：《老羊皮》，载《中篇小说选刊》2011 年第 5 期。
［38］孙明华：《人命关天》，载《啄木鸟》2011 年第 5 期。
［39］胡雪梅：《花朵》，载《北京文学·精彩阅读》2011 年第 11 期。
［40］李辉：《游戏规则》，载《北方文学》2012 年第 4 期。

[41] 何顿：《青山绿水》，载《花城》2012 年第 4 期。
[42] 阿成：《陈警官的故事》，载《清明》2012 年第 6 期。
[43] 邓宏顺：《归案》，载《小说选刊》2012 年第 12 期。
[44] 邢根民：《还债》，载《结案风波》，群众出版社 2012 年版。
[45] 李玉娇：《特殊任务》，载《特殊任务》，群众出版社 2012 年版。
[46] 晓剑：《结案风波》，群众出版社 2012 年版。
[47] 少一：《凌晨脱逃》，载《作品与争鸣》2013 年第 6 期。
[48] 余同友：《白雪乌鸦》，载《文学港》2013 年第 7 期。
[49] 侯波：《埋坑》，载《北京文学・精彩阅读》2013 年第 8 期。
[50] 海桀：《金角庄园》，载《小说选刊》2014 年第 5 期。
[51] 夏凯：《余音》，载《长江文艺》2014 年第 9 期。
[52] 王新军：《警察与美女》，载《飞天》2014 年第 12 期。
[53] 张弛：《换骨记》，载《山花》2015 年第 1 期。
[54] 裘山山：《死亡设置》，载《中篇小说选刊》2014 年第 6 期。
[55] 张弛：《掘地》，载《中篇小说选刊》2016 年第 3 期。
[56] 弋舟：《出警》，载《人民文学》2016 年第 7 期。
[57] 丘脊梁：《地盘》，载《啄木鸟》2016 年第 8 期。
[58] 赵大河：《把黑豆留下》，载《小说月报》2016 年第 9 期。
[59] 周建新：《一个下午的逃离》，载《长江文艺》2016 年第 19 期。
[60] 石一枫：《借命而生》，载《小说月报》2018 年第 1 期。
[61] 李佩甫：《杏的眼》，载《小说月报・原创版》2018 年第 1 期。
[63] 张弛：《鬼卡点》，载《花城》2018 年第 4 期。
[64] 乔土：《雨夜》，载《光明日报》2018 年 11 月 2 日，第 14 版。
[65] 卢一萍：《大震》，载《小说月报》2019 年 6 月。
[66] 凡一平：《上岭阉牛》，载《中篇小说选刊》2019 年第 4 期。

公安小说集

[1] 张卫华、张策：《警察生活录》，群众出版社 1988 年版。
[2] 子雨：《打死我也不相信爱情》，作家出版社 2004 年版。
[3] 张策：《刑警队》，群众出版社 2006 年版。
[4] 张策：《无悔追踪：张策“无字系列”侦探小说集》，中国人民公安大学出版社 2007 年版。

[5]《结案风波》，群众出版社 2012 年版。
[6] 梁晓声、叶兆言：《埋伏》，群众出版社 1998 年版。
[7] 雷达主编：《河边的错误》，中国人民公安大学出版社 2010 年版。
[8] 雷达主编：《原始卷宗》，中国人民公安大学出版社 2010 年版。
[9] 张子雨：《爱情会在不远处等我》，山东文艺出版社 2016 年版。
[10] 少一：《月光紧追不舍》，湖南文艺出版社 2023 年版。

后　记

经过十多年的打磨，书稿终于要出版了，欣喜之情不胜言表，可是又不免生出一丝忧虑。高兴的是，本书是笔者在以往学术成果的基础上，对公安文学理论研究的全新探索。忧虑的是，由于笔者水平所限，书中难免还有不足之处，期待方家的批评与指正，正所谓"文章千古事，得失寸心知"。

笔者自1996年从华中师范大学毕业以来，一直坚持研究公安文学，相继出版了《点击公安文学》《聚焦公安文学》《盘点公安文学》和《回望公安文学》，并受邀至武汉大学、中国政法大学、中国地质大学等高等院校及公安实战部门讲授有关公安文学的研究心得。博士研究生期间，笔者师从苏州大学的汤哲声教授，攻读的专业是通俗文学与大众文化，走的始终是文学研究的路子。

学术研究之路固然清苦，可正因为有公安文学相伴，人生才没有丝毫的孤单和寂寞。内心的淡定与自身的心理素质有关，当然也有公安文学的功劳。因为，公安文学富含警察意识，有血性，有担当，甚至还有信仰！

正如蓝玛的公安题材小说《落日峡谷》中所写，小说主人公杨千去寻找父亲的尸骨，到了目的地之后与卧底警察有了如下对话：

> 鬼脸壳（卧底警察）朝他（杨千）摆摆手："这种把戏对我来说早就是家常便饭了。这些年为了毁掉那些家伙的贩毒网，我何止死过一次——小子，老子是有信仰的人懂不懂！"
>
> 杨千情不自禁地颤抖了一下，发现后背的衣裳已经被汗湿透了。信仰，这个人在这种地方、这样的场合说出了这样两个字！不知道为什么，他好像忽然间明白了，信仰原来并不是虚无缥缈的东西，它很实在，实在得能滴出血来。[①]

---

① 雷达：《原始卷宗》，中国人民公安大学出版社2010年版，第302页。

那么，笔者毕生致力于公安文学研究算不算是一种信仰呢？这个问题的答案有待读者来检验。笔者近三十年的研究之旅，一路走来可以说是喜忧参半、得失自知。业精于勤，勤学善思，思有所得。在长期聚焦公安文学研究的过程中，笔者除在所属院系开设有关课程外，还在“超星平台”上开设了一门名为“公安文学”的网络课程，并在此中发现了一些文学规律和共性元素，为此才有了建立公安文学话语体系的信心。正如费孝通所言：“知识分子心里总要有个着落、有个寄托。一生要做什么事情，他自己要知道、要明白。现在的人，很多不知道他的一生要干什么。没有一个清楚的目标，没有志向了……没有‘志’了，文化就没有底了，没有根本了。”①

笔者坚信“俯仰无愧天地，褒贬自有春秋”②，唯愿本书对读者有一定的价值，才不枉费多年的心血。“既然选择了远方，便只顾风雨兼程”。③ 笔者将在未来的人生中一如既往地从事公安文学话语体系方面的研究，力争使之更加完善。

撰写此书，于笔者而言，也是一种幸福的人生体验。在此，感谢湖北警官学院原院长刘茂林教授，感谢博士生导师汤哲声教授！感谢父母，感谢妻儿！

张友文

2024 年 12 月

---

① 杨虎、严敏杰、周婧编著：《先生说：1898 年以来的北大话语》，海峡书局出版社 2022 年版，第 289 页。

② 向敬之：《大清小史》，东方出版社 2021 年版，第 420 页。

③ 陈陶编著：《诗意地栖居：24 位中国现代诗人小传》，华中科技大学出版社 2016 年版，第 214 页。

参考文献

［1］鲁德才：《中国古代小说艺术论》，百花文艺出版社 1987 年版。

［2］张钟、洪子诚等：《中国当代文学》，北京大学出版社 1988 年版。

［3］于洪笙、安兴本等：《法制文学概论》，花山文艺出版社 1990 年版。

［4］吕岱、周益华：《法制文学的写作》，西南师范大学出版社 1991 年版。

［5］高润平、张子宏、于奎潮：《中国当代公安文学史稿》，群众出版社 1993 年版。

［6］余宗其：《法律与文学的交叉地》，春风文艺出版社 1995 年版。

［7］杜元明主编：《中国公安文学作品选讲》，警官教育出版社 1996 年版。

［8］黄泽新、宋安娜：《侦探小说学》，百花文艺出版社 1996 年版。

［9］曹正文：《世界侦探小说史略》，上海译文出版社 1998 年版。

［10］张炯主编：《新中国文学 50 年》，山东教育出版社 1999 年版。

［11］余宗其：《中国文学与中国法律》，中国政法大学出版社 2002 年版。

［12］海岩：《我笔下的七宗罪》，文化艺术出版社 2002 年版。

［13］穆玉敏：《北京警察百年》（下卷），中国人民公安大学出版社 2004 年版。

［14］谢金生：《转型期主旋律小说研究》，黑龙江人民出版社 2005 年版。

［15］范伯群、汤哲声、孔庆东：《20 世纪中国通俗文学史》，高等教育出版社 2006 年版。

［16］苏力：《法律与文学》，生活 · 读书 · 新知三联书店 2006 年版。

［17］汤哲声主编：《中国当代通俗小说史论》，北京大学出版社 2007 年版。

［18］阎浩岗：《“红色经典”的文学价值》，人民出版社 2009 年版。

［19］邹利华、张翔：《武警官兵树立当代革命军人核心价值观研究》，中国社会科学出版社 2010 年版。

［20］陈平原：《千古文人侠客梦》，北京大学出版社 2010 年版。

［21］彭耀春等：《中国公安题材影视剧研究》，中国电影出版社 2011 年版。

［22］詹宏志：《侦探研究》，复旦大学出版社 2012 年版。

［23］刘恪：《现代小说技巧讲堂》，百花文艺出版社 2012 年版。

［24］汤哲声：《边缘耀眼：中国现当代通俗小说讲论》，北京大学出版社 2013 年版。

［25］中共中央宣传部：《习近平总书记在文艺工作座谈会上的重要讲话学习读本》，学习出版社 2015 年版。

［26］李广仓：《叙事与文化：公安小说多维阐释》，中国社会科学出版社 2015 年版。

［27］刘平：《法治与法治思维》（修订版），上海人民出版社 2015 年版。

［28］王运声、易孟林主编：《中国法治文化概论》，群众出版社 2015 年版。

［29］高楠：《文学道德论》，人民出版社 2015 年版。

［30］曾翔：《中国当代法制文学的类型文学性质、特征研究》，北京理工大学出版社 2016 年版。

［31］中国政法大学人文学院中文系编：《法治视野下的文学与语言："文学·语言·法治"学术研讨会论文集》，当代中国出版社 2017 年版。

［32］李瑜青、刘捷：《法治思想在文学作品中的推进——以改革开放 40 年小说等文学作品为视角》，上海大学出版社 2019 年版。

［33］刘星：《法律与文学：在中国基层司法中展开》，北京大学出版社 2019 年版。

［34］《德治融入法治导论》课题组：《德治融入法治导论》，群众出版社 2019 年版。

［35］张策：《公安文学四十年》，群众出版社 2020 年版。

［36］梁治平：《法意与人情》，广西师范大学出版社 2021 年版。

［37］《习近平法治思想概论》编写组：《习近平法治思想概论》，高等教育出版社 2021 年版。